제임스 조이스, 모더니즘, 식민주의

『율리시즈』와 탈식민주의 문화담론

제임스 조이스, 모더니즘, 식민주의

『율리시즈』와 탈식민주의 문화담론

변재길 지음

도서출판 ┃동인

지난 1997년 5월 영국의 토니 블레어 총리는 아일랜드 코크 시를 방문하여 아일랜드 대기근 발생 150주년 기념행사에 참석한 적이 있습니다. 그는 이 자리에서 백오십년 전 아일랜드 국민에게 죽음과 이민 사이의 선택을 강요한 대기근은 모두에게 돌이킬 수 없는 상처를 남긴 비극이며 수많은 아일랜드 국민을 기아에 허덕이게 하고 굶어죽게 한 영국의 행동은 잘못이라 말하면서 당시 대기근 시기와 맞물려 식민통치와 수탈로 인해 아일랜드가 겪을 수밖에 없던 비극적 상황에 대해 영국의 역대 총리 가운데 처음으로 사과했습니다.

12세기 이후 수백 년 넘게 끈질기게 시도된 영국의 혹독한 아일랜드 지배통치와 토지 수탈은 1847년 무렵 시작된 대기근을 전후로 사실상 절정에 이르게 됩니다. 영국인 지주들의 아일랜드 내 자원 착취와 곡물 수탈로 인해 대다수 아일랜드 농민들은 소작농으로 전락하게 됩니다. 토지 수탈 때문에 아일랜드에서 수확한 대다수 자원은 영국으로 반출되다시피 함에 따라, 정작 아일랜드 인들이 주식으로 먹고 살 수 있는 작물은 감자밖에 남지 않은 형국이 전개 됩니다. 결국 이 와중에 불어 닥친 감자 흉년은 기근이 시작된 지 불과 오년 만에 무려 백이십만명이 굶어죽는 대 참사로 이어집니다. 아일랜드 대기근에서 촉발된 대규모 아사를 단순한 자연재해가 아닌 식민통치와 수탈에 기인한 아일랜드의 비극적 사건으로 봐야할 이유는 다른데 있습니다. 에릭 홉스봄의 『자본의 시대』에 따르면 이 대기근으로 인해 시작된 아일랜드인의 해외 이민이 당시까지 역사상 최대 규모의 인구이동을 낳았기 때문입니다. 그에 따르면 1851년에서 1880년 사이에 캐나다와 미국을 비롯하여 해외로 이주한 아일랜드인은 모두 530만 명에 달했습니다.

감자 대기근으로 촉발된 유례없는 아일랜드 대탈출은 국내외적으로 엄청난 변화를 몰고 왔습니다. 아일랜드 국내에서는 가뭄과 흉년으로 농촌 사회가 붕괴되고 기아에 허덕이던 농민들은 살아남기 위해 더블린을 비롯한 대도시로 몰려들거나 해외 이민을 택하게 됩니다. 그러나 도시로 유입된 대다수는 도시 빈민으로 내몰리며 각종 도시 문제가 후속적으로 발생되는 계기가 되었습니다. 마찬가지로 해외 이민을 감행한 이들도 설령 살아남아 극적으로 해외 탈출에 성공했더라도 국적과 시민권 문제 그리고 이보다 심각한 인종차별 등의 문제에 시달리게 됩니다. 그러므로 아일랜드가 영국의 식민 지배를 벗어나 독립을 쟁취한 뒤에도 감자 대기근으로 인한 상처를 비롯한 식민 후유증을 치유하고 회복하기까지는 아주 오랜 시간이 필요했습니다.

제임스 조이스가 태어나기 35년 전쯤 발생했던 아일랜드 대기근은 가혹한 통치를 바탕으로 한 식민수탈과 때마침 불어 닥친 자연재해로 인해 식민지인이 겪을 수밖에 없는 참혹한 삶의 현실이 어떠한지를 잘 보여주는 한 가지 예이기도 하지만, 나아가 모더니스트로 잘 알려진 조이스의 문학을 이해하는데도 매우 중요한 역사적 단서를 제공한다 하겠습니다. 왜냐하면 그의 소설이 핵심 배경으로 하고 있는 더블린은 당시 가난과 기아를 피해 몰려든 농촌인구의 유입으로 급격히 비대해져 유럽에서도 손꼽히는 대도시가 되었지만 대기근의 참혹한 악몽에서 벗어나지 못하고 대규모 해외 이민을 비롯한 복합적인 사회적·경제적 후유증에 시달리고 있던 시기였기 때문입니다. 그러기 때문에 제임스 조이스의 문학을 관류하고 있는 이른바 '마비'와 '탈출' 혹은 '망명'의 주제 의식은 이러한 당시의 시대적 상황 맥락과 맞닿아 있다는 점에서 주목할 필요가 있습니다. 특히 제임스 조이스가 잇단 세계대전으로 점철된 격동의 유럽 제국주의 시대에 조국을 떠나 유럽 각지에서 작품 활동을 한 아일랜드 출신의 망명 작가라고 할 때 이러한 역사적 맥락에 대한 관심과 고려는 그의 작품을 이해하는데 있어서 매우 필요하다 하겠습니다.

통상, 제임스 조이스는 언어와 소설 형식의 혁신적인 실험을 시도한 소설을 쓴 20세기 모더니즘의 거장으로 잘 알려져 있습니다. 이 때문에 그의 소설은 난해하기로 유명합니다. 이 책은 조이스의 소설이 왜 난해한지에 대한 의문에서 출발하였습니다. 조이스의 작품을 비롯한 이른바 모더니즘 예술이 어렵다면 아마도 그 이유 가운데 하나는 역사와 현실 그리고 예술을 분리한 채 문학 작품 자체의 예술적 기교와 주제에 국한하여 그의 모더니즘 예술을 이해하려고 시도했기 때문입니다.

일찍이 영문학자 최재서는 조이스 예술의 효용 가치에 대해 물은 적이 있습니다. 그는 1941년에 쓴 「전형기의 문화이론」이란 글에서 조이스 문학이 갖고 있는 "정치精緻한 예술의 인간적 효용의 가치"와 관련하여 "대체 이 모든 재주가 인간적으로 무슨 의미와 가치"가 있는 것인지 미국의 엘머 무어의 말을 빌려 의문을 제기했습니다.

전통적으로 조이스를 비롯한 하이 모더니즘 계열 작가에 대한 비평가들의 시각은 모더니스트의 예술 미학을 완벽한 정치적 무관심의 울타리에 가둔 채 동시대의 역사 상황과 정치와 분리하여 보는 경향이 많았습니다. 윌리엄 버틀러 예이츠가 그랬고 사무엘 베케트도 그랬습니다. 한마디로 이들을 위대한 예술가들의 판테온에 봉헌한 채 그들을 문학과 미학 이외의 사회, 정치, 대중문화와는 거리를 둔 초시간적, 비정치적 존재로 박제화한 것입니다. 조이스의 전기를 비교적 객관적 시각에서 꼼꼼히 집필한 리처드 엘만조차도 그간 조이스를 가장 완벽한 비정치적 망명 지식인으로 형상화하는데 한 몫을 했다고 볼 수 있습니다. 한 가지 예를 들면 1907년 조이스는 이탈리아에 체류하면서 아일랜드 신페인당 주도의 영국 물산 불매 운동을 지지한 적이 있음에도, 엘만은 이것을 단순히 개인 차원의 문제로 축소 기술하고 있는데서 잘 알 수 있습니다.

그러나 조이스가 물리적 현실 상황 속에서 아일랜드 정치 현실에 일정한 비판적 거리를 두었다 하더라도, 조이스는 문학예술을 무기 삼아 지배언어인 영어에 도전하고, 나아가 제국의 권위를 바탕으로 한 영문학의 전복에 진력盡力했습니다. 다시 말해 조이스는 자신만의 독창적 방식으로 지배자의 언어이면서 동시에 조이스 자신의 모국어이기도 한 영어의 창끝을 자신을 길러낸 국가를 향하도록 돌려세우려고 치열한 노력을 기울였다는 점에 주목할 필요가 있습니다.

이 점은 조이스와 마찬가지로 조국 아일랜드를 떠나 인생의 대부분을 파리에서 작품 활동을 한 사무엘 베케트와 같지만 다른 점이기도 합니다. 베케트는 자신의 모국어가 영어임에도 불구하고 파리에 정착한 뒤 영어를 포기하고 처음부터 많은 작품을 프랑스어로 집필했다는 점에서 사실상 프랑스어 작가라 할 수 있습니다. 하지만 그는 조이스와는 사뭇다른 방식으로 탈식민화의 길을 열었다 할 수 있습니다. 왜냐하면 그는 자신의 작품을 먼저 프랑스어로 창작한 뒤, 나중에 다시 영어로 번역을 했기 때문입니다.

베케트가 번역을 무기삼아 탈식민화의 길을 열었다면 조이스는 지배와 핍박의 매체로서 영어 자체를 해체하고 실험하고 낯설게 함으로써 제국주의 시대의 중추 언어에 도전했습니다. 이것은 한마디로 말해서 조이스는, 비록 물리적 현실 공간에서는 불가능하다 하더라도 그간 식민의 핍박과 질곡에 시달린 모든 아일랜드 인을 대신하여 담론의 단계에서 영국과 아일랜드 사이의 식민주의적 관계를 뒤집고자 시도한 것으로 볼 수 있습니다. 그러므로 조이스에게 있어서 수많은 미학적 실험 그 자체는 대단히 정치적이고 전복적인 속성을 띠고 있다 하겠습니다. 뒤집어 말하자면 정치는 조이스 미학의 핵심이라 말할 수 있겠습니다.

이 책은 앞서 제기한 최재서의 물음을 되받아 조이스 문학이 갖는 이른바 "정치精緻한 예술의 인간적 효용의 가치"에 대한 탐색은 그의 시대적 삶과 역사 그리고 당대 현실 정치에 대한 관심에서 출발할 필요가 있다고 판단하였습니다. 왜냐하면 진정으로 조이스가 원했던 것은 언어 예술 자체에 대한 관심이 아니라 궁극적으로 여전한 식민지 상황의 질곡과 궁핍 그리고 기아에 시달리던 당대 아일랜드의 암울했던 현실과 앞으로의 미래였기 때문입니다. 그러므로 조이스 문학을 이해하기 위해서는 아일랜드의 역사적 정치적 상황과 그 중추 맥락을 이해할 필요가 있습니다. 이것은 조이스를 이해하기 위한 첫걸음이기도 합니다.

문학은 예술가 자신에 의해 시도된 단순한 언어 예술 작품이 아니라, 시대를 딛고 서있는 작가의 예술 의식과 언어를 토대로 한 당대의 기록이자, 민족의 범주를 넘어 인간과 사회를 향한 시대적 삶의 의미에 관한 대화입니다. 조이스의 문학은 근 · 현대 아일랜드의 고통의 역사와 현실에서 자유로울 수 없는 역사의 산물에 관한 대화입니다. 그러므로 이 책은 그의 소설이 어떻게 당대 아일랜드의 사회 · 역사 · 문화 · 정치의 대화적 관계망에 토대를 두고 있는지 살펴보도록 하겠습니다.

CONTENTS

1.

제임스 조이스,
영어, 문화식민주의

▌ 머리말

▌제임스 조이스1882-1941는 12세기 이후 제국주의 영국의 오랜 식민지였던 아일
랜드 출신의 식민작가이자 망명 작가이다. 더블린에서 태어난 조이스는 아일랜드
가 낳은 가장 위대한 "앵글로 아이리시" 계통의 현대 소설가 중의 한사람이다. 그
는 더블린의 유니버시티 칼리지를 졸업한 직후 조국 아일랜드를 떠나 한두 차례의
일시적인 귀국을 제외하고는 이탈리아의 로마와 트리스테, 그리고 파리와 취리히
등지에서 그의 문학적 일생을 보낸 (비정치적) 망명 작가이자 변방의 지식인이라
할 수 있다. 그는 조국 아일랜드에서 당시 치열하게 전개된 민족주의 독립 운동과

문화 운동에 비판적인 거리를 둔 채, 망명의 공간에서 불확실한 세계문제와 민족 장래에 대해 치열한 예술적 갈등과 투쟁을 벌이면서『더블린 사람들』,『젊은 예술 가의 초상』,『율리시즈』, 그리고『피네간의 경야』등의 소설을 남겼다.

우리가 조이스의 소설을 읽을 때 염두에 둘 것은 그의 소설이 20세기 초 급변하 는 아일랜드와 유럽의 정세뿐만 아니라 불확실한 국내외 사회, 정치, 문화의 상황 을 매우 민감하게 반영하고 있다는 사실이다. 특히 조이스가 이탈리아의 동쪽 아드 리아 해에 위치한 항구도시 트리스테에서『율리시즈』를 쓰기 시작한 1914년은 제 1차 세계대전이 발발한 해였다. 그해 어렵게 마련된 아일랜드의 자치법안이 전쟁 발발로 보류되고 많은 아일랜드 젊은이들이 영국 군대에 징집되기 시작했다는 점 은 많은 것을 시사한다.

조이스보다 일 년 먼저 태어난 파블로 피카소가 미술 분야에서 그랬듯이, 그는 기존의 문학적 감수성과 틀로서는 급변하는 세계정세와 민족의 현실 상황을 있는 그대로 담을 수 없다는 점을 매우 깊게 인식하고 있었다. 그래서 조이스의 소설은, 그의 초기 비평가들이 "문학의 볼셰비즘"이라고 비판한 것처럼, 문학의 관습과 전 통뿐만이 아니라 모든 제국주의적 식민주의적인 인식의 틀을 해체하는 실험의 극 단極端으로 이해하고 접근할 필요가 있다.

조이스가 아일랜드를 떠나 유럽의 여러 곳에서 작품을 집필하던 당시 아일랜드 의 사회적 분위기는 아일랜드 민족의 정체성을 회복하기 위한 일환에서 시작된 켈 트부흥운동이 한창이던 시절이다. 레이디 그레고리와 W. B. 예이츠 그리고 더글 러스 하이드를 비롯한 많은 동시대 예술가와 민족주의자들이 토착어인 켈트어로 문학 활동을 하거나 켈트 민족주의 정체성을 옹호하는 낭만적 분위기의 작품 활동 을 하고 있었던 것이다. 그러나 조이스는 토착어로 문학 활동을 하는 것에 대해서 는 부정적인 입장이었으면서도, 한편으로는 영국의 오랜 통치에 기인한 민족어로서 토착어의 상실에 대해서는 일종의 두려움과 우려를 느끼고 있은 듯하다.[1] 조이스는 켈트주의와 민족주의가 지닌 한계와 편협한 지역성의 문제점을 예리하게 비판하면서도, 한편으론 영어에 대해 심각한 회의와 갈등을 느끼지 않을 수 없었던 것이다. 이 같은 문제의식은 『젊은 예술가의 초상』 제5장에 잘 나타나 있다.

> 우리가 말하고 있는 언어는 내 것이기 이전에 그의 것이다. '가정', '그리스도', '술', '주인'이라는 낱말들이 그의 입술에서와 나의 입술에서 얼마나 다른가! 나는 마음의 불안 없이 이런 낱말을 말하거나 쓸 수가 없다. 그토록 귀에 익으면서도 이국적으로 들리는 그의 언어는, 나에게는 언제나 얻어 온 말일뿐이다.[2]

스티븐이 "우리가 말하고 있는 언어는 나의 것이기 이전에 그의 것이다"라고 생각할 때, 그는 자신이 구사하는 영어가 모국어가 아니라 제국의 언어이자 본국의 언어, 주인의 언어임을 불현듯이 깨닫는다. 이 장면은 본국 영국인의 지적 문화에 대한 식민지 아일랜드 학생의 감성적 고뇌를 보여주고 있다. 영어로 글을 쓰고 있으면서도 결코 그것을 자신의 것이라고 느낄 수 없다는 것은 스티븐/조이스 자신이 쓰고 있는 언어가 수치스러운 번역의 언어에 불과하다는 것을 깨닫고 있기 때문이다. 이 같은 문제는 영국의 오랜 식민 통치로부터 아직 완전한 독립 상황을 이루어 내지 못한 20세기 초의 아일랜드의 소설가 제임스 조이스가 의식하고 있던 가장 민감한 부분 가운데 하나이기도 하다.

영어와 관련한 인식론적 문제를 『로빈슨 크루소』를 예로 들어 좀 더 살펴보자. 『로빈슨 크루소』의 주인공 로빈슨 크루소는 세계의 광대한 영역에 걸쳐 정치적 경

---

[1] Declan Kiberd, *Inventing Ireland*. Cambridge: Harvard UP, 1995, p. 331.
[2] James Joyce, *A Portrait of the Artist as a Young Man: Criticism, & Notes*. Ed. Chester G. Anderson. New York: Viking, 1968, p. 189. 이하 P로 약칭한다.

제적 지배를 획득하고자 하는 제국주의적 정복의 축도를 상징하는 동시에 비합리
적인 타자의 구축과 지배를 상징하는 인물이다. 특히, 그가 "유용하고 다루기 쉽고
도움이 될 만한 모든 것을 가르치기 위해" 원주민 프라이데이에게 영어를 전수하는
장면은 영어와 관련한 가장 전형적인 제국주의적 실행을 보여주고 있다. 이런 점에
서 프라이데이와 크루소의 관계는 노예제도가 절정에 이른 서양 사회의 인종차별
구조를 반영하는 가장 전형적인 예로서, 이를테면 그가 프라이데이의 언어를 배우
기보다는 오히려 프라이데이에게 영어를 가르치는 계획을 즉시 실행에 옮겨 프라
이데이에 대한 지배를 확립하는 것은 매우 상징적이고 시사적이다.

> 얼마 지나지 않아 나는 그에게 말하기 시작했으며, 그리고 그가 나에게 말하는 법
> 을 가르쳤다. 그리고 먼저, 나는 그의 이름이 프라이데이라는 점을 알려주었다. 그
> 날은 내가 그의 목숨을 구해준 날이었기 때문이다 . . . 이와 마찬가지로 나는 그
> 가 나를 부를 때 주인님이라고 말하도록 가르쳤으며, 그런 다음 그것이 나의 호칭
> 이라는 사실을 그에게 주지시켰다.[3]

1910년 판 『로빈슨 크루소』 서문은 크루소를 "용기와 인내력으로 세계 전역에 걸
쳐서 식민지를 건설하고 광대한 황무지를 부와 풍요의 지역으로 변화시킨 합리적
이고 헌신적인 영국인의 전형"[4]으로 강조하면서, 은연중에 그들이 진출했던 곳과
그곳의 원주민을 "황량한 황무지"에 사는 야만적인 타자로 구축하고 있다. 그런데
이와 같은 자아와 타자의 구축 과정은 작품 내 크루소와 프라이데이의 대화에서도
쉽게 감지할 수 있는 것이다.

---

[3] Daniel Defoe, *Robinson Crusoe*. Oxford: Oxford UP, 1972, p. 206.
[4] Alastair Pennycook, *English and the Discourse of Colonialism*. London: Routledge, 1998, p. 11.

주인: 자, 프라이데이, 너희 종족은 포획한 사람들로 무엇을 하지? 너희 종족은 포
　　　로의 넋을 잃게 해서 잡아먹지?
프라이데이: 예, 저희 종족은 인간도 잡아먹습니다. 모두 먹어치웁니다.[5]

원주민을 원시적이며 야만적인 타자의 존재로 설정하는 것은 『태풍』의 캘리번에
서 현대의 키플링과 콘라드에 이르기까지 매우 오래된 전통에 속하는 것이다. 위
대화는 식민주의에 따른 자아와 타자의 관계뿐만 아니라 이들과 영어 사이의 관계
를 상징적으로 담고 있는 것으로서, 프라이데이의 상황은 셰익스피어의 『태풍』에
서 에이리얼의 그것과 너무나 흡사하다. 『태풍』에서 프로스페로는 캘리번에게 자
신의 언어를 가르치고 노예로 전락시킨 후 캘리번의 종이었던 에이리얼을 속박에
서 벗어나게 하여 자신의 종으로 삼아 스파이 노릇을 하게 한다. 에이리얼과 마찬
가지로 프라이데이는 정복자 크루소의 도움을 받아 원주민들로부터 자신의 목숨을
건질 수는 있었지만 정작 크루소의 노예로 그 삶을 보장받을 수 있을 뿐이다. 그는
자신의 언어를 구사하지 못하게 될 뿐만 아니라, 이후 자신의 문화적 배경을 표현
하기 위해서는 주인의 언어를 모방한 독특한 표현과 스타일의 영어를 사용할 수밖
에 없는 상황에 놓이게 된다. 이런 점에서 프라이데이는 정복자에게 구원된 식민지
인으로서 "정복자의 스타일과 언어를 모방하고, 선교사들이 들려주는 신의 목소리
를 경청하고, 정복자의 언어로 짐짓 공포를 가장하여 예전에 섬기던 원시적 종교
의식을 조롱하고 부정하며, 원시적 과거의 냄새가 나는 것이면 무엇이든 경멸하
는"[6] 이른바 식민지 엘리트의 상징적 알레고리가 되고 있다. 파농의 말처럼, 식민
지인은 "식민 본국의 문화적 수준을 어느 정도 갖추고 있느냐에 따라 식민지 원주

---

[5] Daniel Defoe, p. 214.
[6] 응구기 와 시옹오, 「아프리카 문화에 관하여」, 『아프리카 탈식민주의 문화론과 근대성』이석호 엮음. 동
　　인, 2001, 207쪽.

민의 신분을 초월하기도 하고 매몰되기도 한다. 식민지인은 자신의 흑인성 또는 원시성의 폐기를 통해 백인화되어 가는 존재인 것이다."[7]

아프리카 케냐 출신의 소설가 제임스 은구기(은구기 와 시옹고)는 『정신의 탈식민화』 Decolonizing the Mind 에서 식민지 본국의 언어, 주인의 언어로 글을 쓰는 것에 내포된 본질적인 문제에 관해 잘 말해주고 있다.

> 언어의 선택과 사용은 자연환경과 사회환경과의 관련지을 때 민족의 정체성 정의에 있어서 중심적인 것이다. . . . 외국어로 계속 글을 쓰고 외국어에 경의를 표함으로써, 우리는 문화적 차원에서 그와 같은 신식민주의적인 비굴과 아첨의 정신을 계속하지 않는가?[8]

아일랜드와 마찬가지로 제국주의 시대에 영국의 대표적인 식민지였던 아프리카 케냐 출신의 제임스 은구기는 원래 영어로 글을 쓴 소설가였다. 그러나 그는 『정신의 탈식민화』를 출판한 이후 자신의 이름을 은구기 와 시옹고로 개명한 채 모든 작품을 케냐의 부족어인 기쿠유 어와 키스와힐리 어로 쓰기 시작했다. 그는 언어란 세상과 자기 자신을 인식·묘사하는 수단이며 문화를 수반하는 언어와 문화 사이는 서로 분리할 수 없는 불가분의 관계를 맺고 있다는 점에서 언어의 상실은 곧 문화의 상실을 의미한다고 주장한다.[9] 은구기는 "black"에 내포된 수많은 부정적 의미를 예로 들면서 영어는 인간의 언어 가운데 가장 인종차별적인 언어라고 주장하기에 이른다. 따라서 영어에 인종차별적 이념이 내포되어 있음을 알면서도 영어로

---

[7] Frantz Fanon, *Black Skin, White Masks*, New York: Grove, 1967. p. 18.

[8] Ngugi wa Thiong'o, D*ecolonizing the mind: The Politics of Language in African Literature*. London: James Currey, 1981, p. 4, 26.

[9] Ibid, pp. 15-16.

계속 글을 쓴다는 것은 결과적으로 식민의 질서에 동조하는 셈이다. 진정한 탈식민화는 정치적 자유뿐만 아니라 식민의 정신 상태로부터의 자유에 있기 때문이다. 그에 따르면 영어와 이른바 제 3세계 사이의 만남은 결코 독립되고 평등한 조건 아래에서 이루어진 적이 없다.[10] 아프리카에서 영어는 기존의 문화와 역사를 삭제하고 새로운 지배(자)의 문화와 식민주의의 형식을 주입하는 일종의 "문화 폭탄"이다. 그래서 토착어인 기쿠유 어로 글을 쓴다는 것은 기쿠유 어의 전통으로 복귀하는 것을 의미하는 동시에 그 전통의 현재성을 인정하고 그러한 전통과의 교류를 의미하는 것이다.[11]

영어를 포기하고 토착어를 선택한 은구기와 달리, 치누아 아체베를 비롯하여 샐먼 루시디 같은 작가는 토착어 대신 영어로 글을 쓰는 것을 일관되게 옹호하면서 작품 활동을 계속하고 있는 작가들이다. 이들이 영어로 글을 쓰는 한 가지 이유는 토착어의 화법과 표현 형식이 뒤섞인 채 비 영어권 사회의 문화적 변별성을 드러내는 영어를 통한 자의식적 글쓰기가 역설적으로 식민 공간의 사회·문화적 특성과 탈식민화의 경험을 반영하는 저항과 치유 행위가 될 수도 있기 때문이다. 이런 점에서 위에서 은구기가 던지는 질문은 동질성과 차이에 대해 몇 가지 본질주의적인 문제를 내포할 수 있다.

그 첫 번째는 탈식민주의적 시각에서 보았을 때 제국과 식민지 사이에 설정될 수 있는 본질적인 관계이다. 이것이 갖는 문제는 식민화의 임무를 보다 용이하게 하려는 차원에서 유럽이 아닌 식민 지역의 토착민을 아프리카인, 인도인, 아랍인과 같은 본질적 개념을 사용하여 궁극적으로 이들을 유럽에 대한 "차이"로 규정한다는

---

[10] Ngugi wa Thiong'o, "English: A Language for the World?" in *The Yale Journal of Criticism*, 4.1(1990), p. 284.

[11] Gaurav Desai, "Rethinking English: Postcolonial English Studies" in Henry Schwarz & Sangeeta Ray (eds.), *A Companion to Postcolonial Studies*. Oxford: Blackwell, 2000, p. 526.

점이다.

　그러나 보다 더 큰 문제는 식민지의 민족(주의) 해방 운동이 유럽 식민 본국의 본질주의를 "되받아" 자신들의 동질성을 추구하고자 이데올로기화한다는 사실이다. 게다가 식민지 민족주의는 식민주의자를 하나의 본질로 환원하는 동시에 식민주의자들이 규정한 식민지 고유의 가치를 거부하거나 혹은 전유 가능한 순수 본질의 견지에서 자신들을 규정하는 모호성을 낳을 수밖에 없다. 이것은 결국 식민주의자가 설정한 틀에 자신을 가두는 잠재적 위험을 내포한다. 에드워드 사이드는 이같은 위험에 관해 다음과 같이 경고하고 있다.

　　　　탈식민주의 국가들에게 있어서, 켈트인들의 정신, 흑인성 혹은 이슬람의 그러한 특성에 대한 의존도는 더욱 명백하다. 토착민 독재자들은 그것을 현재의 잘못과 부패와 독재를 은폐하기 위한 수단으로 사용하고 있으며, 반체제 세력들은 제국주의적 맥락에서 벗어나기 위해 사용하고 있다.[12]

그럼에도 불구하고 조이스는 이른바 식민지 본국의 언어로 글을 쓴다는 것이 언어 식민주의를 드러내는 증거가 아님을 자신의 소설을 통해 보여준다고 볼 수 있다. 이것은 제국의 언어를 전략적으로 되받아 저항의 도구로 전유함으로써 궁극적으로 제국의 식민화를 극복하고자 시도한 것으로 보이기 때문이다. 다시 말해 제국의 영어는 대표적인 제국의 본질이자 식민지의 영어는 대표적인 식민 모방의 본질이라는 점에도 불구하고, 『율리시즈』를 통해 보여주고 있듯이, 조이스가 시도하는 "영어의 글쓰기"는 제국의 기념비로서 영어를 해체하고 아일랜드의 정체성과 아일랜드의 역사와 문화를 재구축하려는 시도의 일환임을 읽어낼 필요가 있다. 궁극적으

---

[12] 에드워드 사이드, 『문화와 제국주의』, 김성곤, 정정호 공역, 창, 1995, 66쪽.

로 그의 소설은 아일랜드의 탈식민화를 시도한 것으로서 가야트리 스피박이 말하는 이른바 "전략적 본질주의"13의 일환으로 접근해야 한다. 그 이유는, 들뢰즈 · 가타리의 표현을 빌리자면, 조이스의 문학은 지배집단의 언어를 통해 불확정적 또는 억압된 민족의 양심을 필연적으로 드러내는 소수 집단의 문학이자 민족의 문제를 이야기하지 않을 수 없는 집단적 표현기계로서, 이른바 "풍요롭고 중층적인 말의 사용으로 세계의 재영토화"를 시도한 대표적인 경우이기 때문이다.14

해체론적 탈식민화

조이스가 아일랜드의 독립 운동과 문예부흥 운동이 한창이던 20세기 초 변혁의 시기에 대부분의 소설 작품을 집필했음은 이미 알고 있는 사실이다. 이러한 이유 때문에 많은 비평가들은 그의 소설이 당대 아일랜드의 사회, 정치, 역사, 문화 관련 여러 현안에 매우 민감한 관심을 표출하고 있다고 주장해왔다. 최근의 탈식민주의 문화 연구는 그의 소설이 단순히 미학적, 비정치적 순수 예술 작품이 아닌 식민지 대도시 더블린의 다양한 맥락을 반영한 대도시 모더니즘 텍스트로서 분석을 가능하게 한다. 이와 같은 접근은 조이스의 정교한 언어 미학의 재현과 자아 탐구의 맥락에서 텍스트를 분석하는 기존의 비역사적, 비정치적인 신비평과 구조주의, 그리고 탈구조주의 비평이 지닌 한계를 극복하고자 하는 일환이다.

조이스 소설이 보여주는 표면적인 언어 미학과 자아 탐구는 그 동안 비평계에서

---

13 Gayatri Spivak, "In a Word: Interview" in *Outside In the Teaching Machine*. London: Routledge, 1993, pp. 3-6.

14 Gilles Deleuze & Felix Guattari, *Kafka: Toward a Minor Literature*. Trans. Dana Polan. Minneapolis: University of Minnesota Press, 1986, pp. 16-19.

거의 확정된 기정사실처럼 여겨져 왔다. 마르크스주의 비평가인 게오르그 루카치 조차도 조이스가 자신의 소설에서 신화와 의식의 흐름 기법을 지나치게 사용한 나머지 정적이고 감각적인 예술을 초래했다고 비판했을 정도이다.[15] 『젊은 예술가의 초상』의 제 5장과 『율리시즈』에서 볼 수 있듯이, 예술은 동적이거나 교훈적이어야 한다고 주장하는 스티븐의 표면적인 미학을 지나치게 전유專有한 기존의 비평은 조이스를 비정치적 입장을 견지하는 모더니즘의 순수한 미학적 예술가로 한정했던 것이다. 또한 니체 - (하이데거) - 푸코 - 데리다로 이어지는 탈구조주의 비평 계보의 흐름을 바탕으로 하면서, 신비평과 구조주의 비평의 한계를 뛰어넘은 이른바 "탈구조주의자 조이스"와 같은 시각조차도 개인을 해체하고 텍스트내의 언어유희에 초점을 맞춤으로써 개인의 사회적 위치와 발전의 중요성에 대해서는 무관심한 실정이다.[16] 그러므로 신비평뿐만 아니라 탈구조주의 비평은 문화와 텍스트 사이의 정치적, 문화적 관계를 의도적으로 혹은 무의식적으로 도외시하며, 텍스트에 재현된 리얼리즘 서사와 모더니즘 서사의 대립과 상충에 대해서는 별다른 관심을 두지 않고 있다.

그럼에도 불구하고 조이스가 제국의 언어이자 식민지 언어인 영어에 가하는 언어의 테러리즘을 데리다가 텍스트상의 언어유희로 최소화하여 수사적 웃음으로 규정지으면서, 이것을 "말과 문자 사이를 유희하는 바벨주의"라고 말한 점은 주목할 필요가 있는 대목이다.[17] 물론 데리다의 논문이 『피네간의 경야』 바로 중간 지점

---

[15] Georg Lukacs, *Realism in Our Time*. New York: Harper, 1971, p. 19.

[16] Derek Attridge and Daniel Ferrer, ed. *Post-structuralist Joyce: Essays from the French*. Cambridge: Cambridge UP, 1984; Alan Roughly, *James Joyce and Critical Theory: An Introduction(1991)* Ann Arbor: The U of Michigan P, 1991, pp. 250-79.

[17] Jacques Derrida, "Two Words for Joyce" in Derek Attridge & Daniel Ferrer (eds.), *Post-structuralist Joyce*. Cambridge: Cambridge UP, 1984, p. 156.

에 있는 두 마디 말인 "He War"만을 분석하고 있음을 감안하더라도, 데리다에 따르면, 조이스의 바벨주의는 제국의 언어로서 영어가 갖는 헤게모니에 대한 도전이자 저항의 글쓰기이며, 영국과 아일랜드로 상징되는 제국과 식민지 사이에 벌이는 언어의 전쟁이다. 궁극적으로 이것은 "전염과 점령"의 언어인 영어의 감옥監獄에 갇혀버린 채 속박된 상태의 조이스가 가하는 "보복, 분노, 유예"의 글쓰기이다.[18] 이런 점에서 데리다는 텍스트가 단순히 고립된 의미부재의 장소이자 끊임없는 "차연"의 영역이 아님을 암시한다. 데리다는 텍스트 속에서 절대 의미로서의 주체나 자아를 타자를 식민화하는 어떤 현상도 거부하고 텍스트의 주변에서 타자의 목소리와 전복의 가능성을 읽어내고 있는 것이다. 따라서 탈식민주의 담론의 시각에서 라캉과 융, 그리고 데리다를 읽어내는 가운데 마글리올라Robert Magliola가 다음과 같이 말한 것처럼, "모든 식민지에 대한 해체주의자"로 "추정되는" 데리다의 해체주의 이론은 탈식민주의 담론으로 되받아 적용할 수 있을 것이다.

> 라캉에 관해 말하자면, 그의 명성은 당연히 그가 프로이드를 탈식민화했다는 사실뿐만 아니라, 심지어 이러한 종류의 탈식민주의에 대해서 그가 제 2의 융을 우리에게 자유롭게 해방시켜 주었다는 점에 기인한다. 모든 식민화에 대한 해체론자로 추정되는 데리다에 관해서, 우리는 궁극적으로 데리다적인 융을 밝혀내는 가운데 제 2의 융에 대한 두 가지 데리다적인 시도를 보여주고자 한다.[19]

데리다의 영향을 가장 많이 받은 탈식민주의 이론가이자 이른바 "페미니즘적 맑시즘적 해체주의자"로 불리는 가야트리 스피박도 자신의 저서 『또 다른 세계에서』In

---

[18] Jacque Derrida, "Two Words for Joyce," p. 158.

[19] Robert Magliola, "Transformation Theory & Postcolonial Discourse: Jung by Lacan by Derrida (by Sinister Descent)." *Critical Studies* 5 (1996), p. 241.

Other World(1988)의 작가 노트에서 자신의 탈식민주의 이론의 기반이 데리다의 영향을 많이 받았음을 다음과 같이 밝히고 있다.

> 만약에 지금 해체라고 부르는 것이 탈식민주의 학자의 망명의 공간을 혼란스럽게 하지 않았더라면 나에게 또 다른 세계는 결코 존재하지 않았을 것이다. 이러한 의미에서 나는 자끄 데리다에게 많은 빚을 지고 있다.[20]

본질적으로, 조이스의 언어 실험은 식민의 언어에 의해 드리워진 그림자로부터 자유로워지려는 시도로 볼 수 있을 것이다. 조이스가 슈테판 츠바이크에게 "나는 모든 언어를 초월한 언어를 가지고 싶다. 즉 모든 사람이 봉사할 수 있는 언어이다. 나는 전통 속에 나 자신을 폐쇄하지 않고는 영어로 나 자신을 표현할 수 없다"라고 말했던 것처럼,[21] 그의 예술적 의도 가운데 한 가지는 분명히 식민주의가 그에게 강요했던 영어의 지배력을 해체하려는 것이다. 이것은 제국의 언어를 전략적으로 되받아 저항의 도구로 전유함으로써 궁극적으로 제국의 식민화를 극복하고자 시도한 것임을 말해주고 있다. 그러므로 제국의 본질은 언어라는 점에서 식민지의 언어는 식민 모방의 본질임을 벗어날 수 없음에도 불구하고, 조이스의 영어는 이른바 식민의 언어이자 제국의 기념비로서 작용하는 영어의 해체를 시도하고 억압된 아일랜드의 정체성과 역사와 문화를 재창조하려는 끊임없는 시도의 일환으로 읽을 필요가 있다.[22]

---

[20] Gayatri Spivak, *In Other World: Essays in Cultural Politics.* London: Routledge, 1988, p. xxi.

[21] Hunt Hawkins, "Joyce as Colonial Writer." *CLA Journal* 35.4(1992), p. 410 재인용.

[22] 이런 점에서 아일랜드의 탈식민화를 시도하려는 언어의 매체로서 조이스의 영어는 이를테면 전략적 본질주의의 일환이라는 인식도 가능할 것이다.

제임스 조이스, 모더니즘, 탈식민주의

조이스를 역사와 정치, 그리고 문화 연구의 차원에서 분석하기 시작한 것은 그리 최근의 일은 아니다. 리차드 엘만Richard Ellmann의 『조이스의 의식』The Consciousness of Joyce은 그 가운데 대표적 저서로서 비교적 전통적 시각을 견지하면서 아일랜드에 대한 조이스의 정치적 관심을 면밀히 밝혀내고 있다.23 그러나 아일랜드의 정치적 역사적 식민 상황을 투사하여 조이스를 영국문학에 편입된 주요 작가가 아닌 식민지 아일랜드 출신의 망명 작가이자 탈식민주의 작가로서, 혹은 카프카Franz Kafka와 비교되는 식민 대도시 작가로서 다시 읽기 시작한 것은 최근의 신역사주의적 시각과24 제국과 식민지의 관계에서 소비와 대중문화에 대한 집중적인 관심,25 인종과 민족, 그리고 제국과 식민지에 관한 탈식민주의 비평 작업26과 깊은 관련성을 내포하고 있다.

---

23 Richard Ellmann, *The Consciousness of Joyce*. Toronto: Oxford UP, 1977.

24 신역사주의 관점에서 조이스를 분석한 대표적인 경우는 다음을 참조할 것. L. H. Platt, "The Buckeen and the Dogsbody: Aspects of History and Culture in 'Telemachus'." *JJQ* 27.1(1989), pp. 77-86. 그리고 Mary Lowe-Evans, *Crimes Against Fecundity*. Syracuse: Syracuse UP, 1989.

25 대중문화의 관점을 반영한 대표적인 조이스 연구는 Cheryl Herr, *Joyce's Anatomy of Culture*. Urbana & Chicago: U of Illinois P, 1986. R. B. Kershner, *Joyce, Bakhtin, and Popular Literature*. Chapel Hill: The U of North Carolina P, 1989. Christine Froula, *Modernism's Body: Sex, Culture, and Joyce*. New York: Columbia UP, 1996.

26 탈식민주의와 민족주의에 관련된 최근 조이스 연구의 대표적인 경우는 다음과 같다. Vincent Cheng, *Joyce, Race, and Empire*. Cambridge: Cambridge UP, 1995; Enda Duffy, *The subaltern Ulysses*. Minneapolis: U of Minnesota P, 1994; James Fairhall, *James Joyce and the question of history*. Cambridge: Cambridge UP, 1994; Emer Nolan, *James Joyce and Nationalism*. London: Routledge, 1995; Joseph Valente, *James Joyce and the Problem of Justice*. Cambridge: Cambridge UP, 1995. 탈식민주의 비평과 이론을 특집으로 다룬 대표적인 학술 저널은 다음을 참고할 것. *Critical Inquiry*(1985/1986), *NLH*(1987), *Cultural Critique*(1987), *OLR*(1987/1991), *Inscriptions*(1988), *South Atlantic Quarterly*(1988), *Genders*(1991), *Public Culture*(1992), *Social Text*(1992), *Yale French Studies*(1993), *Literature and History*(1994).

탈중심의 논리를 표방하는 주변부의 문화적 각성인 탈식민주의는 우선 제국주의적 글쓰기인 모더니즘과 식민주의 사이의 결탁 여부에 그 비평의 초점을 맞춘다. 슬레먼Stephen Slemon은 모더니즘은 다름 아닌 식민주의 그 자체라고 말하면서 모더니즘의 가장 "특권화된 수사적 전략" 가운데 한 가지는 "그 곳에 있는" 다른 세계의 문화작품을 제국의 사회적·담론적 목표와 시각에 맞추어 재생산하는 것이라고 말한다.[27] 그래서 혁신적인 주제와 서사 기법을 사용한 대표적인 하이 모더니즘 High Modernism 작가인 조이스를 위시한 카프카, 울프Virginia Woolf, 콘라드Joseph Conrad, 로렌스D. H. Lawrence, 엘리엇T. S. Eliot 등의 작품은 바로 이와 같은 맥락에서 재조명할 필요가 있을 것이다. 왜냐하면 이들이 사용한 파편화, 미학화, 자의식, 소외 등과 같은 서사 기법은 제국주의의 울타리 안에서 유럽 중심의 위계질서와 가치들을 역사에 암묵적으로 새기는데 전유되었다고 볼 수 있기 때문이다.

탈식민주의는 유럽 중심의 모더니즘 해석에 반대할 뿐만 아니라 대표적인 모더니즘 작가의 작품들이 식민사회 내에서 수용되고 해석되는 양식과 방법을 문제 삼는다.[28] 모더니즘 작품들은 작가의 원래 의도와는 상관없이 유럽 중심의 제국 역사와 문화를 반영하는 텍스트들로 간주되어 왔기 때문이다. 그러므로 모더니즘 텍스트는 제국의 시각에서 서구의 식민 전통에 관련되어 세계대전 이후 서구의 문화 위기와 더불어 몰락한 과거 모더니즘 시대의 미학을 반영한 정전이 아니라 제국의 주체로부터 타자의 역사를 다시 회복하려는 시도를 반영한 작품들로 재조명될 수 있다. 이러한 관점에서 유럽 최대의 식민 대도시 더블린을 재현하는 조이스의 소설 『율리시즈』는 단순히 미학적인 모더니즘 텍스트가 아니라 식민주의와 제국주의의 현존에 의해 받은 조국의 상처와 틈을 치유하는 동시에 유럽 중심의 리얼리티가 설

---

[27] Stephen Slemon, "Modernism's Last Post." *Ariel* 20.4 (1989), pp. 3-4.

[28] Ibid, p. 6.

정한 구조적 위계질서의 한계를 극복하고 그 위계질서를 해체하는 탈식민주의 텍스트로 볼 수 있을 것이다.

탈식민주의는 제국주의적 억압 구조로부터의 해방뿐만 아니라 지배 이데올로기로부터의 차이를 추구한다. 그렇지만 탈식민주의의 정의와 한계에 대해서는 그 동안 비평가들 사이에 많은 논쟁이 있어온 것은 사실이다. 일반적인 의미에서 탈식민주의 연구는 유럽과 식민지 사회 사이의 상호작용에 관한 연구로서 단순히 식민과 후기식민의 기간 설정을 의미하는 것이 아니라 오히려 유럽의 지식과 권력 구조에 대한 전반적인 비평을 가능하게 하는 방법론적 수정주의를 의미하기 때문이다.[29]

탈식민주의postcolonialism 혹은 post-colonialism는 애쉬크로프트Bill Ashcroft와 그리피스Gareth Griffiths, 그리고 티핀Helen Tiffin이 1969년에 공동 저술한 저서 *The Empire Writes Back*[30]을 통해 비로소 그 용어가 정립된다.[31] 이에 따라, 과거 유럽의 식민지 문학을 기술할 때 사용되던 이른바 "영연방 문학" 혹은 "제 3세계 문학"과 같은 용어는 점차 그 사용 빈도가 줄어들고 있는 추세이다. 다소 논란의 소지가 있지만 서구 영미권 학계에서는 1978년 에드워드 사이드의 『오리엔탈리즘』 출간을 본격적인 탈식민주의 연구의 시작으로 보고 있다. 특히 무어-길버트 Moore-Gilbert는 『오리엔탈리즘』을 분기점으로 그 이전을 탈식민주의 비평의 시기로, 그리고 그 이후의 사이드 자신을 위시하여 호미 바바와 가야트리 스피박 등이

---

[29] Padmini Mongia, ed. *Contemporary Postcolonial Theory: A Reader*. London: Arnold, 1996. p. 2.

[30] 우리말 번역은 『포스트콜로니얼 문학이론』 이석호 역, 민음사, 1996.

[31] 몬지아(Padmini Mongia)의 설명에 따르면, 지금까지 하이픈의 사용 여부에 대해서 논의된 일치가 없지만, 일반적으로 하이픈이 있을 경우 탈식민주의는 시간적으로 식민주의가 공식적으로 종식된 상황을 의미하는 반면, 하이픈이 없을 경우 탈식민주의는 식민주의와 그 잔재에 대한 탈구조주의적 분석을 포함한 비평 실천 전반을 가리킨다. Padmini Mongia, ed. *Contemporary Postcolonial Theory: A Reader*. London: Arnold, 1996. p. 16 참조.

활동하고 있는 시기를 탈식민주의 이론의 시기로 구분하고 있다.[32]

그러나 현대적 개념의 탈식민주의에 대한 논의는 1961년에 파농이 쓴『대지의 저주받은 자들』[33]에 의해 시작되었다고 해도 과언이 아니다. 이미 1952년에『자기의 땅에서 유배당한 자들』[34]을 출간하여 전 세계적으로 큰 반향을 불러일으킨 적이 있는 파농은『대지의 저주받은 자들』에서 식민지 민족과 그 민족 문화에 끼치는 유럽 식민주의의 결과에 대해 철저한 분석을 가하면서 유럽 중심의 철학과 역사 서술을 극복하고자 하는 혁명적인 탈식민화를 시도한다.

파농에 따르면 과거 제국의 식민지였던 이른바 "제 3세계"는 동시대 세계 권력의 질서뿐만 아니라 자본주의와 사회주의와 같은 두 개의 경쟁 이데올로기에 대해서도 철저하게 주변부로 설정된다. 그래서 유럽제국이 서술하는 식민지의 역사에서 그 역사의 대상인 식민 주체는 역사 서술의 자율 주체가 되지 못한다. 다시 말해 식민 주체는 필연적으로 제국 중심의 역사의 자의적 해석과 서술에 있어서 이른바 "인식론적 폭력"의 대상으로 고정되고 소외될 수밖에 없다. 파농은 식민지 고유의 역사와 식민 역사 모두를 제국의 시각에 맞추어 서술하는 잔혹한 역사화의 과정 그 자체에만 비판을 가하지 않는다. 왜냐하면 유럽 식민주의는 타자에 대한 체계적인 부정이고, 타자에 대해 어떤 인간적인 속성도 허용하지 않기 때문이다.[35] 식민주의의 목적은 식민지 원주민의 비인간화이며, 식민화의 과정은 역설적으로 서구 휴머

---

32 Bart Moore-Gilbert, *Postcolonial theory: contexts, practices, politics*. London: Verso, 1997. pp. 5-33.

33 원제는 *Les Damnes de la terre*. Paris: Francois Maspero Editeur, 1961. 영역본은 *The Wretched of the Earth*. Trans. Constance Farrington. New York: Grove press, 1963. 우리말 번역은『대지의 저주받은 자들』박종렬 역. 광민사, 1979.

34 원제는 *Peau Nori, Masque Blanc*. Paris: Seuil, 1952. 영역본은 *Black Skin, White Masks*. Trans. Charles Lam Markman. New York: Grove Press, 1967. 우리말 번역본은『자기의 땅에서 유배당한 자들』김남주 역. 청사, 1978.

35 프란츠 파농,『대지의 저주받은 자들』, 박종렬 역, 광민사, 1979, 201쪽.

니즘의 가치에서 그 정당성을 찾는다.[36] 탈식민화는 유럽에 의해 형성된 세계 질서에 변화를 가하려는 일환에서 기존의 질서를 해체하고자 시도하지만 그것은 유럽 휴머니즘이 부가한 기존의 인간 본성의 가치를 깨뜨리는 것에 다름 아니다. 인간성은 인간 정신이 보편적으로 지니고 있는 특질이며 윤리적인 공동선이라는 인간의 본성에 대한 휴머니즘의 개념은 세계 역사에 있어서 유럽의 식민주의 시대에 형성된 개념이다. 그 결과 유럽 휴머니즘의 기준에 맞지 않는 여러 타민족 주체들은 비인간화되고 타자화되는 과정을 겪게 된 것이다.[37]

여기서 유럽의 식민주의를 경험한 지역을 일반적으로 칭하는 "제 3세계"의 개념을 잠시 살펴볼 필요가 있다. 존슨-오딤에 따르면, "제 3세계"와 같은 용어는, 첫째, 개발도상 단계에 있거나 심한 착취를 경험한 지정학적 국가, 지역, 대륙을 지칭하고, 다음으로, 선진 제 1세계의 국가에 지금 거주하고 있는 이들 지역 출신 민족들을 지칭한다.[38] 원래 "제 3세계"는 아시아 아프리카의 129개국 대표가 1955년 4월에 반둥에서 개최한 제1차 아시아 아프리카 회의를 통해 새로이 정립된 용어라고 말할 수 있다. 유럽 제국의 질서에서 새로 독립한 아시아 아프리카 국가들은 반둥 회의에서 경제, 문화 협력, 인권 존중과 민족 자결, 식민주의 반대 등을 결의하면서, 서로 단결하여 아시아 아프리카 그룹을 형성하여 세계 정치 무대에서 선진유럽에 맞서 자신들의 비중을 증대시키고자 노력하였다. 그러나 가야트리 스피박은 "제 3세계"와 같은 개념이 이들의 치열한 지적 인식의 노력을 통해 도출한 결과가 아니

---

[36] Robert Young, *White Mythologies: Writing History & the West.* London: Routledge, 1990, p. 120.

[37] Ibid, p. 121.

[38] Cheryl Johnson-Odim, "Common Themes, Different Contexts: Third World Women and Feminism" in Chandra Mohanty, Ann Russo, and Lourdes Torres (eds.), *Third World Women and the Politics of Feminism.* Bloomington: Indiana UP, 1990, p. 314.

라 오히려 모방의 산물에 불과하다고 지적하고 있다.

2차 대전 이후 설정된 새로운 세계 질서에 대한 부응에서, 세계체제에서 동양의 블록도 아니고 서양의 블록도 아닌 제 3의 방법을 모색하기 위해 반둥회의에서 처음 시도된 것은 균형 잡힌 지적 노력이 수반된 것이 아니었다. 초기 제 3세계의 성장을 위해 문화 분야에서 채택된 유일한 표현은 반제국주의 혹은 민족주의와 같이 구 세계질서 내에서 저항의 일환에서 취한 입장을 또다시 피력한 것에 불과하다.[39]

산가리Kumkum Sangari는 한 걸음 더 나아가 "제 3세계"가 실제의 지리상의 공간뿐만 아니라 심상 지리적인 공간을 칭하는 것이어서, 광대한 전 세계의 다양한 장소를 단일한 미개 영역으로 통칭할 수 있는 경제적 정치적 상상적 지리 공간을 의미한다는 점에서 그 본질을 흐리게 할 수 있는 용어라고 주장한다. 따라서 산가리는 실제 매우 다양한 세계의 여러 장소를 "제 3세계"와 같은 용어를 사용하여 일괄적으로 표현하는 유럽의 태도에 매우 비판적이다.[40]

식민주의와 탈식민주의의 논의는 바로 이와 같은 유럽 중심의 인식과 역사의 체계를 해체하고 다시 쓰기 위한 것이다. 이런 점에서 조이스의 소설이 배경으로 하고 있는 식민 대도시 더블린과 같은 지정학적 주변부에 대한 논의는 제국과 식민지 사이의 정치적, 경제적, 문화적, 역사적 종속 관계가 텍스트 속에 어떻게 재현되어 있는가를 살필 때 매우 중요하다. 이것은 기존 유럽 중심의 인식 체계에 대해 새로운 접근을 시도함으로써 유럽의 인식 체계와 역사화가 다름 아닌 식민지 타자화의

---

[39] Donna Landry & Gerald MacLean, ed. *The Spivak Reader.* New York: Routledge, 1996, p. 270.

[40] Kumkum Sangari, "The Politcs of the Possible" in Abdul R. JanMohamed & David Lloyd (eds.), *The Nature and Context of Minor Discourse.* Oxford: Oxford UP, 1990, pp. 216-45.

결과임을 입증할 수 있기 때문이다. 파농이 역설적으로 "유럽은 말 그대로 제 3세계의 창조물이다"라고 말한 것처럼, 유럽 제국의 역사는 바로 세계사의 중심으로 자리 잡으려는 욕망의 산물이자, 제 3세계적 타자의 영역을 식민화하려는 제국주의 충동의 산물이다.[41] 이런 점에서 탈식민주의는 바로 식민 담론에 의해 설정된 제국의 자아와 식민 타자의 차이와 모호성을 새롭게 투시하고 그 왜곡된 식민 상황을 바로 잡아, 제국이 자행한 식민 타자의 객체화에 저항하는 담론 과정이라 말할 수 있다.

『율리시즈』: 차이와 모호성의 문화 텍스트

『율리시즈』는 1904년 6월 16일의 더블린을 그리고 있지만, 조이스가 『율리시즈』를 쓰던 1914년에서 1921년 사이의 기간은 아일랜드 근대사에서 정치 문화 사회적으로 혁명적인 변혁을 겪고 있던 시기였다.[42] 이 시기에 일어난 주요 역사적 정치적 사건을 보면, 이 시기는 1914년에는 제 1차 세계대전 발발로 오랜 숙원이던 아일랜드 자치법안이 보류되었을 뿐만 아니라, 1916년 부활절 월요일에는 아일랜드 자치주의자들이 주동이 된 무장 폭동이 발생하기도 했던 격동의 시간이었다. 그러나 마침내 1921년에 아일랜드 남부와 영국 사이에 평화조약이 체결되어 아일랜드는 영연방내의 자치국가로서 정부를 수립하게 된다. 따라서 이 시기는 아일랜드에서 정치적 독립 투쟁이 가장 치열하게 전개되던 시기였지만, 아직 모든 면에서 새로운 체제와 상황에 이르지 못한 과도적 시기였다고 말할 수 있다.

---

[41] Robert Young, *White Mythologies: Writing History & the West*. London: Routledge, 1990, p. 119.
[42] Enda Duffy, *The Subaltern Ulysses*. Minneapolis: U of Minnesota P, 1994, pp. 12-18.

당시 더블린은 가난을 피해 몰려든 농촌 인구의 급격한 유입으로 대영 제국 내에서 런던 다음으로 큰 대도시로 성장하였지만, 여전히 유럽의 중심 무대에서 배제된 식민지 대도시였다는 사실은 많은 것을 시사한다.[43] 800년간 영국 통치의 보루였던 더블린 성Dublin Castle을 비롯하여 더블린의 오코넬 가에 위치한 넬슨 기념탑과 피닉스 공원에 위치한 웰링턴 기념탑이 상징하듯, 식민지 대도시는 제국의 지배와 위계질서, 그리고 정복을 의미한다. 이뿐만 아니라 제국의 문화와 소비 상품이 수입 전시되고 판매되는 이른바 "제국의 기념비"라는 점에서 더블린은 가부장적 남성적 제국의 권력과 식민 욕망이 반영된 공간이자 제국의 소비시장이라는 하위계층성을 함축한다고 볼 수 있다.

하위계층은 원래 그람시Antonio Gramsci의 『옥중수고』에 처음 등장하는 용어이다. 하위계층은 지배계급과 국가의 통치에 종속된 피억압 사회집단으로서 지배계급의 억압을 공유하고 있는 집단의 다양한 집합체라는 의미를 지닌다. 그람시에 의하면 하위계층은 비통합적 파편적 에피소드적인 역사를 지니면서, 지배계층이 주도하는 정치체제에 통합된다.[44] 그람시가 주목한 점은 하위계층은 반헤게모니적이어서 지배계층의 비안정화와 전복과 지배계급의 대체를 추구하고 자신들의 하위계층성에서 벗어나기를 갈망하는 가운데 통합적 자율과 통일 그리고 지배를 목표로 하지만, 단일 국가를 형성할 수 있어야 비로소 뭉칠 수 있다는 것이다.[45] 호주에서 활동하는 인도 출신 역사학자인 라나지트 구하Ranajit Guha와 가야트리 스피박이 펴낸 『하위계층 연구 선집』 서문에서 사이드는 그람시의 하위계층 개념을 이렇게 설명하고 있다.

---

[43] http://www.census.nationalarchives.ie/exhibition/dublin/main.html.

[44] Antonio Gramsci, *Selections from the Prison Notebooks*. Eds. G. Nowell Smith & Q. Hoare. New York: International Publications, 1971, p. 55.

[45] Ibid, p. 52.

역사가 있으면 계급이 존재하기 마련이며, 따라서 역사의 본질은 지배자와 피지배자, 엘리트 지배계층과 그들의 억압적 이데올로기적 지배를 받는 하위 계층 민중집단 사이의 오랜 다양한 사회 문화적 상호작용이다.[46]

구하가 주도한 하위계층 연구회Subaltern Studies Group는 그람시의 계급 관점의 하위계층 개념을 더욱 발전시켜 사회 내의 많은 유무형의 피억압 주변 집단으로 파악한다. 이후 스피박이 하위계층 연구회에 합류한 이후 하위계층의 개념은 하위계층 연구회가 간과한 성, 민족주의, 식민주의 그리고 탈식민주의 담론을 포섭하기에 이른다. 원래 스피박은 데리다의 보충supplement 개념을 논의하는 가운데 주변 심급의 저항적 잠재성을 의미할 때 이 용어를 사용했다. 이 경우에 하위계층은 보편적인 계급의식을 지니고 있지 않은 다양한 피지배 착취집단을 의미한다.[47]

식민지 대도시 더블린에 내재된 모호성은 유럽과 비유럽 혹은 식민주의와 탈식민주의의 두 세계 사이의 불확실한 경계에서 비롯된 것이다. 이러한 과도적 상황이 갖는 양가적 모호성은 급변하는 정치적, 역사적, 문화적 상황에서 모든 기존의 확정된 범부와 체제 그리고 차이와 질서가 해체되고 뒤바뀌는 가운데 새로운 체제를 지향하는 과정에서 비롯된다. 이 과정에서 대립되는 양극은 서로 만나고 뒤바뀌는 상황을 맞이한다. 즉, 탈식민주의 관점에서 더블린은 제국과 식민지 사이에 설정되는 지배와 피지배, 남성과 여성, 중심과 주변, 지배계층과 하위계층과 같은 이분법

---

[46] Edward Said, "Forward" in *Selected Subaltern Studies*. Eds. Ranajit Guha & Gayatri Spivak. Oxford: Oxford UP, 1988, p. vi.

[47] Robert Young, *White Mythologies: Writing History & the West*, p. 160. 하위계층과 관련한 자세한 논의는 다음을 참고할 것. Gayatri Spivak, "Subaltern Studies: Deconstructing Historiography" in Ranajit Guha & Gayatri Spivak (eds.), *Selected Subaltern Studies*. Oxford: Oxford UP, 1988, pp. 3-32; L. E. Donaldson, *Decolonizing Feminism: race, gender and empire bulding*. London: Routledge, 1992.

적인 차이가 해체되고 전도되는 상황을 의미한다. 이 경우에 더블린은 이른바 "새로운 세계로의 통과 의례이자 변화의 전이 과정으로서 카니발과 같은 축제의 공간"에 빗대어 생각해볼 수 있다.[48] 말하자면 조이스의 소설 속에서 더블린은 통과와 전이의 공간인 동시에 경계적 혹은 역치적인 탈식민 공간을 나타내는 하나의 은유가 되면서, 유럽 중심의 관점에서 타자로 구축된 식민 문화와 역사의 공간을 가로질러 제국 문화와 식민 문화 사이의 경계를 해체하는 공간으로서 식민화에 대한 저항과 전복을 재현할 수 있는 것이다.

여기서 주목할 점은 제국의 폭력과 이에 대한 민족주의의 저항을 동시에 재현하고 있는 리얼리즘과 모더니즘의 이질적인 서사 공간이다. 이를테면, 조이스는 『율리시즈』에서 의미의 절대적 부성父性에 함축된 인식론적 폭력을 배제하고 제국의 언어로서 영어의 감옥에 구속된 의미를 탈식민화하기 위해 통사적 괄호를 비롯한 다양한 서사 장치와 기법을 구사하고 있다. 서사 경계인 동시에 통사 경계의 표지로서 괄호의 공간은 역설적으로 보다 명확하게 식민주의와 탈식민주의의 급진적인 경계의 해체와 분열의 상황을 설명할 수 있게 한다. 탈식민화가 내포하는 해체와 분열의 경계적 모호성의 공간으로서 괄호는 말하자면 "이것과 저것을 명명할 수 없게 하며, 공통 명칭을 분쇄하거나 혼란시키는" 점에서 푸코가 말하는 헤테로토피아의 타자적 공간의 특성을 대표한다.[49]

이런 점에서 『율리시즈』의 서사 공간은 경계를 해체하는 통과 의례적인 전이 영역이라고 말할 수 있다. 이 경우에 텍스트는 혼성적이고 이질적인 문화의 장이 된다. 사이드의 개념으로 설명하자면, 전이는 문화의 자연적인 계승관계filiation와 작

---

[48] 전도와 전복의 탈신비적 카니발에 대한 자세한 논의는 Peter Stallybrass, & Allon White, *The Politics & Poetics of Transgression*. Ithaca: Cornell UP, 1986, p. 18 참조.

[49] 미셀 푸코, 『말과 사물』, 이광래 역, 민음사, 1994, 14-15쪽.

위적인 계승관계affiliation 사이에서 어떤 경험과 그 경험의 반복 사이의 불균형을 증대시켜 내부의 역설에 의해 문화의 단일성과 동질성이라는 평온함을 뒤흔드는 것을 의미한다.50 왜냐하면 모든 문화적 텍스트의 의미화는 앞서 말한 바와 같이 전이 과정으로서의 헤테로토피아heterotopia, 즉 혼재향混在鄕의 한 양식이라고 말할 수 있기 때문이다.

이와 같이 모호성이 하나의 상태에서 또 다른 상태로 경계를 가로지르는 역동적인 운동의 전이 과정에 의해 특징지어진다는 측면에서 볼 때, 한편으로는 인류학적인 통과의례의 면모를 지닌다고 볼 수 있다. 반 겐넵Arnold Van Gennep에 따르면, 모든 의례는 크게 세 가지로 나뉜다. 첫째로 개인 혹은 집단이 이전의 사회상황의 체제 혹은 고정된 지점에서 분리되는 전역치적preliminal 혹은 전경계적 의례, 다음으로 제의 주체가 모호해지는 가운데 더 이상 기존의 체제에 있지는 않지만 아직 새로운 체제에는 도달하지 못한 역치적liminal 혹은 경계적 의례, 그리고 마지막으로 제의 주체가 새로운 안정의 체제 혹은 상태에 들어서서 자신의 권리와 의무를 지니게 되는 후역치적postliminal 혹은 후경계적 의례 세 가지로 구분할 수 있다.51 그래서 이것도 저것도 아닌 모호한 상태로서 괄호의 의미를 품고 있는 경계성 혹은 역치성은 기존의 모든 범주와 계급 분류 체계의 해체와 역할의 전도뿐만 아니라, 다양한 규칙의 해체와 전복이라는 탈신비적 카니발의 축제 요소를 필연적으로 지니는 것이다.

역치성은 모든 문화의 상징체계에서 찾아볼 수 있는 매우 이채로운 특징이면서 현대의 탈식민주의 담론에서 가장 핵심적인 개념으로 수용될 수 있다. 예를 들어 그레이엄Colin Graham이 "식민주의자와 식민지인 사이의 궁극적인 대립이 아이러니

---

50 강상중, 『오리엔탈리즘을 넘어서』, 이경덕·임성모 역, 이산, 1997, 176쪽.
51 A. 반겐넵, 『통과의례』, 전경수 역, 을유문화사, 1985, 27~44쪽, 53쪽.

와 모방, 그리고 전복을 통해 붕괴되는 주변적인 지역"을 식민주의 담론의 역치적 공간liminal space으로 부르고 있는 것은 그 대표적인 경우라 할 수 있다.52 호미 바바가 역치성 또는 경계성의 측면에서 식민담론의 양가적 모호성을 자세하게 논의하고 있는 것도 바로 이와 같은 점 때문이다.53

한편, 사이드가 설명하고 있듯이, 생물학, 인류학, 역사, 그리고 소설과 같은 전통적인 제국주의 유럽의 텍스트는 그들과 다른 이종을 후진, 퇴행, 야만, 정체의 이미지와 수사를 동원하여 표현하고 해석하는 것이 과학적, 생물학적으로 타당하다는 이분법적인 유럽 중심의 인식의 틀을 만들어 온 점도 간과해서는 안 될 부분이다. 다시 말해 텍스트와 텍스트성은 유럽에 의해 구축된 제국의 자아와 식민지 타자 사이의 이분법적인 차이를 구축하는 모든 과정에서 중요한 역할을 수행해 온 것이다. 그래서 유럽 중심의 인식의 틀 내에서 구축된 아시아적이고 아프리카적인 이미지는 사이드의 말로 표현하면 동양화되고 여성화된 타자이자 "비참한 이방인"이다.54 제국의 자아 대 아시아적 타자와 같은 유럽 중심의 이분법적인 인식 체계의 구축은 단순히 유럽과 비유럽 민족 사회의 차이에 대한 설명만을 제시하는 것이 아니라 타자에 대해 유럽이 갖고 있는 두려움과 열망이 과학적이고 객관적인 지식임을 반영하고 있다. 그러므로 유럽의 환유적 차이로서 본질화된 비유럽인의 인종적 타자화와 전형화를 분석하는 것은 식민주의 담론과 탈식민주의 담론 논의의 기본적인 문제틀이라 할 수 있다.

조이스는 이 문제를 식민 대도시 더블린의 상품문화를 통해 구체적으로 제시하고 있다. 이를테면, 그는 보편화된 제국의 인종주의 논리를 통해 "패디"Paddy와 "백

---

52 Colin Graham, "'Liminal Spaces': Post-Colonial Theories and Irish Culture." *The Irish Review* 16 (Autumn/Winter 1994), p. 32.

53 Homi Bhabha, *The Location of Culture*. London: Routledge, 1993, pp. 139-170.

54 에드워드 사이드, 『오리엔탈리즘』, 박홍규 역, 교보문고, 1991, 337쪽.

인 니그로"로 낙인찍히고 식민 상품의 소비 주체로 전락한 식민지 도시민을 그려낸다..이를 통해, 조이스는 제국의 문화적 헤게모니에 의해 식민 타자로서 각인되고 범주화된 아일랜드의 인종과 민족, 그리고 민족주의의 본질을 비판적으로 묘사한다. 아울러 조이스는 인종과 민족, 그리고 더블린 상품 문화에 대하여 인간정신의 보편적 특질로 수용된 제국의 서사와 수사적 기교 그리고 주제를 되받아 풍자하는 가운데 그것을 새롭게 저항과 투쟁의 담론으로 대치함으로써 제국의 자아에 의해 억압되고 화석화된 텍스트의 의미를 탈식민화한다. 조이스는 제국주의의 정치적, 문화적, 역사적 식민 양상을 재현하면서, 식민과 피식민, 주체와 객체, 그리고 자아와 타자의 이분법적 세계 사이에 위치한 제 3세계의 탈식민적 정체성이 지닌 차이와 모호성을 담아내고 있는 것이다.

이와 같은 관점이 전적으로 조이스를 탈식민주의 작가로 규정지을 수는 없다 하더라도, 그의 소설에 등장하는 주요 인물들을 탈식민주의 주체로 읽을 수 있는 한 가지 방향 제시가 될 수 있을 것이다. 왜냐하면 그의 소설에는 영국의 제국 문화에 대항하는 수많은 저항의 인유引喩가 숨어 있기 때문이다. 다시 말해 조이스의 텍스트는 저항적 타자가 위치하는 서사 공간으로서, 억압적이고 가부장적인 제국주의와 가톨릭교회, 그리고 민족주의와 같은 이데올로기 담론에서 비롯된 아일랜드의 식민주의적 마비의 병리 상황을 재현하고 있는 것이다.

게다가 식민 도시의 상품 문화에 유입되는 이른바 "선진 유럽"의 근대성 혹은 제국의 소비 상품은 그 어떤 경우에서든 유럽(특히 대영제국)에 종속된 식민주의적 소비 특성을 지닐 수밖에 없다. 식민지의 민족주의와 상품 문화는 그 태생의 기원에 있어서 어쩔 수 없이 제국의 이데올로기와 자본주의 체제의 거울 반사적 욕망의 산물일 수밖에 없는 차이와 모호성의 산물이기 때문이다.

특히 인종차별적 이미지를 상품화한 제국의 소비 상품은 필연적으로 식민지 소비주체에 투영된다. 이 점은 식민지 소비주체가 상품문화의 인종 차별화된 타자로 축소될 수밖에 없음을 보여준다. 제국에서 생산된 소비 상품은 인종과 식민의 맥락에서 식민지의 근대성을 가장 극명하게 보여주는 상품 물신이기 때문이다. 따라서 조이스가 『율리시즈』에서 식민지 대도시 더블린의 소비문화 맥락에서 인종의 상품화 과정과 그 본질을 철저히 그리고 있다는 점은 탈식민주의의 관점에서 그 의의를 찾을 수 있다.

더구나 역사적으로 제국주의가 식민지에 자행한 자의적인 담론화의 과정은 근대 상품 문화 속에 각인된 인종 이미지의 맥락에서 중요한 의미를 지닌다. 이를테면 역사적으로 "패디"와 "백인 니그로"로서 정형화된 아일랜드 인은 상대적으로 영국인에게 공포와 경멸의 특성을 지닌 적대적 인종으로 그려지고 있다. 그 대표적인 경우는 1846년 영국의 대표적인 풍자잡지 『펀치』[55]에 실린 기사와 삽화에서 찾아볼 수 있다. 왜냐하면 아일랜드의 감자 대기근에서 비롯된 기아의 대재앙을 아일랜드인의 게으름의 탓이라고 비난하면서 아일랜드 인을 적대적 인상의 원숭이 같은 모습으로 그리고 있기 때문이다.[56] 이 과정에서 아일랜드 인은 원시적이고 야만적인 비문명화된 인종으로 타자화 되고 있다. 이와 같은 "백인 니그로" 이미지는 경멸스런 타자 문화의 이미지로서 사이드가 말하는 "공시적 본질주의"를 반영하는 대표적 경우라 할 수 있다.[57] 이것은 기본적으로 제국의 담론화 과정에서 유럽 중심의 인식의 범주에서 아프리카와 아시아, 나아가 아메리카 원주민에 대해 가해진

---

[55] 『펀치』를 비롯한 빅토리아 시대의 대중 언론 매체들은 아일랜드 인을 보다 저열한 유인원 이미지로 정형화하는데 앞장섰다. 이에 대한 보다 자세한 논의는 다음을 볼 것. L. P. Curtis, Jr., "Simianizing the Irish Celts" in *Apes and Angels: The Irishman In Victorian Caricature*, Washington: Smithsonian Institution Press, 1997, pp. 29-57.

[56] 피터 그레이, 『아일랜드 대기근』, 장동현 역, 시공사, 1998, 49쪽.

[57] 에드워드 사이드, 『오리엔탈리즘』, 386쪽.

본질주의적 타자화의 방법 및 이미지화의 과정과 동일한 것이다.

조이스는 일관되게 자신의 텍스트 속에서 인종의 순수성을 표방하는 제국주의와 아일랜드 민족주의 담론을 다양한 서사 기법을 통해 재현한다. 기본스Luke Gibbons 는 조이스의 소설이 여러 민족의 이미지가 뒤섞인 민족 혼성의 특성을 지닌 아일랜 드의 대중 민요와 유사한 방법을 사용했다고 말하면서, 그의 소설이 제국의 이념과 본질을 모방한 아일랜드 민족주의 서사를 해체하고 있다고 주장한다.[58] 제국 주도 의 전 지구적 상품 문화의 확산은 식민지의 확장과 더불어 이루어지고 인종과 상품 의 혼성적 동일화와 그 맥을 같이한다. 유럽 제국의 급속한 팽창과 더불어 세기말 식민 경제의 소비문화 속으로 쏟아져 들어온 상품은 제국의 우월성과 식민지의 열 등을 더욱 차별화하는 한편 상품에 각인된 식민지 유색 인종의 이미지는 급속히 식 민지 경제와 문화 속으로 확산된다.

단일 민족을 표방하는 민족주의 개념과는 대조적으로 제국에서 생산된 상품을 소비할 수밖에 없는 식민주의적 의존 양상의 한계 속에서 왜곡된 인종의 이미지는 상품화의 단계를 거쳐 소비 유통을 통해 더욱 유포된다. 제국 상품의 최종 소비지 로 전락한 아일랜드에서 소비 상품의 유통은 아일랜드 인종의 순수성을 표방하는 민족주의 이데올로기가 지닌 또 다른 인종 차별의 모순을 극명하게 드러내는 지표 이다. 이와 같은 점 때문에, 20세기 초 유럽 식민지들 가운데 최대의 식민 대도시 였던 더블린의 소비문화에서 그러한 이미지를 보여주는 엄청난 상품의 진열과 광 고, 그리고 오락의 소비와 유통의 재현과 묘사는 굴절된 모방 이데올로기로서 아일 랜드 민족주의가 지닌 모순을 지적하고, 아울러 탈식민 주체의 가능성을 모색함에 있어서 매우 필요한 과정이다.

---

[58] Luke Gibbons, "Race Against Time: Racial Discourse & Irish History." *Oxford Literary Review* 13.1-2 (1991), pp. 95-117.

조이스는 『율리시즈』에서 제국의 식민 지배와 상품 문화가 다양하고 이질적인 인종들을 획일적으로 왜곡된 이미지로 구축하는 동일화의 과정을 묘사하는 가운데, 인종간의 차이를 조장하고 심화하는 소비 상품의 중심 기능을 더욱 가시화한다. 이 점에 대해서는 다음 두 가지를 지적할 수 있다. 첫째는 조이스는 상품 물신주의를 통한 인종 이미지와 (이를테면 인종차별화된 블룸의 상징으로서 "hard black shrivelled potato"[U 15.1310]) 전통적인 낭만화된 인종 차별의 이미지 (이를테면 전통적인 아일랜드의 상징으로서 "Old Gummy Granny"[U 15.4578]) 사이의 차이를 포착하고 있다는 점이다.[59] 둘째로는 식민화와 제국화를 수행하는 필수 수단인 유럽 제국의 언어와 신화를 되받아 사용함으로써 지배와 피지배 사이의 구조를 해체한다는 점이다.

데리다가 "Two words for Joyce"에서 말하고 있는 것처럼, 조이스가 제국의 특권 매체인 언어와 신화를 전유하여 지배 민족과 피지배 민족 사이의 전형적인 정체성의 차이 짓기와 차이 해체의 순환과정을 반복해서 텍스트 속에 담고 있음은 주목할 필요가 있다. 인종간의 차이와 긴장은 인종차별적 이미지를 담은 상품의 끊임없는 유통과정과 상품 물신주의를 통해 드러나기 때문이다. 이것은 유통과 순환을 매개로 겹쳐지고 존속된다. 결국 영국과 아일랜드 사이의 종속적인 상품 생산과 유통 구조에서 그와 같은 왜곡된 이미지의 확산은 인종간의 모순과 불균형의 맥락을 형성하는 한편, 식민 지배에 대한 저항과 복종을 내포하는 역설적인 차이와 모호성의 지표로 남는다.

---

[59] James Joyce, *Ulysses*. Eds. Hans Walter Gabler, et al. Harmonsworth: Penguin, 1986. 이하 본문 내 인용은 U로 약칭한다.

맺음말

식민지 더블린을 무대로 하고 있는 『율리시즈』가 식민 대도시 주체를 모델로
하여 예술, 성, 식민주의, 민족주의, 제국주의, 그리고 상품문화를 재현하고 있다는
점은 부인할 수 없는 사실이다. "조이스의 소설은 일상성의 편린片鱗 하나하나를
익명성에서부터 끌어내고 있다"는 앙리 르페브르Henri Lefebvre의 말처럼, 조이스는
근대성 속에 묻혀 있는 억압된 타자의 흔적과 그들의 목소리를 끄집어내어 그들 스
스로 "말하게" 한다.[60]

식민 도시의 일상이란 곧 제국 상품의 소비체계에 예속된 식민 근대의 현실을 의
미하는 것이다. 식민 근대의 의미가 엄밀히 말해서 유럽적인 것 혹은 제국의 완전
한 구현이라는 점에서 식민 도시의 일상은 제국의 모방이자 소비시장이라는 하위
계층성을 지닐 수밖에 없다. 그러므로 유럽의 중심 무대에서 활동한 하이모더니스
트로서 조이스의 작품이 런던과 파리와 같은 제국의 대도시를 무대로 한 것이 아닌
식민지 더블린의 일상 공간을 토대로 한 것이라는 하위계층적 관점에서 검토해 보
는 것은 이런 점에서 필요하다. 스티븐 디덜러스와 레오폴드 블룸, 그리고 몰리 블
룸으로 대표되는 더블린의 하위계층 주체가 식민 대도시 문화의 일상 속에서 전형
화되고 재현되는 과정을 투사하고 분석해 보는 것은 의미 있는 과정이다.

일반적으로 대도시 모더니즘의 일상에서 하위계층 주체가 공유하는 두 가지 주
요 경험은 상품 소비와 거리의 산책이다. 새롭고도 낯선 대도시 모더니즘의 일상에
서 개인은 이질적 대상들에 대한 욕망의 응시를 통해 자신의 정체성을 망각하고 개
인성은 군중 속에서 소멸된다. 모든 개인성은 소멸되고 소비적 문화적 측면의 동질
화는 공통된 문화적 경험의 생산 양식으로서 마샬 버만Marshall Berman이 근대성의

---

[60] 앙리 르페브르, 『현대세계의 일상성』, 박정자 역, 세계일보사, 1990, 30쪽.

경험이라고 말하고 있는 것이다.

> 오늘날 전 세계 사람들이 공유하는 일련의 중요한 경험 ─ 시간과 공간의 경험, 자
> 아와 타자의 경험, 생의 가능성과 위험에 대한 경험 ─ 을 나는 근대성이라 부를 것
> 이다. 근대의 환경과 경험은 모든 지리적, 민족적, 계급, 국적, 종교와 이데올로기
> 의 경계를 초월한다. 이런 의미에서 근대성은 전 인류를 하나로 통일하는 것이라
> 할 수 있다. 그러나 이것은 역설적인 통일이고 통일되지 않는 통일이다. 그것은 우
> 리를 끊임없이 붕괴와 재생, 투쟁과 대립, 모호성과 고통의 대 혼란 속으로 몰아넣
> 는다. 즉 근대화된다는 것은 마르크스가 "견고한 모든 것은 대기 속에 용해된다"라
> 고 말한 것처럼 세계적 보편에 속한다는 것이다.[61]

거리의 진열된 상품 앞에서 얻는 즐거움을 수용하기 위하여 개인이 경험하는 의식
의 굴복과 끝없이 도시 주변을 산책하는 것은 정확히 도시적 현실 상황의 한 일면
이다. 도시 문화에 있어서 상품 소비와 거리의 산책은 식민주의 질서를 현실화하고
개인의식의 도덕적 무질서에 대한 하나의 대용이다. 이런 점에서 식민 주체의 소비
적 일상은 식민 상황의 인유가 된다. 그럼에도 불구하고 식민지 대도시 더블린의
일상을 그린 『율리시즈』를 읽는 독자가 텍스트 속에서 그와 같은 제국주의적 가치
에 대한 저항과 그러한 저항에 따른 가치 상실에서 유발되는 사회적 도덕적 아노미
를 발견할 수 없다는 점은 『율리시즈』를 탈식민주의 소설로 규정지을 수 있는 근
거가 될 수 있을 것이다.

---

[61] Marshall Berman, *All That Is Solid Melts Into Air: The Experience of Modernity*, London: Verso, 1983, p. 15.

2.

민족지학과 식민주의 담론: 「텔레마코스」

▌머리말: "우리"와 "그들"의 차이

『율리시즈』의 첫 에피소드인 「텔레마코스」는 샌디코브 해변의 마텔로 탑을 배경으로 한다. 본래 이 탑은 일종의 요새로서, 1798년 아일랜드에서 영국의 지배에 저항하는 민족주의 봉기가 일어나고 아일랜드 인들이 프랑스에 원병을 청하자, 영국이 나폴레옹 군의 침공에 대비하여 아일랜드 해변 곳곳에 세운 군사시설이다.[62] 마텔로 탑을 배경으로 하고 있는 본 에피소드의 대략적인 줄거리를 살펴보자.

파리 유학을 하다 일시 돌아온 스티븐 디덜러스는 의대생 벅 멀리건과 함께 마텔

---

[62] 김종건, 『율리시즈 연구 (1)』, 고려대출판부, 1995, 20쪽.

로 탑에서 지내고 있는 장면에서 시작한다. 아침 8시 경, 벅 멀리건은 면도물 종지를 들고 미사 집전 흉내를 낸다. 멀리건이 탑으로 데리고 온 영국인 친구 하인즈의 블랙 팬더와 관련한 잠꼬대 소리에 밤잠을 설친 스티븐은 그가 탑을 언제 떠나는지 알고 싶어 한다. 아직 상복을 입고 있는 스티븐은 멀리건이 어머니의 임종 자리에서 기도를 거부한 자신을 꾸짖자 마음이 불편해 진다. 두 사람은 하인즈와 함께 아침 식사를 하러 탑 아래층으로 내려간다. 이후 그들은 수영장으로 가기 위해 탑을 나서고 멀리건은 스티븐에게 탑의 열쇠와 돈을 빌려줄 것을 요구한다. 이들은 열두 시반경 더블린 시내 한 주점에서 다시 만나기로 약속한다.

에피소드의 배경으로 등장하는 마텔로 탑과 같은 침탈적인 식민의 공간은 영국 제국주의와 아일랜드 민족주의 사이, 그리고 문명인으로서의 영국인과 "야만인"으로서의 아일랜드인 사이의 인종주의적·식민주의적 대비를 매우 극명하게 보여주고 있다. 조이스는 여기서 아일랜드 인들이 제국주의 영국에 의해 어떻게 원시 문화를 가진 토착 원주민 이미지로 고정되는지를 보여준다. 이와 같은 원시적 본질화를 사이드는 "공시적 본질주의"라고 부른다.[63] 민족지학과 인류학의 관점에서 제국은 이러한 본질화의 과정을 통해 "그들" 식민지를 고정된 불변의 원시적 과거로 재현한다. 이를테면 제국의 관점에서 아메리카, 오스트레일리아, 그리고 아일랜드와 같이 원시적 타자의 공간으로 간주되는 곳에 거주하는 원주민들은 그 지역에만 특별하고 독특한 타자적 존재로서 한정되고 규정된다.

원주민을 그 지역에 특별한 타자적 존재로 국한하는 제국의 전략을 아파두라이 Arjun Appadurai는 환유적 동결이라고 부르면서 이것이 재현적 본질화의 한 과정임을 설명한다.

---

[63] 에드워드 사이드, 『오리엔탈리즘』, 386쪽.

(아파두라이)는 비서구인을 "원주민"으로 규정하는 인류학적 전략에 의문을 제기했다. 그는 그들의 (규정상의) "제한", 심지어 "감금"을 자신이 "환유적 동결"이라고 부르는 재현적 본질화의 과정을 통해 설명한다. 즉, 이러한 본질화의 과정에서 민족의 삶의 한 일부 혹은 양상은 하나의 전체로 전형화되면서 인류학적 분류에서 이론상의 벽감壁龕을 구성하게 되는 것이다.[64]

재현적 본질화가 환유적인 이유는 제국의 전략은 일단의 민족들의 삶의 한 부분이나 하나의 양상을 그들 민족의 전체의 특성으로 전형화하고 있기 때문이다. 예를 들어 인도는 카스트 제도로 대표되는 엄격한 위계질서의 원주민 사회로, 그리고 멜라네시아는 물물교환의 사회로 전형화되거나 동일시되는 것 등이다.[65]

앤더슨Benedict Anderson의 설명에 따르면 이와 같은 박물학적 상상력은 "전체화된 분류상의 틀"을 만들어내기 위한 것으로서, "그러한 틀의 효과는 어떤 것이든지 그것이 이것이고 저것이 아니라고 말할 수 있는 것이다."[66] 이와 같은 논리의 틀은 그것은 여기에 속하지, 거기에 속하는 것이 아니라는 사실을 보여주기 위한 것이다. "이것"과 "저것"의 경계는 제국주의적 자아의 문화와 원시적 타자의 문화 사이의 엄밀한 경계이다. 사이드에 따르면 "'우리'가 갖는 가치는 진보적이고 인도적이며 정확한 것이고, 아름다운 문학과 해박한 학문, 합리주의적인 탐구의 전통"에 따른 것이며, "이러한 가치가 갖는 도덕성이 예찬되는 경우에는 언제나 '우리'의 가치 체계에 따른 것"이기 때문이다.[67] 인류학과 식민 문화의 측면에서 볼 때 제국과 식

---

[64] Clifford, James. "Traveling Cultures" in Lawrence Grossberg, Cary Nelson, & Paula Treichler (eds.), *Cultural Studies*. London: Routledge, 1992, p. 100 재인용.

[65] Ibid.

[66] Benedict Anderson, *Imagined Community: Reflections on the Origin & Spread of Nationalism*. Revised edition. London: Verso, 1991. p. 184.

[67] 에드워드 사이드, 『오리엔탈리즘』, 367쪽.

민지 사이의 경계 설정의 과정은 보다 본질적으로 타자 문화의 특성을 쉽게 전형화하고 고정시킬 수 있게 된다. 이 과정은 차이의 대상으로서 "그것"에 대해 명칭을 부여하고 "그것"의 하위계층성을 보장하는 식민주의 담론의 전략인 셈이다.

"각인된 니그로 마스크": 민족지학과 차이의 정치학

역사적으로 아일랜드 민족은 앵글로색슨 민족에 의해 원시적 야만적 존재로서 영국 사회에서 공포와 경멸의 대상이라는 이미지로 비춰져왔다. 이러한 담론화의 과정은 아일랜드 인들을 비문명화된 혹은 문명화할 수 없는 존재로 남도록 하는 인종차별적 본질주의에 바탕을 둔 것이다. 아직 식민 상황을 극복하지 못한 19세기 근대 아일랜드에 있어서 인종 문제는 거의 항상 아일랜드 민족과 영국 민족 사이의 이분법적 차이를 전제로 한 것으로서, 적어도 아일랜드 인에게 있어서 제국주의 담론에 수반되는 인종 담론은 본질적 인종차별주의로서 궁극적인 탈식민화를 위한 극복의 대상이라 할 수 있다.

인종과 제국주의의 관계에 대해 에드워드 사이드가 지적하고 있듯이, 다윈Darwin의 진화론의 아류인 큐비어Cuvier, 고비노Gobineau, 그리고 녹스Knox가 행한 인종 분류는 "과학적" 인종의 구분으로서 우등과 열등 혹은 유럽(아리안)과 오리엔탈(아프리칸)과 같은 이분법적 차이를 항상 수반한다. 그래서 19세기 후반에 제국주의와 반제국주의 모두는 인종, 문화, 사회 전반에 걸쳐 우등과 열등(혹은 주체적인)과 같은 이분법적인 유형학을 수반하게 된다.[68] 당연히 아일랜드 백인을 포함한 식민지 인종은 "열등하고 의존적 존재" 혹은 "대상"으로서 "과학적으로 증명된" 식민

---

[68] 앞 책, 337쪽.

지 체계 속에 있는 "자메이카 흑인과 분명하게 관련"지어진다. 유럽의 이와 같은 백인/유색인의 구분은 절대적이며 변화 불가능한 것이다.[69] 이 점에 대해 조이스는 1907년 3월 로마에서 다시 트리스테로 돌아온 이후, 그 해 4월 27일에 트리스테 인민대학에서 행한 자신의 강연 에세이 "아일랜드, 성자와 현자들의 섬"Ireland, Island of Saints and Sages에서 다음과 같이 말하고 있다.

> 민족은 개인과 마찬가지로 자아를 가지고 있다. 다른 국민에게 이국적인 특질과 영광을 자신들의 것으로 생각하기 좋아하는 국민의 경우는 그들 스스로를 아이란족이자 귀족으로 부르던 우리 조상의 시대부터, 혹은 헬라스의 신성불가침의 땅밖에 사는 모든 사람을 야만인이라고 부르던 그리스인들의 시대부터 역사에서 전혀 낯선 것이 아니었다. 아마도 쉽게 설명하기 힘든 자긍심을 지닌 아일랜드인은 자신들의 나라를 성자와 현자들의 섬으로 부르기를 좋아한다.[70]

조이스는 노라 바너클과 함께 1904년 10월에 더블린을 떠난 후 폴라Pola, 트리스테Trieste, 로마Rome 등지에서 2년 반 정도 체류했다. 조이스는 로마에서 9개월간의 은행원 생활을 청산한 직후 1907년 3월에 다시 트리스테로 돌아왔는데, 이때 조이스한테 영어 개인교습을 받던 타마로Dr. Attilio Tamaro는 트리스테 인민대학Universita del Popolo에서 아일랜드에 관해 대중 강연을 해줄 것을 부탁한다.[71] 당시 오스트리아 제국의 지배하에 있던 트리스테는 이탈리아의 정치적 귀속을 강력히 희망하고 있었다. 그래서 트리스테와 마찬가지로 영국의 식민 체제하에 있던 아일랜드가 처한 정치적 예속 상황뿐만 아니라, 지배국가와 다른 고유 언어를 지니고 있고 가톨

---

[69] 에드워드 사이드, 『문화와 제국주의』, 247-8쪽.

[70] James Joyce, *Critical Writings of James Joyce*. Eds. Ellsworth Mason & Richard Ellmann. London: Faber & Faber, 1959. p. 154. 이하 *CW*로 약칭한다.

[71] Richard Ellmann, *James Joyce*. Oxford: Oxford UP, 1982. p. 258.

릭교를 믿고 있다는 공통점이 트리스테 시민들이 아일랜드에 보인 관심의 이유였던 것이다.[72] 위 글에서 나타나고 있듯이, 조이스는 민족도 개인처럼 "민족 자아"를 가지고 있으며 자아와 타자를 차이 짓는 담론의 형성과정에 민족이 관여한다고 본다. 여기서 야만인의 특성이라든가 "다른 민족에게 이국적인" 특성을 자아는 자신의 것이라고 생각한다는 것이다. 민족과 인종의 차원에서 명확히 본질화된 야만인이라는 전형은 통치적 자아를 창조하고 통합하는 제국에 의해 마음대로 상상되고 구축된 담론 과정의 산물이다. 1836년에 벤자민 디즈렐리가 쓴 다음의 글을 읽어보자.

> 그들은 자유롭고 풍요로운 우리의 섬을 증오한다. 그들은 우리가 갖고 있는 질서, 문명, 기업체를 증오하고, 우리가 갖고 있는 한결같은 용기와 품위 있는 자유, 그리고 순수한 종교를 증오한다. 야만스럽고, 무모하고, 나태하고, 불확실하고, 미신을 믿는 이 종족은 영국인이 갖고 있는 개성과는 어떤 닮은 점도 없다. 이들이 목표로 삼는 최고의 이상은 배타적인 반목과 조야한 우상숭배의 타파이다. 그들의 역사는 편협한 신앙과 혈통의 중단 없는 순환을 기술하고 있다.[73]

디즈렐리의 글은 아일랜드 인에 가해진 타자적 전형화의 가장 대표적인 경우이다. 디즈렐리의 글 속에서 "우리"가 아닌 "그들"은 "우리"가 가지고 있지 않은 나머지 모든 것을 가리킨다. "우리"가 지니고 있는 문명, 진취성, 용기, 그리고 종교를 증오하는 사람들은 조이스의 글에서 읽을 수 있는 "헬라스의 신성불가침의 땅밖에 사는" 야만인이다. 다시 말해 "우리" 영국인이 지니고 있지 않은 비굴하고, 무질서하고, 비문명적이고, 진취적이지 못하고, 조잡하고, 나태하고, 품위가 없는 특성들은

---

[72] James Joyce, *Critical Writings of James Joyce*, p. 153.
[73] L. P. Curtis, Jr., *Anglo Saxons & Celts: A Study of Anti-Irish Prejudice in Victorian England*. Bridgeport, C. T.: U of Bridgeport P, 1968. p. 51. 재인용.

"그들" 야만적인 아일랜드인의 전형적인 특성이라는 것이다. 이러한 맥락에서 볼 때, 조이스가 민족 자아에 대해 말하고 있는 부분은 제국주의 논리에 따라 이루어진 타자적 전형화의 이면에 숨은 제국주의의 본질과 음모를 더욱 암시적으로 표현하고 있다.

커티스. P. Curtis, Jr.에 따르면 이와 같은 타자적 전형화의 목적이 "원주민 아일랜드 인들이 앵글로색슨 민족들에 비해 인종적 측면에서 이방인이며 문화적으로도 열등하다는 인식을 더욱 확신시키기 위한 것"이다.[74] 이것은 전 세계에 걸쳐 광대한 제국의 식민지를 건설한 빅토리아 시대에 앵글로색슨 인종의 풍요와 융성을 간접적으로 설명하기 위한 것이다. 다시 말해 식민지 민족들의 야만성과 열등을 상대적으로 부각하는 효과를 거두기 위해서이다. 기본스에 따르면 로렌스D. H. Lawrence가 쓴 『채털리 부인의 사랑』의 서술화자는 이 시기에 부각된 아일랜드인의 원시적 특성을 잘 묘사하는 것이다.

> 그는 젊은 아일랜드 사람이었다. . . . 그는 대단히 충만한 눈, 강력한 기묘한 아치 모양의 눈썹, 그리고 부동의 꽉 다문 입을 가진, 각인된 니그로 마스크의 조용한 불후의 미를 지녔다. 순간적이지만 드러나 보이는 부동성, 그것은 부처Buddha가 의도했던 무시간성, 그리고 니그로들이 때때로 목적 없이 인종 내에서 오래도록 오래된 그리고 순종적인 것을 표현하는 부동성이다. 우리의 개인적인 저항 대신, 인종의 운명에 따른 순종의 영겁, 그래서 어둠의 강에서 쥐들처럼 하는 수영.[75]

여기서 "기묘한 아치 모양의 눈썹을 가진" 아일랜드 인은 "영겁"의 "무시간성" 속에서 영원히 후진적 원시적 인종의 "니그로" 마스크를 쓴 "쥐"로 "각인"되어 있다. 이

---

[74] Ibid, p. 5.
[75] Luke Gibbons, "Race Against Time: Racial Discourse & Irish History." *Oxford Literary Review* 13.1-2 (1991), p. 95. 재인용.

와 같은 묘사는 그 시대의 타자적 담론 과정을 반영한 것이다. 아일랜드 인에 대한 인종차별 시각은 비단 로렌스의 소설에서만 찾아볼 수 있는 것은 아니다. 에밀리 브론테Emily Brontë의 『폭풍의 언덕』을 비롯하여 메리 셸리Mary Shelley의 고딕 소설 『프랑켄슈타인』은 그 대표적인 경우이다. 작품에서 이름조차 부여받지 못한 괴물이 상징하고 있듯이, 아일랜드인은 궁극적으로 비인간의 위치를 할당받고 영원히 통제되어야 할 유인원의 종으로 낙인 찍혀 있다. 빅토리아 시대의 인종차별화는 보편적 원시주의의 고정된 본질로 정착된다. 즉, 생물학의 분야에서 켈트와 니그로를 같은 범주에 속하게 함으로써 궁극적으로 인종적 위계질서에서 켈트와 니그로 인종의 하위계층성을 확정하기 위한 것이다.

아일랜드 인에 가해진 영국의 인종적 본질화는 영국의 아일랜드 정복 과정에서 아일랜드의 저항을 완전히 제압한 엘리자베스 1세의 통치 시대까지 거슬러 올라가는 매우 오래되고 끈질긴 것이다. 1580년 11월 더블린을 처음 방문한 스펜서 Edmund Spenser 이래로 밀턴John Milton과 흄David Hume을 거쳐 19세기 빅토리아 시대의 칼라일Thomas Carlyle과 테니슨Alfred Tennyson, 그리고 아놀드Matthew Arnold에 이르기까지, 인종차별적 타자화의 과정에 의해 야만인으로 고정된 아일랜드인의 이미지는 그 본질적 의미에서 매우 확고한 것이다.[76] 심지어 1797년에 스코틀랜드의 역사학자인 핑커톤John Pinkerton은 그의 저서 『스코틀랜드의 역사』에서 아일랜드 인에 대해 다음과 같이 쓰고 있을 정도이다.

　　이들 아일랜드 인들은 세상이 시작될 때부터 야만인들이었으며, 앞으로도 영원히 야만인으로 남아 있을 것이다. 다시 말해 아직 야만의 상태에조차 도달하지 못한 진짜 미개인들이다.[77]

---

[76] Ibid, p. 96, 102.

역사적 맥락과 제국에 의한 자의적인 담론화의 과정에서 "백인 니그로"로 낙인이 찍힌 아일랜드 인은 영국인에게 상대적으로 공포와 경멸의 대상이라는 특성을 지닌 인종이자, 원시적이고 미개한 인종으로 규정된다. 이것은 기본적으로 유럽 제국 중심의 본질주의의 범주 내에서 아프리카와 아시아, 그리고 아메리카 원주민에 대해 가해진 본질적 타자화의 방법과 동일한 것이다. 커티스에 따르면, "야만적 원시 부족들의 생활방식과 관습이 매우 면밀하게 관찰되던 [빅토리아] 시대에서, 아일랜드 인은 아프리카와 아시아에 있는 원주민들과 비교되는 것을 참아야만 했다."78

콜럼버스가 신대륙을 발견한 이후 영국이 아일랜드 인들에게 행하던 한 가지 관습은 원시성과 야만성의 시각과 맥락에서 아일랜드인과 아메리카 인디언 원주민을 비교·관찰하는 일이었다. 다시 말해서, 아일랜드인의 전형적인 특성을 이해하기 위해 영국인들이 특히 중요하게 여긴 것이 바로 아일랜드인과 아메리카 인디언들 사이에서 유사성을 포착하는 것이었다. 일례로, 신대륙에 가본 적이 있던 프랑스 사회학자 보몽Gustave de Beaumont은 아일랜드에 감자 대 기근이 닥치기 전에 아일랜드를 방문한 적이 있었다. 그가 현지에서 목격한 것은 신대륙의 "고결한 야만인들"보다 더욱 기아에 시달리면서 비참하게 살고 있던 아일랜드 농민들이었다.

> 인디언은 그 엄청난 궁핍 속에서도 자주성만큼은 지키고 있다. 그 나름대로 인간
> 으로서의 위엄과 매력을 잃지 않고 있는 것이다. 부족하고 굶주렸을지라도 인디언
> 은 사막에서나마 자유를 누리고 있다. 바로 이 자유가 많은 고통을 덜어주고 있는
> 것이다. 그러나 아일랜드 인은 같은 궁핍을 겪되 이 자유만은 누리지 못하고 있다.
> 그들은 온갖 규칙과 제한에 얽매여 있다. 굶주림으로 죽어가면서도 법이라는 굴레

---

77 L. P. Curtis Jr., *Apes & Angels: The Irishman in Victorian Caricature*. Revised edition. Washington: Smithsonian Institution Press, 1997. p. 95.

78 L. P. Curtis Jr., *Anglo Saxons & Celts: A Study of Anti-Irish Prejudice in Victorian England*. Bridgeport, C. T.: U of Bridgeport P, 1968. p. 58.

에 갇혀있다.[79]

조이스는 자신의 글 "아일랜드, 성자와 현자들의 섬"에서 "지금 아일랜드 인들이 가톨릭 신자들이고 가난하고 무지하기 때문에 영국인들이 경멸"하고 있다고 말하면서, 아일랜드가 가난한 국가로 비참하게 전락한 이유가 다름 아닌 "영국의 형법이 아일랜드의 산업을 망쳐놓았기 때문"이라는 자신의 입장을 분명히 밝히고 있다.[80] 조이스는 사실 자신의 글 속에서 조국 아일랜드가 배반과 무능의 역사와 부조리하고 편협한 신앙을 가진 국가임을 객관적이고 솔직하게 피력하고 싶어 했음에도 불구하고, 아일랜드가 겪고 있는 가난과 무지가 다름 아닌 제국주의 영국이 1691년 이후 일방적으로 정해놓은 "형법"에 따른 식민 통치의 결과임을 강도 높게 비판한다.[81] 경제와 교육을 포함한 모든 측면에서 식민지인으로 전락한 아일랜드인이 처한 한계 상황은 결국 제국 문화의 헤게모니와 보편적 전형화의 틀 내에서 가톨릭 정신의 파괴와 개종을 유도하기 위해 제국이 강제한 "형법"에 의해 야만의 그것으로 일방적으로 멸시되고 있기 때문이다. 국민의 대다수가 가톨릭 신자인 아일랜드에서 "가톨릭"이 역설적으로 상징하고 있는 것은 아일랜드는 가난과 무지가 "보편화된" 원시 사회라는 것이다. 그래서 해가 지지 않는 대영 제국과 대비해 볼 때, 아일랜드는 쇠망한 경제 상황에 처한 식민지이자 유형지로 영원히 남아 있어야 한다.[82]

결과적으로, 제국이 타자의 공간으로서 식민지 문화 공간에 보편화된 것으로 각인 해놓은 (인종차별적인) 자기경멸의 이미지는 사이드가 말하는 유럽 중심의 본

---

[79] 피터 그레이, 136쪽.
[80] James Joyce, *Critical Writings of James Joyce*, p. 167.
[81] Ibid, p. 153.
[82] Ibid, p. 168.

질주의적 보편주의를 반영한 것이라 말할 수 있다.[83] 왜냐하면 타자는 본질적 전형화의 과정을 통해 일반화되기 때문이다. 야만적인 원시 상태가 식민타자의 보편적인 본질이라는 것은 정확히 자아와 타자 사이에 그어진 이성과 야만의 경계로서 필연적으로 식민 모호성을 함축한다.

데리다의 서구 이성 중심주의 해체가 대표하고 있는 것처럼, 식민지 원주민을 타자적 실존으로 규정하는 보편적 원시주의의 구축은 문명과 야만이라는 인종 중심의 질서체계와 같은 명백한 이분법적 차이 짓기에 다름 아니다. 인류학이나 언어학, 역사학뿐만 아니라 심지어 적자생존과 자연 도태에 관한 다윈의 진화론, 그리고 고도의 문화적 인본주의 수사에 의해 구축되고 강화된 "우리"와 "그들"로 구분되는 자아와 타자의 엄격한 이원론의 대립은 자아 내에 원시적 타자성이 봉쇄되어 있다는 지식조차도 억압하거나 차단시켜 버린다.[84] 바로 이와 같은 제국의 주체와 타자 사이의 이분법적인 차이 짓기를 통해, 대영제국의 주체적 자아로서 자리 잡은 앵글로색슨 민족은 "해박한 학문과 합리적인 탐구의 전통에 의해 뒷받침된" 가장 훌륭한 이성적 양심을 지닌 인종으로 대접받기 위한 보편적 실존의 자리를 보장받는 것이다.

"깨진 하녀의 거울": 민족주체와 식민주의 담론의 인식

『율리시즈』의 첫 에피소드 「텔레마코스」에서 조이스는 영국에 의해 자치권이

---

[83] Robert Young, *White Mythologies: Writing History & the West.* London: Routledge, 1990. p. 11.

[84] 에드워드 사이드, 『오리엔탈리즘』, 367쪽. "우리"와 "그들"에 관한 보다 자세한 비평적 논의에 대해서는 다음 논문을 볼 것. S. P. Mohanty, "Us and Them: On the Philosophical Bases of Political Criticism." *Yale Journal of Criticism* 2.2(1989), pp. 1-31.

박탈된 식민지 타자로서 전형화되고 본질화된 하위계층 아일랜드인의 긴장과 갈등을 대단히 민감하게 묘사하고 있다. 에피소드의 시작에서 면도를 하던 벅 멀리건은 사이비 신부를 흉내 낸다. 그는 "면도용 물그릇"을 치켜들고 큰소리로 "*Introibo ad altare Dei*"(U 1.5)하고 외친다. 이것은 라틴어 미사 입당송으로서 미사 집행 사제가 복사에게 건네는 성구로서, 원래는 바빌로니아에 유형간 히브리인들이 부른 것이다. 따라서 반유태주의자인 영국인 하인즈 소유의 마텔로 탑에서 아일랜드인 벅 멀리건의 입에서 나오는 이 구절을 통해 처음부터 아일랜드의 식민 역사와 추방과 분산으로 점철된 유태인의 뼈아픈 역사가 대비되면서, 탑 자체는 아일랜드 식민 상황의 증후적 재현인 동시에 상징이 되고 있다.

마텔로 탑에는 하인즈와 멀리건이 잠시 기거하고 있다. 다시 말해 탑은 하인즈로 대표되는 영국 제국주의와 멀리건으로 대표되는 이른바 친영계 아일랜드의 엘리트이자 원주민 협력자에 의한 제국적인 의미에서 점유되어 있는 것이다. 멀리건은 트로이의 목마가 상징하는 배반과 찬탈의 특질을 가지고 있다.[85] 역사적으로 영국이 아일랜드를 군사적으로 강제 점령하고 차지했다는 사실은 군사 방어물로서의 마텔로 탑의 유래와 탑의 "둥근 포상"(U 1.9)에 대한 반복된 언급과 멀리건이 보여주는 군대 언어의 흉내Back to barracks를 통해 강하게 암시된다(U 1.19). 그래서 스티븐이 멀리건에게 "하인즈가 이 탑에 얼마나 오래 머물러 있을 작정이지?"라고 묻는 것은 영국 통치로부터 탈피하려는 아일랜드의 자치의 갈망을 강하게 반향 하는 하나의 인유로 작용한다(U 1.47-19).

결국 영국인 하인즈는 그 자신이 총을 들고 휘두르는 제국주의의 현존이 된다. 사실, 그의 이름은 증오를 뜻하는 프랑스어 *la haine*에서 유래하고 있다.[86] 그는

---

85 김종건, 『율리시즈 연구 I』, 42쪽.
86 Don Gifford & Robert J. Seidman, Ulysses *Annotated: Notes for James Joyce's* Ulysses. Revised

흑 표범 사냥에 관해 밤새 소리를 지르며 잠꼬대를 하는 "영국인 나리"이다. 흑 표 범은 전통적으로 중세 가톨릭교회의 상징이지만, 여기서는 아일랜드 가톨릭교회를 의미한다고 볼 수 있다. 따라서 하인즈의 흑표범 사냥은 결국 영국의 아일랜드 식 민화를 암시하게 되는 것이다. 스티븐은 영국의 식민지로서 아일랜드와 인도 사이 의 대비를 의식하면서, 그를 "표범나리"(U 3.277)라고 부른다. 멀리건은 스티븐에게 하인즈가 아프리카에서 식민 착취로 재산을 모은 사람의 아들이라는 사실을 말해 준다(U 1.156-57). 하인즈는 "원시적 야생상태의 아일랜드인"과 그들의 민속 생활 방 식을 연구하고 아일랜드 속담 수집이라는 또 다른 형태의 식민 착취의 형태를 통해 돈을 벌기 위해 아일랜드로 왔다. 그래서 하인즈는 인종을 상품화하는 가장 초기적 인 모습을 보여준다. 왜냐하면 식민 착취의 과정은 인종을 상품화하는 과정에서 이 루어지기 때문이다.

사실 식민 지배자이자 마텔로 탑의 주인인 하인즈와 그의 적극적인 원주민 정보 제공자이자 동조자인 멀리건, 그리고 수동적이고 반항적인 기질을 지닌 스티븐의 관계는 셰익스피어의 『태풍』에 나오는 프로스페로와 에어리얼 그리고 캘리번의 관계와 매우 유사하다고 볼 수 있다. 왜냐하면 『태풍』의 캘리번이 그의 주인 프로 스페로에게 반항적 분노감을 표출하듯이 캘리번으로서 스티븐은 자신이 임대료를 지불하고 있는 탑이 영국인 소유라는 사실에 대해 분노를 느끼고 있기 때문이다. 이것은 멀리건에 대한 그의 첫 질문에 나타나 있을 뿐만 아니라, 거울에 비친 스티 븐의 얼굴에 대한 멀리건의 와일드적 조소The rage of Caliban at not seeing his face in a mirror(U 1.143)에서 제시되어 있다. 실제로 오스카 와일드는 소설 『도리안 그레이 의 초상』의 서문에서 "사실주의에 대한 19세기의 증오는 거울 속에 비친 자신의

---

edition. Berkeley: U of California P, 1988. p. 16.

얼굴을 보는 캘리번의 분노이다. 낭만주의에 대한 19세기의 증오는 거울 속에 비친 자신의 얼굴을 볼 수 없는 캘리번의 분노"라고 쓰고 있다. 와일드는 셰익스피어의 『태풍』에 등장하는 사악한 야만인 캘리번을 19세기 "속물 정신"의 상징으로 사용한 것이다. 영국에 의해 각인된 원주민 캘리번으로서 멀리건이 프로스페로에 대한 에어리얼의 복종처럼 아일랜드인의 타자적 인종화와 유인원화를 기꺼이 인정할 수 있다. 반면에 스티븐은 영국적 거울에 재현된 자신의 얼굴을 바라볼 때, 자기 자신에 대한 자율 주체로서 스스로를 거울에 비춰 바라볼 수 없는 무능으로 인해 분노를 느낀다. 스티븐의 분노는 캘리번처럼 강요당한 예속에 대해 아일랜드 인이 느끼는 감정에서 비롯된 것으로서, 스티븐은 아일랜드 인에게 행해진 그릇된 인종주의에 대해 분노를 표출하고 있는 것이다. 결국 스티븐에게 있어 "깨진 하녀의 거울"은 본질화된 아일랜드의 상징이 되고 있다(U 1.146).

"깨진 하녀의 거울"은 결국 영국에 의한 아일랜드의 정치적, 문화적 노예화를 상징한다. 아일랜드의 예술과 문화가 사실상 식민 제도와 규율에 의해 제국에 예속되어 있기 때문에 스티븐이 보여주는 "깨진 하녀의 거울"의 직관은 아일랜드 민족과 언어의 억압과 노예화를 동시에 반영한다. 이것은 악몽과 같은 식민 정체 상황에 사로잡히고 자기중심적인 고립의 세계에 감금된 모더니즘 예술가의 의식을 보여주는 것이라 말할 수 있다. 그러나 스티븐이 화를 내며 말대꾸할 때 멀리건이 몹시 기뻐하는 데에는 또 다른 이유가 숨어 있다.

> 깨진 하녀의 거울이라! 그 얘기를 아래층의 저 옥스퍼드 녀석에게 말해서 1기니 녀석에게 졸라 보게. 그 녀석은 돈 냄새를 잔뜩 풍기고 있고 자네는 신사가 못된다고 생각하고 있어. 그의 늙은 애비는 줄루족에게 설사약을 팔았거나 또는 무슨 경칠 놈의 협잡인지 뭔지를 해서 돈을 벌었지. 정말이지, 킨치. 만일 자네하고 나하고 함께 일을 할 수만 있다면 우리는 아일랜드를 위해서 뭔가 중요한 일을 할 수

있을 거야. 그걸 그리스화하는 거지. (U 1.154-58)

원주민 밀고자이자 정보원으로서 멀리건은 제국 출신 민족지학자인 하인즈가 채집
하기를 원하는 어떤 정보를 발견함으로 인해 기뻐하고 있는 듯하다. 그래서 멀리건
은 식민지 원주민의 인종 분류와 유인원화를 동시에 시도하는 하인즈가 탐색하고
조사하려는 것을 찾는 가운데, 그가 추구하는 박물학적 발굴의식 혹은 정신을 간접
적으로 보여준다. 박물학의 대상은 이미 서양에 의해 구축된 식민 담론의 현실 상
황을 말해주는 것이다. 그것이 속담 수집이든 혹은 박물관의 전시 유물이든 간에,
식민 착취의 대상은 정복자의 전리품이자 상품화의 대상으로서 언제든지 시장의
상품으로 만들어져서 대중문화 속에 확대 재생산될 수 있는 것들이다. 앤더슨에 따
르면, "박물관과 박물학적 상상력은 둘 다 대단히 정치적인 것이다."[87] 아일랜드의
관습과 민속에 대한 하인즈의 관심은 그의 아버지가 아프리카에서 자행한 경제적
착취의 또 다른 형태로서 식민주의의 한 전형을 보여주는 것이다.

멀리건이 스티븐에게 "그 옥스퍼드 녀석oxy chap은 . . . 돈 냄새를 잔뜩 풍기고
있고 자네는 신사가 못 된다고 생각하고 있어"(U 1.154-6)라고 하인즈에 관해 말할
때, 이것은 하인즈의 계급의식과 문화적 우월 의식을 드러내는 부분이다. "oxy"는
황소를 의미할 뿐만 아니라 하인즈 자신이 옥스퍼드 대학생과 색슨 인을 동시에 의
미하기 때문이다.[88] 한편 멀리건이 "녀석이 더 이상 소란을 피우면 시머를 데려와
서 클라이브 켐소프가 당한 것보다 더 지독히 녀석을 혼내주자"(U 1.162-4)고 말할
때, 스티븐은 자신의 의식 속에서 옥스퍼드에 있는 "클라이브 켐소프Clive
Kempthorpe의 방"(U 1.165)에 대한 기억을 이끌어낸다. 이것은 "멀리건이 옥스퍼드

---

[87] Benedict Anderson, p. 178.
[88] Don Gifford & Robert J. Seidman, p. 16.

대학에서 겪은 경험의 이야기를 스티븐이 언젠가 듣고 그것을 다시 의식으로 떠올리고 있는 것이 분명하다."[89]

켐소프의 방에서 울려 나오는 "창백한 얼굴들"palefaces의 "돈 많은 목소리의 싱싱한 외침들"이 암시하는 것처럼, 아일랜드 출신의 젊은 옥스퍼드 대학생 켐소프는 영국인 급우들에게 몰매를 맞을 때, "오 숨 막혀! . . . 우리 어머니한테 살며시 소식 전해 줘, 오브리Aubrey! 나 죽겠네"라고 소리치면서 외부의 구조를 청한다. 그러나, "매슈 아놀드의 가면을 한 귀먹은 정원사"는 이에 아랑곳하지 않고 "풀줄기의 춤추는 잎사귀 끝을 면밀하게 살피면서 거무스름한 잔디밭 위에 그의 잔디 깎기를 밀고 있다"(U 1.165-75). 여기서 오브리는 존 오브리John Aubrey를 연상시킨다. 『태양신의 황소들』 에피소드에서 스티븐은 홀레스 가에 있는 국립 산과 병원에서 좌중의 취객들에게 영국의 극작가 플레처John Fletcher와 뷰먼트Francis Beaumont가 합작한 『하녀의 비극』Maid's Tragedy의 후렴구인 축혼가를 부르는데, 그의 노래는 실제로 "두 사람 사이에 오직 한 사람의 정부만 있었던"(U 14.358) 플레처와 뷰먼트의 전기를 쓴 존 오브리를 환기한다.[90] 두 장면에서 스티븐의 의식에 투영되고 있는 오브리는 문맥상 경멸과 멸시의 의미를 담고 있다.[91] 오브리는 정치적, 역사적, 성적으로 영국의 식민지이자 매춘부로 전락한 아일랜드의 배신과 탈취, 그리고 찬탈과 예속의 암울한 상황을 제시하는 매개가 된다. 켐소프와 오브리, 그리고 아놀드의 혼성적인 인유는 찬탈과 간음의 모티프를 통해 아일랜드의 식민 상황과 가식적인 제국의 문화 담론을 풍자하고 있는 것이다.

"패일"pale은 "창백한 얼굴의 정복자"인 백인에 대한 아메리칸 인디언 원주민의

---

[89] 김종건, 『율리시즈 연구 I』 고려대학교 출판부, 1995. 57쪽.
[90] Don Gifford & Robert J. Seidman, pp. 417-418.
[91] Ibid, p. 17.

시각만큼이나 자의적인 아일랜드인의 인종적 시각을 보여준다. "창백한 얼굴들"palefaces은 북아메리카에서 영국인 정복자들을 지칭하는 인디언 속어인 동시에 영국인에 대한 아일랜드인의 속어이기도 했다. 아일랜드 인들은 17세기 중반에 있었던 크롬웰이 아일랜드를 다시 침공하기 이전에 영국의 통치 하에 있던 더블린 지역의 영국인 거주민들을 "창백한 사람들"pale men이라고 불렀기 때문이다.[92] 그 날 나중에 스티븐은 다시 "이륜마차에 탄 채 트리니티 대학에서부터 . . . 아일랜드 은행의 . . . 컴컴한 현관문"을 둘러보는 몇몇 영국인 관광객들을 "창백한 얼굴들"이라고 언급하고 있다(U 10.340-43). 국립 도서관에서 행한 셰익스피어에 관한 연설에서 인종차별주의자 "르낭이 찬미했던 바로 그 희곡(셰익스피어의 『태풍』)이 우리들의 아메리카 사촌, 팻시 캘리번을 주제로 하여 쓰여졌다"고 말하면서, 아일랜드와 아메리카의 "캘리번"들 사이에 문화적, 식민주의적 침략에 대해 공통된 의식을 지니고 있음을 제시한다(U 9.755-6).

멀리건이 "옥스퍼드 녀석"과 "신사"를 언급한 것은 다름 아닌 하인즈의 계급의식과 우월 의식을 은연중에 강조하는 것이다. 하인즈는 이에 걸맞게 테니스 셔츠를 걸치고 있다. 그 이유는 잔디 테니스가 "교양 있는" 영국 신사들이 즐기는 스포츠이기 때문이다. 인종을 문화의 토대로 규정하면서 인종적 위계질서를 유추 가능한 자연의 법칙으로 바라보는 아놀드적인 문화 담론에 비춰볼 때,[93] 하인즈는 바로 교양 있는 신사다운 영국 문화에 속하지만 상대적으로 스티븐이 속해 있는 아일랜드 가톨릭 종교는 단지 야만적 무정부주의에 불과하다. 이에 따라 스티븐의 의식의 흐

---

[92] Ibid, p. 17.

[93] 아놀드(Mathew Arnold)의 문화담론에 대해서는 다음을 참고할 것. Robert Young, "The Complicity of Culture: Arnold's ethnographic politics" in *Colonial Desire: Hybridity in Theory, Culture and Race.* London: Routledge, 1995, pp. 55-89. 특히 인종적 위계질서와 아일랜드인의 여성적 하위계층성에 관해서는 pp. 60-61 참조.

름에 투영되고 있는 "매슈 아놀드의 얼굴"을 하고 있는 옥스퍼드의 가식적인 "앞치마를 두른, 한 귀먹은 정원사"(U 1.173)는 문화의 모든 다양성과 차이를 제거하고, 다시 말해서 아놀드가 말하는 무정부적 요소를 제거하고 획일적으로 말쑥하게 단장하려는 듯이 "풀줄기의 춤추는 잎사귀 끝을 면밀하게 살피면서 . . . 잔디 깎기를 밀고 있다"(U 1.165-75). 특히 이 부분은 조이스가 아놀드의 영향을 받은 아일랜드의 켈트주의 운동과 빅토리아 시대의 획일화된 근대화가 지향하는 유토피아적 미래 모두를 비판하고 있는 장면이다.94 나중에 「키르케」에서 스티븐이 술에 취한 상태에서 "나는 가장 세련된 예술가야"(U 15.2508)라고 말하면서 창녀 플로리와 대화할 때에도 매슈 아놀드 얼굴의 가면을 쓰고 잔디 깎는 기계를 든 옥스퍼드 대학의 특별연구원인 "샴의 쌍둥이, 술 취한 필립과 술 안 취한 필립이 창구에 나타난다"(U 15.2512-4). 이들은 영국 문화 개념의 가식적인 모방으로서 아놀드, 옥스퍼드, 그리고 잘 관리된 잔디들을 환기시킨다.

기본스에 따르면 "민족주의적 선전주의자들이 아일랜드 문화의 보호를 위해 요구하는 많은 개념들은 사실은 그것의 거부라기보다는 식민주의의 한 연장으로서, 아일랜드의 민족적 성격에 도입된 인종차별의 개념은 적절한 사례"이다.95 즉, 영국이 아일랜드 인을 인종적으로 타자화하고 전형화하는데 맞서 아일랜드인 스스로 자신들의 독특한 인종과 민족성의 개념을 가정하는 것은 결국 아일랜드의 민족주의자들 스스로가 자신들의 민족 정체성을 전형화하는 행위를 역설적으로 수행한 셈이다. 켈트 부흥은 아놀드의 호의적인 식민주의에 많은 것을 의존하고 있었다.96

---

94 Bryan Cheyette, "'Jewgreek is greekjew': The Disturbing Ambivalence of Joyce's Semitic Discourse in *Ulysses*" in *Joyce Studies Annual 1992*. Ed. Thomas F. Staley. Austin: U of Texas P, 1992. pp. 34-36.

95 Luke Gibbons, "Race Against Time: Racial Discourse & Irish History." *Oxford Literary Review* 13.1-2 (1991), p. 104.

인종차별적 순수성과 우월성을 주장하기 위해 "우리"와 "그들"을 구별하는 이분법적 논리에서 "우리"는 항상 "그들"보다 상위의 위치를 점하게 된다. 아일랜드 민족주의와 아일랜드 문예부흥은 이러한 제국의 주장과 논리를 반영하고 있다. 이것은 다시 말해 뒤바뀐 인종 차별의 행위에서 "우리가 그들보다 우수하다"고 주장함을 의미하는 것이다. 이런 맥락에서 아일랜드 민족주의자인 그리피스Arthur Griffith가 아일랜드의 자율과 자유를 주장하면서 디즈렐리처럼 흑인노예 제도를 찬성하는 태도는 매우 모순된 일이 아닐 수 없다.[97]

켈트주의 혹은 아일랜드 민족주의는 다른 유색 인종과 문화와의 비교를 통해 인종의 순수함과 문화의 우수성을 고양한다. 이 같은 점은 영국 민족주의의 모든 면을 그대로 모방하는 차원에서 실행된 것이다. 커티스에 따르면 "아일랜드의 자민족주의는 아일랜드 인이 단일 민족임을 주장함으로써 민족의 애국적 열정을 자극하고, 켈트 민족 고유의 유액을 수단으로 앵글로색슨족의 독액에 대항했다"는 것이다.[98]

앞서 기술했던 것처럼, "아일랜드의 역사는 고결한 교훈들로 풍부하기 때문에 서사시의 통일성과 목적을 지니고 있다"는 자민족 중심 혹은 자문화 중심의 논리는 다름 아닌 아놀드 식의 문화 담론을 답습한 것이다. 이것은 자신의 민족성이 다른 민족들과는 달리 본질적으로 순수하고 특징적인 종족이라는 개념을 바탕으로 한 인종차별주의의 역설적인 이미지에 의존한 것이라 말할 수 있다.[99] 그러므로 아일

---

[96] Ibid.

[97] Ibid.

[98] L. P. Curtis, Jr., *Anglo Saxons & Celts: A Study of Anti-Irish Prejudice in Victorian England*. Bridgeport, C.T.: U of Bridgeport P, 1968. p. 15.

[99] David Lloyd, *Nationalism & Minor Literature: James Clarence Mangan & the Emergence of Irish Cultural Nationalism*. Berkeley: U of California P, 1987. p. 68.

랜드에는 순수하고 특징적인 켈트족이 여전히 존재한다는 식의 문화 담론의 개념은 대단히 본질적이고 낭만주의적인 태도에서 비롯된 것으로 민족주의와 제국주의 모두가 받아들인 개념이다.

아일랜드인의 특징에 대한 매슈 아놀드의 분석과 설명은 사실은 르낭Renan에게서 파생된 것이다.[100] 기본스가 설명하고 있는 것처럼, 아일랜드의 민족주의자들이 "아놀드적인 전형을 손쉽게 받아들이는 태도는" 비록 그러한 전형이 실제로는 존재하지 않는다 하더라도 매우 역설적으로 아일랜드 민족주의와 영국 제국주의 양쪽 모두가 동등하게 받아들일 수 있는 본질적인 전형이 실제로 존재함을 입증하고 있다.[101] 왜냐하면 양측 모두 이민족들과는 다른 순수하고 특징적인 종족이라는 논리를 받아들이고 있기 때문이다. 그래서 아일랜드 민족주의는 본질적으로 앵글로 색슨적 인종 차별주의를 반영하는 모방 이데올로기라고 말할 수 있는 것이다.

「텔레마코스」 에피소드는 헬레니즘과 헤브라이즘을 비롯하여 문화와 무정부에 관한 아놀드적 문화 담론을 연상케 하는 개념과 이미지로 가득 차 있다. 우선 멀리건의 말을 들어보자.

제기! 하고 그는 조용히 말했다. 바다는 앨지가 부르듯 그게 아닌가. 위대하고 감미로운 어머니 말이야? 코딱지 푸른 빛 바다. 불알을 단단하게 하는 바다 포도주 빛의 바다. 아, 디더러스, 그리스 사람들 말이야! 내가 자네한테 가르쳐 줘야겠어. 자네는 그걸 원문으로 읽어야 하네. 바다! 바다! 바다는 우리들의 위대하고 감미로운 어머니야. 와서 좀 보게나 . . . 정말이지, 킨치, 만일 자네하고 나하고 함께 일을 할 수만 있다면 우리는 아일랜드를 위해서 뭔가 중요한 일을 할 수 있을 거야.

---

[100] Robert Young, *Colonial Desire: Hybridity in Theory, Culture & Race*. London: Routledge, 1995. pp. 68-72.
[101] Luke Gibbons, "Race Against Time: Racial Discourse & Irish History." *Oxford Literary Review* 13.1-2 (1991), p. 104.

그걸 그리스화하는 거지. (U 1.77-81, 157-8)

그는 아일랜드의 야만적 캘리번들에 대해 아놀드가 말하는 이른바 "달콤함과 빛"의 헬레니즘 문화와 미학의 해석자로서 적극적으로 주도적인 자세를 스스로 취하고 있음을 알 수 있다. 실제 헤게모니는 근본적인 지배 그룹에 의해 사회생활에 부과된 일반적인 방향에 대해 멀리건과 같은 하위계층 주체의 자발적이고 적극적인 합의에 의해 구축되기 때문이다.[102]

아놀드의 이분법적인 문화 구분에 따르면 헤브라이즘의 지배 개념은 "의식의 엄격한 구속"인 반면에 헬레니즘은 "의식의 즉각성"이다.[103] 헤브라이즘이 남성적 힘의 행위를 의미하는 반면 헬레니즘은 여성화된 탄력적인 사유로서 자유로운 의식의 유희와 확장을 표방한다. 헤브라이즘과 헬레니즘은 사회와 역사 속에서 상호 대립하는 가운데 전체와 탈전체, 확장과 축소, 전복과 전유의 힘을 재생산한다.[104] 여기서 엄격한 양심에 의한 욕망의 억압, 즉 헤브라이즘의 도덕적 제약은 삶에 대한 죽음으로 표현된다. 아놀드는 당대 영국에서 사물의 자연적인 경로는 과도한 남성적인 헤브라이즘에 의해 타락되었다고 생각한다. 즉 르네상스 헬레니즘을 계승한 17세기 영국의 청교주의 이후로 빅토리아 시대의 무질서와 혼란은 이러한 양심의 엄격함에 기인하며, 따라서 이것은 단지 여성적인 헬레니즘의 복귀에 의해서만 치유 가능하다고 아놀드는 본다.

이때 헬레니즘은 아놀드가 말하는 "달콤함과 빛"의 완벽한 내적 조건으로서 문화

---

[102] Antonio Gramsci, *Selections from the Prison Notebooks*. Eds. G. Nowell Smith & Q. Hoare. New York: International Publications, 1971. p. 12.

[103] Neil Davison, *James Joyce, Ulysses, & the Construction of Jewish Identity*. Cambridge: Cambridge UP, 1996. p. 110.

[104] Robert Young, *Colonial Desire: Hybridity in Theory, Culture & Race*. London: Routledge, 1995, p. 60.

그 자체를 재현할 수 있는 반면, 야만과 속물의 어둠과 연계된 헤브라이즘은 광적인 엄격함의 원리가 되면서 역설적으로 그 자체의 지나침을 통해 무질서를 유발하며, 결과적으로 "지금 우리 앵글로 튜턴 민족의 위대한 성적 봉기"를 위협하게 된다. 그래서 아놀드는 헤브라이즘의 위협에 대비하여 대학과 같은 제도 기관이 그 수호자가 되어 헬레니즘 문화를 보호하고 발전시켜야 한다고 주장하는 것이다.[105] 이와 같이, 아놀드의 이분법적이고 대립적인 문화의 구분뿐만 아니라 그러한 문화의 구분에 있어서 성과 인종의 차이 짓기는 결과적으로 인종간의 위계질서를 확인하고 합법화하는 결과를 낳을 뿐만 아니라, 가부장제가 성별에 부과한 모든 문화적 가치를 인종에 전이시키는 결과를 초래한다.

아놀드는 문화의 에너지와 역사를 인종적 차이의 산물로 규정짓는다. 아놀드가 구분하는 사회의 네 가지 계급, 즉 귀족 계급, 중산층 신사 계급, 중산층 급진 저항 계급, 그리고 노동자 계급은 자연히 인종간의 갈등과 투쟁의 역사로 귀속되고, 계급의 구분에 따른 계급간의 이기심의 갈등과 충돌은 인종간의 내재적인 갈등으로 귀결된다.[106] 아놀드는 "아일랜드인과 영국인 사이의 (인종적) 차이는 너무나 크다"고 주장하면서 "절망적이고 위험한 아일랜드인은 이미 정복된 인종"이며 아일랜드인의 "이질적인 종교는 대단히 비영국적인 것"이라는 입장을 피력한다.[107] 아놀드가 볼 때 아일랜드 자치와 같은 특정한 정치적 문제에 관한 당대의 투쟁은 역사적으로 영원히 해결 불가능한 인종간의 반목이다.[108]

---

[105] Ibid, p. 61.
[106] Ibid, 60-61.
[107] L. P. Curtis, Jr., *Apes & Angels: The Irishman in Victorian Caricature*. Revised edition. Washington: Smithsonian Institution Press, 1997. p. 143, 198 재인용.
[108] Robert Young, *Colonial Desire: Hybridity in Theory, Culture & Race*. London: Routledge, 1995. p. 61.

아놀드적인 헬레니즘의 논리에 바탕을 둔 멀리건의 설득에 대해 스티븐은 캘리번처럼 과묵하고도 조용히 그의 말에 반박한다. 스티븐은 오히려 아일랜드의 헤브라이즘적 타자성을 지지한다. 그는 멀리건이 신이교주의와 아일랜드 민족주의 슬로건We ourselves을 내비치는 가운데 자신을 헬레니즘의 동조자이자 교양 있는 미학주의자로 칭찬하는 것에 대해 분노를 느낀다. 딘Seamus Deane에 따르면 조이스는 단일 문화를 표방하는 아놀드의 문화 개념이 성적 활력과 무정부적 힘에 대해 억압적일 뿐만 아니라, 다원주의적인 문화의 꽃을 피울 여지가 허락되지 않기 때문에 대단히 부정적이고 적대적인 힘으로 보았다.109 그래서 영국제국의 정신적 부활의 수단으로서 헬레니즘을 주장한 아놀드에 대해서, 조이스는 아일랜드 문화의 헬레니즘화 혹은 헤브라이즘화를 통한 민족의식의 재형성이 정치적으로 나약하고 생존 불가능한 개념으로 여겼기 때문에 모호한 입장을 취할 수밖에 없었을 것이다.110

식민 헤게모니의 일원이자 원주민 정보원으로서 멀리건은 영국의 돈 때문에 자신을 팔고 있다. 이것은 아일랜드 인종이 함축하고 있는 역설적인 이미지를 보여주는 것이라고 말할 수 있다. 멀리건이 스티븐에게 "하녀의 쪼개진 거울이라! 그 얘기를 아래층의 저 옥스퍼드 녀석에게 말해서 1기니를 졸라보게 . . . 내가 그에게 아일랜드 예술의 상징에 관한 자네 얘기를 말해 주었지. 그는 그게 참 멋지다는 거야. 그에게서 한 파운드quid 뜯어보지 않겠나. 응 글쎄, 1기니guinea 말이야"(U 1.154-5, 290-1)라고 말할 때, 이것은 제국과 식민지 사이의 관계에서는 필연적으로 식민 경제의 관점에서 헤게모니에 관련된 종속관계가 형성되어 있음을 보여준다.

---

109 James Fairhall, *James Joyce & the Question of History*. Cambridge: Cambridge UP, 1994. p. 52 재인용.
110 Neil Davison, pp. 110-111.

헤게모니는 지배계층에 대한 적극적 승인을 구하려는 사회적, 문화적, 이데올로기적 실제의 상호 연관된 복잡한 관계를 포함하며, 헤게모니를 통해 지배계층은 자신의 지배를 행사하게 된다. 그람시에게 있어서 헤게모니는 협상과 이의 그리고 타협을 기술하는 방법인데, 이것에 의해 특정한 하위 계층 혹은 이데올로기적 형성은 보다 큰 통치체제의 승인을 얻게 된다.111 따라서 "퀴드"quid를 "기니"guinea로 바꾸는 멀리건의 언어 구사에 내포된 의식은 "신사다운" 경제적 충족과 언어선택의 특권화를 보장받으려는 그 자신만의 주도적인 욕망을 나타낸 것이라 볼 수 있다.

실제로 그 당시 "기니"는 20실링의 금전 가치뿐만 아니라, 돈을 의미하는 신사다운 표현 가운데 하나였다.112 스티븐은 멀리건에게 그 날 아침 학교에서 급료를 받을 예정이라고 말할 때, 멀리건은 그것을 "하숙집 학교"The school kip(U 1.293, 1.466)라고 신랄하게 비꼰다. "킵"kip은 덴마크 어에서 유래된 아일랜드 속어로서 매춘가와 하숙집을 의미하는데, 당시 더블린의 악명 높은 홍등가는 "the kips"라고 불렀다.113 멀리건이 이와 같이 비꼬는 이유는 스티븐이 돈을 벌기 위해 소수의 특권 상류 계층의 학생들이 다니는 학교에서 교편을 잡고 있으며, 게다가 그는 북 아일랜드 출신이자 오렌지 당원인 디지 교장 밑에서 일을 하고 있기 때문이다. 그가 내키지 않는 일에 몸을 팔듯이 일을 하는 모습에서 매춘가와 하숙집을 뜻하는 "킵"kip의 속어적 의미는 매우 중요하다. 왜냐하면 식민화의 성별적 묘사에서 식민지는 "성적인 기대, 싫증나지 않는 관능성, 질리지 않는 욕망을 도발하는 장소"로서 제국주의자들에게 자신을 파는 매춘부로 묘사되기 때문이다.114 멀리건이 "반짝이는

---

111 Lisa Lowe, *Critical Terrains: French & British Orientalism*. Ithaca: Cornell UP, 1991, p. 16 재인용.

112 Don Gifford & Robert J. Seidman, p. 19.

113 Richard Wall, *An Anglo-Irish Dialect Glossary For Joyce's Works*. Syracuse: Syracuse UP, 1987, p. 36.

금화가 네 개라 . . . 네 개의 전능한 금화"(U 1.296-97)라고 말하면서 기쁨의 탄성을 지를 때, 멀리건이 반복적으로 사용하는 "금화"는 스티븐이 "전능한" 주인 혹은 지배자의 종복이라는 식민 상황을 강조한다. 즉 영국 왕실의 권력에 대한 환유적 의미를 담고 있는 주화(1파운드 금화, 5실링 은화)로 지불된다는 점은 스티븐이 제국 통치와 식민 경제에 종속된 주체임을 의미하는 것이다.

멀리건은 "대관식의 축제일"에 관한 노래를 부르면서 이 점을 더욱 부각시킨다(U 1.300-5). "대관식의 축제일"은 에드워드 7세의 "대관식"을 축하하는 노래였다. 이것은 적절하게 봉급날을 의미하는 속어적 용어이기도 했다.115 스티븐이 금화 crowns와 은화sovereigns를 봉급으로 받는 점은 아일랜드인 스스로 금화와 은화, 즉 영국 왕실에 대해서 뿐만 아니라 영국의 왕the crown이 통제하는 돈에 대한 식민 주체임을 승인 받는 셈이다. 이러한 관점에서 스티븐이 과거 클롱고우즈 시절 미사를 집전하는 신부의 복사server였음을 기억하는 가운데 자신이 "하인의 봉사자"(U 1.312)임을 의식하는 것은 당연하다.

멀리건 자신은 영국인 하인즈의 돈을 우려내기 위해 지혜를 파는 전형적인 식민지 원주민 정보 제공자이자 협력자의 모습을 보여준다.

> 이건 민속적인 얘기야, 하고 그는 몹시 열을 올려 말했다. 자네의 노트감이지, 하인즈. 던드럼의 민속 및 어신에 관한 본문 5행과 주석 10페이지야. 대풍이 일던 해에 마녀들에 의하여 인쇄된 걸세. (U 1.365-67)

외설적인 그로건 할멈old mother Grogan 이야기와 같은 아일랜드의 민속에 관해 멀리건 자신이 구사하는 무의미한 패러디는 제국의 인종 서지학적 담론을 그대로 반

---

114 강상중, 89쪽.
115 Don Gifford & Robert J. Seidman, p. 19.

영한다. 게다가 그는 하인즈에게 어떤 원시적 지방색을 꺼내 보이면서 던드럼의 민속 및 어신(U 1.367-8)[116]에 대해서 뿐만 아니라 느닷없이 "섬나라 사람들은 포피의 수집가에 관한 이야기를 자주하지"(U 1.393-4)라고 말한다. 이와 같은 미개한 원시적 야만적 이미지는 이후 은밀하게 미개하고 경멸적인 식민지 신화를 구축하게 된다. 왜냐하면 하인즈가 찾고 있는 것은 본질화된 아일랜드 국민성의 정체적 이미지들이기 때문이다. 하인즈가 수집하는 식민지의 정체적 이미지들은 이후 식민 상품 문화의 공간 속에서 인종차별적인 각인의 과정을 거쳐 상품화된다.

이와 같은 상품화는 결과적으로 제국 상품의 배후 시장을 구축하기 위한 식민지 근대화의 과정 속에서 식민지 원주민 문화의 정체적 후진성을 필연적인 것으로 규정함으로써 유럽 제국의 식민 통치 체계를 더욱 견고히 하고 식민 지배를 정당화하는 데 사용된다. 이를테면, 스티븐이 다채롭고 재치 있게 구사하는 언어라든가 이후 등장하는 늙은 우유 배달 노파가 보여주는 원시적, 민속적 후진성 등이 그와 같은 대표적인 정체적 이미지인 것이다.

하인즈의 관점에서 볼 때 아일랜드 민족과 성의 범주에서 늙은 우유 배달 노파는 가장 전형적인 아일랜드의 표본이다. 스티븐은 늙은 우유 배달 노파를 바라보면서 자신의 의식 속에 "비단 같은 암소"그리고 "불쌍한 노파"와 같은 이미지를 떠올린다. 실제로 이것은 전통적으로 아일랜드를 나타내는 별칭이다.[117] 노파는 타락하고 예속된 아일랜드 문화를 상징할 뿐만 아니라 동시에 그러한 제국과 식민지의 민족지학적 조우에 대한 패러디가 되면서, 마텔로 탑과 마찬가지로, 아일랜드 식민착취를 상징한다(U 1.404-05). 노파는 하인즈와 멀리건에 의해 착취를 당하는 "아일랜

---

[116] 이것은 아일랜드 전역에 대풍이 일어 엄청난 재해를 몰고 왔던 해인 1903년에 유행했던 허무맹랑한 이야기로서 그 내용은 선사시대 아일랜드의 전설적 민족들 가운데 하나인 바다의 거인이자 어신인 포모라언(Formorians)에 관한 것이다.

[117] 김종건, 『율리시즈 주석본』 범우사, 1988. 35쪽.

드의 오쟁이진 여성"으로서 은연중에 그들에게 자기 자신을 판다.[118] 노파는 "소리 높이 자신에게 들려오는 한 가닥 목소리 쪽으로, 즉 자신의 접골의이자, 마술사이자, 자신에게 침묵을 명령하고 있는 그 커다란 목소리에 자신의 늙은 머리를 끄덕인다"(U 1.418-423). 하인즈는 늙은 노파에게 게일 어로 말하지만, 노파는 게일 어를 알아듣지 못하고 그것을 프랑스어라고 생각한다(U 1.433-4). 멀리건이 노파에게 "게일 어를 아세요?"Is there Gaelic on you?(U1.427)라고 되묻고 있는 장면에서 알 수 있듯이, 게일 어를 구사하는 사람은 오히려 멀리건과 하인즈이다. 늙은 우유배달 노파는 자신이 아일랜드인임에도 불구하고 아일랜드 민족어인 게일 어를 전혀 이해할 수 없고 대신에 제국의 언어인 영어를 말할 수 있을 뿐이다. 게다가 노파는 게일 어를 구사하는 하인즈가 아일랜드 서부 출신이라고 생각한다. 결국 이 장면은 제국에 의해 게일의 원시적 타자성으로 동결된 아일랜드의 환유적 이미지로서 매우 풍자적인 민족 알레고리로 제시되고 있다.

이후 하인즈는 절대적 차이를 보여주는 기묘하고 원시적인 맥락으로 굳어진 타자로서 아일랜드 인을 좀 더 상세히 관찰하기 위해 국립박물관과 같은 문화적 헤게모니의 기관을 방문할 예정이다(U 1.469-70). 하인즈의 의도는 순수한 절대적 타자로서 화석화된 원주민 인디언을 구축하려고 했던 백인 아메리카 문화의 욕망과 동일한 것이다.[119] 하인즈는 이와 같은 목적 때문에 생기 있고 변화 있는 동시대 문화보다도 민족지학적인 문화담론에 의해 구축된 죽은 아일랜드 문화와 민속에 더 큰 관심을 가진다. 늙은 우유 배달노파가 게일어를 전혀 하지 못한다는 사실은 그 대표적인 경우이다. 모국어인 게일어를 상실한 채 식민화된 하위 계층 아일랜드인의 전형적인 예이기 때문이다.

---

[118] 앞 책, 36쪽.
[119] Vincent Cheng, *Joyce, Race & Empire*. Cambridge: Cambridge UP, 1995, p. 157.

아일랜드의 화석화된 과거 원시 문화의 본질에 대해 기울이는 하인즈의 민족지학적 열성은 제국과 식민지 사이에 새겨진 문명과 야만의 이분법적 차이를 바탕으로 인종과 민족의 우열을 가리기 위한 것이다. 이것은 유럽 지배문화 자체에 구축된 본질과 자아 개념을 유지하는 데 필요한 인식의 틀이다. 이러한 인식의 틀을 통해 아일랜드 인은 교화되지 못한 원시인이자 야만인으로 규정되고, 나아가 "환유적으로 동결된" 원시적 게일 문화로서 인식 가능한 순수하고 절대적인 차이를 지닌 타자로 전형화된다.

영국인 하인즈의 민족지학적 추구와는 달리, 교육받은 식민지 민족 부르주아 주체로서 스티븐이 보여주는 의식은 자신의 조국과 가정이 감옥과 같은 "[마텔로] 탑의 차가운 둥근 지붕 밑 방"으로서 정글 속에서 사냥개를 대동하고 흑표범을 뒤쫓는 백인 사냥꾼에 의해 점령당해 있다고 생각하는 것이다(U 3.271-78). 멀리건이 백인에게 충실한 가이드 혹은 사냥개라면, 하인즈는 충실한 가이드 혹은 사냥개를 대동한 채 총을 들고 흑표범에 관해 떠들어대면서 사냥감을 뒤쫓는 "표범나리"이다(U 3.277). 스티븐의 의식의 흐름은 흑표범 사냥으로 상징되는 식민 착취와 하인즈의 인류학적 수집을 연계한다. 식민 착취와 수집은 당연히 그로 인한 상품 문화의 생산과 소비를 창출한다. 착취와 수집을 통해 얻은 상품은 그 식민 지역이 어디든지 간에 식민지 고유의 지방색과 인종 이미지가 결합된 채 제국과 식민지의 상품 문화를 형성하게 되는 것이다.

그 날 아침 하인즈가 탑의 열쇠를 누가 가지고 있는지 물었을 때, 멀리건은 스티븐이 열쇠를 가지고 있다고 대답한다. 이때, 스티븐은 자신의 물푸레나무 지팡이를 꺼낸다(U 1.528). 물푸레나무 지팡이는 전통적으로 켈트 왕권의 상징이자 무기이다.[120] 그러나 지금 탑의 열쇠와 물푸레나무 지팡이는 단지 아일랜드 자치의 공허한 상징일 뿐이다.[121] 하인즈가 "자네들은 이 탑의 사용료를 내고 있나?"라고 물을 때, 멀리건은 12파운드를 내고 있다고 대답하고 스티븐은 "국방장관에게"라는 말을 덧붙인다. 왜냐하면 탑의 소유권은 실제 런던 국방성에 있고 일 년에 네 차례에 걸쳐 임대료를 지불하기 때문이다.[122] 멀리건은 "빌리 피트가 그것을 세웠지, 프랑스 사람들이 바다 위로 침공해 올 때 말이다"(U 1.543-4)라고 말하면서 18세기 후반의 아일랜드 민요 "불쌍한 늙은 할멈"의 한 구절을 인용한다.

멀리건은 마텔로 탑이 당시 영국 총리였던 피트William Pitt, 1759-1806가 프랑스의 침공 가능성에 대비해서 아일랜드 해안의 주요 거점에 건설한 방어 시설이었음을 상기한다.[123] 역사적으로 1796년과 1798년 사이에 프랑스 해군은 영국에 대항해 싸우는 아일랜드 독립투사들에게 군사적 지원을 여러 차례 시도한 적이 있었다. 다시 말해 1794년에 미국과 프랑스 혁명에 고무되어 결성된 아일랜드인 연맹은 프랑스와 연합을 맺고, 1798년에 봉기를 일으키나 실패하고 만다. 그 결과 급진적인 독립투사들은 처형되거나 망명을 떠나 아일랜드의 정치문화에 낭만적 혁명 전통을 남기게 된다.[124] 이 점에서 군사 시설로 마텔로 탑은 영국제국의 아일랜드 통치에 대한 적절한 상징이 되고 있는 것이다. 스티븐이 마텔로 탑의 임대료를 낸다는 사실은 그 탑이 아일랜드가 영국제국의 예속 하에 있다는 이유만으로 영국에 그 사용료를 지불해야 하는 하숙집으로서의 아일랜드를 상징한다.[125]

하인즈가 "자네는 자네 자신을 해방시킬 수 있는 사람이라고 나는 생각하네. 자네는 자네 자신의 주인인 것 같군"하고 말할 때, 스티븐은 그 말에 쉽게 동의할 수 없다. 그는 "나는 두 주인을 섬기는 한 종놈이야. 영국인과 이탈리아인 말이야 . . .

---

[120] Don Gifford & Robert J. Seidman, p. 22.
[121] Vincent Cheng, p. 160.
[122] Don Gifford & Robert J. Seidman, p. 23.
[123] Ibid, p. 23.
[124] 피터 그레이, 18쪽.
[125] Vincent Cheng, p. 160.

대영제국 . . . 그리고 신성로마 가톨릭 사도 교회라네"(U 1.636-44)라고 대답한다.
앞서 조이스는 오브리의 모티프를 통해 아일랜드의 이중의 식민 상황을 인유한 것
처럼, 이 장면은 「태양신의 황소들」 에피소드에서 스티븐의 의식에 떠오른 아일랜
드의 상징으로서 "에린"Erin의 간통에 대한 신랄한 풍자의 장면과 다시 한 번 연결
된다.

> 기억하라, 에린, 그대의 옛날 백성들과 나날을, 그대는 어찌하여 나와 나의 말을
> 대수롭지 않게 여기며 낯선 손님을 나의 문으로 끌고 들어와 나의 면전에서 음행
> 을 감행케 하며 여수룸 마냥 점점 살찌게 하여 발로 걷어차게 하느뇨. 그런고로 그
> 대는 나의 빛에 죄를 범했는지라 또한 너희의 주인 나를, 하인들의 노예가 되게 했
> 도다. 돌아오라, 돌아오라, 밀리족이여: 나를 잊지 말아다오, 오 마일시언족이여.
> 왜 그대는 나의 눈앞에서 이런 몹쓸 짓을 하여 설사약 장수를 위하여 나를 걷어차
> 버리고 그대의 딸들이 호사롭게 동침한 모호한 언어를 사용하는 로마 사람들과 인
> 도 사람들에게 나를 부정했느뇨? (U 14.367-75)

이 장면에서 조이스는 무어Thomas Moore의 시 "Let Erin Remember the Days of
Old"와 구약성서 신명기 17장 15절의 모세의 노래를 포함한 많은 성서적 인유를
구사하고 있다. 이것은 배신과 찬탈의 역사로 얼룩진 아일랜드의 역사에 대해 신랄
한 풍자를 가하기 위한 것이다. 나아가 멀리건이 하인즈의 부친에 대해 말했던 것
처럼 아프리카에 설사약을 판매하는 제국의 낯선 이방인을 끌어들이고 음행을 감
행한 간통의 이미지로서 이스라엘과 아일랜드의 식민 상황을 대비한다.

"나는 두 주인을 섬기는 종놈"이라는 스티븐의 말에 대해 하인즈가 잘못은 역사
에 있다고 말하면서 자기 자신을 비난하는 것이 아니라 역사를 비난할 때(U 1.649),
그는 자신을 포함한 제국주의 영국이 아일랜드 인들에 대해 가한 식민 착취에 관련

된 어떤 의식을 교묘히 숨긴다. 하인즈는 개인적인 이익 추구를 위해 그의 아버지 the merchant of jalaps가 자행한 아프리카 줄루족에 대한 경제적 착취의 사실과 아일랜드에서 하인즈 자신이 벌이고 있는 민족지학적 활동 사이의 어떤 관련을 숨김으로써 자신의 의식 속에 억압된 채 감추어진 "양심의 가책"(U 1.481)을 사면시키고 있는 것이다. 하인즈의 논리는 아놀드와 같은 영국의 자유주의 문화담론의 논리를 정확히 반영한 것이다. 하인즈는 제국주의자들이 경제적 문화적 제국주의의 결과로서 식민 착취에서 거둬들인 부의 혜택과 영화를 수확할 때 저지른 불법행위를 비판한다. 하인즈가 말하는 "비난받아야 할 역사"는 식민주의자들 자신들에 의해 매우 편리하게 어떤 한 순간의 과거로만 치부될 수 없다. 결국, 역사는 매우 실재적인 결과를 산출하는 현실의 연속이기 때문이다.126

맺음말

1907년에 쓴 에세이 "Home Rule Comes of Age"에서 조이스는 "영국이 아일랜드에 대해서 사용할 수 있는 가장 강력한 무기는 보수주의가 아니라 자유주의와 교황절대권주의"Vaticanism라고 말한 적이 있다.127 여기서 그는 영국 자유주의에 대한 강한 의구심과 비판의식을 견지하고 있다. 스티븐은 아일랜드의 긴 수난의 역사와 외국의 침략에 저항한 아일랜드 애국자들의 오랜 투쟁의 역사 모두를 의식에 떠올린다. 제국의 문화 담론의 논리를 반영하는 하인즈의 "비난받아야 될 역사"는 스티븐의 의식을 통해 아일랜드의 저항의 역사와 강하게 대비된다. 하인즈가 "물론

---

126 Ibid, p. 161.
127 James Joyce, *Critical Writings of James Joyce*, p. 195.

나는 영국인이다. . . . 그래서 한 사람의 영국인으로서 나는 느끼네. 나의 조국이 독일계 유태인들의 손에 들어가는 것을 나도 보고 싶지는 않아. 그것은 현재 우리들의 국가적인 문제가 아닌가 생각하네"(U 1.666-68)라고 말할 때, 이것은 자기가 속한 민족문화의 사고방식 규범 가치 판단에 따라 다른 민족 혹은 인종의 문화를 판단하여 멸시와 차별 그리고 편견을 조장하는 전형적인 자민족 중심주의에 다름 아니다. 식민지에 대한 민족지학적 맥락에서 하인즈가 보여주는 태도는 아놀드적인 문화 담론을 바탕으로 한 앵글로색슨 민족 중심의 인종차별 의식을 잘 보여준다. 야만적 원시적 아일랜드 인이라는 전형은 제국의 자민족 중심의 논리에 의해 매우 자의적으로 형성된 것이다. 하인즈가 게일 문화에 대해 기울인 끈질긴 관심과 수집은 자아 중심적이고, 방어적이며, 외국인 혐오와 같은 인종 차별의 의식에서 비롯된 것이라 볼 수 있다. 결국 이것은 식민 착취를 합법화하고 상업화하고자 하는 제국의 논리를 반영하는 것이다.

하인즈와 멀리건이 "낭떠러지의 가장자리에 서서," "블럭 항으로 가는 돛단배"를 바라보고 있을 때, 스티븐의 의식은 이들 두 사람을 각각 상인과 뱃사공으로 떠올린다(U 1.669-70). 스티븐은 제국주의 식민 담론의 틀 내에서 설정된 원숭이와 천사, 앵글로색슨과 켈트, 희랍인과 유태인과 같은 이분법적 양극에서 자신이 어떤 측면에 해당하는지를 인식하고 있다. 하인즈가 "좁은 길을 걸어 올라가는 스티븐과 야생의 아일랜드 인을 향해 미소를 지으며" 작별 인사를 할 때, 스티븐의 의식은 "황소의 뿔, 말의 발굽, 색슨 인의 미소"(U 1.732)와 같은 영국인을 경계하는 전통적인 아일랜드의 격언을 떠올린다. 멀리건은 수영을 하기 위해 바다에 뛰어들기 전 스티븐에게 "쌓아 놓은 옷 더미를 눌러두기 위해" 열쇠와 2페니의 돈을 요구한다. 스티븐은 열쇠와 돈을 그의 옷 위에 던질 때 "오늘 밤 나는 여기서 자지 않겠다. 집에도 나는 갈 수가 없다"(U 1.739-40)는 자신의 막다른 상황을 인식하고 있다. 이와 같은 주권 상실의 인식은 그가 이미 추방당한 아일랜드 자신처럼 자신의 조국이나 탑에 대해 어떠한 권한도 없음을 알고 있기 때문이다. 스티븐이 식민의 예속에서 벗어나서 "찬탈자"(U 1.744)로부터 빼앗긴 자신과 아일랜드의 자유를 회복하는 출발점은 다름 아니라 바로 식민 문화적 전형의 담론이 어떻게 구축되었는지 인식하는 것임을 깨닫는 것이다. 이와 같은 인식은 절대적 주체로서 제국에 의해 형성되고 강요된 문화적 헤게모니 속에서 궁극적으로 그 자신의 도전과 선언에 의해 식민주의적 차이와 모호성을 탈피하는 출발이다.

3.

식민주의 헤게모니:
「네스토르」

식민주의 헤게모니: 본질과 개념

오전에 샌디코브 해변의 마텔로 탑을 떠난 스티븐은 남서쪽으로 약 일 마일 가량 떨어진 달키Dalkey에 도착한다. 스티븐은 디지Deasy가 교장으로 있는 학교에서 역사를 가르친다. 수업이 끝난 후 대부분의 학생들은 하키를 하러 운동장으로 달려가고, 스티븐은 교실에 혼자 남은 사전트란 이름의 학생에게 산수 문제 푸는 법을 도와주면서, 자신의 어린 시절의 모습을 떠올린다. 이후 스티븐은 디지 교장의 집무실에서 급료를 받고, 두 사람은 역사와 정치 현안 문제들에 관해 토론을 벌인다. 앞서 「텔레마코스」를 통해서 민족지학과 식민주의 담론의 문제를 논의하였다면,

학교를 무대로 역사 이야기가 주종을 이루는 두 번째 에피소드인 「네스토르」는 아일랜드의 질곡의 역사는 그것이 단순히 역사의 문제가 아니라 제국에 의해 전략적이고 은밀히 실행되어온 현실 속의 문제임을 달키의 학교를 무대로 보여주고 있다.

이것을 좀 더 심도 있게 이해하기 위해서는 우선 헤게모니의 개념을 살펴볼 필요가 있다. 그람시에 따르면, 행정의 차원에서 사회적 헤게모니가 갖는 두 기능은 다음과 같다. 첫째, 근본적인 지배 그룹에 의해 사회생활에 부과된 자발적 동의이다. 이것은 생산의 위치와 기능 때문에 지배계층의 특권에 의해 역사적으로 비롯된다. 둘째, 능동 혹은 수동적으로 동의하지 않는 집단에 대해 법적으로 규율을 강제하는 국가의 억압 장치이다. 이것은 자발적 동의가 약화될 경우 발생할 수 있는 통치 위기를 대비하여 사회 전체에 걸쳐 구성된다.[128] 강제력을 지닌 국가의 헤게모니는 학교와 같은 지식인 형성 기관을 통해 대중을 특별하고 일정한 문화적 도덕적 수준으로 적극적으로 끌어올리는 가운데 사회적 헤게모니와 정치적 통치의 하위 기능을 자발적으로 수행하는 지식인을 양성한다.

따라서 사회적 제도 기관이자 이데올로기적 과정으로서 교육은 개별 사회구조와 문화체계의 맥락에서 다루어질 필요가 있다. 이것은 학교와 같은 사회적 제도 교육 기관에만 국한된 것은 아니다.[129] 부르디에가 말했듯이 예술과 대중문화의 소비와 수용도 애초부터 사회적 차이를 일정 부분 정당화하는 사회적 기능을 담당하며, 이 과정에서 지식인을 비롯한 지적 관객은 문화적 차이와 구별을 확대 재생산하는데 일정한 역할을 담당해 왔다.[130] 그래서 지식인은 지배 집단의 대리인으로서 자신의 역할을 수행한다.[131]

---

[128] Antonio Gramsci, *Selections from the Prison Notebooks*, p. 12.
[129] Pierre Boudieu, "Cultural Reproduction and Social Reproduction" in Jerome Karabel and A.H. Halsey (eds.), *Power and Ideology in Education*, New York: Oxford UP, 1977, p. 487.
[130] 피에르 부르디외, 『구별짓기』 새물결, 2006, 27-31쪽.

사이드는『오리엔탈리즘』에서 그람시의 헤게모니 개념을 제국과 식민지 사이의 관계에 비추어 다음과 같이 설명하고 있다.

> 그람시는 시민사회와 정치사회 내에서 효과적인 분석상의 구분을 설정했다. 그는 시민 사회 쪽은 학교, 가족, 조합과 같이 자유의지에 의한(적어도 이성적이고 비강제적인) 가입 및 귀속관계로 구성되며, 정치사회는 직접적인 지배를 정치적인 역할로 삼는 국가제도(군대, 경찰, 중앙관료제)로 구성된다고 했다. 물론 문화의 기능을 인정할 수 있는 것은 시민사회에서이다. 시민사회에서 사상과 제도 그리고 타인의 영향력은 지배를 통해서가 아니라 그람시가 말한 합의를 통해 작용한다. 나아가 전체주의적이지 아니한 사회라면 어디에도 (어떤 사상이 다른 사상보다도 커다란 영향력을 갖는 것과 같은 의미에서) 어떤 문화형태가 다른 문화형태에 비하여 단연코 우월한 것이다. 이러한 문화적 주도권의 형태는 그람시에 의해, 공업화된 서양사회의 문화생활을 이해함에 필수적인 개념인 헤게모니로써 인정된 것이다. 오리엔탈리즘에 대하여 지금까지 설명해온 지속성과 힘을 부여하는 것이 바로 . . . 문화적 헤게모니가 작용한 결과인 것이다.[132]

사이드는 제국의 문화적 헤게모니에 의해 식민 정복자들의 가치와 위계질서는 지배 권력에 따른 강제적 실행이 아니더라도 식민 주체의 자발적 동의에 의해 채택된다는 점을 지적하고 있다. 즉 옥스퍼드 대학과 같은 제국의 교육기관뿐만 아니라 더블린의 트리니티 대학과 스티븐이 근무하는 달키의 학교와 같이 제국의 교육 기관을 본떠 설립된 식민사회 내의 제도 교육기관은 다름 아니라 적극적으로 식민 헤게모니를 유지 관리하는 사회적 담론 형성 기관이다. 식민 헤게모니는 주로 학교와 같은 문화 형성 기관을 통해 행사되면서 제국의 문화를 적극적으로 식민지에 주입

---

[131] Antonio Gramsci, *Selections from the Prison Notebooks*, p. 12.
[132] 에드워드 사이드, 『오리엔탈리즘』, 23쪽.

하고 궁극적으로 제국과 식민지 사이의 문화적 동화를 통해 식민 문화 통치를 더욱 강화한다. 식민지 교육의 궁극적인 목적은 식민지 사회와 문화의 자생적인 발전과 성장이 아니라 본국과의 흡수 통합이기 때문이다.[133]

부르주아 계층은 프롤레타리아트를 전제로 하듯이 헤게모니의 역내에는 반드시 엘리트 지배계층에 대비되는 피지배 하위계층이 있다. 이들은 지배계급의 특권과 타협에 의해 설득될 뿐만 아니라 종속적 역할을 부여받으며 사회의 일군을 형성한다. 동시에 이들은 공유된 억압을 지닌 집합체이자 통합적 자율과 통일, 그리고 지배를 목표로 하면서 지배계층의 전복과 그 대안의 추구를 주요 특징으로 한다. 그러나 하위계층은 지배계층에 대한 적극적 혹은 수동적인 결연에 의해 자신들의 신분과 계급에서 벗어나기를 추구한다.[134] 이를테면 스티븐은 샌디마운트 해변에서 자신이 가르치고 있는 학생들의 가족과 비교하면서, 자시의 가족과 숙모 사라의 가족이 문화와 계급에 관련된 헤게모니적 특권이 주어지는 상류계급의 신분을 보장받기 위해 어떤 교육을 받았는지를 생각한다. 그 결과 그는 지배계급의 상류사회와 문화에 대해 어린 시절 가졌던 자부심이 부질없는 것임을 인식하게 된다.

> 파산한 집들, 나의 집, 그의 집 그리고 모두. 나는 클롱고우즈의 패거리 놈들에게 판사 숙부와 육군대장 숙부를 갖고 있다고 말했지. 그따위 얘긴 집어치워요, 스티븐. 미는 거기 있는 게 아니야. (U 3.105-7)

하위계층이 느끼는 엘리트 상위계급에 대한 자부심은 그 자체의 불완전성과 열등에 바탕을 둔 문화적 욕망이다. 왜냐하면 이러한 자부심은 학생들에게 식민 본국의

---

[133] Gail P. Kelly, & Philip G. Altbach. "Introduction: The Four Faces of Colonialism" in Gail P. Kelly & Philip G. Altbach, (eds.) *Education & the Colonial Experience*. New Brunswick: Transaction, 1984. pp. 1-5.

[134] Antonio Gramsci, *Selections from the Prison Notebooks*, p. 52, 55.

이미지를 모방하고 그것을 재형성하고자 하는 문화적 열망을 반영한 헤게모니적 훈련 과정의 소산이자 아놀드적인 제국 문화의 교육과정에서 비롯된 결과이기 때문이다.

식민주의 헤게모니: 형성과 실행

「네스토르」의 첫 부분에서 스티븐은 제국에 의해 꾸며진 식민 헤게모니의 역사를 예리하게 의식한다.

> 기억의 딸들에 의하여 이야기로 꾸며졌던 것이다. 그리고 기억이 그것을 꾸며낸 것처럼 보이지 않을지 모르지만 아무튼 그런데도 이야기는 존재했다. 그 다음은, 성급한 일구, 블레이크의 과장의 날개들이 퍼덕거리는 소리. 나는 모든 공간의 폐허, 산산이 부서지는 유리와 석조 건물의 무너지는 소리를 듣는다, 그리고 단 하나의 검푸른 마지막 불꽃의 시간을 잰다. 그러고 나면 우리들에게 남는 것은 무엇일까? . . . 역사는 다른 것과 마찬가지로 자주 들려오는 이야기에 지나지 않지, 그들의 영토는 전당포란 말이야 . . . 세월이 그들에게 낙인을 찍어서 그들을 족쇄에다 채운 다음 자신들이 내쫓은 무한한 가능성의 방 속에 그들을 틀어박아 두고 있다 . . . 짜라, 공담을 짜는 자여. (U 2.7-10, 46-7, 49-52)

어린 시절 스티븐이 다녔던 클롱고우즈 학교, 그리고 교사로 근무하는 달키 학교와 "성 요셉 국립학교"(U 4.136)처럼 국가에서 운영하는 학교는 바로 통치자의 문화적 헤게모니 틀 내에 있다. 그의 수업 시간은 바로 통치자의 문화를 사회적 형성과 교육의 과정을 통해 식민지 하위 주체에 어떻게 주입하는지를 잘 반영한다. 「칼립소」 에피소드에서 블룸의 의식에 스쳐 지나가는 "성 요셉 국립학교"와 같은 교육

기관은 기독교 서구 문명의 역사를 바탕으로 한 "영국 프로테스탄트의 시각에 의해 지배되고 있기 때문에 아일랜드 인들은 국립학교의 교육체제를 정치적, 종교적, 사회적으로 아일랜드를 통치하기 위한 제국주의적인 음모의 일환으로 간주하고 있었다."[135]

스티븐이 교사로 일하고 있는 학교는 부유층이 모여 사는 더블린 교외의 달키의 비코vico 가도에 있다. 이곳에서 교육을 받는 학생들은 적극적으로 제국의 지배 문화를 받아들이고 그에 합당한 계급과 지위를 획득하는 가운데 지배자의 문화적 헤게모니에 편입되기 위한 욕망으로 가득 찬 식민지 아일랜드의 야망 있는 원주민 계급이다. 그래서 스티븐의 의식에 반영된 "욕망에 도취되어 멸시를 당하면서도, 너그러운 주인의 찬사를 얻으려고, 그의 주인의 비위를 맞춰대는 광대"(U 2.43-5)는 다름 아닌 제국의 지배체제를 수용하고 지배계급의 방식을 적극적으로 주입 받고 모방하는 민족 부르주아 계층이다.[136]

스티븐은 수업시간에 영국 제국의 군대에 가있는 학생의 가족에 대해 생각한다. "큰아들이 해군에 적을 두고 있다고 뽐내고 있는, 부유한 사람들"(U 2.24-5)의 학생들은 수업시간에 스티븐에게 거의 주의를 기울이지 않는다. 학생들은 "빈약한 [스티븐의] 통솔력과 그들 아빠들이 지불하는 수업료를 눈치 채고"(U 2.29) 있기 때문이다. 수업시간에 학생들은 제국의 관점과 가정에서 쓰인 식민지 원주민의 역사와 문화를 배우는 가운데 제국의 체제와 규율을 주입 받게 된다. 학교는 철저히 제국 중심의 논리에 따라 제국과 식민지의 역사와 문화를 해석하고 교육한다. 이를테면 스티븐은 수업 시간에 제국의 관점에서 체계화되고 정전화된 피로스Pyrrhus와 케사르

---

[135] Don Gifford & Robert J. Seidman, p. 73.
[136] 민족 부르주아에 대한 자세한 논의는 Frantz Fanon, *The Wretched of the Earth*의 제 3장 "The Pitfalls of National Consciousness" pp. 148-205 참조. 한국어판은 박종렬 역, 『대지의 저주받은 자들』 121-164쪽 참조.

Julius Caesar에 관한 역사적 사실을 학생들에게 주입한다. 이와 같은 로마 역사의 교육은 식민지 아일랜드를 문명 교육이 필요한 "야만"과 "원시"의 공간으로 동일화하고 고정하려는 의도를 담고 있다. 이 점은 이미 『더블린 사람들』의 두 번째 이야기인 「뜻밖의 만남」에 등장하는 버틀러 신부를 통해서도 잘 알 수 있다.

> 도대체 이 쓰레기는 뭐냐? 그는 다그쳤다. 아파치 추장! 넌 로마 역사는 공부하지 않고 이런 걸 읽고 있었니? 학교에서 이따위 것을 다시 한 번 눈에 띄게 했단 봐라! 그걸 쓴 놈은, 내 생각엔 술값이나 벌려고 쓰는 어떤 경칠 놈일 거야. 너처럼 교육을 받은 애가 그따위 것을 읽다니 놀랍구나! 만일 네가 . . . 국립학교 학생이라면 이해할 수 있다만. (D 20)

그는 로마 사 수업시간에 조 딜런을 꾸짖는 가운데 인디언의 이미지를 고정된 하위 인종과 민족 계층의 기표로 사용한다. 여기서 인디언의 이미지는 타락된 아일랜드 민족의 하위계층으로 전도된다. 인디언의 야만 이미지는 가난한 국립학교 학생과 같은 민족 하위계층에나 어울리는 것이라고 꾸짖는 그의 말은 특권화된 제국의 헤게모니 질서에 편입되기 위해 교육받는 식민지 사립학교 학생에게 계급 차이에 관해 가하는 신랄한 언어의 징벌이다. 밀턴의 "리시다스"와 같이 앵글로 프로테스탄트 영국 시인들의 독설적이고 반가톨릭적인 내용을 담고 있는 웅장한 버질 스타일의 영국 시들은 대부분의 아일랜드 학교에서 그대로 교육된다(U 2.64–6). 뿐만 아니라 민족주의자들은 아일랜드 부흥 운동의 일환에서 쿠잭Michael Cusack이 설립한 게일 체육 협회의 주도 하에 민속 하키인 헐링을 장려했지만, 어린 시절 스티븐이 다니던 클롱고우즈 학교에서 아이들이 체육시간에 크리켓을 연습하고 있는 것에서 볼 수 있듯이(P 59), 대부분의 아일랜드 학교에서는 영국식 필드 하키 등이 행해지고 있었다(U 2.118-122).

스티븐은 이와 같은 맥락에서 "역사란 내가 깨어나려고 애쓰는 악몽"(U 2.377)이라고 생각하고 있는 것이다. 그러나 치열한 역사 인식에도 불구하고 자신은 피식민 주체로서 서구 역사에 대해 제국 중심의 권위주의적 해석을 받아들이도록 학생들을 가르치는 일에 종사한다. 역사란 깨어나려고 애쓰는 악몽이라는 스티븐의 역사 인식은 제국주의 영국에 의해 주변화 되고 전형화 된 후 궁극적으로 무기력하게 된 더블린의 식민 주체로서 보여주는 인식이라 할 수 있다. 역사의 악몽은 곧 아일랜드 식민 역사의 가위눌림이다. 그래서 제국 중심의 역사적 글쓰기에서 시작된 인종적 유형화와 전형화에서 파생된 지식의 권력은 더욱더 식민 상황을 강화하고 억압하는데 전유되면서 결국 식민주체를 타자로 형성하고 타자의 불완전한 주체성의 흔적을 없앤다. 가야트리 스피박에 따르면 이것은 인식론적 폭력에 다름 아니다.[137]

게다가 영국의 스포츠와 영국적인 역사 개념을 가르치는 학교는 디지와 같은 친영 오렌지 당원에 의해 운영되고 있다. 그래서 「네스토르」는 문화적 기관과 담론 과정을 통해 제국의 헤게모니가 식민주체에 의해 어떻게 동의 형성되는가를 잘 보여준다. 스티븐이 디지 교장으로부터 급료를 지불 받을 때, 그는 디지의 사무실에서 모든 제국의 권력과 돈의 표지들을 바라본다. "금화"sovereigns와 "25펜스 경화"crowns로 돈을 지불 받은 스티븐은 다시 그들 제국의 통치에 대해 생각하게 된다. 왜냐하면 돈은 식민 착취와 지배에 의해 이루어진 "미와 권력의 상징"이자 "탐욕과 불행으로 더러워진 상징들"이기 때문이다(U 2.226-8). 디지는 "돈은 힘"이라고 말하면서 돈과 권력을 동일한 선상에 둔다(U 2.237). 그러나 디지가 "돈만은 그대의

---

[137] Gayatri Spivak, "Can the Subaltern Speak?" in Cary Nelson & Lawrence Grossberg (eds.), *Marxism & the Interpretation of Culture*. Champaign: U of Illinois P, 1988. pp. 280-281.

지갑에 넣어 두라'와 같은 셰익스피어의 말을 인용하면서 스티븐에게 돈 넣는 지갑을 사라고 강요할 때, 스티븐은 그 구절이 『오델로』의 이야고가 한 말임을 빈정대듯이 중얼거린다(U 2.239). 디지가 "영국 사람의 입에서 나오는 가장 자만심 강한 말이 무엇이냐"고 물을 때, 스티븐은 하인즈에게서 느꼈던 "바다의 지배자"와 같은 제국의 이미지를 디지에게 다시 한 번 대비시키면서 식민 착취에서 비롯된 제국의 "비난받아야 할 역사"를 의식하게 된다(U 2.246-7). 스티븐은 디지의 질문에 "그의 제국 위에는 결코 태양이 지는 법이 없지요"라고 응수한다(U 2.248). 디지가 영국인의 가장 자만심 강한 자랑은 다름 아니라 "나는 빚진 것이 없다"(U 2.251)라고 주장할 때 그의 말은 "돈이 권력"(U 2.237)이라고 그가 이전에 했던 말 때문에 그 모순을 드러낸다. 왜냐하면 돈이 곧 권력이라는 점에서 영국이 누리는 부와 권력의 행사가 식민 착취에서 비롯된 것임을 정작 디지 자신은 인식하지 못하기 때문이다.

　스티븐은 디지의 벽난로 위에 걸려있는 웨일즈의 황태자 앨버트 에드워드의 "늠름한 풍채"(U 2.266-67)와 "사방의 벽에 가장자리 장식 테로 둘러싸인 지난 날 사라져간, 충성을 나타내며 서있는 말"들을 의식한다(U 2.299-300). 황태자의 이미지와 헤스팅 경의 리펄즈호, 웨스트민스터 공작의 쇼토버 호 등등과 같은 훌륭한 말들의 이미지들은 에드워드 7세가 대단한 말 애호가였다는 사실뿐만이 아니라 이들 말이 제국의 권력과 정복의 상징임을 떠올린다. 실제 1691년 이후 영국이 아일랜드에 포고한 형법 시행 기간 동안에 아일랜드 가톨릭교도들은 아일랜드 의회에 참여할 수 없게 되고, 군대 장교로 임관할 수도 없게 되었으며, 5파운드 이상 값이 나가는 말도 소유할 수 없었다. 게다가 이 기간 동안에 아일랜드 국적이나 민족의 상징 색깔인 녹색을 언급한다든지, 심지어 아일랜드의 상징인 클로버 문양의 배지를 착용하는 것조차 법으로 금지되었다.138 결과적으로 형법 시행은 아일랜드 가톨릭교도들을 정치적, 경제적으로 권력과 신분의 중심에서 철저하게 배제하기 위한 것이었지만, 이 법률은 그다지 실효를 거두지 못했다.139 디지가 "오렌지 당 비밀결사"(U 2.270)에 대한 그 자신의 애국적 뿌리에 관해 호언장담을 하기 시작할 때, 스티븐은 아일랜드 가톨릭 신자들에 대한 오렌지 당원들의 독재와 착취의 역사를 회상한다.

> 자네는 나를 시대에 뒤떨어진 늙은이로 그리고 나이 많은 보수주의자로 생각하겠지, 하고 그는 심각한 목소리로 말했다. 나는 오코넬 시절 이래로 3세대를 보았네. 나는 1846년의 기근도 기억하지. 자네는 오코넬이 세상을 들끓게 하기 전, 또는 그따위 자네들의 교파 성직자들이 그를 정치적 악질 선동자로 탄핵하기 20년 전, 오렌지당의 비밀 결사가 합병 철회를 목적으로 선동한 걸 알고 있나? 자네들 페니언 당원들은 뭔가 잊고 있단 말이야. (U 2.268-72)

오렌지 당은 북부 아일랜드의 아마Armagh주에서 1795년 신교도 옹호를 위해 조직된 친영파 정치단체로서, 뒤에 남부 아일랜드의 로마 가톨릭의 복권해방운동과 대항하면서, 아일랜드 자치에 반대했다.140 디지가 여기서 언급하고 있는 페니언 당원들은 당시에 통용된 일종의 속어이다. 페니언 당원은 3세기경 아일랜드의 전설적인 영웅 핀 맥쿨의 이름을 따서 당대 정치가 제임스 스티븐즈가 1858년 창립한 급진적인 아일랜드 공화 혁명 당원들을 일컫는 말이다.141 이들은 영국의 통치를 종식하고 아일랜드 자치를 실현시키고자 싸웠다.142

그렇지만 디지의 언급과는 달리 스티븐은 페니언 당원이 아니다.143 스티븐은 공평무사한 관용을 주장하는 디지의 말에 내표된 아이러니를 포착하고 있다. 먼저

---

138 Don Gifford & Robert J. Seidman, p. 21.
139 피터 그레이, 15쪽.
140 김종건, 『율리시즈 주석본』 범우사, 1988. 53-54쪽.
141 앞 책, 54쪽.
142 Don Gifford & Robert J. Seidman, p. 36.
143 김종건, 『율리시즈 연구 I』 111쪽.

스티븐은 윌리엄 3세, 즉 킹 빌리에 대해 오렌지당원들이 올린 축배의 말인 "영광스럽고 경건한 영원한 기억"(U 2.273)과 오렌지 당 비밀 결사의 역사를 생각한다. 특히 영국왕 윌리엄 3세는 1688년 왕위에서 쫓겨나 아일랜드로 망명한 제임스 2세로부터 1690년의 보인 전투의 승리 이후 아일랜드를 접수하여 자신의 숙원이었던 아일랜드 정복을 완수시켰다. 결국 아일랜드가 영국의 이른바 유형지로 전락한 것은 바로 이때였다.[144]

스티븐의 의식을 통해 투영되고 있는 것처럼, 가톨릭 신자들을 아일랜드 북부 아마Armagh 시에서 모조리 축출하기 위해 비밀리에 조직된 종교 단체인 "다이아몬드 비밀 결사"lodge of Diamond, 가톨릭교도들을 대부분 소작농으로 전락시킨 "이주민 서약"planters' covenant 제도와 이들 이주민들의 조직인 "참된 푸른 성서"true blue bible 등은 오렌지 당 비밀 결사가 아일랜드 가톨릭 신자들을 어떻게 혹사하고 대량 학살했는지를 잘 보여주는 예들이다.[145] 실제로 12세기에 부분적으로 영구의 식민지가 된 아일랜드에서는 전쟁, 반란, 재산 몰수가 잇따랐고, 16 -17세기에 영국의 지배 지역이 확대되면서 아일랜드의 전 지역은 파괴되었고, 사람이 살지 않는 황무지로 변해갔다. 그 땅에는 잉글랜드, 웨일즈, 스코틀랜드 사람들이 이주하여 정착했다. 가톨릭 지주들 대신에 신교도 정복자들이 들어서면서 뿌리 깊은 불신과 적대감이 쌓여갔다.[146]

"까까머리 반도들은 항복한다"와 같은 구절은 많은 반 가톨릭교도들인 오렌지 당원들이 부른 노래 가사의 후렴구이다.[147] 까까머리 반도들은 1798년 아일랜드 남동부의 항구 도시인 웩스포드에서 영국에 대항하여 반란을 일으킨 가톨릭 농민 반

---

[144] Ibid.
[145] Ibid.
[146] 피터 그레이, 14쪽.
[147] Don Gifford & Robert J. Seidman, p. 36.

도들이다. 스티븐은 잠시 후에 "얼스터는 싸우리/얼스터는 정당하리"(U 2.397-98)와 같은 오렌지 당원들의 구호를 머릿속에 떠올리고 있다. 여기서 디지는 연합정치에 찬성투표를 한 존 블랙우드 경John Blackwood의 후손이라고 거짓말을 한다. 그리고 "우리는 모두 아일랜드 백성, 모두 왕들의 자손이야"라고 언급하면서 심지어 "나에게도 역시 반역의 피가 흐르고 있어"라고 말할 때 드러내고 있는 그의 무지는 스티븐으로 하여금 탄식을 자아내게 만든다. 실제 연합정치에 찬성하는 투표를 한 사람은 존 블랙우드의 아들인 J. G. 블랙우드인 반면, 존 블랙우드 경은 연합정치에 반대투표를 하기 위해 더블린에 가려고 승마 구두를 신다가 사망했기 때문이다.[148] 그래서 스티븐은 리버풀로 가서 영국인에게 혹사당한 아일랜드 코노트 출신의 가톨릭 소년에 관한 노래인 "더블린까지의 험한 길"을 생각하고 있다(U 2.273-85).

디지가 드러내는 관대함, 관용에 대한 자만, 그리고 인종차별적 시각은 하인즈가 보여준 제국주의 담론을 반향하면서, 「키클롭스」의 "시민"에 의해 상징되는 아일랜드의 반유태인 인종차별주의를 드러낸다. 디지는 스티븐과 그의 세대가 시대의 진실을 이해하지 못하고 있으며 그들 스스로 아일랜드의 경제적 혼란의 배후에 누가 있는지를, 그리고 누가 내부로부터 제국을 조금씩 무너뜨리고 있는지를 자문하는 것이다.

> 지금 영국은 유대인들의 손아귀에 쥐어 있어. 유력한 지위에 있어서는 모두가: 재계나 언론이. 그리고 그건 한 나라가 부패하고 있다는 징후들이란 말일세. 그들이 모이는 곳이면 어디서나 그들은 그 나라 국민의 원동력을 다 먹어치워 버린단 말야. 나는 그것을 최근 수년 동안 보아왔네. 우리가 여기에 서 있는 것과 마찬가지로 확실히 유태상인들은 이미 파괴 작업에 착수하고 있는 걸세. 노영국은 죽어가

---

[148] 김종건, 『율리시즈 주석본』, 54쪽.

고 있어요. (U 2.346-50)

사실 이러한 디지의 말은 당시 영국을 포함한 유럽 제국에 널리 퍼져 있던 인구 증가의 위기에 따른 산아제한과 종족의 순수성 보존이라는 유럽인의 위기의식을 간접적으로 반영한 것이다. 인구 과잉으로 인한 극빈과 기아의 문제 자체보다도 우수종족의 인구 감소가 그들에게는 더욱 커다란 문제였다. 아일랜드인 혹은 유태인과 같은 타 인종의 유입과 급속한 인구 증가로 인해 (앵글로색슨) 종족의 순수성이 침식당하고 인구가 감소할 것이라는 가능성은 영국인의 의식을 괴롭히는 가장 커다란 문제였다. 버나드 쇼G. B. Shaw와 함께 이 단체를 설립한 시드니 웹Sidney Webb은 1906년에 작성된 페이비언 협회 통계보고서 「출생율의 감소」The Decline in the Birth-Rate에서 인구과잉의 문제는 점차 나라의 경제권이 아일랜드인 혹은 유태인의 손에 넘어가고 있는 영국의 현실에서 "민족의 타락"을 야기할 뿐이라고 말한다.

인구 과잉은 민족의 타락을 야기할 뿐이며, 그렇지 않다 하더라도, 이 나라는 점차 아일랜드 인 혹은 유태인의 수중에 떨어지게 될 것이다.[149]

인구과잉과 인종 문제에 대한 웹의 언급은 조이스의 소설에 직접 반향 되고 있다. 조이스는 웹의 보고서에 드러나 있는 인종차별의 이데올로기, 즉 아일랜드인의 인구 증가가 앵글로색슨족이 건설한 대영제국의 순수성을 위협하는 가장 치명적인 적이라는 타인종 배척의 태도를 드러내고 있는 웹의 논리에 매우 민감하게 반응한다.

죽어 가는 대영제국의 노쇠의 가장 큰 원인이 유태인이라는 디지의 말은 웹의 타

---

[149] Mary Lowe-Evans, *Crimes Against Fecundity*. Syracuse: Syracuse UP, 1989, p. 69.

인종 배척의 논리를 역설적으로 반영한 것으로 볼 수 있다. 에피소드의 끝에서 "아일랜드는 명예롭게도 유태인을 결코 박해하지 않은 유일한 나라라고 모두들 말하고 있지. 그들은 결코 그 나라 안으로 들여보내지 않기 때문이야"(U 2.437, 42)라고 디지는 스티븐을 뒤쫓아 와서 소리 지른다. 이와 같은 디지의 말은 다시 한 번 역사에 대한 무지를 드러낸다. 당시 더블린에는 300년 동안 존속한 유태인 공동체가 있었으며, 1904년 1월에는 리머릭Limerick 시에서 한 가톨릭 신부가 주도한 반 유태인 봉기가 일어난 적이 있기 때문이다. 장기간 계속된 반 유태인 봉기에 대해서 당시 아더 그리피스가 편집장으로 있던 『유나이티드 아이리쉬맨』은 유태인에 대해 신랄한 공격을 퍼부었다.[150]

한편 「키클롭스」에서 골수 민족주의자인 "시민"은 디지와는 반대로 아일랜드 인이 저지른 가장 큰 실수는 유태인이 아일랜드에 들어올 수 있도록 허락한 것이라고 말한다.

> 그놈의 이방인들 같으니라구, 하고 "시민"이 말한다. 우리들 자신의 과오지. 우리가 그 녀석을 국내로 들여보내 준 거야. 우리가 그들을 데리고 온 셈이지 . . . 그것이 우리들의 모든 불행의 원인이란 말이야. (U 12.1156–65)

그러나 여기서도 "시민"이 미처 인식하지 못하는 문제는 영국인이 아일랜드를 통치할 수 있도록 허락한 것은 바로 아일랜드 인 자신이라는 점이다.

스티븐은 "상인이란 싸게 사서 비싸게 파는 사람이지요. 유태인이든 이교도이든, 그렇잖아요?"(U 2.359–60)라고 되묻는 가운데, 디지의 잘못된 편견이 드러내는 본질주의적 전형성을 거부한다. 스티븐의 수사적 질문은 디지가 갖고 있는 편집증적 편

---

[150] Ira Nadel, *Joyce & the Jews: Culture & Texts*. Iowa City: U of Iowa P, 1989, pp. 59-60.

견을 드러내는 것이다. 그러나 디지가 보이는 반응은 유태인의 본성에 대한 19세기의 종교적 사회적 편견에서 형성된 획일적 본질을 드러내는 것이자, 한편으로는 반 유태인 인종차별의 역사를 반향하는 것이다.[151]

> 그들은 빛에 대해서 죄를 범했단 말야, 하고 디지씨가 심각하게 말했다. 그리고 자네는 그들의 눈 속에서 어둠을 볼 수 있어. 그리고 그 때문에 그들은 오늘날까지 지구상의 방랑자들이란 말이야. (U 2.361-63)

성서에 바탕을 둔 기독교적인 역사관을 반영하는 디지의 이러한 주장은 "빛에 대해 죄를 범한" 유태인의 추방과 방랑의 역사적 상황을 역설적으로 대변한다. 디지가 "모든 인간의 역사는 하나의 커다란 목표, 즉 하느님의 현시를 향해 움직이지"(U 2.380-1)라고 말할 때, 그의 주장은 기독교 서구 문명의 역사에서 유태인은 비코Vico적인 역사 순환의 주변에서 오직 기독교적 전형으로서 구축된 존재임을 암시한다. 이전에 마텔로 탑에서 하인즈에게 자신이 교회와 영국 제국주의 모두의 하인임을 주장한 바 있는 스티븐은 여기서 유태인과 아일랜드인의 대비적 상황을 강하게 의식하면서 "역사는 악몽이에요. 저는 그것에서 깨어나려고 애쓰고 있어요"(U 2.377)라고 말한다.

디지는 한층 더 나아가 "우리들은 많은 과오와 많은 죄를 범해 왔어. 한 여인이 이 세상에 죄를 가져왔지"(U 2.389-90)라고 말할 때, 그는 이브와 트로이의 헬렌에서부터 아일랜드의 애국적 지도자인 파넬의 정부였던 키티 오쉬Kitty O'Shea에 이르기까지 세상의 모든 죄악을 여성의 탓으로 돌린다. 심지어 그는 영국의 아일랜드 침공의 계기도 여성의 탓으로 돌리면서 자신의 인종차별주의를 기독교적인 전통을

---

[151] Neil Davison, p. 195.

바탕으로 한 여성 혐오와 결합시키고 있다(U 2.390-5). 그가 작별인사차 "나는 방금 이렇게 말하고 싶었네 . . . 아일랜드는 명예롭게도 유태인을 결코 박해하지 않은 유일한 나라"(U 2.437-8)라고 말한 것은 이와 같은 점에서 아이러니라고 말할 수 있다. 왜냐하면 디지의 말은 자신이 갖고 있는 편견의 합리화 이상은 아니기 때문이다. 게다가 디지는 은연중에 문화적 헤게모니를 견지하는 제도권 학교의 역사 수업의 제국 중심의 역사를 피력한다. 디지는 제국 중심의 역사와 문화적 헤게모니를 받아들이는 가운데 그것을 적극적으로 유포한다. 즉 배금주의 성향의 디지는 제국의 통치 권력과 경제, 그리고 헤게모니를 모방하는 가운데 아일랜드 민족 부르주아를 자처하고 있는 것이다.

스티븐은 디지와 작별인사를 한 후 자갈길을 걸어가면서 "바둑판같은 나뭇잎 사이로 반짝이는 은박 같은 빛, 춤추는 동전을 그의 현명한 어깨위로 던지는 태양"을 주시한다(U 2.448-9). 스티븐은 디지의 천박한 종교 배후에 숨은 배금주의적 증오를 포착하고 있다.152 여기서 "태양은 은박같은 빛"과 "춤추는 동전"과 같은 수사적 묘사는 제국과 식민지 사이에 형성된 문화적 헤게모니의 관계를 잘 보여준다.

제국에 의해 강요된 문화적 헤게모니의 힘을 잘 인식하고 있는 스티븐은 이후 샌디마운트 해변으로 향한다. 스티븐은 해변에서의 깊은 사색을 통해 아일랜드의 식민 예속 상황을 철저히 인식한다. 이러한 식민 상황의 인식은 궁극적으로 식민 주체와 문화에 각인된 식민주의적 모호성을 탈피하고 새로운 "상상된" 아일랜드 민족 공동체의 가능성을 모색하는 출발이다.

---

152 Ibid, p. 197.

4.

상상의 공동체와 민족주의 알레고리: 「프로테우스」

머리말

근대 식민 대도시 문화의 산물로서 『율리시즈』는 아일랜드의 문화와 정치 상황을 바탕으로 아일랜드가 처한 정치적 예속과 식민주의의 문제를 다루고 있는 대표적 현대 소설이다. 『율리시즈』의 세 번째 에피소드인 「프로테우스」는 스티븐 디덜러스의 내면의식의 흐름을 통해 에피소드 전체를 구성하고 있는 독특한 장이다. 스티븐은 자신이 근무하는 달키의 학교에서 수업을 마치고 디지 교장과 헤어진 후 리피 강의 어귀 인근 샌디마운트 해변을 거닐면서 복잡하고 깊은 명상에 잠긴다. 스티븐은 자신의 과거와 가족(특히 죽은 어머니), 그리고 끊임없는 삶의 변화와 불확실성에 관해 명상한다. 많은 비평가들이 현재까지 스티븐에 대해 "자신의 의식을 통해 처음부터 끝까지 유아론적으로 반성을 계속하는 현대의 모더니스트"로 보는 관점은 일반적이다.[153] 그러나 「프로테우스」를 관류하는 스티븐의 일상적 소외 의식의 일차적인 근원이 무엇인가 하는 점에 대해서는 논의의 여지가 있다. 특히, 스티븐의 의식에 투영되는 수많은 역사적 문화적 정치적 일상의 편린片鱗을 유추해 볼 때, 근대 아일랜드가 처한 식민 억압과 예속의 암울한 현실 상황과 민족주의의 제반 양상이 스티븐의 예술가적 자의식의 한 가지 근원으로 작용하고 있다고 볼 수 있을 것이다.

이 점과 관련하여 스티븐의 의식에 투사되는 주요 정치적 담론 가운데 하나가 민족(의식)이다. 사실, '시민'과 레오폴드 블룸 사이에서 민족에 대해 격론이 오가는 「키클롭스」 에피소드처럼 아일랜드 민족주의를 서사의 표면에 직접적으로 다루고 있지 않다는 점에서 「프로테우스」 에피소드에 민족주의적 접근을 시도하는 것에 얼핏 약간의 무리가 따르는 것은 사실이다. 그러나 민족주의가 근대 (의식의) 발전과 개인의식의 성장 및 소외와 밀접한 관련이 있다는 점은 주목해야할 부분이다. 더구나 식민지 출신 지식인으로서 주인공 스티븐 디덜러스가 식민본국에 대해 필연적으로 가질 수밖에 없는 저항적·반식민주의적 태도와의 연관을 두고 볼 때 근대 주체로서 그의 자의식적 명상을 다룬 「프로테우스」에 대한 민족주의적 접근은 『율리시즈』 전체를 이해하는데 많은 도움을 줄 것이다. 이런 관점에서 본 장은 스티븐의 의식에 투영된 민족주의의 본질과 그 한계를 다루면서 궁극적으로 스티븐을 통해 조이스가 상정한 아일랜드 민족주의와 새로운 "상상된 공동체"의 전망을 살펴보고자 한다.

---

[153] 김종건, 『율리시즈 연구 I』 고려대학교 출판부, 1995, 128쪽 참조.

민족주의와 상상의 공동체

에른스트 겔너와 베네딕트 앤더슨을 비롯한 현대의 많은 민족주의 이론가들은 민족주의를 현대 세계에서 사회적 지적 조건에 적절한 거의 유일한 정치체제라고 주장한바 있다. 원래 민족의 개념은 유럽에서 계몽주의와 종교혁명으로 인해 종교적 영향력이 약해지고 왕조의 위계질서 체제가 무너지면서 발생했기 때문에 결국 왕권 국가들의 유산遺産이라는 것은 익히 알려진 사실이다.[154] 민족이 왕권 국가의 유산이라는 점은 민족이 주권적인 것으로 상상될 수 있음을 말해 준다. 특히 앤더슨에 따르면 민족은 "본래 그 범위가 한정되어 있으며, 주권을 소유하는 것으로 상상해 볼 수 있다"는 점에서, 일종의 "이데올로기"의 개념으로 "상상된 공동체"라고 정의할 수 있다. 민족을 "상상된 공동체"라고 정의하는 이유는 민족 구성원 개개인이 그들 각자 하나의 공동체라는 이미지가 의식 속에 살아 있기 때문이다.[155]

앤더슨은 민족이 공동체로 상상되는 이유를 "각 민족에 지배적으로 나타나는 현실적인 불평등과 착취와는 관계없이 민족은 항상 깊고 수평적인 연대감으로서 상상되기" 때문이라고 설명한다.[156] 또한 겔너에 따르면 민족주의는 "민족을 자의식에 이르도록 일깨우는 것이 아니라, 민족주의가 존재하지 않는 민족을 만들어낸다."[157] 이 같은 점 때문에 민족주의는 여러 차원의 사회영역에서 다양한 정치적 이데올로기적 응집력을 지니는 대단히 자의식적인 인공물이라고 말할 수 있다.[158] 민족은 민족주의 자체의 이데올로기를 하나의 헤게모니로서 통합하기 때문이다.

겔너는 민족주의가 산업화 이전 경제에서부터 산업경제로 획기적으로 전환되고

---

[154] Benedict Anderson, p. 2, 7.
[155] Ibid, pp. 5-7.
[156] Ibid, p. 7.
[157] Ibid, p. 6. 재인용.
[158] Ibid, p. 4.

사회 조직의 형식이 복잡해지고 정교해질 뿐만 아니라 동질적이고 협동적인 노동력과 정치조직이 필요한 시기에 출현한 것으로 인식한다. 근대 산업사회의 경제 상황은 동질의 민족의식을 필요로 한다고 본 것이다. 실제로 영국의 오랜 식민지 상태로 남아있던 아일랜드에서 유럽의 민족주의는 산업화의 이식과 유입이 본격 시작된 19세기를 거쳐 민족 부르주아 주체들에 의해 자유롭게 이식되고 수용된다.

빅토리아 시대에 시작된 일련의 켈트 부흥 운동은 민족주의가 보다 심도 있게 발전하는 계기였다. 조이스가 1914-15년 사이에 『율리시즈』의 에피소드를 쓰고 있을 당시에는 아메리카 대륙에서 철수한 프랑스군의 침공 가능성에 대비하여 1778년에 결성된 아일랜드 의용군이라든가 아일랜드의 문화적 정체성을 부활하기 위해 1893년에 결성된 게일 리그와 같은 자발적인 아일랜드 민족주의 단체가 적극적으로 활동하고 있었다. 아일랜드와 같은 장기간에 걸친 억압과 통치를 경험한 식민지 사회에서 신흥 부르주아 계급에 의해 주도된 독립 투쟁의 과정은 필연적으로 민족주의 이데올로기를 통할 수밖에 없기 때문이다.

이 같은 이유에서 아일랜드 민족주의는 제국의 민족 문화로부터 수입된 것이라는 한계성을 내포할 수 있다. 네이언Tom Nairn은 민족주의란 "개인의 노이로제와 같은 동일한 모호성이 수반되는 근대의 발전과정에서 불가피하게 나타난 역사상의 병리학과 같은 것"으로, "대체로 치유될 수 없는 무기력감의 딜레마 때문에 대부분의 사람들에게 생기는 치매 현상"이라고까지 말하고 있다.[159] 네이언의 지적은 민족주의가 지닌 한계와 모호성을 가리키는 것으로서, 새로운 민족 공동체의 형성은 어쩔 수 없이 제국의 체제와 문화 담론을 사실상 반복하고 모방하는 과정을 거칠 수밖에 없다. 식민 이후의 민족 국가가 그들만의 민족주의 이상을 성취하는데 실패

---

[159] Ibid, p. 5. 재인용.

하는 것은 다름 아닌 이와 같은 이유 때문이라 할 수 있다.

> 성공적인 혁명은 항상 기존의 국가 체제를 그대로 이어 받는다. 이것은 이따금 공무원과 제국의 앞잡이일 때도 있지만, 항상 문서철, 관계서류, 공문서, 법률, 재정 기록, 인구통계, 지도, 조약, 서신, 비망록 등이 그것이다. 집주인이 도망가고 없는 대저택의 복잡한 전기 배선 체제와 마찬가지로, 국가는 스위치를 만지는 새 주인의 손이 또다시 기존의 능숙한 집주인의 손이기를 기대하는 것이다.[160]

민족주의 알레고리: 한계와 전망

민족주의가 지닌 또 다른 한계는 그것이 다른 문화들을 반영하는 다양한 텍스트들과 미학적, 정치적 프로젝트를 공통으로 가지는 것으로 간주될 수 있기 때문이다. 제임슨Frederic Jameson은 이것을 민족 알레고리로 설명한다. 모든 탈식민주의 텍스트, 즉 제 3세계 텍스트는 소설과 같은 서구적 재현의 틀 속에서 전개되고 또한 그것이 아무리 서구적인 표현의 미학을 담고 있을지라도, 변함없는 민족 상황에 대한 하나의 알레고리일 수밖에 없다는 것이다.[161] 그 이유는 18세기 유럽에 번창하기 시작한 소설과 신문과 같은 인쇄 매체가 유럽에서 민족이라는 상상된 공동체를 재현하는 전적인 수단이 되었기 때문이다.[162] 그래서 제임슨은 제 3세계 텍스트는 "민족 알레고리의 한 형태에서 정치적인 차원을 투사"하면서, "개인의 운명에 대한 이야기는 항상 제 3세계 문화와 사회의 험난한 상황에 대한 알레고리"라고 말

---

[160] Ibid, p. 160.
[161] Frederic Jameson, "Third-World Literature in the Era of Multinational Capitalism," *Social Text* 15 (Fall 1986), p. 69.
[162] Benedict Anderson, pp. 24-25.

한다.163

제 3세계 텍스트는 그것이 아무리 개인적인 것으로 보이고 적절히 리비도적 역동
성이 부여된 것이라 하더라도 필연적으로 민족 알레고리의 형태에서 정치적 차원
을 투사한다. 그래서 개인적인 운명을 다루는 이야기는 항상 제 3세계 문화와 사
회의 험난한 상황의 알레고리인 것이다.164

제임슨에 따르면 제 3세계란 자본을 앞세운 제국주의의 급속한 팽창에 따른 식
민주의에 대한 저항과 극복을 경험한 아시아와 아프리카, 그리고 라틴 아메리카 지
역의 개별 민족 공동체를 일컫는다.165 그는 모든 제 3세계 문학을 제 1세계의 문
학과 다른 것으로 특징지으면서, 제 3세계 문학을 읽는 규범적인 한 방법으로서 민
족 알레고리를 설정한다. 그래서 "그 어느 것도 침묵 속에서 비정전적 텍스트들의
급진적 차이를 가로질러 얻을 수 있는 것은 없다. 제 3세계 소설은 프루스트 혹은
조이스가 주는 만족을 제공하지 못할 것이다."166

제임슨의 설명은 이른바 괴테적인 세계문학의 영역에 자리 잡고 있는 조이스의
정전 위치가 매우 모호한 것임을 암시하는 역설적인 대목이라 말할 수 있다. 제임
슨은 "제 3세계 소설은 프루스트나 조이스가 주는 만족을 제공하지 못할 것이다"라
고 말하면서 은연중에 조이스를 프루스트와 함께 제 1세계의 정전적 작가로서 인
용한다.167 제임슨의 논리에 따르면 조이스는 제 1세계의 전형적인 재현의 틀인 소
설을 통해 유럽 자본주의 문화를 다룬 작가이다. 그래서 조이스의 소설은 서구적

---

163 Frederic Jameson, "Third-World Literature in the Era of Multinational Capitalism," p. 69.
164 Ibid.
165 Ibid, pp. 68-69.
166 Ibid, p. 65.
167 Ibid.

재현의 틀인 소설을 차용하여 민족 알레고리를 재현하는 이른바 제 3세계 작가들에 의해 모방되는 "위대한" 정전 그 자체라는 것이다.[168]

그러나 조이스가 오스카 와일드와 마찬가지로 식민지 아일랜드 출신의 망명 작가라는 점을 생각해 볼 때, 오히려 조이스가 제 1세계의 재현의 틀을 통해 식민 대도시 더블린을 그리고 있다는 점을 재고할 필요가 있다. 조이스가 제임슨이 말하는 리얼리즘과 모더니즘의 문화, 개인과 대중, 시학과 정치학, 성과 무의식의 영역, 계급과 경제, 그리고 정치권력의 영역과 같은 서구 자본주의적 틀과 주제를 자신의 소설에서 담아내고 있다 하더라도, 그가 철저하게 식민 도시 더블린의 문화와 도시민 하위계층을 그린 점은 오히려 유럽의 담론과 이데올로기를 되받아 철저히 풍자적으로 모방하고 조롱하는 저항 담론의 가능성을 제시하고 있는 것으로 볼 수 있을 것이다. 따라서 제임슨이 제 1세계 작가로 규정한 조이스 자신이 사실은 "식민주의에 대한 저항과 극복을 경험한" 아일랜드 출신의 제 3세계 작가이기 때문에 제임슨의 관점에서 조이스의 소설은 역설적으로 제 3세계의 보편적인 상황을 이야기하는 민족 알레고리로 규정될 가능성과 여지를 남겨두고 있는 것이다.

제임슨의 제 3 세계론은 아마드Aijaz Ahmad에 의해 정확히 비판된다. 아마드는 제임슨이 말하는 이른바 "제 3세계 문학"이라고 하는 것은 애초에 존재하지 않는다고 말한다.[169] 그는 제임슨이 오직 "식민주의와 제국주의의 경험"의 관점에서 제 3세계를 제 1세계의 타자로서 규정하고 제 3세계 문학을 민족 알레고리라고 규정하고 있는 것 자체를 문제 삼는다.[170] 그는 "모든 제 3세계 텍스트는 민족 알레고리로 읽어야하며, 그리고 민족 알레고리로 읽을 수 있는 텍스트만이 진정한 제 3세계

---

[168] Ibid.

[169] Aijaz Ahmad, "Jameson's Rhetoric of Otherness and the 'National Allegory'." *Social Text* 17 (1987), p. 4.

[170] Ibid, pp. 5-6.

문학 텍스트로 인정받을 수 있으며," 반면 그렇지 못한 텍스트는 배제될 수 있다는 제임슨의 논리는 대단히 잘못된 것이라고 비판한다.171 아마드가 제임슨을 비판하는 이유는 제임슨이 헤겔적인 지배와 종속의 대립구도에 따라 제 1세계와 제 3세계의 구도를 설정하고 있다는 점이다.172 아마드가 볼 때, 제임슨의 제 3세계의 설정은 역사의 창조자이자 "아버지의 법"의 위치에 있는 유럽에 대해서 제 3세계가 역사 창조의 수동적인 대상의 위치에 있음을 보여주는 것이다.173 그래서 제 3세계의 민족 알레고리가 선택하는 유일한 길은 국지적 속성을 띤 민족주의와 세계적 속성을 띤 미국 포스트모더니즘 사이일 수밖에 없다는 것이다.174

아마드가 제임슨을 비판하는 가장 큰 이유는 제임슨이 제 3세계를 차이와 타자로 규정하지만 이 같은 범주화가 필연적으로 제 3세계의 다양한 문화적 차이의 동질화와 획일화 그리고 식민 경험의 일반화를 유도하기 때문이다.

> 제 1세계와 제 3세계 사이의 차이는 타자성으로 절대화되지만, 이른바 제 3세계 내에서 사회적 형성물의 거대한 문화적 이질성은 독특한 "경험"의 정체성 내에 침잠沈潛된다.175

제임슨은 제 3세계가 지닌 원시성, 후진성 혹은 전통에서 그들의 공통된 유토피아적 약속, 즉 자본주의적 근대화의 미래를 포착한다.176 다시 말해 제 3세계 민족주의가 그들 공동체의 미래와의 연결고리를 자신들의 과거의 흔적에서 찾아내고

---

171 Ibid, p. 12.
172 Ibid, p. 7.
173 Ibid, p. 12.
174 Ibid, p. 8.
175 Ibid, p. 10.
176 Frederic Jameson, "Third-World Literature in the Era of Multinational Capitalism," p. 68.

있다는 것이다. 원시성과 후진성 혹은 고대성은 제 3세계 민족주의에만 독특하게 국한된 민족의식의 토대가 아니다. 앤더슨은 원래 유럽의 민족의식이 발생한 원인으로 우선 라틴어의 난해성, 종교개혁, 행정상 지방어의 우연적인 발전을 들고 있다. 그 다음으로 언어의 다양성과 자본주의, 그리고 출판의 발달로 인한 폭발적인 상호 작용을 민족의식이 발생한 근거로 본다. 특히 출판 자본주의는 민족이라는 주관적인 관념에 핵심적인 고대성의 이미지를 만들어낸 밑거름이었다.[177]

상상된 공동체로서의 민족 국가의 성립에 있어서 이와 같은 과거 지향성은 역설적이게도 경제적, 정치적, 문화적으로 주요한 요인이다.[178] 제임슨은 제국주의적 폭력에 의해 가해지는 강제적인 해체에도 불구하고 제 3세계에서 유럽의 자본주의와 제국주의 이전의 "고대"古代 양식들은 그들 민족 공동체의 동일성과 정체성을 유지하기 위한 중대한 흔적으로 살아남는다고 말한다. 개인에서 공동체로 이어지는 전이의 알레고리적 행위는 근대 식민 문화의 텍스트에서 더욱 직접적이고 필연적인 것이기 때문이다.[179] 그래서 민족주의는 산업화와 근대화 혹은 타민족과의 호혜평등과 같은 특정한 목표를 추진 장려할 수 있고 현실의 고난을 발전의 시련으로 파악할 수 있는 힘을 결집하기 위해 고대 민족 영웅의 전설과 신화의 복원과 같이 절망적으로 과거를 회고한다는 것이다.[180]

민족 공동체의 연대성은 반 식민주의 민족 알레고리에서 필요 요소로 간주되는 한편, 제국에서 이식 수용된 모방 이데올로기로서 민족주의는 식민 이후의 민족 부르주아 개인 주체들에 대해서 알튀세적인 호명 관계를 형성한다. 여기서 민족주의는 절대적 주체로 상정된다. 알튀세에 따르면 절대적 주체란 절대적 요구의 기원이

---

[177] Benedict Anderson, pp. 44-45.
[178] Benedict Anderson, p. 137.
[179] Frederic Jameson, "Third-World Literature in the Era of Multinational Capitalism," p. 68.
[180] Tom Nairn, *The Break-up of Britain*. London: New Left Books, 1977, pp. 348-349.

자 사회적 가치의 반영이다. 절대적 주체는 타자들 가운데서 종교적, 윤리적, 법적, 미학적, 혹은 정치적 이상을 함축한다. 알튀세적인 호명 과정에서 개인은 사회의 절대적 가치와 동일화된다. 민족주의는 민족 부르주아 개인 주체와 상상된 공동체의 관계에 대해 항상 이데올로기적 서사의 대안으로서 작용하지만, 제국에 의해 잔인하게 억압받는 원주민 주체가 처해 있는 정치적 현실을 민족주의적 관점을 통해서 상상하고 재현하게 될 때, 제국주의와 자본주의의 진출로 빚어진 식민화를 설득과 착취의 드라마로 극화하고 연출하는 과정을 전혀 포착해낼 수 없게 된다. 그 이유는 민족주의적 극화와 연출의 과정이 교육과 통제라는 헤게모니 장치를 통해 식민지의 "교육받은 중산층"과 같은 민족 부르주아 주체를 양성해내는 과정에서 착취와 식민의 역사는 진출과 개발, 그리고 근대화의 역사로 미화될 수밖에 없기 때문이다.[181]

이 점은 결국 민족주의 이데올로기에 적지 않은 영향을 미친다. 제국 통치에 의해 오랫동안 제국의 주변부로 격하된 식민지 상황에서 진보적 부르주아 계급의 신념으로 받아들여진 민족주의는 반 식민주의의 기치 하에 식민화의 기간에 상관없이 식민 통치의 기간에 존재하게 되는 신흥 토착 부르주아 계급에 의해 식민지에 흡수 확산된다. 그래서 민족주의는 생고르의 네그리튀드 운동, 인도의 힌두 민족주의, 예이츠의 신비주의를 비롯한 아일랜드의 낭만적 켈트 문예부흥 등과 같이 제국에 의해 원시적 잔재로 일방적으로 매도된 토착 생산 양식의 복원과 제국에서 이식된 생산 양식의 개량을 동시에 시도한다. 이것은 어디까지나 민족주의가 민족이라는 새로운 상상된 공동체의 목적에 부합·호명될 수 있기를 지향한 것이지만, 사이드가 생각할 때에 이것은 반 식민주의적인 반발정치의 한 형식으로서 단순히 식

---

[181] Benedict Anderson, p. 136.

민 담론의 이원적 대립과 체계를 되풀이하고 있기 때문에 자멸적 태도라고 비판한 바 있다.[182] 사이드는 반 식민주의에 입각한 민족주의란 한마디로 필요악으로서 전체적으로 긍정보다 부정적인 면이 더 많다는 입장을 보여주고 있는 것이다.

「프로테우스」에서 스티븐 디덜러스가 보여주는 예술가적 소외 의식은 바로 이 같은 점을 반영한 것이다. 그의 소외 의식은 근대 아일랜드 식민사회에 바탕을 둔 매우 불확실한 개인의 정체성에서 비롯된 것이다. 조이스가 1914 - 15년 기간 사이의 아일랜드의 수도 더블린을 모델로 한 『율리시즈』에서 묘사한 것은 비록 제한된 형태이지만 독립의 초석이 될 아일랜드 자치 법안마저 무기 연기된 희망 없는 암울한 식민 상황이다. 스티븐의 소외는 일차적으로 식민주의에 따른 근대화와 급진적인 정치적 · 문화적 종속, 그리고 불확실한 정체성에서 비롯된 것이지만, 무엇보다도 그의 소외는 개인적인 일상의 고통으로 경험하는 민족의 병리학적인 무 희망의 증상이라 말할 수 있다. 근대사회의 신흥 민족 공동체의 상상을 시도하는 토착 부르주아 남성 주체이자 하위 계층 식민 주체, 그리고 소외된 반 영웅으로서 스티븐의 개인의식은 모호성을 함축할 수밖에 없기 때문이다.

당시의 아일랜드 문화 민족주의 운동은 켈틱 르네상스로 잘 알려진 게일 문예 부흥을 위해 다양한 형태로 전개되고 있었지만, 이것이 중산계급의 기회주의자들에 의해 주도되었다는 점은 잘 알려진 사실이다. 조이스는 시대적 마비 상황을 치열한 리얼리즘 서사를 통해 재현한다. 조이스가 포착한 것은 영국에 저항하는 아일랜드 문화 민족주의 이데올로기와 식민 도시 더블린의 소비문화 사이에서 갈등하는 분열된 존재일 수밖에 없는 식민지 중산 계급의 감상적 허식이라 말할 수 있다. 그가 민족 알레고리의 불가능성을 인식한 지식인의 개인적 주체성에서 비롯된 탈식민성

---

[182] 에드워드 사이드, 『문화와 제국주의』 김성곤 · 정정호 역, 창, 1995.

의 감각을 일관되게 탈출 혹은 추방의 이미지로 그린 이유는 바로 여기에 있다. 이러한 편집증적 감각은 의식의 경계 혹은 가장자리에서 설정된다. 문화인류학자인 터너Victor Turner는 한계 의식의 실존 상황에 처한 인물을 역치閾値적 실체 혹은 경계적 실체라고 부른다.

> 입회나 성년의식에서 초심자들과 같은 역치적 또는 경계적 실체들의 아무 것도 소유하지 않은 것으로 표현될 것이다. 이들은 한 겹의 얇은 옷만을 걸치거나 심지어는 자신들은 아무런 지위도, 재산도, 계급도 없다는 것을 드러내기 위해서 전혀 아무 것도 입지 않은 모습으로 위장된다. . . . 그것은 마치 그들을 삶에 맞추고 새 삶의 근거지에 적응할 수 있도록 새로운 권력을 부여받는 것과 같다.[183]

역치적 혹은 경계적 실체는 어떠한 지위나 재산, 혹은 계급도 가지고 있지 않은 것처럼 위장하며 새로운 상황 혹은 권력을 부여받는 것과 같다는 것이다. 이 같은 문화 인류학적 개념을 식민주의 담론에 적용한 그레이엄Colin Graham은 이 공간을 "식민담론의 역치적 공간"이라고 부른다.[184] 그레이엄에 따르면 역치적 공간은 식민자와 피식민자 사이의 궁극적인 대립이 아이러니와 모방 그리고 전복을 통해 붕괴되는 주변 지역이다.[185]

메리 프렛에 따르면 이 공간은 이질적 인종과 문화의 접촉과 혼성이 이루어지는 접점으로서 이를테면 식민자와 피식민자가 조우하는 이른바 접촉지대contact zone이다. 접촉지대란 지리적 역사적으로 분리된 서로 다른 민족들의 상호 접촉이 이루어지는 공간이다. 바로 이 점 때문에 역치적 공간으로서 접촉지대는 억압과 불평

---

[183] 에드워드 사이드, 『문화와 제국주의』, 257쪽 재인용.
[184] Colin Graham, "'Liminal Spaces': Post-Colonial Theories and Irish Culture." *The Irish Review* 16 (Autumn/Winter 1994), p. 32.
[185] Ibid, p. 33.

등, 그리고 갈등의 상황이 발생하는 공간인 동시에 피식민자의 반응, 저항, 협력, 적응, 교류, 그리고 모방이 이루어지는 그 경계가 대단히 모호한 곳임을 보여준다.

> 접촉지대는 식민주의적 조우遭遇의 공간을 일컫는다. 이 공간에서 지리적 역사적
> 으로 서로 다른 민족 사이에 발생하는 상호 접촉을 통해, 일반적으로 강압적인 상
> 황과 급진적인 불평등, 그리고 감당하기 어려운 갈등을 포함한 일련의 관계가 설
> 정된다.186

제국에 의해 정복된 식민 문화의 물리적이고 수식적인 시공간은 절대적 차이에서 나타나는 명백한 표지를 흐리게 하거나 부인하는 삼투성 혹은 유동성의 경계들로 구성된다. 메리 프렛이 유럽인의 시각에서 사용되는 "식민지 변경"과 같은 용어를 피하고 그 대신에 접촉지대란 용어를 채택하고 있는 것은 식민지 변경의 개념이 유럽의 팽창주의 정책에 의한 일방적인 식민 관통과 정복을 나타내기 때문이다.187 다시 말해서, 프렛이 "지대"의 개념을 단순히 식민 정복과 종속의 차원이 아닌 보다 생산적인 차원에서 "새로운 공간과 언어와 부족"의 공간 개념으로 도입하고 있는 것은, 접촉지대가 식민지인의 반응, 저항, 협력, 적응, 교류, 모방이 이루어지는 모호성의 공간이기 때문이다.188 제국 주도의 식민 접촉 그 자체는 개별 문화 사이의 접촉을 가속화하고, 다양하고 이질적인 민족 간의 비자발적 접촉과 혼성을 수반하면서 양자 사이의 식민접촉은 필연적으로 초문화적 역학관계에 놓이게 한다.

20세기 초의 식민 대도시 더블린은 정치적, 문화적 맥락에서 이와 같은 모호성의 공간이라고 말할 수 있다. 조이스가 『더블린 사람들』에서 일관되게 묘사한 더

---

186 Mary Louise Pratt, *Imperial Eyes: Travel Writing and Transculturation*. London: Routledge, 2008, p. 8.
187 Ibid.
188 Ibid.

블린의 마비와 억압의 식민 상황은 『율리시즈』에서도 감옥과 하숙집을 상징하는 마텔로 탑과 학교의 이미지를 통해 그대로 재현되고 있다. 이것은 억압과 규율의 식민 헤게모니 체제와 상황을 암시하기 위한 것으로 볼 수 있다. 아울러 샌디마운트 해변에서 스티븐의 의식은 한계 상황에 처한 식민 주체의 경제적, 정치적, 문화적 현실을 투사한다. 식민 주체인 동시에 민족주체로서 스티븐은 이를테면 "지배계급과 국가 통치에 종속되어 있을 뿐만 아니라 공유된 억압을 지닌 집단이자 지배계층에 소극적 · 적극적으로 결연 관계에 있는 하위계층"의 기표이다.[189] 그러므로 "단편적이고 삽화插話적으로 재현되는 하위계층"으로서 스티븐의 의식 과정은 곧 정신적 열등감과 굴종과 복종의 습관을 철저히 인식하는 가운데 현실의 한계상황에서 벗어나고자 애를 쓰는 과정이 된다.

그렇지만 민족주의가 반 식민화의 공통된 투쟁에서 다양하고 이질적인 하위계층의 의식과 목소리를 결집하고 통합한다는 점에서 모방 이데올로기의 한계를 드러낸 아일랜드 민족주의를 단순히 제국 민족주의에 대한 비효과적인 모방이라고 폄하할 수는 없을 것이다. 이 점에서 아일랜드 민족주의에 대한 로이드David Lloyd의 비평은 주목할 만하다. 로이드는 아일랜드에 만연한 반민족적 편견을 민족주의에 대한 비평적 혐오라고 주장하면서, 반민족주의를 "반 식민주의 운동을 향한 전통적인 식민 본국의 적대주의"라고 규정한다.[190] 로이드에 따르면 민족주의의 반 식민주의 본성은 억압적인 식민사회 내에서 매우 특별한 일관되고 공통된 경험을 형성한다. 민족주의의 하위계층성은 그람시가 말하는 파편적이고 에피소드적인 특성과는 달리 매우 집단적인 공통의 결속으로 이끌기 때문이다.[191] 즉, 하위계층으로

---

[189] Antonio Gramsci, *Selections from the Prison Notebooks*, p. 52, 55.

[190] David Lloyd, "Nationalisms Against the State: Towards a critique of the anti-nationalist prejudice" in T. P. Foley, L. Pilkington, S. Ryder, & E. Tilley (eds.), *Gender & Colonialism*. Galway: Galway UP, 1995, p. 257.

서 민족이 경험하는 집단적인 식민 억압의 고통은 역설적으로 민족주의를 민족의 이데올로기적 접착제로 작용하게 한다는 것이다.

민족주의에 대한 이와 같은 다양한 질의와 탐색은 조이스가 『율리시즈』에서 제기하는 담론의 첫 출발이다. 스티븐과 멀리건은 식민지 아일랜드의 중산층 계급 출신, 다시 말해 식민 부르주아 계층의 젊은이들이다. 텍스트는 제국문화의 출발지로서 런던과 같은 본국의 고급 문화의 공간이 아니라, 식민지 더블린의 대중문화와 상품 문화에 그 초점을 두면서 제국의 문화를 패러디 한다. 예를 들면, 늙은 우유 배달 노파로 상징되는 식민 상품문화와 멀리건, 하인즈, 그리고 디지로 상징되는 전형적인 제국의 문화 논리는 아일랜드 민족주의와 더불어 저속한 문화 모방과 상투적인 유희를 찾아볼 수 있다. 그러나 다양하고 이질적인 문화의 배경들은 제국의 민족주의 담론 내에서 철저히 봉쇄될 뿐이다.

조이스는 식민 아일랜드의 상황을 철저히 인식하면서 민족주의의 잘못된 흉내에 대한 조롱의 일환으로 텍스트 내에 셰익스피어를 포함한 수많은 담론의 모방과 흉내내기를 시도한다. 그는 식민 담론의 끈끈한 거미줄로부터 탈출을 시도하는 것이 불가능함을 인식하면서도, 한편으로는 그러한 담론에 맞서는 저항의 역설을 텍스트 속에서 상상한다. 따라서 표면적으로는 적극적인 전복의 가능성을 지향하는 저항을 직접 발화하지는 않다 할지라도, 담론 모방에 내포된 인유引喩와 패러디는 그 가능성을 충분히 보여준다.

---

[191] David Lloyd, *Anomalous States: Irish Writing & the Post-Colonial Moment*, Durham: Duke UP, 1993, p. 127.

상상의 공동체: 새로운 가능성

「프로테우스」 에피소드에서 스티븐은 멀리건과 하인즈와 헤어진 후 샌디마운트 해변에서 긴 명상에 잠긴다. 주목할 수 있는 대목은 스티븐이 "파리의 케빈 이건, 아일랜드 망명객(기러기)"(U 3.164)에 관해 회상하는 부분이다. 케빈 이건Kevin Egan은 아일랜드의 애국지사 조셉 케이시Joseph Casey가 그 모델이다. 그는 1867년 9월에 이른바 맨체스터 구출 작전에서 아일랜드의 페니언 독립당원들을 경찰 호송차에서 구출하려던 음모에 적극적으로 가담한 혐의로 투옥되었다. 그는 그해 12월에 다른 페니언 당원들과 함께 런던의 클러켄웰 형무소에서 형무소 담을 폭파시켜 탈출을 시도하다 그 폭파 시도로 12명의 사망자와 30명 이상의 중상자를 발생시켜 커다란 대중적인 분노를 야기 시킨 인물이었다.[192] 스티븐은 "아일랜드 망명객"의 프랑스 후손의 이름을 딴 "맥마흔 술집에서"(U 3.164) 다이너마이트 사용자로서 망명 후 파리에서 식자공으로 일했던 케빈 이건이 "인쇄용 잉크에 더럽혀진 손가락 사이로 탄약의 분말 같은 시가를 종이에 말고 있을 때"(U 3.216-8)를 의식하면서 자신과 케빈 이건의 아들인 패트리스 이건과의 대화를 떠올린다.

영국 제국주의 대 페니안 민족주의와 같은 극단적인 대립의 틀을 피하고자 몰두하는 스티븐은 『젊은 예술가의 초상』의 5장에서 스티븐의 학교 친구들이 그랬던 것처럼 이건이 자신을 아일랜드 애국 동지라고 추켜세우면서 그의 군사적 목적에 동조하게 하려고 애를 쓰고 있음을 인식한다(U 3.229-30). 이건이 스티븐에게 "킬케니의 젊은이들은 튼튼하고 활기 있는 멋쟁이"라는 옛 노래를 알고 있는지를 물었을 때, 스티븐은 아일랜드의 혁명가였던 네이퍼 탠디James Napper Tandy를 소재로 한 작자 미상의 아일랜드 민요인 "푸른 의상"의 한 구절을 떠올린다(U 3.257-63). 아일

---

[192] Don Gifford & Robert J. Seidman, p. 52.

랜드의 혁명가이자 개혁가였던 탠디는 독립 투쟁과 가톨릭 해방 운동을 벌이던 정치가인 헨리 그래턴Henry Grattan을 지지했고, 1790년대에 아일랜드 연맹을 공동으로 창설했다.[193] 특히 그는 프랑스의 아일랜드 독립투쟁의 지원에 있어서 주도적인 역할을 수행한 인물이다. 그는 1798년에 일어난 아일랜드인의 봉기를 돕기 위한 프랑스군軍 침공에 대비한 방어시설로 더블린 주변 해안에 영국이 마텔로 탑을 건설하려는 계획에 반대하는 폭동을 주도했다.[194]

스티븐의 의식은 곧 탠디에서 캐빈 이건으로 이어진다. 아일랜드를 기억하는 이건의 비애감을 생각하고 있는 스티븐은 유태인의 시온과 아일랜드를 대비한다.

> 연약하고 야윈 손을 내 손위에. 사람들은 케빈 이건을 잊고 있지만, 그는 그들을 잊지 않고 있다. 그대를 기억하며, 오 시온이여. (U 3.263-4)

스티븐은 아일랜드인의 망명과 망명객들이 겪는 고초를 바빌론 유수幽囚에서 유태인들이 겪었던 곤경과 연결한다. 스티븐이 마텔로 탑에 가까이 다가갈 때 그의 의식은 마텔로 탑을 "묵묵한 탑의 닫혀진 문이, 몽매한 육체를 가두고 있는 무덤"(U 3.277)으로 인식한다. 「텔레마코스」 에피소드에서 이미 의식한바있는 것처럼(U 1.740), 스티븐은 "열쇠는 그녀석이 지녔지. 오늘밤이 다가와도 나는 거기서 자지 않겠다"(U 3.276)고 생각하면서 다시 한 번 탈출과 도피의 결심을 반복한다. 스티븐은 "표범나리와 그를 좇는 사냥개"(U 3.277-8)를 머리에 떠올리면서 하인즈와 멀리건을 각각 사냥꾼과 그의 충실한 사냥개로 인유한다. 스티븐은 하인즈처럼 식민지 아일랜드에서 민속을 조사하는 영국인을 사냥꾼으로 멀리건과 같은 아일랜드 민족 부르주아를 영국에 충실한 하인으로 인식하고 있는 것이다. 이 같은 그의 의식은 아

---

[193] Ibid, p. 144.
[194] Ibid, p. 57.

침에 마텔로 탑에서 멀리건이 면도하는 장면과 대비된다. 면도를 하면서 신부 흉내를 내며 "*Introibo ad altare dei*," 즉 유태인들이 바빌론 유수 중에 처음 사용했던 말인 "하느님, 당신의 제단으로 나아 가리이다"(「시편」 43)라고 주문을 외우며 면도를 끝낸 멀리건은 자신이 경멸조로 "옥스퍼드 녀석"(U 1.154)이라 부르는 영국인 하인즈가 부르자 "색슨 녀석"을 위해 "조반朝飯의 베이컨"(U 1.232)을 준비해야 한다. 이 같은 장면은 영국과 아일랜드 사이의 민족적 주종관계를 단적으로 드러내는 것이다.

특히, 멀리건이 면도를 마친 후 그를 대신해서 면도 물 종지를 치우는 스티븐은 클롱고우즈 재학 시절에도 향로를 운반하곤 하던 스스로를 "종놈을 시중드는 놈"(U 1.312)으로 인식한다. 나중에 옥스퍼드 출신의 영국인 하인즈가 스티븐에게 "자네는 자네 자신을 해방시킬 수 있는 사람이라고 나는 생각하네. 자네는 자네 자신의 주인인 것 같군"하고 말했을 때, 스티븐은 "나는 두 주인을 섬기는 종놈이야 . . . 영국인과 이탈리아인 말이야 . . . 그리고 세 번째로는 . . . 나에게 엉뚱한 짓을 요구하는 놈이 있어"(U 1.636-41)라고 말하면서, 아일랜드의 두 식민세력 영국 제국주의와 로마 가톨릭교회뿐만 아니라, 주인을 따르는 충실한 사냥개로서 멀리건을 암시하고 있다.

스티븐은 샌디마운트 해변을 가로질러 달려오는 개 한 마리를 지켜보면서, "놈의 자유를 존중해 줘. 너는 다른 사람들의 지배자가 된다거나, 또는 그들의 노예가 되지는 않겠지. 나는 지팡이를 갖고 있어"(U 3.295-96)라고 의식한다. 스티븐은 달려오는 개 한 마리가 주위에서 짖어대자 "얼굴이 창백하게 질려, 꼼짝 않고 서 있기만 했다"(U 3.312). 그는 해변의 개를 통해 아일랜드가 겪은 오랜 침략의 역사를 기억 속에 떠올린다. 제국과 식민지의 접촉지대로서 해변은 그에게 아일랜드의 역사를 끊임없는 외국의 침략에 대해 주종관계의 연속으로 의식하도록 만들고 있기 때

문이다.195

"맬러카이 멀리건"(U 1.41-42)을 매개로 스티븐은 과거 이곳 해변을 통해 더블린에 침입하여 정착한 바이킹 족, 즉 노르웨이 및 스칸디나비아인들 뿐만 아니라 아일랜드의 전설적인 옛 왕 맬러카이Malachy196를 의식에 떠올린다(U 3.300-3). 스티븐은 "노획물을 찾아 이곳 해변에 달려온 로클란즈의 갤리선들"의 "낮게 정박해 있는 그들의 피 묻은 주둥이 뱃머리"와 "맬러카이가 황금의 칼라를 달았던 시대에 번쩍이는 도끼 마크를 그들의 가슴에 달았던 덴마크 북부의 해적들"에 관해 생각한다.

아일랜드의 수난의 역사는 멀리건이 스티븐에게 부추기는 "아일랜드의 그리스화"(U 1.158)를 환기한다. 스티븐의 의식은 박해받는 타자로서 유태인과 아일랜드인 사이에 설정된 인종차별적인 상동 관계를 비추고 있다. 멀리건의 헬레니즘은 결국 스티븐이 추구하는 내부적 변형의 비극적 고통과 유태적 진지함이 결여된 것이다.197 이것은 "비유태계" 헬레니즘 대 "유태계" 헤브라이즘에서 알 수 있는 것처럼 아놀드가 표방하는 인본주의 맥락과 하인즈와 디지가 보여 주는 제국의 인종차별적 맥락에서 매우 중요하다.

스티븐은 이집트 땅에서 배불리 지내던 시절을 그리워하는 유태인을 떠올린다(U 3.177-78). 이것은 『구약』에서 모세의 인도로 엘림을 떠나 광야에 이른 유태인의 고

---

195 Vincent Cheng, p. 161.
196 맬러카이(948-1022)는 10세기와 11세기에 걸쳐 스칸디나비아 침략자들을 물리친 아일랜드의 왕으로 자신이 정복한 덴마크의 족장의 목에서 "황금의 목걸이"를 빼앗아 자기 목에 걸었다고 전해지는 인물이다. Don Gifford & Robert J. Seidman, Ulysses *Annotated: Notes for James Joyce's* Ulysses. Revised edition. Berkeley: U of California P, 1988, p. 59. 한편 구약성서에서 맬러카이 (Malachi)는 엘리야의 재림을 예고하는 예언자이기도 하다.
197 Bryan Cheyette, "'Jewgreek is greekjew': The Disturbing Ambivalence of Joyce's Semitic Discourse in *Ulysses*" in Thomas F. Staley (ed.), *Joyce Studies Annual 1992*. Austin: U of Texas P, 1992, p. 35.

난의 순간을 암시한다(「출애굽기」 16:2-3). 스티븐의 의식의 흐름은 "부대를 어깨에다 둘러메고 터벅터벅 걸어가는" 집시를 암시하는 "붉은 이집트 사람들"로 이어지고(U 3.370), 이것은 전날 스티븐이 꾸었던 꿈의 기억과 연결된다.

> 간밤에 녀석이 나를 깨웠을 때 꾼 꿈도 똑같은 꿈이었던가? 가만있자. 현관문이 열려 있었지. 매춘부들의 거리. 기억해 봐. 하룬 알 라시드. 그래 거의 생각이 나는군. 저 사내가 나를 안내해서, 말했지. 나는 겁내지 않았다. 그가 가졌던 수박을 내 얼굴에다 내밀었어. 미소를 지었다: 크림 빛 과일 냄새. 그것이 규칙이라고, 말하더군. 안으로 들어와요. 붉은 카페트가 깔려있고. 너는 그게 누군지 알 수 있겠지? (U 3.365-69)

꿈속에서 스티븐은 "매춘부들의 거리"에서 "하룬 알 라시드"의 환영幻影과 마주친다. 스티븐의 꿈은 제국주의적 구속과 정복에서 기인되는 피식민자의 착취 혹은 유태인 이산과 같은 유랑의 악몽에 관한 것은 아닌 것 같다. "매춘부들의 거리"는 이슬람의 하렘을 연상시키고 "하룬 알 라시드"가 8세기 최고의 이슬람 문화와 번영을 이끌었다는 점을 두고 볼 때, 오히려 그의 꿈은 『아라비안나이트』의 여러 이야기에 자주 등장하는 8세기 아라비아의 압바스 왕조의 5대 칼리프인 "하룬 알 라시드"의 전설을 상기시킨다. 그의 꿈의 저변에는 당시 아일랜드에 대중적으로 널리 퍼진 동양화된 욕망과 사치와 향락의 비전을 엿볼 수 있다.

「텔레마코스」 에피소드에서 스티븐이 자신의 죽은 어머니가 당시 하룬 알 라시드를 다룬 무언극 「쾌걸 터코」를 좋아했다고 회상하고 있음을 주목해보자(U 1.259-63). 「쾌걸 터코」Turko the Terrible는 당시 영국에서 인기 있던 동명의 무언극을 개작한 것으로, 스티븐의 꿈과 무언극 「쾌걸 터코」는 사실상 그 당시 영국뿐만 아니라 영국의 대중문화를 그대로 받아들인 아일랜드 대중문화의 의식에 자리 잡

은 동양에 대한 유럽중심의 상상과 관점을 반영한 것이다.[198]

사실, 신체에 대한 식민주의적 시학의 접목은 낯선 것이 아니다. 식민 통치는 이성애적 관통과 정복의 형태라는 은유로 표현되고 이 같은 은유는 이후 식민지인의 자기 정체성의 각인으로 수용된다. 전통적으로 민족 정체성의 서사는 여성을 "민족의 경계와 은유적 한계와 같은 민족적 몸의 정치 역학 속으로 상징적으로" 포섭한다. 성은 문화 정체성과 차이를 표현하는데 중심적 지표로 작용한다.[199]

동양과 관련된 스티븐(혹은 조이스)의 의식도 여성(육체)에 대한 상상, 신비화, 욕망에 관한 것이지만, 스티븐은 식민 억압에서 벗어난 미래의 자유와 자치의 "상상된 공동체"의 꿈을 중세 이슬람 문화의 정점을 이룬 알 라시드의 이미지로 치환하여 그려낸다. 스티븐이 꿈에 본 "홍등가의 수박"은 여성의 상징으로서 이후 「키르케」의 창녀와 몰리와 연결되고, "저 사내"는 블룸과 연결되면서 『율리시즈』 전반에 걸쳐 매우 중요한 의미를 지니게 된다.

「키클롭스」 에피소드에서 블룸과 맹목적 민족주의자인 '시민' 사이에서 벌어지는 논쟁을 통해 알 수 있듯이, 블룸이 유태계 아일랜드 인이라는 점은 식민주의로 인해 심화된 식민 근대 사회의 개인 정체성의 정신적 위기를 상징적으로 보여준다. 오히려 이와 같은 불확실한 정체성은 맹목적 애국심을 표방하는 민족주의의 한계를 극복하고 다양한 인종과 문화를 가진 공동체의 비전을 역설적으로 제시할 수 있게 한다. 결국 스티븐의 꿈은 핍박과 고난의 땅에서 수탈당하다가 탈출하여 귀향하는 광야의 유태인이 가진 자치의 꿈과 대비된다. 이 점에서 그의 꿈은 식민지 아일랜드 인이 꾸는 미래의 전망을 제시하는 것이라 할 것이다.

---

[198] Don Gifford & Robert J. Seidman, p. 18.

[199] Deniz Kendiyoti, "Identity and its Discontents: Women and the Nation" in Patrick Williams and Laura Chrisman (eds.), *Colonial Discourse and Post-Colonial Theory: A Reader*. New York: Columbia UP, 1994, p. 388.

그러나 민족의 수탈과 현실상황을 여성(육체)에 빗대어 투사하는 스티븐의 의식의 흐름은 "신부의 침상, 출산의 침상, 귀신 촛불을 켜 놓은, 죽음의 침상"에서 "창백한 흡혈귀가 그의 박쥐 빛 돛이 바다를 핏빛으로 물들이면서 그녀의 입에 맞추는 키스"에서 그 정점에 이른다(U 3.390-400). 착취의 제스처로서 여성의 입을 맞추는 흡혈의 공격적, 침략적, 남성적인 행위는 이를테면 유혹되기를 바라는 소비 상품으로서, 혹은 "코르셋 양말대님에다, 굵은 털실로 짠, 누런 스타킹을 신은 밤의 여인"(U 3.430-3)으로서 아일랜드와 같은 식민지의 자원착취와 종속적 소비 구조에 대한 정확한 인유가 되고 있다.

스티븐은 샌디마운트 해변에서 셰익스피어의 『태풍』의 한 구절인 "저기 다섯 길. 다섯 길 물 속에 너의 부친이 누워 있다"(U 3.470)를 의식하면서, 물에 빠진 자와 아버지 사이면 디덜러스, 그리고 자신과 퍼디난드를 은연중에 일치시킨다.[200] 이것은 당대의 위대한 아일랜드의 정치 지도자 파넬Parnell을 상실한 채 방황하고 있는 암울한 아일랜드의 현 민족 상황을 인유한다. 더블린만의 만조 때 쇄도하는 (제국과 식민의) "역류의 염분에 하얗게 되어 떠오르는 시체"(U 3.472)는 식민주의와 복종을 강요하는 제국의 종교, 그리고 제국의 담론이었던 아일랜드 민족주의에 의해 살해당한 바로 "아일랜드" 그 자체인 것이다. 스티븐은 자신과 민족의 치명적 상황을 살면서도 죽은 자의 숨을 쉬고 있고, 사자死者의 회진灰塵을 밟고 있는 것으로 묘사한다(U 3.479-80).

스티븐은 "쁘리 드 빠리"Prix de Paris를 생각하면서, 또 하나의 "찬탈"로 기능하는

---

[200] 『태풍』의 1막 2장에서 프로스페로가 일으킨 태풍에 의해 배가 난파하여 그의 아버지 알론조가 물에 빠져 죽은 줄 알고 퍼디난드가 슬퍼하는 가운데, 눈에 보이지 않도록 변장한 요정 에어리얼은 그의 주인 프로스페로의 명에 따라 퍼디난드를 유인하면서 다음과 같이 노래를 부른다. "그대 아버진 다섯 길 바닷물 속에 누우셨네/뼈는 산호가 되고/눈은 진주되었네./육신은 썩지 않고/바다의 조화 속에/귀하고 신비한 보물이 되었네.../바다의 요정들은 조종 울리네"(『태풍』 I. ii., 397-403).

아일랜드 상품 문화에 대한 의식을 보여준다.

> 바다의 죽음, 인간에게 알려진 모든 죽음 가운데서 가장 안이하다는. 노부인 대양.
> "쁘리 드 빠리": 유사품에 요주의. 일차 시험해 보시라. 놀랄 정도로 잘 듣습니다.
> (U 3.483-4)

"쁘리 드 빠리"는 프랑스에서 연중 개최되는 경마 시합에서 수여되는 최고의 상이
다. 경마와 경주의 인유는 식민지에 대한 제국주의적 팽창과 진출 혹은 식민 소비
문화를 나타낸다. 이것은 트로이 목마의 모티프에 있어서 목마의 배반, 혹은 "찬
탈"의 의미를 담고 있는 이미지이기도 하다. 원래 "쁘리 드 빠리: 유사품에 요주의.
일차 시험해 보시라"는 상품 광고이다.[201]

스티븐은 1889년 파리에서 열렸던 상품 전시회의 판촉용 경품을 의식에 떠올린
다. 여기서 "유사품에 주의"하라는 제품 광고 문안이 제국의 민족주의를 모방한 아
일랜드의 민족주의와 더블린의 식민 소비문화에 대한 경고를 담고 있는 직접적인
정치적 인유라고 단정 지을 수는 없다. 그러나 조이스가 더블린의 식민 상황의 하
위계층성을 보다 넓게 투사하여 제국의 모방을 다시 되받아 쓰려는 시도를 고려해
볼 때, 샌디마운트 해변에서 보여주는 스티븐의 사색은 식민주의와 종교, 그리고
아일랜드 민족주의와 같은 세 개의 "창백한 흡혈의 박쥐 빛 돛"(U 3.398)에서 비롯된
예속과 억압, 질곡의 상황을 경계하고 극복하려는 시도라 볼 수 있을 것이다.

> 그는 어깨 너머로 뒤쪽을 향하여, 그의 얼굴을 돌렸다. 세 개의 돛을 단 높은 돛대
> 가 대기 속을 움직이고 있었다. 돛을 가름대에다 잡아매고, 항구를 향하여, 조류를
> 거슬러, 묵묵히 움직이고 있었다. 한 척의 묵묵한 돛단배가. (U 3.503-5)

---

[201] Don Gifford & Robert J. Seidman, p. 65.

이 같은 해석이 가능한 것은 스티븐은 이질적 혼성 문화를 가진 새로운 상상된 공동체의 조건을 위한 청사진을 제시하고 아일랜드 민족의 가능성을 궁극적으로 상상하고 있기 때문이다. 스티븐의 상상은 리자 로우Lisa Lowe의 개념을 빌려 설명하자면 담론의 자유로운 중첩, 교차, 그리고 충돌의 다층성과 이종성을 지닌 혼성문화의 가능성을 제시한 것이라 말할 수 있다.[202]

로우는 위기, 문맹, 이탈, 노예화, 혹은 식민주의의 공간과 같은 타자성의 공간이라고 푸코가 말하고 있는 헤테로토피아, 즉 혼재향混在鄕의 개념을 원용하여 다층적이고 통합적인 입장들과 실천의 담론 조건으로 변형될 수 있는 한 가지 방법으로서 혼재성混在性을 제시한다.[203] 따라서 혼재성의 관점에서 볼 때 앵글로 색슨적인 인종적 본질과 순수성, 혹은 켈트적인 인종적 본질과 순수성의 주장은 단지 희망사항에 불과한 것이 된다. 단일한 문화유산의 순수한 혈통과 같은 인종적 본질과 순수성에 바탕을 둔 경직된 이분법의 차이 개념과는 달리, 혼성문화는 영향과 상호작용의 영역과 삼투성의 경계에 기인하는 이종성을 바탕으로 하기 때문이다.

스티븐이 의식하는 해변은 문명과 원시가 조우하는, 그리고 아일랜드적 맥락에서는 제국과 식민지의 조우가 이루어지는 모호성의 공간이다. 샌디마운트 해변에서 스티븐이 영국 브리스톨 서부의 브릿지워터에서 벽돌을 싣고 더블린 만에 도착한 "세 개의 돛을 달고 조류를 거슬러 묵묵히 움직이는"(U 3.504-5) 로즈빈 호를 보게 되는 것처럼, 해변은 제국에서 생산된 상품과 식민 소비의 만남과 교류가 이루어지는 십자로일 뿐 아니라 제국의 상품과 소비가 제국과 식민의 언어로 치환 가능한 모호성의 공간이다. 하지만 스티븐의 의식을 통해 해변은 『어둠의 속』에서처럼 주인공 말로우Marlowe의 의식을 점유하는 어둠의 심연인 아프리카에 대한 제국의

---

[202] Lisa Lowe, *Critical Terrains: French & British Orientalism.* Ithaca: Cornell UP, 1991. p. 15
[203] Ibid.

침탈이 시작되는 장소이자 식민 착취와 억압의 접경지대이기 보다는, 보다 긍정적으로 제국과 식민지의 이분법적인 틀을 탈피하고 동등한 인종으로서 긍정적인 공동체의 상상을 가능하게 하는 공간이 된다. 최소한, 스티븐에게 있어 해변은 새롭게 탈식민주의 정체성을 상정할 수 있는 범세계적 상상의 꿈을 꾸는 장소가 되고 있는 것이다.

5.

모더니즘, 에이젠슈테인, 몽타주 시학: 「배회하는 바위들」

머리말

영화가 종합예술이라 하더라도 영화는 기본적으로 시각적 이미지를 주로 사용하고 문자 텍스트인 소설은 언어적 이미지를 바탕으로 하기 때문에 소설에서 영화적 몽타주를 분석한다는 것은 다소 생소한 점이 없지 않을 것이다. 그 이유는 우선 두 매체 사이의 물리적 상이함 때문인데 이런 점에 비추어 조이스의 소설에서 영화적 몽타주를 논의한다는 것이 일견 타당성이 없어 보일 수도 있을 것이다. 특히 소설과 달리 영화는 음악과 마찬가지로 시제가 거의 존재하지 않는 현재성에 기초하고 있기 때문에 시간예술에 가깝다는 특성을 가지고 있다. 이런 점에서 설령 소설 속에 영화에 존재하는 동시적 몽타주가 존재한다 하더라도 진정한 의미의 동시성은 글로 이루어진 소설에서는 거의 불가능해 보일지도 모른다.

그러나 영화가 에디슨의 영화기계 발명으로 시작된 것이 아니라 과거의 풍부한 문화적 전통을 계승한 것이며 특히 영화적 몽타주가 소설에 기원을 두고 있다는 점을 생각해볼 때, 진 엡스타인 같은 초기 영화 비평가들이 다른 예술 매체에 의해 오염되지 않은 순수 시네마를 주장했다고 하더라도 연극, 문학, 회화, 음악을 비롯한 다양한 예술 매체들과 영화 사이의 연계는 오히려 자연스러운 현상이라는 것이 지금까지의 정설이다.[204] 실제로 에이젠슈테인과 해리 레빈Harry Levin, 그리고 앨런 슈피겔Alan Spiegel을 비롯한 많은 사람들이 조이스의 소설기법과 영화적 방법 사이의 유사성을 지적해온 것처럼[205] 그의 소설에서는 페이드아웃, 패닝, 디졸브와 같은 다양한 영화기법에 해당하는 예를 쉽게 찾아볼 수 있다.[206] 제임스 조이스가 소설에서 몽타주와 같은 영화 장치를 사용한 것은 종종 『율리시즈』에서 가장 혁신적인 양상 가운데 하나로 간주될 수 있다고 기본스는 주장한다.[207] 이런 점에서 그

---

[204] Robert Stam, *Film Theory: An Introduction.* Oxford: Blackwell, 2000. p. 33.

[205] 조이스 소설의 영화적 특성을 밝히고 있는 가장 초기의 비평은 에이젠슈테인이 쓴 「영화원리와 표의문자」(1929)라 할 수 있다. 이후 해리 레빈(Harry Levin)의 *James Joyce*(1941)는 조이스의 문제와 몽타주 사이의 유사성을 밝히고 있으며, 로버트 험프리(Robert Humphrey)의 *The Stream of Consciousness in the Modern Novel*(1955)은 『율리시즈』의 「배회하는 바위들」에피소드에 사용된 공간 몽타주에 주목하고 있다. 마샬 맥루한(Marshall McLuhan)의 *Understanding Media*(1964)도 조이스의 의식의 흐름에 주목하면서 조이스와 영화 사이의 관련성을 언급하고 있다. 슈피겔(Alan Spiegel)의 *Fiction and the Camera Eye*(1976)는 조이스를 비롯한 모더니즘 작가들과 영화 사이의 관련성을 소설의 영화적 특성에 초점을 맞추어 집중 분석하고 있다. 특히, 펄뮤터(Ruth Perlmutter)의 "Joyce and Cinema"(1978)는 조이스와 에이젠슈테인, 그리고 프랑스의 누벨바그 세대 영화감독 장 뤽 고다르 사이의 예술적 유사성을 주목하고 있으며, 코스탄조(William Costanzo)의 "Joyce and Eisenstein"(1986)은 조이스와 에이젠슈테인의 몽타주 기법을 비교하고 있는 논문이다.

[206] William Costanzo, "Joyce and Eisenstein: Literary Reflections on the Reel World." *Journal of Modern Literature* 11(1984), p. 176.

[207] Luke Gibbons, *Transformations in Irish Culture.* Notre Dame: University of Notre Dame

의 소설에 나타난 영화적 몽타주 기법의 분석과 이해는 소설과 영화 사이의 상호 관계 뿐만 아니라 조이스 문학의 정치적 · 문화적 맥락을 이해하는데 많은 도움을 줄 수 있을 것이다.

조이스, 에이젠슈테인, 몽타주

미국 초기 영화의 개척자인 D. W. 그리피스는 평소 찰스 디킨스의 소설을 촬영 장소에 가지고 다닌 것으로 유명한데, 실제로 그는 자신이 즐겨 사용하던 크로스 커팅의 개념을 찰스 디킨스에게서 가져온 것이라고 밝히기도 했다.[208] 에이젠슈테인은 그리피스의 몽타주가 디킨스의 소설 『올리버 트위스트』의 장면 전환과 유사하다는 점을 지적하면서 그리피스가 확립한 평행 몽타주의 기원이 찰스 디킨스에 있음을 입증했다. 그는 그리피스가 "동시 진행 액션의 기법을 통해 몽타주에 도달했으며, 이런 아이디어를 얻게 된 것이 바로 찰스 디킨스에 의해서였다"고 밝히고 있다.[209] 평행몽타주parallel montage란 시간적으로 동시적인 쇼트의 교차적 방법을 사용하는 것으로 두 개의 이야기를 유기적으로 교차편집하면서 외적 통일성을 이룩하는데, 다시 말해서 연결에 바탕을 둔 평행몽타주는 나란히 진행하는 이야기의 외형적 발전에 초점을 두고 그것을 긴박감 있게 표현하는 것에 중점을 두는 전형적인 미국식 몽타주이다.[210] 에이젠슈테인에 따르면 『올리버 트위스트』에서 찰스 디킨스는 "무대의 관습에 따르면 모든 훌륭한 잔인한 멜로드라마는 . . . 비극적인 장

Press, 1996, p. 165.

[208] 로버트 리차드슨, 『영화와 문학』 이형식 옮김. 동문선. 2000. 56쪽.

[209] 앞 책, 28쪽.

[210] 김용수, 『영화에서의 몽타주 이론』 열화당. 1996. 161쪽.

면과 희극적인 장면이 규칙적으로 교차 된다"고 말하면서 19세기 멜로드라마에 흔했던 급격한 장면 전환이 지나치고 앞뒤가 맞지 않는 것이라 하더라도 소설에서는 적절한 것이라고 옹호하고 있다. 요약하자면, 찰스 디킨스는 멜로드라마의 전통을 이어받고 그리피스는 다시 찰스 디킨스에게서 배웠음을 에이젠슈테인은 밝히고 있는 것이다.211

특히, 에이젠슈테인이 마르크스의 『자본』을 비롯해서 조이스의 『율리시즈』까지 영화로 만들 계획을 세운 것은 매우 유명한 일화로 남아 있다.212 에이젠슈테인은 1928년 2월에 『율리시즈』를 입수하면서 그의 이른바 지적 영화 발전에 전기를 맞게 된다. 그는 『율리시즈』를 읽고 또 읽었으며 이 소설을 "서구 영화 예술에 있어서 가장 흥미로운 사건"이라고 불렀다. 그는 "나의 마음은 조이스와 미래의 영화에 대한 온갖 생각으로 가득 차 있다"라고 자신의 흥분된 감정을 피력하기도 했다.213 에이젠슈테인은 『자본』과 『율리시즈』의 영화화를 통해 지적 영화의 가능성을 모색하였는데, 그 해 3월에 쓴 일기를 보면 『율리시즈』가 『자본』의 영화 프로젝트에 알맞은 혁신적인 표현 양식의 연출에 매우 필수적이라는 것이다.214 이것은 그가 지적 영화의 개념과 몽타주의 틀을 정립하는 과정에서 조이스의 소설에 나타난 내적 독백과 의식의 흐름, 그리고 내적 경험의 표현으로부터 많은 영향을 받은 것을 보여주는 대표적인 사례이다. 에이젠슈테인은 『율리시즈』의 전도된 서사 시점을 영화에 접목하면서 연상association과 연속serial의 형태를 통해 필름의

---

211 앞 책, 164쪽.
212 Robert Stam, *Film Theory: An Introduction*. Oxford: Blackwell, 2000. p. 43.
213 William Costanzo, "Joyce and Eisenstein: Literary Reflections on the Reel World." *Journal of Modern Literature* 11(1984), p. 176.
214 James Goodwin, "Eisenstein, Ecstasy, Joyce, and Hebraism." *Critical Inquiry* 26(Spring 2000), p. 538.

쇼트와 시퀀스의 구축을 시도한다. 이후 그는 평생을 소설 예술에 진력했다. 급기야 1928년 12월에는 모국어가 아닌 영어로 "조이스의 의식의 흐름" 방식으로 글을 쓰는 실험을 단행했다. 이른바 "조이스가 블룸을 묘사하는 매우 정밀한 방식으로" 자기 자신에 관한 꼼꼼한 자서전을 쓰려고 시도한 것이다.[215] 1930년에는 비록 실패로 끝나 도중하차 하긴 했지만 미국 소설가 드라이저 원작의 『미국의 비극』을 영화로 각색하기 위해 할리우드에 있으면서 조이스적인 내적 독백을 영화로 연출하려고 야심차게 시도하기도 했다.

조이스는 평생 영화에 지속적인 관심을 가지고 있었던 것 같다. 그가 영화에 대해 대내외적으로 보여준 관심과 행동은 남다른 일면이 있다. 엘만에 따르면, 조이스는 『율리시즈』를 다른 언어로 번역하는 것은 불가능한 일이지만 다른 매체, 예컨대 영화로는 만들 수 있을 거라고 생각했다.[216] 조이스는 베를린을 소재로 한 다큐멘터리 영화 『베를린』(1927)을 만든 독일의 발터 루트만Walter Ruttmann 감독이나 에이젠슈테인 정도가 『율리시즈』를 제대로 된 영화로 만들 수 있을 것이라고 친구 졸라스Eugene Jolas에게 고백한 적이 있다.[217] 그는 미국의 워너 브러더스 영화사가 『율리시즈』를 영화로 제작하고 싶다는 내용의 편지를 보낸 것에 대해 작품의 예술적 손상을 우려한 나머지 이를 공식적으로 반대했지만, 폴 레옹이 이와 관련된 일을 계속 추진하는 것에 대해서는 사실상 묵인했다. 게다가 조이스는 스튜어트 길버트가 『율리시즈』를 영화로 각색하는 것에 대해서 원칙적으로 반대하지 않았으며, 뿐만 아니라 시인 루이 주코프스키도 『율리시즈』의 시나리오 작업을 시도하고 있었다는 사실은 주목할 만하다.[218]

---

[215] Ibid, p. 539.

[216] 리차드 엘만, 『제임스 조이스 1, 2』 전은경 옮김. 책세상, 2002. 1056쪽.

[217] William Costanzo, "Joyce and Eisenstein: Literary Reflections on the Reel World." *Journal of Modern Literature* 11(1984), p. 176.

조이스는 자신의 편지 속에서 영화에 대해 이따금씩 언급했을 뿐이지만, 동생 스태니슬라우스에게 보낸 편지를 살펴보면 1907년 로마에서 힘든 생활을 보내고 있을 때에도 그 위안을 영화에서 찾았음을 엿볼 수 있다.[219] 또한 불과 3개월 만에 끝이 나고 말았지만 그가 1909년 아일랜드 최초의 전용 영화관인 볼타 시네마토그래프를 설립하려고 시도한 것은 매우 이채롭다.

이 같은 경험은 단순한 해프닝으로 끝난 것이 아니라 그의 작품 활동에도 적지 않은 영향을 끼쳤다. 실제로 볼타 시네마토그래프에서는 주로 이탈리아 영화들이 상연되었는데, 이들 영화는 이후 『피네건의 경야』를 비롯하여 그의 작품 속에 빈번하게 등장하고 있는 것을 알 수 있다.[220] 특히 『율리시즈』는 『베를린』과 여러 면에서 매우 유사한 장면을 가지고 있다는 점은 특기할만하다. 『베를린』은 다큐멘터리 형식을 통해 베를린이라는 역동적인 대도시의 일상을 담아낸 영화이기 때문이다.[221] 『율리시즈』는 『베를린』과 마찬가지로 하루 동안 일어나는 모든 도시의 활동과 다양한 일상의 양상을 세밀히 담고 있으면서도 일정한 서사의 흐름을 방해하는 자의식과 내적독백의 영화표면, 반복적 모티프와 음악적인 리듬을 지니고 있다는 점에서 소설이 지니고 있는 영화적 특성과 그 맥락을 가늠케 한다.[222]

주목할 것은 그가 자신의 작품과 영상매체 사이의 대비를 뚜렷이 인식하고 있었다는 점이다. 이것은 1929년 11월 30일 파리를 찾은 에이젠슈테인이 조이스의 아파트를 방문하여 단둘이 만난 자리에서 두 사람이 『율리시즈』와 영화에 관해 많은

---

[218] 리차드 엘만, 1207쪽.

[219] Thomas Burkdall, *Joycean Frames: Film and Fiction of James Joyce.* New York: Routledge, 2001, p. 3.

[220] Gösta Werner, "James Joyce and Sergej Eisenstein." Trans. Erik Gunnemark. *James Joyce Quarterly* 27(1990), p. 132.

[221] Thomas Burkdall, p. 43.

[222] Ruth Perlmutter, "Joyce and Cinema." *Boundary 2.* 6(1978), p. 489.

124 | 제임스 조이스, 모더니즘, 식민주의: 『율리시즈』와 탈식민주의 문화담론

이야기를 나눈 사실에서도 잘 드러난다.223 조이스는 에이젠슈테인과 만난 사실에 대해서 한 번도 언급한 적은 없지만, 이 자리에서 에이젠슈테인과 조이스가 정신의 활동을 포착하기 위한 내적독백의 사용에 관해 매우 진지하게 토론을 벌인 흔적은 에이젠슈테인이 쓴 여러 글을 통해서도 잘 알 수 있다. 에이젠슈테인은 「〈미국의 비극〉과 내적 독백」이란 글에서 기존의 문학이 이른바 "혼란스런 마음의 표출"에 적합하지 못하다는 점을 언급하면서 영화에 대한 조이스의 관심을 다음과 같이 지적하고 있다.

> 인간의 동요하는 사고 과정 전체를 완전하게 표현할 수 있는 것은 오직 영화뿐이다. 문학에서 그것이 가능하기 위해서는 기존의 문학이 지닌 한계를 뛰어넘지 않을 수 없을 것이다. 엄격한 문학적 틀 내에서 이를 탁월하게 제시한 경우는 조이스의 『율리시즈』에서 레오폴드 블룸의 내적 독백이다. 파리에서 조이스를 만났을 때, 그는 나의 영화의 내적 독백을 만들려는 구상에 대단한 관심을 보여주었다. 조이스는 거의 맹인이나 다름없을 정도로 시력을 잃어가고 있었지만 자신의 작품과 비슷한 노선에 따라 연출된 『포템킨』과 『10월』의 그 부분을 보고 싶어 했다.224

위의 글에서 알 수 있듯이, 내적 독백의 소설과 영화는 두 사람이 각자 자신들의 예술에서 추구하는 공통의 관심사였다.

에이젠슈테인이 조이스, 특히 『율리시즈』로부터 받은 영향이 얼마나 큰가는 1934년 모스크바의 국립영화연구소에서 조이스에 대해 실시한 강연을 통해 일부 가늠할 수 있다.225 당시 소련의 경직된 정치적 사회적 이념적 분위기를 미루어 짐

---

223 Gösta Werner, p. 494-495.

224 세르게이 에이젠슈테인, 『몽타쥬 이론』 예건사, 1990. 291쪽.

225 Emil Tall, "Eisenstein on Joyce: Sergei Eisenstein's Lecture on James Joyce at the State Institute of Cinematography, November 1, 1934." *James Joyce Quarterly* 24(1987), pp.

작해볼 때 조이스의 소설이 담고 있는 개인주의는 공산주의의 시각에서 봤을 때 매우 우려할 만한 것으로 판단되었을 것이다. 이 같은 점을 반영하듯, 1934년 8월에 열린 제 일차 소비에트 작가 회의에서 공산당 서기 칼 라덱은 공식적으로 조이스의 『율리시즈』를 혹평("조이스의 소설은 현미경을 이용한 활동사진 카메라로 찍은 쓰레기 더미")하는 성명을 발표하기에 이른다. 회의장에서 유일하게 조이스 작품의 중요성을 언급한 인물은 마르크스주의 사진작가 겸 정치비평가이자 몽타주작가였던 존 하트필드 정도에 불과했다.[226] 작가 회의가 있은 지 얼마 지나지 않아 에이젠슈테인은 국립영화연구소에서 마치 라덱의 비판에 맞서 반론을 제기하기라도 하는 것처럼 조이스 작품이 지니고 있는 독특한 문화적 특징과 문학예술의 지평을 넘은 뛰어난 예술기법의 가치에 대해 강연을 한 것이다.[227]

그의 강연을 일부 요약하면 다음과 같다. 에이젠슈테인은 『율리시즈』를 "이미저리와 형식의 극적 융합을 이룬 절대적으로 독특하고 탁월한 예"로 들면서 조이스가 문학의 한계를 넘어서 새로운 문학의 지평에 도달한 작가라 평가한다. 또한 그가 문학이 할 수 없는 인간 내면의식의 보다 원활한 표현(이를테면 문학이 표현할 수 없는 동시적 행위의 표현)을 위해 새로운 예술 형식의 가능성으로서 영화에 많은 관심을 가졌으며 그가 인간 심리의 내면 투쟁과 복잡한 심리적 경험의 상태를 문학으로 표현함에 있어서 독창적인 "감각적 생각"의 구문과 문법을 사용하고 있는 작가라고 말하고 있다.[228]

에이젠슈테인의 지적처럼, 조이스가 심리적 시간과 심리적 리얼리즘에 몰입하고 나아가 영화에 관심을 가지게 된 것은 기존 문학의 한계를 넘어 새로운 돌파구를

133-142.
[226] James Goodwin, p. 540.
[227] Emil Tall, p. 134.
[228] Ibid, pp. 140-141.

찾기 위한 것이다. 조이스의 소설은 현미경으로 들여다보듯 꼼꼼하게 더블린과 더블린 사람들의 일상을 묘사하고 극화하는 가운데 일상의 현실을 정밀하게 투영한다. 이와 같은 리얼리티의 재현은 문학과 영화 모두에 공통된 가장 중요한 요소 가운데 하나라고 말할 수 있다.[229] 조이스가 「드라마와 인생」이란 초기 글에서 현실 속에서 예술과 미를 찾는데 자신의 예술적 목표를 두고 있다고 쓰고 있는 것에서도 알 수 있듯이, 그는 세속적 현실은 드라마의 적절한 재료라는 믿음을 갖고 있었다.[230] 그는 아더 파워Arthur Power와의 대화를 통해서도 진정한 예술의 주제는 일상에 바탕을 둔 것이라야 한다는 점을 분명히 하고 있다.[231]

에이젠슈테인은 조이스의 소설이 전통 문학의 한계를 부수고 있다는 점에서 특별히 영화적이라고 보고 있는데, 이 점은 해리 레빈Harry Levin을 통해서 잘 알 수 있다. 레빈은 『율리시즈』의 주인공 레오폴드 블룸의 정신을 일종의 활동사진으로 규정함으로써 블룸의 내적 독백을 몽타주 효과와 유사한 것으로 간파하고 있다.

> 이 활동사진은 꾸밈없이 커팅 되고 조심스럽게 편집됨으로써 깜박거리는 감정, 관찰의 앵글과 회상의 플래시백을 강조한다. 『율리시즈』는 다른 어떤 소설보다도 영화와 많은 공통점을 가지고 있다. 조이스 특유의 스타일의 움직임과 등장인물의 생각은 마치 상영되지 않은 영화와 같다. 그의 구성 방법과 소설 원 재료의 배열은 몽타주의 결정적인 작용을 수반한다.[232]

레빈의 설명처럼 커팅과 편집은 몽타주 효과를 내기 위한 것이다. 조이스는 영화기법이 생각의 과정을 상징하게 될 수 있다는 점을 본 것이다. 이것은 기존의 서사지

---

[229] Thomas Burkdall, p. 31.
[230] James Joyce, *Critical Writings of James Joyce*, p. 45.
[231] Thomas Burkdall, p. 34.
[232] Harry Levin, *James Joyce: A Critical Introduction.* New York: New Directions, 1960. p. 88.

표로서 서사 전환의 연속보다도 장면과 장면 또는 시퀀스, 단편적인 의미 조각, 일상의 편린 등을 병치하여 이들 사이의 비교와 연상, 충돌과 대립을 시도한 것을 의미한다. 조이스는 단일 관점이나 논리 중심의 플롯을 배격하고 다변화된 관점과 주변 일상의 단편적인 조각들의 큐비즘적 구성을 채택한 것이다.

제임스 조이스와 몽타주 언어

지금까지 조이스가 영화적 몽타주 기법에 보인 관심과 열정을 에이젠슈테인과의 관계를 포함해서 다각도로 조망해보았다. 이제 형식적인 측면에서 그의 작품 속에 나타난 몽타주 기법의 특성과 그 의미를 살펴보자. 우선적으로 눈의 띄는 것은 장면과 장면의 시퀀스의 병치에서 발생하는 몽타주를 들 수 있을 것이다. 시퀀스는 고립된 각 장면보다도 두 사물의 병치로부터 새로운 의미를 만들어내고, 그래서 두 사물의 병치가 두 개의 합이 아니라 새로운 실체를 만들어낸다는 점에서,233 이것은 에이젠슈테인이 말하는 인력 몽타주라 할 수 있다. 인력 몽타주는 보통 소설이나 영화에서 연속적인 장면이나 부분의 나열 병치를 뜻한다. 『율리시즈』에서 찾아볼 수 있는 가장 일관된 인력 몽타주의 예는 각 에피소드와 오디세이 사이의 대비라 할 수 있다. 이것은 식민도시 더블린의 현재와 신화 사이의 병치를 통해 연상된 이미지의 충돌과 대립에 기초한 몽타주인 것이다.

이밖에 『율리시즈』의 개별 에피소드 가운데 몇 가지 다른 예를 살펴보자. 「아이올로스」 에피소드에서 사용된 헤드라인의 병치는 『율리시즈』에서 살펴볼 수 있는 대표적인 인력 몽타주이다. 헤드라인은 모순과 사설, 그리고 다른 관계에 대한 논

---

233 로버트 리차드슨, 51쪽.

평을 제공하면서, 병치되는 주변 텍스트에 대해 다양한 관계를 가진다. 「배회하는 바위들」은 19개의 이질적인 섹션이 병치되어 있는 반면, 「키클롭스」는 익명의 서술화자의 일인칭 서술과 이질적인 삽입서술이 혼재混在되어 있다는 점이 매우 특징적이다. 「태양신의 황소」에서는 다양한 문체의 몽타주를 볼 수 있다. 이에 비해, 「이타카」의 문체는 문학적인 문체로 보기에는 거리가 먼 것으로서 일체의 인간적 감정도 배제된 채 마치 범인의 심문에 가까운 차가운 질의와 수동적 답변이 기계적으로 나열되어 있을 뿐이다. 여기에는 어떠한 플롯이나 서술시간, 공간, 인물도 없는 그야말로 파편화 된, 그러나 논리에 바탕을 둔 합리적 질의와 답변의 의미 조각의 충돌만이 남게 되는데, 이것은 독자가 내면의 의미를 도출해야 하는 질의와 답변의 병치인 것이다.

앞서 설명한 것처럼 조이스의 내적독백은 기본적으로 등장인물들의 의식을 통한 현재와 과거, 현실과 꿈의 왕복과 병치가 있더라도 현재 상황에 의해 촉발된 기억 혹은 이미지가 연속적으로 묘사된다는 측면에서 기본적으로 인력 몽타주의 범주에 속한다. 그런데 문제는 동시성에 있다. 현재의 대상 혹은 상황에 관한 생각은 영화에서는 몽타주로 묘사될 수 있는데 비해, 소설에서는 몽타주를 닮은 어떤 것으로 묘사될 수밖에 없다. 영화의 몽타주가 기본적으로 시각적인 사진을 다루는데 비해, 소설은 청각적인 어휘를 다루기에 장면의 연출이 영화에서 기대할 수 있는 동시성에 상응하는 신속한 효과를 기대할 수 없다는데 그 한계가 있는 것이다. 페이지 위에 연속적으로 배열되고 읽히는 어휘의 속성과 한계 때문에 소설은 음향과 영상의 병치와 충돌을 통해 얻을 수 있는 이른바 동시적 몽타주의 효과를 충분히 살릴 수가 없다. 예를 들어 『율리시즈』의 「레스트리고니언」 에피소드에 나오는 버튼 음식점의 이른바 "더럽게 먹는 사람들"에 대한 장면과 이를 각색한 조셉 스트릭 Joseph Strick 감독이 만든 영화 장면 사이를 비교해보자(U 8.650-703). 소설은 이들

에 대한 묘사와 블룸의 반응이 비교적 빠른 속도로 제시되고 있지만 영화에서 찾아
볼 수 있는 것처럼 사운드트랙과 영상을 통한 더러운 음식점 사람들에 대한 묘사와
블룸의 반응을 말 그대로 한눈에 파악하는 데는 아무래도 본질적인 한계가 있을 수
밖에 없다. 그렇지만 블룸이 레스토랑에 들어서고 사람들이 음식을 씹고 삼기고 입
술을 다시고 소리 내어 들이키는 부자연스러운 시끄러운 소리를 듣게 되고 그리고
나서 불쾌한 감정 속에 문을 닫고 그 자리를 떠나는 장면에 이르기까지 이를테면
청각적 공간 내에서 다각도로 카메라에 포착된 시각적 경험을 동시적 몽타주로 표
현하고 있는 이 장면은 영화적인 구축의 원리를 문학 텍스트에 구현한 가장 탁월한
예라 아니할 수 없다.[234]

조이스의 몽타주 언어는 우선 낱말과 낱말의 결합 단계에서부터 출발하고 있다.
이 점은 조이스가 예술 창조 과정에 있어서 독자/관객의 적극적인 참여와 개입은
필수적일 뿐만 아니라 예술 창조 과정에서 낱말이 갖고 있는 낡은 외연의 껍질은
부적절한 것이기 때문에 글로 쓰이는 언어는 낱말 단계에서부터 재창조되고, 재결
합되고, 재처리되어야 할 필요가 있다고 보고 있는 사실에 바탕을 둔 것이다.[235]
복합어는 낱말의 결합 · 병치를 통해 유발되는 새로운 이미지와 개념을 생성한다
는 점에서 기본적으로 몽타주의 특질을 지니고 있기 때문이다. 그의 몽타주 언어는
『더블린 사람들』에서부터 『피네간의 경야』에 이르기까지 초기의 단순한 낱말의
결합 · 충돌을 넘어 점차 몽타주적 융합을 지향하면서 궁극적으로 지적 개념의 충
돌을 통해 독자에게 예술적 지각의 과정의 일환으로 작용한다. 먼저 『더블린사람
들』을 살펴보자. 각 작품에 나오는 대부분의 복합 명사와 복합 형용사는 하이픈이

---

[234] 특히 이 장면은 버크달의 설명에 따르면 인간과 동물의 먹는 장면을 교차 편집하여 몽타주로 보여주고
있는 발터 루트만의 영화 『베를린』(1927)에 나오는 점심 장면과 매우 유사하다는 것은 시사하는 바
가 크다. Thomas Burkdall, p. 43.

[235] William Costanzo, p. 178.

붙어있음을 알 수 있다. 「뜻밖의 만남」에서 아이들이 들판에서 우연히 만나는 어떤 한 남자가 초라하게 입고 있는 "푸르스름한 검정 양복"a suit of greenish-black(D 24)이라든지, 「짝패들」에서 팔씨름에서 진 후 분한 듯 더욱 검어지는 패링턴의 "까만 포도주 빛 얼굴"dark wine-coloured face(D 96)과 「진흙」에서 마리아가 갖고 있는 "회색 빛 푸른 눈"grey-green eyes(D 101) 등과 같은 묘사에서 알 수 있듯이 배타적인 낱말과 낱말의 결합·병치는 전혀 새로운 의미와 이미지를 생성하는 가운데 사물에 대한 보다 새롭고 정확한 묘사의 차원을 가능하게 하는 것이다.

그러나 『젊은 예술가의 초상』과 『율리시즈』에서는 『더블린 사람들』과는 달리 하이픈이 없는 낱말과 낱말의 결합·병치를 볼 수 있다. 점차 조어에 가까운 낱말과 낱말의 완벽한 융합을 보여주고 있는 이 같은 복합어는 대상의 정확한 표현을 보다 가능하게 한다. 이것은 낱말의 단순한 결합 차원을 넘어선 융합의 단계에서 낱말과 낱말의 병치와 충돌을 통한 제 3의 묘사와 의미 생성을 위한 것이다. 예를 들어 『초상』의 제3장 첫 부분에서 "걸쭉한 밀가루 소스"flourfattened sauce는 배고픈 스티븐이 먹고 싶어 하는 고기수프 그 자체뿐만 아니라 음식의 상태까지도 생생하게 묘사하고 있다(P 102). 특히 제3장에서 스티븐의 "빳빳한 회록색 잡초"bristiling greygreen weeds(P 137)와 같은 지옥에 대한 비전은 단순히 하이픈을 없앤 것만으로도 두 색깔의 융합을 넘어 황폐한 현실의 지옥과 같은 실존적 상황을 환기시킨다.

『율리시즈』에서는 간접 화법에서 직접 내적 독백으로 이동하는 빈도가 높아짐에 따라 보다 파편화되고 다각적인 조어의 밀도와 의미를 찾아볼 수 있다. 이런 점에서 『율리시즈』의 복합어는 몽타주의 특질을 지니고 있다. 에이젠슈테인은 두 가지 주어진 요소들의 충돌에서부터 하나의 개념이 발생한다는 점에서 기본적으로 몽타주를 충돌로 간주한다. 에이젠슈타인은 예술과정에서 독자의 역할을 설명하는 가운데, 역동적으로 이해되는 예술 작품은 관객의 감정과 정신에서 이미지를 배열하는 과정이라고 주장하면서, 바로 이것을 진정으로 활력 있는 예술작품과 활력 없는 작품 사이를 구별하는 기준으로 삼고 있다. 이 지점에서 관객은 그것이 발생하는 과정 속으로 수동적으로 이끌리지 않고 주어진 창조의 극점이라는 재현된 결과를 받아들이게 된다는 것이다. 즉, 요소와 요소, 또는 낱말의 결합ᆞ충돌은 하나의 요소로는 표현할 수 없는 개념의 소통과 표현의 절제와 함축미를 동시에 가능하게 한다. 이를테면「텔레마코스」에피소드에서 스티븐이 "아일랜드 시인들을 위한 새로운 예술 색깔"로서 아일랜드 예술의 현 상황뿐만 아니라 시인의 세속성을 노골적으로 표현한 "코딱지 푸른빛"snotgreen(U 1.73),「스킬라와 카립디스」에피소드에서 베스트 씨Mr Best의 복잡한 감정을 담고 있는 "애수미"beautifulinsadness(U 9.735),「키르케」에서 블룸의 성격과 그가 처한 상황의 단면을 드러내기 위한 "비둘기 가슴을 하고, 심을 넣은"pigeonbreasted, bottleshouldered(U 15.3316), "따뜻한 장갑에, 엄마의 머플러를 두르고"warmgloved, mammamufflered(U 15.3333) 등과 같은 표현에서 알 수 있듯이, 낱말의 결합을 통한 이미지의 충돌은 하나의 요소로는 표현할 수 없는 창조적 개념의 표현을 가능하게 하는 것이다.

에이젠슈테인은 조이스의 내적 독백을 "엄격한 문학적 틀 내에서 탁월하게 제시한 경우"로 높게 평가하면서 향후 이것을 자신이 궁극적으로 추구한 지적 몽타주 형식의 토대로 삼았다는 점에 주목할 필요가 있다. 원래 에이젠슈테인이 주창한 지적 영화의 이론은 추상적인 개념을 최대한 간결하게 시각적으로 표상하기 위한 것으로서 기본적으로 표의문자의 원리에 바탕을 둔 것이다. 에이젠슈테인이 조이스를 높게 평가한 것은 조이스가 이와 유사한 효과를 거의 완벽하게 구현하고 있기 때문이다. 에이젠슈테인은 이것을 이른바 "주체와 객체 사이의 구별을 허무는 문학적 방법"이라고 불렀다. 궁극적으로 지적 영화의 완성 여부는 조이스적인 내적 독백을 완벽하게 영상으로 옮길 수 있는 능력에 달렸다고 그는 굳게 확신하고 있었

다.[236]

여기서 에이젠슈테인이 말하는 조이스적 내적 독백이란 감각적 사고와 이미지 연상에 바탕을 둔 주관적인 내적 독백을 가리킨다. 이것은 인물 개인의 마음속에 발생하는 인상과 생각, 그리고 객관적 상황을 병치하여 복잡한 양상을 담은 의식의 흐름을 연출하는 것을 말한다. 이때 소설 속의 상황은 3인칭 서술화자에 의해 묘사되거나 혹은 한 인물의 의식에서 매우 감각적이고 객관적으로 연출됨으로써 지적 정서의 갈등과 반응에 기초하여 정서적 감각적 효과, 이른바 질적 도약의 효과를 기대하게 한다. 이런 점에서 조이스의 내적 독백의 전략은 에이젠슈테인이 말하는 지적 몽타주 형식에 의해 재구성될 수 있는 것이다. 지적 몽타주는 그가 충돌 원리에 따라 구분한 몽타주의 다섯 단계 가운데 마지막 요소이다. 에이젠슈테인이 「몽타주의 방법론」에서 분류한 몽타주의 형식적 차원을 간단히 도표로 정리하면 다음과 같다.[237]

계량(metric) 몽타주	쇼트의 길이	동적
율동(rhythmic) 몽타주	쇼트의 (길이와) 내용	원시적 · 정서적
음조(tonal) 몽타주	쇼트의 지배적 정서(조명과 시각요소)	선율적 · 정서적
배음(overtonal) 몽타주	지배 음을 뒷받침하는 다양한 보조 음	긴장 · 진동
지적(intellectual) 몽타주	지적 정서의 갈등과 반응	사실과 현상의 핵심

지적 몽타주가 세부적으로 구분된 용어이긴 하지만 궁극적으로 종합적인 완성과 귀결로서 지적 몽타주를 추구하려는 에이젠슈테인의 의도가 내포되어 있다. 그러

---

[236] Ruth Perlmutter, p. 493.
[237] 세르게이 에이젠슈테인, 242-64쪽.

므로 조이스의 내적 독백은 동시적인 감각적 사고와 연상의 충돌과 대조에 바탕을 두고 있다는 점에서 동시적 몽타주의 관점과 가깝다고 볼 수 있다. 동시적 몽타주란 간단히 말해서 두 실체를 공동으로 제시하는 것이다.238 「텔레마코스」 에피소드에서 간단한 예를 들어보자. 마텔로 탑에서 우유배달 노파에 대한 스티븐의 의식의 흐름과 노파에 대한 3인칭 서술화자의 객관적 묘사가 번갈아 이루어지고 있는 장면은 현실 또는 과거의 객관적 현실 상황과 등장인물 개인의 주관적 의식(기억과 꿈)의 교차와 병치에 관련된 몽타주의 동시적 일면을 보여주는 일례이다. 몰리의 현재적 의식만을 투영하고 있는 『율리시즈』의 마지막 에피소드인 「페넬로페」는 현재의 물리적 상황 과거적 기억을 투영하는 현재적 의식의 흐름, 그리고 과거적 기억의 연상의 동시적 진행을 연출하고 있다. 이를테면 헛배가 부른 블룸의 생리적 현상 혹은 기차의 기적소리와 차임벨 소리는 몰리의 마음속에서 생성되는 주관적 생각의 연상을 자극하는 객관적인 발생으로서 몰리의 의식을 통해 연출되는 대표적인 순간들이다. 이밖에도 시제가 포함된 복잡한 내적독백을 표현한다든지, 의식에 투영된 기억과 환상을 현재 시제를 통해 일관성 있게 표출하는 것은 그의 소설에서 찾아볼 수 있는 동시적 몽타주의 일면으로 볼 수 있을 것이다.

▎「배회하는 바위들」의 몽타주 시학

조이스의 몽타주 시학의 일면을 특징적으로 잘 보여주고 있는 동시적 몽타주의 여러 양상을 『율리시즈』의 「배회하는 바위들」 에피소드를 통해 좀 더 구체적으로 살펴보자. 「배회하는 바위들」 에피소드는 각기 다른 장면을 다루는 19개의 섹션

---

238 레이몬드 스포티스우드, 『영화의 문법』 김소동 옮김. 집문당, 2001. 226쪽.

이 병치되어 있다. 「배회하는 바위들」은 『율리시즈』에서 블룸이나 스티븐보다는 더블린의 거리 풍경에 초점을 맞추어 도시 자체를 좀 더 충분히 작품 속에 끌어들이고 있는 대표적인 에피소드로서, 각 섹션마다 서로 다른 서술화자와 서술시점이 채택되어 있는 특이한 에피소드이다.[239] 영화의 인력 몽타주가 등장인물의 의식과는 상관없이 장면을 병치하는 것이 일반적이라면, 여기서는 등장인물의 의식에 발생하는 병치를 통한 장면과 장면의 충돌과 대립에 기초한 몽타주를 통해 독자/관객의 지성적 · 감성적 효과를 노리고 있는 것이 주목할 만하다. 먼저 블룸과 스티븐을 비롯하여 콘미, 보일란, 미스 던, 맥코이, 커난, 패트릭 디그넘과 같은 개별 인물의 내면 의식을 통한 몽타주와 섹션의 병치를 찾아볼 수 있다.

다음으로 캐릭터의 의식에서 파생된 몽타주가 아닌 외부 장면의 병치에서 파생된 몽타주가 있다. 이들 몽타주는 주제와 관련된 일련의 시퀀스를 구축함으로써 식민도시 더블린의 일상에 내포된 여러 어두운 문제점을 예증한다. 또한 각 섹션에서 외부 장면의 유입에 의해 도입된 시간과 장소의 강조는 거리 산책자로서 주변 인물과 역사 · 현실의 사건을 문맥적 · 인유적 대비를 통해 연결하게 한다. 심지어 표면적으로는 이질적이고 비논리적인 섹션의 나열로 여겨지는 에피소드의 구성과 질서를 통해서도 몽타주적 의미 질서의 효과를 거두고 있다. 서술화자는 대상과 작중 인물을 통해 다양한 섹션을 연계한다. 이때 대상은 몽타주를 포함한 장면 사이의 전환 수단으로 사용된다. 시간적 순서를 위한 섹션과 섹션의 연계, 대상과 대상의 연계, 이미지와 이미지의 연계는 궁극적으로 몽타주적 대비와 충돌을 통한 새로운 지적 개념의 창출을 위한 것이다. 이를테면 콘미 신부와 총독을 비롯한 인물들은 에피소드의 처음부터 끝까지 에피소드의 안과 밖을 관류하여 교차 · 반복하여 비

---

[239] 리차드 엘만, 864-865쪽.

취지면서 전개된다. 이 같은 점은 비단 이들 뿐만이 아니라 에피소드에 나오는 외다리 수병, 카셸 보일 오코너 피츠모리스 티스덜 파렐, 풋내기 장님을 망라한 거의 모든 주변적인 인물들과 사물(이를테면 "엘리아 종이 삐라") 심지어 당대 화제 거리가 된 뉴스(이를테면 "뉴욕의 몸서리처지는 대 참사")와 광고(이를테면 "유진 스트레턴의 광고 게시판")에 이르기까지 모든 것이 해당되는 것이다. 이질적이고 낯설어 보이지만 너무나 익숙한 일상의 큐비즘적 요소들이 에피소드에 반복 채택되어 혼재混在되고, 여러 장면에 걸쳐 이들 요소를 상호 참조하고 대비하는 것은 동시 발생의 몽타주 효과로서 두 가지 다른 행위의 시간적 동시화를 부여하려는 것이자 운율과 연상, 그리고 지적 갈등과 반응의 복합적인 효과를 창출하기 위한 것이다.

이번엔 에피소드에 나오는 여러 모티프 가운데 자선 모티프의 관점에서 몽타주 장면과 시퀀스의 전개를 부분적으로 살펴보자. 섹션 1에서 콘미 신부는 마틴 커닝햄의 요청으로 죽은 패디 디그넘의 아들인 패트릭 디그넘을 도우러 가고 있는 중이다. 그의 자선은 순수한 의도에서 비롯된 것이 아니라 커닝햄이 "전도 시에 유익한 인물"(U 10.5-6)이기 때문이라는 어떤 정치적 의도가 숨어있다. 그는 노드 스트랜드 가를 따라 걷다가 그로건 담배 가게를 지날 때 뉴욕 항에서 일어난 증기선 제너럴 슬로컴General Slocum 호 화재 참사의 뉴스 보도를 접하면서 그의 내면 의식은 저들이 "아무런 준비도 없이 죽다니 불행한 사람들"이며 "심히 뉘우쳐야 할 행동"이라고 생각한다(U 10.89-92). 그리고 흑인 흉내를 내는 백인 코미디언 유진 스트래튼의 광고 포스터를 보고 나서는 수백만 명의 흑인과 갈색인 그리고 황색인 영혼들의 운명에 대한 생각으로 이어지다가 급기야 그의 의식은 "그들 모두가 사라지고 마는, 말하자면, 일종의 폐물이 되고 말 것이라는 생각"으로 연결되면서 그들의 운명은 "콘미 신부에게는 참으로 애석한 일처럼 여겨졌다"는 것이다(U 10.141-52). 그러나 정작 동냥을 청하는 외다리 수병에게 자선을 베풀어야 할 때, 콘미 신부의 지갑은 굳게 닫힌다(U 10.7-16). 이 장면은 섹션 2와 3에서 몰리의 것으로 추정되는 팔 하나가 "이클레스 가의 창문으로부터" 동전 한 닢을 떨어뜨려 주는 자선 행위뿐만 아니라(U 10.222-223, 253), 길바닥에 떨어진 동전을 주어 외다리 수병에게 가져다주는 아이들의 행위와 극명히 대비된다.

섹션 4는 책을 저당 잡히고 구호를 받아야할 만큼 곤궁한 스티븐 디덜러스의 집안 모습이 몽타주 시퀀스로 비춰진다. 부디 디덜러스와 케이티 디덜러스가 집안에서 먹을 것을 찾느라 분주한 모습을 보일 때, 매기는 메리 패트릭 수녀가 자선을 위해 두고 간 완두콩 수프를 접시에 덜어준다. 배고픈 자신들의 처지에 대해 부디는 "하늘에 계시지 않는 우리 아버지"(U 10.291)라고까지 말하면서 아버지를 비난할 때 서사 카메라는 리피 강을 떠내려가는 "한 척의 조각배 같은, 구겨진 종이 삐라, 엘리야"를 대비적으로 비춘다.[240] 아이들이 사이먼에 대해 불신을 갖고 있는 것은 기본 몽타주 점프를 통한 섹션 11의 장면에서 잘 드러난다. 먹을 것을 구할 돈을 조르는 딸 딜리에게 술에 취한 상태에서 "그리스도가 유태인들을 두고 떠났듯이"(U 10.697-699) 가족을 떠나겠다고 위협하면서 악담을 퍼붓는 모습을 보여주기도 한다. 그렇지만 돈 한 푼 없어 아이들을 실망시키는 사이먼은 정작 고리대금업자 루벤 도드Reuben J. Dodd로부터 카울리 신부를 돕는 의리를 보여주기도 한다. 또한 아버지를 졸라 가까스로 받아낸 돈으로 딜리는 먹을 것을 사고 남은 돈으로 길에서 프랑스어 교본을 산다. 이를 목격한 스티븐은 책을 사서 프랑스어를 배우려는 딜리의 마음을 이해하지만, 실상은 딜리를 비롯한 그의 여동생들은 먹을 것을 구하기 위해 스티븐의 책을 저당 잡힌 적이 있을 뿐만 아니라, 결과적으로 딜리의 행동은 배고픈 식구들로부터 먹을 것을 빼앗은 셈이 된 것이다.

---

[240] 이 엘리아 포교 삐라는 「레스트리고니언」 에피소드에서 블룸이 YMCA 소속 청년에게서 받아 나중에 오코넬 다리 아래 강으로 던진 것이다(U 8.13, 15, 57-58).

비참한 곤궁에 시달리는 딜리 자매의 처지는 섹션 18에서 "일 파운드 반의 포크 스테이크를 주물럭거리며 빈둥거리며" 거리를 지나가는 패트릭 디그넘이 처한 현실적 상황과 대비된다. 그가 들고 있는 일 파운드 반의 포크스테이크는 상대적으로 풍요로움의 시각적 이미지를 연출한 것으로서 먹을 것이 부족해 매리 패트릭 수녀가 구호 차원에서 갖다 준 완두콩 수프로 허기를 채우는 디덜러스 자매들의 궁핍한 상황과 충돌하는 대비적 이미지인 것이다. 패트릭 디그넘은 포크 스테이크를 들고 위클로우 골목길을 지나 마담 도일 점의 진열장에 붙은 권투시합 광고를 보면서 "엄마를 속여"(U 10.1137) 권투 시합을 보러갈 궁리를 하기도 하고 사람들이 상복을 입은 자신의 모습을 보고 그가 상중에 있는지 눈치 챌까 궁금해 하기도 한다. 아버지가 없는 디그넘이 보여주는 상대적인 풍요로움의 이미지는 아버지가 있음에도 불구하고 오빠 스티븐의 책을 저당 잡혀야할 만큼 궁핍한 상태에 있는 딜리 자매의 상황과 대비되면서 더블린 사회가 안고 있는 어두운 식민 현실과 모순된 정신을 비춰주고 있다.

이런 점을 두고 볼 때 조이스의 몽타주 시학이 갖는 의미를 역사적·정치적 맥락에서 간략히 검토해볼 필요가 있다. 기본스에 따르면 『율리시즈』가 전통적인 서사 진행을 거부하고 비연속적 세부 묘사에 집착하며 의식의 흐름을 활성화하는 꿈의 이미지를 병치하는 영화적 기법을 구사하고 있는 그 밑바탕에는 아일랜드 역사를 외부적 충격이 연속적으로 점철된 역사로 보고 있는 조이스의 역사의식이 깔려 있다는 것이다.[241] 이것은 에이젠슈테인이 자신의 몽타주 이론을 영화 이미지들 사이와 내부의 충돌과 갈등의 체계로 파악하고 발전시킨 것과도 일맥상통한다. 그러므로 기본스는 다다의 기호학적 사보타지 형식이나 에이젠슈테인의 몽타주 시학

---

[241] Luke Gibbons, *Transformations in Irish Culture*, Notre Dame: University of Notre Dame Press, 1996, p. 166.

과 마찬가지로 조이스의 소설 기법은 축적된 전통의 습관과 무기력한 낡은 질서에서 탈피하기 위한 것이라고 주장한다.[242] 실제로 조이스는 아일랜드 문예부흥을 주도하던 예술가들과는 달리 아일랜드 예술과 문화에 대해 어떤 낭만적 환상도 갖고 있지 않았으며 끊어진 역사의 맥을 잇고 고대 아일랜드의 정체성을 위한 목적에서 타락 이전의 아일랜드 역사를 회복하려고 시도하지도 않았다. 조이스의 주장은 다음과 같다.

> 우리의 문명은 광대한 천이다. 매우 다양한 요소들이 섞여있는 천인 것이다. 북방의 침략과 로마의 법, 새로운 부르주아 규범과 시리아 종교의 잔재가 한데 얽혀있는 천이다. 이 같은 천 속에서, 다른 실을 거치지 않고 순수하고 깨끗한 상태로 남아있는 실을 찾는다는 것은 부질없는 짓에 불과하다.[243]

기본스는 이 같은 조이스의 글이 다름 아닌 몽타주의 언어라고 주장하면서 이것은 조이스가 자신을 비롯한 민족의 정체성을 서로 다른 것이 병치되고 뒤섞여 있는 존재로 보는 가운데 그가 추구한 몽타주 시학의 의미를 뒷받침하는 것이라고 주장한다. 아일랜드의 역사와 정치, 그리고 문화는 오랜 세월동안 외세의 침탈에 시달려온 것은 잘 알려진 사실이다. 공교롭게도 조이스가 『율리시즈』를 쓰고 있던 1914년에서 21년까지의 기간은 더블린에서 영국에 맞선 반 식민주의 투쟁이 치열하게 전개되고 있던 시절이었으며, 1916년 부활절 봉기 때에는 더블린 리피 강을 거슬러 올라온 영국 군함의 시가지 폭격을 비롯한 무자비한 폭동 진압 과정 속에서 더블린의 도심 풍경은 폐허 그 자체나 다름이 없었다.[244] 텍스트는 정치적·역사적

---

[242] Ibid, p. 167.
[243] Ibid, p. 167. 재인용.
[244] 이를 반영하듯, 『율리시즈』는 1904년을 시간적 배경으로 하고 있으면서도 텍스트의 곳곳에서 1916년

상황과 결코 무관할 수 없다는 점을 비추어볼 때, 이 같은 사실은 조이스의 몽타주 시학을 역사적 정치적 맥락에서 이해하는데 있어 중요한 단서가 되고 있다. 식민 억압의 극치로서 더블린의 파괴와 폐허가 남겨놓은 기억의 악몽과 상흔은, 카프카와 피카소가 그랬듯이, 조이스에게는 식민 근대의 거리 풍경으로 특징지어질 수 있는 강렬한 도시적 아노미의 현상으로 텍스트 속에 각인된 것이다.

결과적으로, 텍스트에 남은 것은 패트릭 디그넘과 디덜러스 자매를 비롯하여 도서관 앞을 맴도는 사람들, 더블린 정청 앞의 호출계, 외다리 수병, 반쯤 정신이 나간 카셀 보일 오코너 티스덜 파렐, 벤 돌라드, 풋내기 장님 소년, 그리고 총독의 행렬 주변에 모인 더블린 사람들 등등과 같이 중심과 권력의 주변을 맴돌고 거리를 배회하는 더블린 하층민의 몽타주적 군상과 그 주변성이다. 중심에서 유리된 채 거리의 주변성을 부여받은 이들은 자신의 현 위치나 처지 그리고 상황을 전혀 인식하지 못하는 정신적 마비의 사람들로서 이들은 권력의 주체와 중심의 이미지와 충돌하는 몽타주 시퀀스로 제시된다.

그러나 복잡하고 무수한 이름과 지명의 세밀화에서 알 수 있듯이 그들만이 알고 있는 현실의 미로, 거리의 미로 혹은 토굴에 담겨 있는 은밀한 실상과 지식들, 『율리시즈』가 담고 있는 것은 바로 이러한 토굴의 의식과 지식을 일깨우는 몽타주이다. 조이스는 이들 거리 산책자의 눈을 통해 식민 도시의 일상 풍경을 극단적 세밀화를 통한 장면과 장면, 또는 부분과 부분의 대비와 충돌의 몽타주로 제시하는 냉

부활절 봉기를 인유하는 여러 가지 이미지를 찾아볼 수 있다. 이를테면 "미키 한론의 생선가게"(U 8.891)는 부활절 봉기에서 끝까지 버티고 싸우던 더블린 시민들이 마지막으로 항복했던 장소였으며, 영국군의 무자비한 더블린 시가 폭격을 스코틀랜드 민요와 성서에 나오는 구절에 빗대어 "불타는 더블린과 치솟는 유황의 불길"(U 15.4660-1)로 묘사하고 있다. 특히, 아일랜드의 자치가 영국의 위협이 될 것이란 영국의 우려는 버나드 쇼의 작품 속 구절을 통해 "영국의 아킬레스의 발뒤꿈치 격인 아일랜드"(U 16.1003)로 인유되고 있다. Enda Duffy, *The Subaltern* Ulysses. Minneapolis: U of Minnesota P, 1994, p. 37.

혹한 생략과 재현의 전략을 구사한다. 이런 맥락에서 조이스의 몽타주는 폐허로 남은 식민 현실의 분열된 심리적 상흔의 증거이자 근대적 악몽과 징후의 기호학적 장치로 읽을 수 있을 것이다.

6.

식민주의와 일상의 근대성:
「세이렌」

▌머리말

『율리시즈』의 11번째 에피소드인 「세이렌」은 시간상 1904년 6월 16일 오후 4

시경부터 약 한 시간 동안 더블린의 중심부에 있는 부두지역의 거리와 오먼드 호텔

의 레스토랑과 바에서 일어난 일을 다루고 있다. 먼저 에피소드의 내용을 간단히

살펴보자. 에피소드의 서사전환은 오먼드 호텔에서 두 명의 여급이 밖의 부두를 따

라 지나가는 총독 행렬에 대해 이야기하고 있을 때 이루어진다. 때마침 사이먼 디

덜러스가 호텔로 들어오고, 블룸은 부두를 따라 걸어와서 데일리 문방구에서 2펜

스짜리 공책을 사고 오다가 그라탄 다리 위로 보일란Boylan이 걸어오는 것을 보게

된다. 보일란은 레너헌Lenehan을 만나러 오먼드 바에 들어간다. 블룸도 같은 호텔 식당에 들러 스티븐의 외숙부 리치 고울딩Richie Goulding과 함께 식사를 한다. 잠시 후, 보일란은 몰리Molly를 만나기 위해 급히 떠나고 사이먼과 그의 친구들이 피아노 주변에 모여든다. 이때 블룸은 바에서 이들이 노래하며 떠드는 소리에 귀를 기울인 다. 벤 돌라드Ben Dollad가 "까까머리 소년"The Croppy Boy을 열렬히 노래할 때 에피 소드는 절정에 이른다. 블룸은 이클레스Eccles 가에서 몰리를 만나러 가는 보일란 을 생각하고 헨리 플라워즈Henry Flowers란 이름으로 마사 클리포드Martha Clifford에 게 편지를 쓰면서 식당에서 흘러나오는 노래를 듣고 있다. 그는 노래가 끝나기 전 에 밖으로 걸어 나와 부두를 따라 걸어가면서 오먼드 가 16번지에 있는 라이오닐 마크Lionel Mark 골동품 점 창문에 걸려 있는 아일랜드의 민족운동가 로버트 에메트 Robert Emmet의 그림을 보고는 기분 좋게 방귀를 뀌며 걸어간다는 것이 이 에피소 드의 표면적인 줄거리이다. 1919년 초에 조이스가 본 에피소드를 쓰기 시작한 시 기는 영국으로부터 정치적 독립을 추구할 목적으로 아일랜드에서 게릴라식 독립전 쟁이 시작될 무렵이다.[245]

본 장은 「세이렌」 에피소드의 여러 장면 가운데 총독행렬과 오먼드 호텔의 두 여급, 그리고 벤 돌라드의 노래에 초점을 맞추어 식민 대도시 더블린의 일상과 소 비문화의 특성과 문제점을 제국주의적 호명, 소비적 호명, 민족주의적 호명의 맥락 에서 살펴볼 것이다.

---

[245] Enda Duffy, p. 90.

호명과 응답: 식민지 근대성과 소비문화

일반적으로, 모레티Franco Moretti를 비롯한 많은 비평가들이 『율리시즈』를 부르주아 모더니즘 소설로 평가하는 이유는 본 소설이 본질적으로 근대적 도시 경험을 다루고 있기 때문이다. 말하자면, 근대적 생활 세계로서 도시 생활의 체험과 같은 일상의 세계를 구체적이고 감각적으로 묘사하고 있다는 것이다. 특히 『율리시즈』의 여러 에피소드 가운데서도 「세이렌」은 더블린 대중문화의 일상을 가장 잘 반영하고 있는 에피소드라 할 수 있다. 「세이렌」은 조이스 자신이 "카논 풍의 푸가"246라고 불렸던 것처럼 정교한 푸가 형식의 서술 기법뿐만 아니라 당대 더블린에서 사람들에게 일상적으로 불리고 연주되던 수많은 대중가요와 음악에 관련된 언급으로 가득 차 있는 에피소드로 유명하다.

이 같은 점을 반영하듯 지금까지 「세이렌」에 대한 연구는 호머의 『오디세이』와의 대응에 주안점을 둔 신화 비평적 접근과 에피소드에 나타난 음악(성) 혹은 음악적 인유에 초점을 맞춘 논문들이 주류를 이루어 왔다.247 빠르고 경쾌하게 전개되는 서사시간과 몽타주를 통한 신속한 장면전환은 마치 영화를 보는듯한 착각을 하게 만든다. 에피소드에는 총독행렬이 지나가는 소리로서 "쇠 말굽 소리"와 "한 가닥 허스키의 통소 곡"을 비롯하여 가곡과 민요, 그리고 오페라 음악에 이르기까지 근대 더블린의 일상에서 들을 수 있는 온갖 인공적인 음이 에피소드의 처음부터 끝까지 등장한다. 특히 말발굽 소리는 에피소드 전체에 거쳐 메아리 또는 모티프처

---

246 리처드 엘만, 『제임스 조이스 1, 2』 전은경 옮김. 책세상, 2002, 878쪽.

247 Chris Ackerley, "'Tutto è sciolto': An Operatic Crux in the 'Sirens' Episode of James Joyce's *Ulysses*," *James Joyce Quarterly* 38.1 (2001), pp. 197-205; Zack Bowen, "Music as Comedy in Ulysses" in *Picking Up Airs*. Ed. Ruth H Bauerle. U of Illinois P, 1993. pp. 31-52; Zack Bowen, "The Bronzegold Sirensong: A Musical Analysis of the Sirens Episode in Joyce's *Ulysses*" in *Bloom's Old Sweet Song*. Gainsville: UP of Florida, 1995. pp. 25-76.

럼 반복해서 등장한다. 종국에는 아일랜드 민족주의자 로버트 에메트의 교수형 연설과 블룸의 생리적 배설이 묘하게 뒤섞이면서 끝을 맺고 있는데, 이들 요소는 에피소드를 휘감고 있는 사물화·상품화된 성적 비극의 향수적 분위기와 미묘하게 연계되어 있다.

에피소드의 서곡은 형식적 차원에서 언어의 기호를 순수 소리의 음악성으로 환원하고 있는 것이 특징이다. 많은 비평가들이 지적해온 것처럼, 서곡은 언어의 음악성을 살리고 있는 가운데, 자유연상과 기표의 조형성을 지닌 의식의 흐름의 기호를 통해 독특한 의식의 몽타주를 구성한다. 대략 28개의 서사적 파편으로 구성된 서곡은 표면적으로 서사성과 아무런 관련이 없는 것처럼 보이지만, 실제로 서곡이 지니고 있는 서사구조는 에피소드 전체의 서사와 동일하다. 이 점을 생각해볼 때 서곡의 서사는 처음부터 아예 존재하지 않는 것이 아니라 보다 순수한 시간성을 지닌 시퀀스로 환원하면서 다만 환유 차원의 기호로 존재한다.[248] 인위적이고 인공적인 스타일과 형태를 갖춘 「세이렌」의 서사는 마치 무비카메라가 움직이는 것처럼 호텔의 이 방 저 방을 오가며, 블룸과 호텔여급, 벤 돌라드, 그리고 이따금씩 피아노 조율사인 거리의 장님 젊은이를 번갈아 가며 초점을 맞춘다.[249]

에피소드의 서곡은 시간적으로 총독 행렬과 블룸이 리피 강변과 골동품 가게 진열장 앞을 지나가는 것과 동시에 전개된다. 에피소드가 전개될 때, 두 명의 호텔여급은 커튼이 쳐진 창문을 통해 마치 패션쇼를 보듯이 식민권력의 상징인 더블리 총독 일행이 지나가는 것을 지켜본다(U 11. 66-68). 블룸은 골동품 가게를 지나면서 가게에 진열된 상품들을 살펴본다. 서곡에서 구사되는 언어는 총독행렬의 화려한 의

---

[248] Jules Law, "Political Sirens" in Kimberly J. Devlin and Marilyn Reizbaum (eds.), *Ulysses: En-gendered Perspectives*, U of South Carolina P, 1999. p. 153.
[249] Enda Duffy, p. 89.

상이나 골동품 가게의 전시된 물건처럼 상품이 지니고 있는 사물화의 특성과 본질을 드러낸다.

이와 같은 서곡의 순수한 물적 특성은 스펙터클과 상품 진열의 차원에서 서곡뿐만 아니라 에피소드가 갖는 의미를 살펴볼 수 있게 하는 중요한 단서가 된다. 총독행렬을 통해 이 점을 살펴보자. 아일랜드 총독으로 부임한 더들리Dudley 경과 그의 부인을 태운 행렬은 피닉스Phoenix 공원을 출발하여 그라탄 다리와 대 운하를 비롯한 더블린 시내 여러 곳을 거친 후 펨브루크Pembroke 타운쉽의 머서 병원Mercer's Hospital에서 열리는 자선 바자회에 참석할 예정이다. 이미 「배회하는 바위들」 에피소드에서 등장하고 있는 총독행렬은 「세이렌」에서도 이어지고 있는 것이다. 「배회하는 바위들」의 마지막 섹션이 오먼드 주점과 호텔 밖의 서사 위치에서 총독행렬을 묘사하고 있다면, 「세이렌」은 주점의 창문을 통해 밖을 바라보는 주점 여급들의 시선을 통해 총독행렬을 그리고 있다. 이런 점에서 서곡은 두 번에 걸친 총독행렬의 묘사와 이에 대한 두 가지 시점을 잇는 연결고리가 된다.[250]

총독행렬은 웰링턴Wellington 기념탑이 세워져 있는 피닉스 공원, 더블린 정청, 아일랜드 은행, 트리니티 대학, 그리고 부유한 개신교도들이 모여 사는 펨브루크 타운쉽 등과 같이 영국의 아일랜드 식민 지배와 통치를 상징하는 주요 기념탑이나 시설이 들어서 있는 더블린 시내의 주요 지점을 관통해 지나간다. 더들리 경의 총독행렬은 1886년 2월에 있었던 애버딘Aberdeen경의 총독 행렬뿐만 아니라 1849년과 1900년에 빅토리아 여왕이 더블린을 방문했을 당시 있었던 여왕 행렬의 경로를 다시 한 번 반복하여 지나감으로써, 행렬 그 자체는 자연스럽게 식민지에 대한 제국의 통치를 새롭게 상기시키고 식민주체를 호명하는 스펙터클이 되고 있는 것이

---

[250] Jules Law, pp. 153-154.

다.[251]

이것은 행렬을 바라보는 오먼드 주점의 언급을 비롯한 더블린 사람들의 응시와 이들이 지닌 계급적 특성에 의해 총독행렬이 매우 정치적인 의미를 지닌 기표로 작용한다는 점에서 알 수 있다. 게다가 호머의 세이렌 요정에 상응하는 인물인 미나 케네디Mina Kennedy와 리디아 도우스Lydia Douce와 같은 오먼드 호텔 주점의 여급이 총독행렬에 던지는 응시는 이들 여급과 호텔 주점 내부의 아일랜드 남성들 사이에 설정된 욕망의 기표 관계와 유사하다는 아이러니로 인해 매우 복잡한 양상을 보여줌으로써 에피소드의 또 다른 정치적 맥락을 살피는 출발점이 된다. 이를테면 총독 부인과 아일랜드 여급 가운데 누가 과연 세이렌인가 하는 매우 복합적인 문제가 바로 그것이다.

이 문제와 관련하여 검토해볼 필요가 있는 것은 총독행렬과 이들을 응시하고 있는 아일랜드 여급 사이에 함축되어 있는 제국주의적 이데올로기의 호명관계라 할 수 있다. 알튀세에 따르면 "모든 이데올로기는 구체적인 개인들을 구체적인 주체들로 호명한다."[252] 호명을 받는다는 것, 부름을 받는다는 것, 나아가 부름에 응한다는 것은 주체가 된다는 것을 뜻하므로 개인은 호명 또는 부름의 대상이 자기에 관한 것이며 호명된 자 또는 호명한 대상이 바로 자기 자신이라는 사실을 알아차리게 된다.[253]

그렇지만 개인이 주체가 된다는 것은 자주적인 동시에 종속된다는 것을 의미하기 때문에 이것은 주체성과 종속성을 포괄하는 이중성을 지닌다. 개인은 주체의 명령에 자유롭게 종속되도록, 주체의 종속을 (자유롭게) 받아들이도록 (자유로운) 주

---

[251] Jules Law, p. 158; David Spurr, "Colonial Spaces in Joyce's Dublin." *James Joyce Quarterly* 37 (2000), p. 33.

[252] 루이 알튀세, 『아미엥에서의 주장』 김동수 역. 솔, 1991, 118쪽.

[253] 앞 책, 119쪽.

체로 호명된다. 그러므로 개인이 주체로 호명된다는 것은 오직 상위주체의 명령에 (자유롭게) 복종하기 위해서 (기꺼이) 자신의 종속성을 받아들이는 것을 뜻한다.[254] 동시에, "유일하고 절대적인 주체의 이름으로 개인을 주체로 호명하는 모든 이데올로기는 이중으로 반사적인 거울의 구조를 갖고 있으며 이 반사의 이중성은 이데올로기를 구성하고 그 기능을 보장한다."[255] 이데올로기는 주체들을 또 다른 주체로서 호명하는 것이다. 따라서 문화적으로 호명된 개인은 언어의 주체와 동일시함과 동시에 주체가 마련하는 사회적 맥락 속에 자신의 자리를 잡게 된다.[256]

이 점을 총독행렬의 스펙터클과 이를 바라보는 아일랜드 여급 사이에 적용하여 생각해보면 다음과 같은 문제 제기를 할 수 있을 것이다. 즉, 더블린을 관통하고 있는 총독 행렬의 스펙터클은 아일랜드의 여급을 비롯한 식민도시 더블린 하층민에 대해 제국이 줄 수 있는 이상적 이미지나 환상의 기능을 담당하는 이데올로기적 호명의 역할을 맡고 있다는 점이다. 알튀세에 따르면 이데올로기의 존재와 개인을 주체로 호명하는 일은 완전히 동일한 것이므로, 주체는 역사적 · 문화적으로 이상적인 이미지나 체현과 동일시를 통해 자신을 발현하기 때문에 처음부터 "항상, 이미" 이데올로기에 의해 호명된다.[257]

그러므로, 총독행렬에 대해 아일랜드 여급이 갖는 맥락 의미는 이들의 식민 근대성의 상징이라는 점뿐만 아니라 식민 도시의 일상에서 계급 구조의 유동성, 도시 군중, 그리고 특히 상품 대중문화와 관련하여 찾아볼 수 있다. 이들은 가정의 사적 경험을 상품화한 공간인 호텔의 주점에서 술과 욕망을 파는 인물로서 이미 자신들

---

[254] 앞 책, 127쪽.

[255] 앞 책, 125쪽.

[256] 박찬부, 「상징질서, 이데올로기, 그리고 주체의 문제: 라캉과 알튀세르」, 『영어영문학』 제47권 1호 (2001), 75쪽.

[257] 루이 알튀세, 『아미엥에서의 주장』, 120쪽.

의 몸이 소비상품이라는 점에서 넓은 의미의 매춘여성의 범주에 속한다. 이런 점에서 이들은 근대 신흥 부르주아 사회 질서 속에서 계층 간의 경계에서 이탈된 단층을 형성하게 된 특이한 계급 위치를 점한다고 볼 수 있다. 보들레르Charles Baudelaire에 따르면 매춘 여성은 근대 자본주의 대도시 파리가 낳은 본질적 추상이다. 파리와 같은 새로운 대도시가 낳고 도시 안에서 형성된 근대성의 신화를 가장 극명하게 보여준다는 점에서 근대성의 본질적 추상인 것이다. 따라서 매춘여성은 그 스스로가 판매원이자 상품이지만 소비자가 완전히 소유할 수 없는 모호한 상품인 자기 자신을 또 다른 소비자에게 끝없이 되팔 수 있다는 점에서, 매춘은 근대 상품 자본주의 내에서 자본순환의 객관적 상징이 된다. 어두운 근대의 산물로서 매춘여성은 근대의 일상을 가장 치열하게 재현하는 상징이 된 것이다.

나아가 이들 계층은 식민주의와 성의 맥락뿐만 아니라 식민 대도시 상품문화와 관련하여 매우 특별한 인유를 담고 있다. 여성의 몸 혹은 (보다 넓은 범주에서) 여성 그 자체는 가정과 민족의 타락과 부패 모두를 상징하는 기호로 작용한다는 점을 고려해 볼 때, 이들은 식민 타락 혹은 식민지 근대도시가 지닌 모호성을 그대로 드러내는 기호로 볼 수 있다. 이에 따라, 이들은 식민지 문화로 유입된 유럽의 근대성을 상징할 뿐만 아니라 어둡고 타락한 식민지의 상황을 그대로 인유한다. 즉, 근대 제국주의와 민족주의에 대한 아일랜드의 종속을 인유하는 복잡한 정치적 맥락이 바로 그것이다.

다음으로, 화려한 총독행렬의 스펙터클을 바라보는 이들의 응시와 관련하여 생각해보자. 사이렌 신화와 관련하여 민족 정체성의 성별화 문제를 함축하고 있다는 점에서 총독행렬은 이들과 관련한 매우 민감하고 복합적인 정치적 스펙터클을 연출한다. 총독행렬은 이미 「배회하는 바위들」의 끝 부분에서 지나가고 있는데, 이때 보일란이 재킷 주머니에 손을 넣고 입에 장미 송이를 문 채 행렬에 손을 흔드는

것도 잊고 행렬 마차를 타고 지나가고 있는 총독 부인을 비롯한 일행에 선망의 눈
길을 던지는 장면(U 10.1245-46)은 이데올로기적 호명문제와 관련하여 시사하는 바
가 크다. 보일란과 마찬가지로 더들리 총독과 그의 부인의 화려한 의상을 쳐다보고
그녀의 옷에 대해 부러움을 표출하는 동시에 욕망의 응시를 던지는 사람은 다른 아
닌 호텔 여급들이다. 이들은 블룸을 비롯한 아일랜드 남성 응시의 대상인 동시에
외부의 총독행렬과 주점내부의 대위법적 경계에 해당하는 창가에 앉아 외부의 총
독행렬을 바라보면서 더들리 총독부인과 그녀의 수행원이 연출하고 있는 제국의
세련된 패션과 소품에 담겨 있는 이국적인 분위기와 최신 경향을 아무런 저항 없이
적극적으로 수용하는 소비주체로 대표된다.

아일랜드 여급은 이미 에피소드 처음부터 "청동 색 머리카락"(U 11.01), "공단 같은
앞가슴"(U 11.08), "허벅다리"(U-11.18) 등에서 볼 수 있는 것처럼 지극히 환유적인 신
체의 일부로 조각난 채 사물화되어 표현되고 있을 뿐만 아니라 처음부터 여급-사이
렌은 이중으로 반사되고 있음을 주목할 필요가 있다. 주점에 설치된 커다란 거울로
인해 블룸을 비롯해 주점에 있는 대부분의 손님들은 어디서든 거울에 반사되어 중
첩된 이들의 이미지를 볼 수 있다(U 11.420-33). 때문에 총독행렬의 스펙터클에 반향
된 제국주의적 이데올로기에 호명된 주체로서 이들의 거울 심상은 철저히 남성적
욕망의 응시 대상으로 전도되어 고정된 채 이번엔 새로운 주체로서 아일랜드 남성
의 욕망의 시선을 호명하게 된다. 그러나 리디아 도우스가 잠깐 동안 창가로 다가
가서 잠시 보일란에게 관심을 보이는 것을 제외하고는 이들 여급은 남성 응시에 대
해 경시하는 태도를 보인다(U 11.240-46). 블룸을 비롯한 주점의 남성 손님들은 이들
사이렌이 보고 있는 것이 정확히 무엇인지 알 수 없다는 점에서 세이렌의 응시는
남성 응시에 대해서 불안의 순간으로 고정된 채 호명된다(U 11.94-96).

특히, 「세이렌」 에피소드는 『율리시즈』의 다른 어떤 에피소드보다도 낭만화의

조장과 향수 자극에 숨겨진 사물화의 이면을 잘 드러내고 있음에 주목해볼 필요가 있다. 근대성의 본질 가운데 한 가지가 로맨티시즘(의 허상)을 추방하는 것으로 본다면, 「세이렌」은 인공성과 사물화로 특정 지을 수 있는 상품문화의 소비와 관련한 일사의 근대성을 잘 보여주고 있다. 예를 들어 알콜 중독 환자 수감 시설인 "아이브아 흠"the Iveagh home에 수용되어 있는 벤 돌라드에 관한 이야기(U 11.1011-5)라든가, 블룸이 마사 클리포드에게 보내는 편지(U 11.865-73), 그리고 보일란과 몰리의 만남을 생각하면서 드러내는 블룸의 고독(U 11.865-11)에서 알 수 있듯이 이들 장면은 지나친 감상과 향수가 의도적일 만큼 잘 드러나 있는 대목이라 할 수 있다. 감수성과 향수의 카니발은 벤 돌라드가 오먼드 호텔 바에서 "까까머리 소년"을 부르는 장면에서 그 절정에 이른다.

듣는 사람의 정서적 감수성에 호소하는 이야기와 등장인물들의 태도는 시장의 소비 상품과 마찬가지로 대중적인 감상주의와 향수를 자극하기 위한 것이다. 이것은 소비상품과 소비자 사이에 설정되는 소비적 호명관계로서 검토해볼 필요가 있다. 에피소드에서 무수히 언급되고 있는 다양한 소비 상품을 통해 이 점을 구체적으로 살펴보자. 에피소드에는 당대 더블린에서 유통되고 있던 수많은 소비상품이 언급되고 있다. 이를테면 블룸이 마사 클리포드에게 답장을 쓸 때 사용하는 편지지와 호텔 여급 리디아 도우스가 해변휴양지에서 기념품으로 가져온 "끝이 뾰족한 꾸불꾸불한 소라 고동"(U 11.923-4)은 물론이고, 에피소드의 배경으로 설정된 오먼드 호텔과 주점은 근대사회의 인공적 특성을 단적으로 드러내는 대표적인 소비 상품이다. "파도의 찰싹거리는 소리, 소리높이, 묵묵하게 으르렁거리는 소리"(U 11.936)를 듣는데 사용되는 "소라고동"과 "조개껍질"에 불과하지만, 인위적인 가공과정을 거쳐 소비 시장에서 유통되는 감상적인 향수를 자극하는 기념품으로 치환된다. 이때 자연물 "조개껍질"은 상품화되어 욕망의 대상으로서 그 힘을 발휘한다는 점에서 근대 사회가 물신 사회임을 입증하는 좋은 예가 되고 있는 것이다.

이 같은 물신화는 조개껍질(자연물)이 하나의 기념품(인공물)으로 변환되는 자의적인 성격과 의식을 반영하는 것이다. 부르주아 가정을 상품화한 호텔과 주점도 마찬가지이다. 호텔과 주점은 17세기 이후 새롭게 등장한 공적 공간인 커피하우스처럼 전형적인 근대 사회의 한 산물이다. 일상의 사적 경험의 공간에서 공적 영역의 상품으로 치환된 호텔과 주점은 여흥과 오락의 공간이기도 하지만 개인의 일상을 관찰하고 정치적 사회적 맥락에서 다양하고 은밀한 공적 · 사적 정보와 문화가 교환되고 민족 이데올로기와 같은 이념의 선전과 유포가 이루어지는 곳으로 기능한다.258 한마디로 호텔과 주점은 「세이렌」에서 볼 수 있는 것처럼 이탈리아 오페라, 영국식 뮤직홀, 민족 발라드, 소문과 유머와 같은 다양하고 이질적인 대중문화가 집중되는 공간인 동시에 일상의 경험과 정보가 집중되는 공간으로서 근대 사회가 안고 있는 불안과 감시, 통제와 같은 근대성의 일면을 드러낸다.

식민 대도시에서 소비 상품이 지향하는 유토피아적 목적이 간단히 말해서 식민 공간에 제국의 완벽한 모사를 구현하는 것이라고 한다면, 오먼드 호텔과 주점은 "조개껍질"과 마찬가지로 자연경제에서 인공적인 소비경제로 치환된 더블린의 일상을 단적으로 보여주는 것이다. 식민지는 본국 정부와 마찬가지로 엄격한 중앙통제(혹은 중앙감시체제)가 식민 정부에 의해 실행되는 공간으로서 대중의 통제와 억압이 실행되는 곳이다. 이 점에서 병원, 수용소, 감옥, 대학은 보다 넓은 의미에서 제국주의 서사를 드러내는 스크린 알레고리로 기능한다는 점은 주목할 필요가 있다.259 식민지는 통치형태로서 중앙 감시 체제의 실행뿐만 아니라 본국 문화를

---

258 David Lloyd, "'*Dubliners*,' Masculinity, and Temperance Nationalism" in Derek Attridge and Marjorie Howes (eds.), *Semicolonial Joyce*. Cambridge: Cambridge UP, 2000, p. 139.

259 Gayatri Spivak, *In Other World: Essays in Cultural Politics*. London: Routledge, 1988, p. 210.

본뜬 상품 문화가 쏟아져 들어오는 소비 공간이다. 그렇지만 식민지에서는 소비적 쾌락의 광고 전략이나 감시 체제의 은밀한 강화 그 어느 것도 본국에서처럼 성공적일 수가 없다. 상품을 구매할 수 있는 돈이나 상품이 부족하기 때문이다. 이런 관점에서, 1904년 6월 16일 당시 식민 도시 더블린의 궁핍한 경제적 상황과 소비 상품을 구매할 수 없을 정도로 빈궁한 도시민의 삶의 현실 앞에서 상품 구매의 유토피아적 욕망과 궁핍한 삶의 현실 사이의 간격은 클 수밖에 없는 것이다. 그렇지만 이 같은 불균형에서 비롯된 차이는 역설적으로 더블린과 같은 식민 근대 도시의 일상에서 광고의 효용가치를 드러내는 점이기도 하다. 헬리스Hely's 문방구의 광고를 보고 떠올리는 블룸의 생각은 그 대표적인 경우이다.

> H.E.L.Y.S 위즈덤 헬리 상사. 뒤에 처져 걷고 있던 Y가 그의 앞가슴 광고판 밑으로 한 덩어리의 빵을 꺼내, 입속에 집어넣고, 걸어가면서 입을 우물거렸다. 우리들의 주식. 하루 1실링으로, 하수도를 따라, 이 거리에서 저 거리로, 걸어 다니는 것이다. 겨우 껍데기와 뼈를 보존할 정도지, 빵과 묽은 죽 정도로. 보일 상점의 사람들은 아냐. 맥글레이드 상점의 사람들이군. 게다가 장사가 잘 되지 않는 거다. 투명한 진열 마차에 두 날씬한 아가씨를 태워서 편지를 쓰게 하며, 복사지, 봉투, 흡묵지를 진열시키도록 내가 그에게 일러주었는데도. 그렇게 광고하면 틀림없이 잘 될 거야. 무엇인가 쓰고 있는 두 매력적인 아가씨는 이내 시선을 끌지. (U 8.126-34)

광고의 목적은 한 마디로 말해서 소비를 최대한 촉진하는 것이며 광고의 성공 여부는 상품 광고를 통해 얼마나 많은 수익을 얻는가에 달려있다. 광고를 한다는 것은 소비주체의 구매를 촉진하기 위해 지배 이데올로기를 전복하는 과정을 수반한다. 광고의 적극적 수용, 즉 물화의 과정을 통해 인간은 상품의 소비자로 전화되고 이러한 전화과정에서 소비란 곧 삶의 질을 의미하고 계급 모순이나 계급의 불평등은 의도적으로 은폐된다.[260] 그러나 소비상품이 시장에 나와 있음에도 불구하고 소비자가 구매할 수 없는 상화에서는 상품구매를 촉진하기 위해 상품의 교환 가치를 극대화할 수 있는 보다 효과적인 광고가 필요하게 된다. 예를 들어 「아이올로스」Aeolus 에피소드에서, 블룸이 광고에 어떤 정치적·사회적 이데올로기를 담기 위한 차원에서 아일랜드의 상황과 현실을 광고 속에 담아내려고 애를 쓰는 장면은 그 대표적인 경우로 볼 수 있다. 블룸은 알렉산더 키즈 상점의 광고를 위해 신문사 편집장에게 맨 섬Isle of Man 의회를 언급하며 열쇠를 엇갈리게 한 디자인을 설명하고 있는데 이것은 블룸이 지적하고 있는 것처럼 아일랜드 자치와 현실문제와 관련한 정치적 풍자가 되고 있는 것이다(U 7.141–63).

사실 『율리시즈』 전반에 걸쳐 소비에 관련된 행위는 순간적으로 아주 짧고 모호하게 텍스트 표면에 제시되어 있다. 이를테면 조개껍질이라든가, 블룸이 오코넬 다리의 난간에서 갈매기에게 던지는 밴버리 빵 부스러기, 몰리에게 사주고 싶어 하는 속옷 혹은 음식이나 음료 등이 바로 그것이다. 그렇지만 당시 식민 도시 더블린이 처한 극히 어려운 경제적 여건을 고려해볼 때 광고를 통해 상품 소비를 늘린다는 것, 다시 말해 광고의 소비적 호명은 사실상 불가능에 가깝다. 장님 피아노 조율사가 머메이드Mermaid 상표 담배를 선전하는 광고 포스터가 붙은 데일리 상점을 지나가는 장면은 이 같은 상황을 단적으로 보여주는 좋은 예이다. 그러므로 장님 젊은이의 눈먼 상태는 단순히 상품이 지닌 매력에 대한 식민지인의 무지몽매를 가리키는 차원을 넘어 당대 더블린의 어려운 경제적 식민 상황을 그린 것으로 보는 것이 타당하다.

눈먼, 한 풋내기 젊은이가, 탁탁 소리 나는 지팡이를 짚으면서 한 마리의 인어가

---

[260] 강명구, 『소비대중문화와 포스트모더니즘』 민음사, 1996, 26쪽.

그녀의 머리카락을 온통 풀고(그러나 그는 볼 수 없었다) 인어의 담배 연기를(장님은 볼 수 없었다), 무엇보다도 제일 시원한 인어의 담배 연기를, 훅훅 내뿜고 있는 데일리 상점의 창가를 탁탁 짚으면서 걸어갔다. (U 11.1234-6)

이와 같은 식민지 내의 광고는 오랫동안 서구 사회의 삶의 경험과 양상을 특징화한 보편적 사회 통제와 대중문화 형태가 실행되었음을 보여주는 단서가 된다. 사실상 식민지 문화에서 광고는 광고가 "불러 맞이하는" 호명의 대상인 원주민 소비자에게 그들이 감당할 능력 없는 소비를 강요하거나 촉진하기 위한 것이 목적이 아니라, 일단 상품과 소비 주체 사이에 의사소통의 기회와 통로를 제시하고 그들의 반응을 살피기 위한 것이다. 이런 점에서 장님 젊은이가 광고를 볼 수 없다는 것에 내재된 또 하나의 의미는 그가 제국의 소비 상품을 광고하는 사이렌의 호명에 대해 "맹목적으로" 저항하는 아일랜드적 오디세이의 한 일면을 담고 있다는 것으로서, 이것은 「배회하는 바위들」에서 보일란이 총독행렬의 사이렌에 대해 보여주는 마스트에 묶인 오디세이 역할(U 10.1242-46)과 대비되는 것으로 읽을 수 있다.

상품문화는 본질적으로 광고를 통해 구축되고 이 경우 광고는 상품 존재의 증거가 된다. 그러나 광고의 기능이 오로지 소비 이데올로기만을 제공해주는 것은 아니다. 광고가 지향하는 것은 있는 모습 그대로 자신을 완성시키고 행동 속에서 자아를 실현시키는 가운데 자신의 이미지와 동일시하는 소비주체의 표상이다.[261] 예를 들어 콘미Conmee 신부가 「배회하는 바위들」에서 안네슬리Annesley 다리의 광고 게시판에 붙어있는 흑인 분장 배우 유진 스트래턴Eugene Stratton의 음악당 출연 광고를 보면서 명상하는 장면을 보자. 광고는 산책자로서 콘미 신부의 시선과 연계된다.

---

[261] 앙리 르페브르, 『현대세계의 일상성』 박정자 역. 세계일보사, 1990, 138쪽.

콘미 신부는 흑인과 갈색인 그리고 황색인의 영혼들에 관하여 그리고 예수회의 성 베드로 클레이버에 관한 자신의 설교 및 아프리카 전도에 관하여 그리고 포교에 관하여 그리고 마치 밤중의 도둑놈처럼 그들 최후의 순간이 다가왔을 때 성수 세 례를 받지 않았던 수백만의 흑인과 갈색인 그리고 황색인들에 관하여 생각했다. . . . 그러나 그들도 하느님에 의하여 창조된, 하느님의 영혼이었다. 그들 모두가 사 라지고 마는, 말하자면, 일종의 폐물이 되고 말 것이라는 생각은 콘미 신부에게는 참으로 애석한 일처럼 여겨졌다. (U 10.141-52)

콘미 신부는 광고에 많은 관심을 보이지만, 그가 특히 관심을 가지는 부분은 다 름 아닌 흑인을 비롯한 유색인 이교도들의 개종이다. 백인의 아시아와 아프리카 선 교란 홉스봄Eric Hobsbawm이 설명하고 있는 것처럼 유럽의 제국주의적 진출의 또 다른 일면이다.[262] 그렇지만 지배자의 망토를 걸친 채 식민지 원주민의 개종과 전 도에 관심을 보이는 콘미 신부 자신은 지배자의 입장에선 기껏해야 유럽의 변방인 식민지 아일랜드 출신이라는 점에서 그가 보여주는 자비의 감정은 통렬한 아이러 니라 할 수 있다.

그러므로 원주민 소비주체의 관점에서 볼 때 식민 대도시의 광고는 소비의 촉진 을 위한 것이기도 하지만 실상은 억압 메커니즘의 일종이라는 점에 주목해야 한다. 이를테면 광고와 상품 그리고 연설에서 소비자, 구매자, 청중에게 호소 · 명령 · 지시의 서사 메커니즘을 살펴볼 수 있다. 벤 돌라드가 "까까머리 소년"을 부르는 장면을 살펴보자. "까까머리 소년"은 식민 억압의 필연성 때문에 식민 통치의 또 다른 일면과 대비된다. 이것은 노래가 제시하는 경고뿐만 아니라 호텔 안에서 경청 하는 모든 사람들의 반응에서 일깨워지는 요소로서 이 같은 효과는 상품광고의 효 과와 동일하다. 윌리엄 맥버니William McBurney가 지은 "까까머리 소년"은 1798년

---

[262] Eric Hobsbawm, *The Age of Empire: 1875-1914.* New York: Pantheon, 1987, p. 71.

폭동이 일어난 지 백주년이 되던 1898년 유행했던 많은 민중가요 가운데 하나였다.[263] 이 노래는 청년 아일랜드 단발당원(1798년의 아일랜드 폭도의 속칭)인 웩스포드Wexford 출신의 한 젊은이가 전투를 하러 가는 도중 사제관에 들러 폭동 때 부모형제를 잃은 후 죽은 어머니의 영전에 기도하지 못한 자신의 죄를 참회하고 고백하며 원수를 꼭 갚겠다고 결심한다는 내용을 담고 있다. 젊은이가 고백 성사를 끝낸 순간, 사제로 변장한 용병은 사제복을 벗어 던지고 자신의 정체를 드러낸다. 결국 젊은이는 체포된 후 끌려가서 처형된다.

이와 같은 내용의 "까까머리 소년"은 오먼드 바에 모인 더블린 청중의 감상적인 민족주의 정서에 호소하고 있다는 점에서 벤 돌라드가 부르는 노래는 또 하나의 세이렌의 호명으로 작용한다. 그가 노래를 부를 때 호텔은 조용해지고 모든 사람이 그의 노래에 귀를 기울인다. 호텔에서 노래를 듣는 모든 사람들은 기다림의 자세로 그 자리에 얼어붙게 된다. 여기서 기다림은 매우 중요한 의미가 들어있다. 명령의 기다림은 복종과 예속을 의미하기 때문이다.[264] "급사인 패트가 기다렸다, 귀담아 들으려고 기다리고 있었다, 왜냐하면 그는 문 곁에서 듣는 것이 힘들었기 때문이다"(U 11.671-2). 노래가 끝날 때, 다시 기다림의 시중이 시작된다: "도우스양이 시중 들려고 그녀의 장미를 가다듬었다."(U 11.1159)

민중가요로서 "까까머리 소년"이 제시하는 일차적인 교훈은 다음과 같다. 전쟁터로 가던 청년이 체포된 것은 자신의 길을 가던 도중에 멈추어 섰다는 실수를 저질렀기 때문이라는 것이다. 그런데 이것을 소비 담론의 맥락에서 대도시 주체화 과정의 실패를 담고 있는 인유로 다시 읽어보자. 일상의 소비상품과 시장, 그리고 돈이 지배하는 근대사회에서 소비자에 대한 광고 텍스트의 호명과 호명에 따른 억압

Don Gifford & Robert J. Seidman, p. 293.
[264] Enda Duffy, p. 87.

은 상호 일치한다고 보았을 때, 가던 길을 멈추고 노래에 귀를 기울이는 것은 상품의 응시 또는 소비의 기다림으로 다시 읽을 수 있다. 일상의 지배는 광고와 매체를 통하기 마련이다.

그렇다면 호명된다는 것은 어떤 의미일까? 호명되기 위해서는 필연적으로 입을 다물고 기다리는 과정을 거치게 되고 일시적이나마 침묵의 순간을 강요받는다.[265] 다름 아니라 명령을 (듣고) 기다리는 것이다. 근대 대도시 상품문화에서 거리 산책은 그것이 경제적 여유에서 비롯된 것이든 혹은 그렇지 않던 간에 자본주의 근대 일상의 경험으로서 산책자의 자기 반영의 체험에서 비롯되는 응시를 내포한다. 따라서 소비담론의 맥락에서 볼 때 자본주의 문화의 일상 경험으로서 도시 산책을 잠시 중단하고 가던 길을 멈추어 선다는 것은 산책의 과정을 방해받는다는 차원을 넘어 소비적 호명으로서 일상성의 통제와 종속을 의미하게 되는 것이다.

"까까머리 소년"의 예에서 알 수 있듯이 민족주의 이데올로기를 담고 있는 민중가요는 빅토리아조의 대도시 상품문화의 감수성을 표방하는 그 어떤 상품보다도 식민 사회의 소비 상품 문화에서 강력한 호소력을 지니면서 소비 대중으로서 청중이 지닌 낭만적 민족주의의 눈물샘과 향수를 자극하는 민족주의적 호명으로 치환되고 있음을 알 수 있다. 블룸이 오먼드 주점 안에서 보고 있는 것은 주점의 청중들이 "불쌍한 까까머리의 생각에 온통 넋을 잃었다"(U 11.1113)는 감상주의적인 장면이다. "까까머리 소년"은 이를테면 식민지 문화 공간 속에 자리 잡은 대중문화의 한 형식인 민중가요로서 반 식민주의 정서를 강하게 담고 있는 문화 텍스트이다. 그렇지만 단순히 식민 이전의 전통 문화에 바탕을 둔 민중가요가 아니다. 이것은 식민지 사회에서 교회의 사제와 같은 이른바 "권위 있고 믿을만한" 지배계층에게 마음을 터놓고

---

[265] Ibid.

자신이 알고 있는 많은 사실들을 털어놓는다는 것이 얼마나 위험한가를 경고하는 노래인 동시에 청중의 의식 밑바닥에 정서적으로 형성되어있는 반 식민주의적 공감에 깊이 호소하고 있는 민족주의적 호명을 담은 세이렌의 노래이기도 한 것이다.

그러므로 "까까머리 소년"은 식민시대의 경험을 노래한 민족 발라드이기도 하지만 감상적인 아일랜드 민족의 에토스를 담고 있는 소비 상품이자 식민소비의 서사라는 점에서 아일랜드 식민지에 뿌리내린 제국주의 상품문화의 산물에 대한 경고로도 볼 수 있다. 식민화의 과정에서 식민지를 제국의 상품 소비 시장으로 만드는 과정은 이미 예정된 것이므로, 식민지에서 일차적으로 조성되는 것은 소비의 환경이 아니라 오히려 광고와 같은 의사소통의 환경이다.

이런 점에서 "까까머리 소년"은 제국(권력주체)과 식민지 사이에 설정된 민감한 관계를 인유한다. 광고가 지향하는 소비의 즐거움을 알리는 역할에도 불구하고, 그것은 식민사회 원주민 주체의 관점에서 볼 때 함정이기 때문이다.[266] 광고는 지역인구를 제국의 상품문화의 소비자로 편입시키는 억압 장치로 작용할 수 있다는 또다른 식민화의 과정을 수행한다. 이것은 완벽한 문명사회와 세계를 창조하고 시혜를 베푼다는 유토피아적 미명 아래 제국주의 문화가 식민사회에 가하는 지역 통제의 합목적성과 동일한 것이다.

에피소드에서 드러나는 시각적 편차는 노래에 담긴 메시지가 배경을 통해 반영되고 있다는 점을 강조하기 위한 것이다. 이 점에서 소리굽쇠를 되찾으러 호텔로 들어오는 장님 피아노 조율사의 지팡이 짚는 소리가 인위적으로 텍스트에 규칙적으로 반복해서 들리는 것은 의미심장하다. 이를테면 지팡이 소리는 경고를 알리는 음울한 타악기 소리처럼 들르면서 한편으로는 폭도들을 소집하는 드럼소리를 연상

---

[266] Ibid, p. 86.

시킨다는 것이다.[267] 눈먼 조율사가 지팡이를 짚고 오먼드 주점으로 들어오는 것은 가짜 신부를 알아보지 못하고 사제관으로 들어선 까까머리 소년과 매우 유사하다는 점에서, 이것은 무릎을 꿇고 자신의 죄를 고백하는 "까까머리 소년"에 대한 일종의 패러디로 작용한다. 장님 피아노 조율사는 식민 상황에 저항하고 독립된 민족국가를 표방하는 맹목적 민족주의를 인유한다고 볼 수 있는 것이다. 그렇지만 그가 장님이라는 사실에 내재된 맹목성은 그 부정적인 의미에도 불구하고 식민 소비문화의 호명을 거부할 수 있게 함으로써 부분적으로 새로운 잠재적 독립을 표방하는 저항하는 민족주의적 탈식민 주체성을 담보하는 것으로 볼 수 있을 것이다.[268]

노래가 끝날 때쯤 블룸은 일어나서 이미 구입한 물건과 사야할 물건들을 떠올린 후(U 11.1127-9), 술집여급과 쓰레기 옆을 지나 호텔 밖으로 나온다(U 11.1134-6). 블룸은 음식 때문에 헛배가 부른 상태이고, "검은 밀짚 수병 모를 비스듬히 쓰고 얼굴을 찌푸린 매춘부"(U 11.1252)가 자신을 알아볼까 봐 한편으론 겁이 나면서도 호텔을 나와 거리에서 "라이오넬 마크의 골동품 점 진열장"에 전시된 많은 골동품 물건에 시선을 던진다(U 11.1261). 매춘부라든지 "라이오넬 마크의 골동품 점 진열장"속의 골동품("찌그러진 촛대며 구더기 같은 취진대를 노출하고 있는 손풍금"[U 11.1263]) 등에서 블룸이 포착하고 있는 것은 식민지 상품문화의 어두운 잔존이다. 다시 말해, 산책자의 응시에 의해 재현되고 있는 것은 타락되고 상품화된 전형적인 식민주체의 이미지인 것이다.

블룸은 "진열장 속에 걸려 있는 채색화 속의 풍채가 당당한 한 영웅"을 바라보면서 "로버트 에메트의 최후의 말"을 떠올린다(U 11. 1284-94). "까까머리 소년"이 민중 발라드로서 아일랜드 인들의 감상적 민족주의 정서에 호소한 것처럼, 에메트의 연

---

[267] Ibid.
[268] Ibid, p. 88.

설도 아일랜드 인의 민족주의 정서에 대한 직접적인 호소, 명령, 지시의 목적을 담고 있다. "골동품 점 진열장"에 걸린 아일랜드 민족주의자 에메트의 초상을 응시하는 블룸의 시선과 그가 보여주는 의식은 거리 산책자의 그것이지만 산책자가 "상품 진열 공간 속에서 일상의 무표정한 관찰자"라는 점을 염두에 둘 경우 그 의미는 더욱 분명해진다.[269] "골동품점 진열장"에 걸린 민족주의자의 초상화와 같이 동시대의 불안, 희망, 욕망, 그리고 환상 등을 담은 대중 문화상품과 그 일화에 주목하는 것은 이것이 식민의 시각에서 볼 때 역사에 묻혀 망각된 사건이자 잃어버린 사실에 불과하지만 식민주체의 정확한 흔적이자 현주소인 것은 부인할 수는 없기 때문이다. 조이스가 "까까머리 소년"과 같은 노래를 블룸의 의식과 서사적 내삽법 사이에 뒤섞여 놓았던 것과 마찬가지로(U 11.1063–69), 부박한 식민 소비문화의 찌꺼기 사이에 에메트의 연설을 삽입해 놓았다는 점에서 전차의 소음과 동시에 배출되는 블룸의 방귀는 에메트의 연설에 대한 신랄한 풍자적 조롱임을 짐작할 수 있게 한다.

맺음말

결론적으로 조이스가 일상의 상품문화에서 조망하고 있는 것은 아일랜드의 사회적 관계, 민족주의적 열망, 권력구조, 계급, 성적 차이의 구축, 그리고 식민 주체성과 상품문화 사이의 상호 작용과 그것에 대한 의존이다. 이 점에서 블룸의 거리 산책과 소비는 더 이상 식민의 질곡을 담고 있는 것이 아닌 무의식적인 저항의 행위로 해석될 수 있다. 식민지 상품 문화의 공간에서 소비란 매국 행위이자 이적 행

---

[269] Clair Wills, "Joyce, Prostitution, and the Colonial City." *The South Atlantic Quarterly* 95.1 (Winter 1996), p. 83.

위로 인식될 수 있기 때문에, 산책자는 제국에서 생산된 상품의 소비자가 될 수 없다. 이 경우 소비자란 골동품 점 진열장에서 중고품 세일에 부쳐진 에메트 초상화처럼 상품화된 공허한 민족주의 이미지로 치장된 존재이다. 중고품 세일에 부쳐진 것은 「텔레마코스」에피소드에서 제국의 민족주의를 대표하는 하인즈와 원주민 협력자이자 친영 아일랜드 엘리트를 대표하는 벅 멀리건에서 찾아볼 수 있는 제국주의 모델의 단순한 이데올로기가 아니라 오히려 고귀한 민족 신화로 승화된 장엄하게 순교한 아일랜드의 영우에 관한 민족주의 담론이다. 향수와 감상, 그리고 신화의 중심으로 자리 잡은 아일랜드 민족 담론은 제국 문화 자체의 사고방식과 소비 상품을 통해 제시되고 있기 때문이다. 이 같은 점에서, 블룸의 거리 산책과 응시와 생리적 배설은 소비 상품에 의한 호명을 벗어나려는 시도이자 나아가 소비상품에 각인된 허구적 신화의 부질없음을 의미하는 것으로 읽어낼 수 있다.

결국, 근대 소비문화의 맥락에서 「세이렌」을 읽을 수 있는 것은 「세이렌」을 휘감는 일상의 소비문화 속에 울리는 온갖 인공의 음은, 이를테면 「에러비」Araby에서 소년의 환멸을 유발한 영국식 억양으로 말하는 사람들의 소리와 동전 떨어지는 소리, 「텔레마코스」에서 스티븐의 환멸을 자극하는 멀리건의 "호주머니 속에 쑤셔 넣은 면도칼과 거울이 쟁그랑 부딪치는 소리"와 마찬가지로, 그것이 제국주의 근대 문화의 울림("jingle"[U 11.15])이라는 점을 상기할 필요가 있다는 점일 것이다.

7.

민족 담론과 탈식민주의 정체성: 「키클롭스」

▌머리말: 야만인 원주민 대 문명인 원주민

『율리시즈』의 「키클롭스」 에피소드는 표면적으로는 블룸과 "시민" 사이의 논쟁을 통해 식민지 아일랜드의 민족주의를 다루면서, 민족과 인종, 그리고 국가에 대한 이슈와 개념들을 끊임없이 제시하고 탐구한다. 리얼리즘 서사의 표면에서 가장 크게 부각되는 두 민족은 블룸과 "시민"으로 대표되는 유태인과 아일랜드 인이다. 조이스는 역사적으로 제국에 의한 침탈과 핍박에 시달린 두 민족을 대비시키면서, 맹목적인 애국심을 표방하는 아일랜드 민족주의를 신랄히 비판한다.

주인공 블룸은 자유주의적 자본주의의 몰락의 산물이자 유럽 모더니즘의 희비극적인 인물로서 소외된 반영웅이다. 블룸은 식민지 아일랜드 인인 동시에 유태인이라는 점에서 민족 정체성에 관한 이중적인 하위계층성을 보여준다. 「세이렌」에피소드에서 블룸은 자기 자신을 "상냥한 블룸, 외로운 블룸"(U 11.1136)이라고 생각할 정도이다. 블룸이 헝가리계 유태인 출신의 아일랜드 인이라는 복잡한 정체성은 식민 주체성의 분열에 반대되는 인종적 다양성을 역설적으로 보여준다. 이것은 궁극적으로 탈식민 주체를 상상할 수 있는 가능성을 제시하는 바탕이 된다.

조이스는 이와 같은 가능성을 보다 분명하게 보여 주기 위해 블룸에 대비되는 인물로 "시민"으로만 이름 붙여진 맹목적이고, 감상적인 아일랜드 민족주의자를 설정한다. 다분히 이항 대립적인 이러한 설정은 원주민 식민 하위 주체의 두 가지 재현 방식인 야만인 원주민 대 문명인 원주민과 같은 이항 대립이다. 먼저, 문명화된 원주민의 전형으로서 블룸은 영국 제국의 식민 주체이자 식민의 연장선에서 대단히 모호한 정체성과 정치적 무의식을 지닌 후기 식민 아일랜드의 주체라고 말할 수 있다. 그러나 유태인인 동시에 아일랜드 인이며, 식민지 민족 부르주아인 동시에 대도시 하위계층 주체라는 모호한 인종과 계층의 정체성을 블룸 자신이 철저히 인식하고 있다는 점에서 탈식민 정체성의 모색은 가능한 것이다.

이에 비해 "시민"은 아일랜드의 맹목적 주체성과 민족주의를 주장하는 인물이자 야만성의 모든 경멸적 전형으로서 자신의 주체성을 맹목적으로 주장하는 저항의 극치를 보여 준다. "시민"의 맹목성은 자신의 정체성을 하나의 유형이자 전형성, 즉 타자적 정체성으로 더욱 고착시키는 아이러니를 낳는다. 다시 말해서 그가 보여 주는 편협한 국수주의는 식민 모호성의 소산이다. 이를테면 그가 바니 키어난 주점에서 블룸의 입을 다물게 하기 위해 인종차별적 험담을 늘어놓는 장면은 식민자가 피식민자를 통제하기 위해 효과적으로 사용하는 식민 수단들을 맹목적으로 되받아 사용한 결과라고 볼 수 있다. 즉, 그의 맹목성은 제국을 모방한 결과인 동시에 호미 바바가 말하는 권력과 통제와 같은 식민 수단을 전유하는 공인된 타자성의 개조인 것이다. 그래서 "시민"과 같은 제국의 모방자는 결국 민족과 민족주의를 문제 삼는다. 이 점과 관련하여 호미 바바는 다음과 같이 말하고 있다.

> 이것은 인종적 문화적 특권의 지표를 문제 삼는다. 그래서 민족적인 것은 더 이상 자연스런 것일 수 없다. 모방과 흉내 사이에 존재하는 것은 다름 아닌 재현의 양식인 글쓰기이다. 글쓰기는 역사가 지니고 있는 기념비적 특성을 주변화하고 전범으로서 역사가 지닌 힘을 조롱한다. 이와 같은 힘은 역사를 모방 가능하게 만드는 바로 그 힘이다.[270]

제국의 모방자는 다른 종속적인 하위계층 집단에 대해 식민지배의 전략을 전유한다. 사실 "시민" 자신도 순수한 아일랜드인의 혈통이 아니기 때문에 그가 블룸의 인종적 문화적 국가적인 정체성을 의심하고 이의를 제기하는 가운데 블룸을 인종차별하는 것은 "시민" 자신이 모순된 제국의 모방자임을 보여주는 결정적인 증거이다. 결국 "시민"의 인종차별적 편견은 자신의 정체성이 드러내는 식민 담론의 모호성을 더욱 내면화한다. 왜냐하면 "시민" 자신의 게일 족의 정체성은 아일랜드 민족주의자들이 인종적 동질화를 위해 구축한 과거의 역사와 신화에 바탕을 두고 있기 때문이다.

탈식민주의 패러디: 민족주의 신화의 해체

에피소드 전반에 걸쳐 익명의 서술화자와 "시민"과 "시민"의 친구들은 더블린의

---

[270] Homi Bhabha, *The Location of Culture.* London: Routledge, 1993. pp. 87-88.

리틀 브리튼 가에 있는 바니 키어난 주점에 모여 법원, 아일랜드 민족주의자의 교수형, 아일랜드 정부, 그리고 영국의 정치에 관해 많은 논쟁을 벌인다. 그러나 이들은 오직 민족주의 이데올로기의 관점에서만 자신들의 현실 상황을 바라볼 뿐이다. 이러한 편협성은 에피소드의 명칭인 「키클롭스」가 상징하고 있는 것처럼 그들 자신을 맹목적인 논리가 함축하는 한계성에 구속시킬 뿐이다. 왜냐하면 신화 속에서 오디세이가 괴물 키클롭스의 눈을 뽑았을 때, 비로소 자유로울 수 있었던 것처럼 이러한 키클롭스적 시각은 감시의 억압적인 힘을 의미하기 때문이다.[271] 신화적 원형으로서 키클롭스는 모더니즘의 맥락에서 중앙집권적 통제와 감시의 헤게모니에 대한 전형적 은유이자 푸코가 말하는 판옵티콘, 즉 원형 감옥이라 말할 수 있다. 왜냐하면 이것은 에피소드에서 재현되고 있는 더블린 경찰청의 순찰과 초소, 그리고 영웅의 처형 등으로 상징되는 감시와 통제, 그리고 억압의 제국주의 모더니즘의 질서와 전체화를 함축하기 때문이다. 그래서 「키클롭스」가 제국의 이름을 딴 리틀 브리튼 가의 한 술집을 배경으로 더블린에서 이루어지는 통제와 감시의 식민 헤게모니를 집약하고 있다는 점은 매우 중요하다.

술집의 더블린 사람들은 토론 과정을 거치면서 식민 헤게모니의 형성과 자신들에 질의된 인종과 식민 담론뿐만 아니라 민족주의 이데올로기가 지닌 모호성을 드러낸다. "시민"과 그의 친구들은 블룸에게 "비열한 유태인 녀석"(U 12.31), 혹은 "늙은 샤일록"(U 12.765), "딸기코 협회 회원"(U 12.1086) 등등 헤아릴 수 없을 정도의 인종차별적 험담을 퍼붓는 가운데 그를 유태인 전형으로 각인한다. 이를테면 "캐나다의 사기사전"(U 12.1084)이 대화에 오르내릴 때, 블룸은 "이곳 아일랜드까지 다가와서 이 나라를 빈대로 득실거리게 하는" 유태인의 전형이 된다(U 12.1141). 그래서 늙

---

[271] Enda Duffy, p. 116.

은 개인 게리 오웬이 블룸의 다리 주변을 어슬렁거리며 냄새를 맡을 때, 서술화자는 "저 따위 유태인들은 몸에 개들을 끄는 일종의 괴상함 냄새를 지니고 있다는 얘기를 나는 듣고 있다"고 말하면서 유태인의 전형에 관한 인종차별적인 표현을 늘어놓는다(U 12.452-3). 동시에 블룸에게 험담을 가하는 와중에도 사울과 요나단의 죽음에 대해 다윗 왕이 했던 비탄의 말인 "어떻게 강자가 쓰러진담!"(U 12.24)과 같은 유태인의 표현을 무의식중에 사용한다.[272] 게다가 "각 부족에서 한 사람씩 선출된 아이아르Iar의 12 부족의 대의원"[273]을 언급하면서 아일랜드의 현재 상황을 이집트 파라오 치하에서 유랑 상태에 있었던 이스라엘 민족 상황에 대비한다(U 12.1125).

그래서 바니 키어난 주점의 더블린 사람들은 자신들의 반유태주의에 내재된 맹목적인 자기모순을 무의식중에 드러낸다. 이들은 자민족 중심의 매우 편협한 민족주의를 견지하고 있기 때문이다. 「키클롭스」 에피소드의 표제가 의미하듯이 이들은 애꾸눈의 편협하고 맹목적인 시각을 지니고 있다. 이 점은 특히 아일랜드 민족주의 운동을 주도한 아더 그리피스Arthur Griffith를 추종하는 골수 민족주의자였던 마이클 쿠잭Michael Cusack을 모델로 한 "시민"에 대해서는 더욱 분명하게 드러난다. 쿠잭은 1884년에 아일랜드 고유의 민속 경기의 부활을 통해 민족의 정체성을 고양시키려는 목적에서 게일 체육 협회를 창설한 이후, 영국의 체육 활동과 운동 경기에 아일랜드 인들의 참가를 금지하는 캠페인을 주도적으로 전재한 인물이다.[274] 산사나무 지팡이를 들고 다니면서 더블린 시내를 어슬렁거리는 억센 체구

---

[272] Don Gifford & Robert J. Seidman, p. 315.
[273] 여기서 밀레토스 족이 지배한 아일랜드 왕가의 전설적인 조상이었던 아이아르는 아일랜드를 암시하는데, 구체적으로 아일랜드의 서부 오지를 의미한다. Don Gifford & Robert J. Seidman, p. 347 참조. 다시 말해, 북서부 지방인 코노트를 말하는데, 역사적으로 신교도의 지배에 맞서 일어난 1600년대의 가톨릭 교도 반란을 무자비하게 진압하던 과정에서 올리버 크롬웰이 가톨릭 지주들에게 "지옥이냐 코노트냐"라는 양자택일의 제안을 하던 곳이기도 하다. 피터 그레이, 14쪽 참조.
[274] Neil Davison, p. 213.

의 그는 자칭 "시민 쿠잭"이었으며, 사람들에게 말을 걸면서 싸움을 좋아하는 것으로 악명이 높았다.275 에피소드 전체에서 일관되게 보여주는 그의 논지는 매우 급진적인 아일랜드 민족주의의 입장에서 켈트족의 과거를 찬양하고 영국 제국주의를 비난하는 가운데, 상대적으로 블룸에 대해서는 반유태인 인종차별의 태도를 견지한다.

조이스는 "시민"을 패러디 하는 가운데 그를 『오디세이』에 나오는 외눈박이 괴물 키클롭스에 대응시킨다(U 12.151-205). "시민"에 관한 묘사 장면은 전설적인 아일랜드 영웅에 대한 감상적 민족주의 정서를 반영한 당대의 문학과 그 형식에 대한 패러디라고 말할 수 있다. "시민" 묘사를 통해 조이스는 신체의 힘과 폭력과 같은 전형적인 남성적 특질이 민족주의 이데올로기의 바탕 위에 어떻게 민족 설화집 속에서 이상화되고 감상적으로 그려지는지를 패러디한다. "시민"은 육체적 힘과 폭력을 과시하는 모든 아일랜드적 야만성과 맹목성의 극치이자 "경멸적인 전형"이다.276 이런 맥락에서 왓슨G. J. Watson이 "『율리시즈』가 취하는 정치학은 낭만적 아일랜드의 신화를 해체하는 것"이라고 말한 점은 대단히 시사적이다.277 왜냐하면 조이스는 인종적 기원에 대한 향수에서 "민족적 성격"의 전형성을 감상적으로 그리는 19세기 아일랜드 문학 형태를 패러디함으로써 마이클 쿠잭과 같은 급진적 켈트주의자의 편협한 아일랜드 민족주의가 드러내는 새로운 인종차별의 이데올로기를 해체하고 있기 때문이다.

패러디는 특히 켈트 부흥 시기의 감상적이고 과장된 아일랜드 민족주의 문학을 회화적으로 풍자한다. 그 중에서 만간James Mangan에 대한 인유는 「키클롭스」(U

---

275 Richard Ellmann, *James Joyce*. Oxford: Oxford UP, 1982, p. 61.
276 Enda Duffy, p. 112.
277 G. J. Watson, "The Politics of *Ulysses*" in Robert D. Newman & Weldon Thornton (eds.), *Joyce's Ulysses: The Larger Perspectives*. Newark: U of Delaware P, 1987, p. 41.

12.68, 84, 1264, 1450-51) 뿐만 아니라 「태양신의 황소들」(U 14.1326)과 「키케르」(U 15.1143, 4338-9)에서도 다양하게 함축되어 있는 점은 매우 중요하다. 만간에 대한 조이스의 인유는 이중적인 의도가 엿보인다. 그 한 가지는 아일랜드의 상황을 이용하여 훌륭한 예술적 효과를 낼 수 있는 기질을 보이려는 것이고, 또 다른 의도는 아일랜드 예술가가 예술에 대한 그의 조국의 뿌리 깊은 적대감에 직면하는 위험이 있음을 보여주려는 것이다. 이 점은 아일랜드 예술이 낭만주의와 감상적 민족주의에 지나치게 의존한다고 생각하는 조이스의 인식을 잘 반영한다.[278]

아일랜드 문학에 대한 조이스의 패러디는 켈트의 순수성과 영국의 타락과 같은 물화된 대립을 절대적 차이로 설정하여 민족주의와 제국주의 사이에 놓인 이항대립의 틀을 재현함으로써 양자를 동시에 풍자하기 위한 것이다.[279] 그래서 서술화자가 아일랜드 인이 과거 지구상에서 가장 뛰어난 민족이며 전 세계에 걸쳐 위대한 업적을 이룩한 민족이었음을 제시하면서 고대 아일랜드의 민족의 남녀 영웅들의 이름을 나열할 때(U 12.175), 패러디는 원시 부족의 이미지를 통해 제국주의가 자행한 식민타자의 원시성을 풍자하면서 아일랜드 민족주의가 지닌 편협성이 어디서 비롯된 것인지를 극명하게 보여준다.

에피소드에 등장하는 아일랜드 민족주의에 관한 패러디 가운데 가장 풍자적인 것은 "애국적 순교"에 대한 장면으로, 그 중 에메트Robert Emmet의 교수형 장면은 전형적인 예이다(U 12.524-678). 에메트의 패러디는 그의 마지막 처형 순간에 초점을 맞추고 있다. 조이스는 에메트의 처형사건을 감상적인 신문기사의 문체로 묘사하고 있는데, 이것은 19세기 미국 소설가 워싱턴 어빙Washington Irving의 소설 『스

---

[278] A. Nicholas Fargnoli & Michael P. Gillespie, *James Joyce A to Z: A Essential Reference to His Life & Writings*, New York: Oxford UP, 1995, p. 143.

[279] Vincent Cheng, p. 199.

케치북』에 등장하는 「상심한 마음」을 패러디한 것이라 할 수 있다.280 사실 그 이전에 블룸은 「세이렌」 에피소드의 오먼드 호텔 장면에서 「까까머리 소년」을 부르는 벤돌러드Ben Dollard의 노래에 귀를 기울일 때, 노래 속에 등장하는 민족 영웅들과 순교자들을 머릿속에 떠올린 적이 있다(U 11.1063-72). 이후 블룸은 거리로 나가서 라이오닐 마크 골동품 가게의 진열장 속에 걸려 있는 풍채가 당당한 한 영웅, 즉 에메트를 그린 채색화를 응시할 때, 에메트 자신이 법원에서 사형 선고를 언도받았을 때 했던 "최후의 진술"을 머릿속에 떠올린다(U 11.1275). 에메트는 아일랜드의 애국자로서 영국에 대한 투쟁의 일환에서 1803년 더블린 정청의 점거를 시도하기 위해 나폴레옹의 도움을 요청했지만 결국 실패로 끝나고 만다. 이후, 에메트는 망명길에 오르기 전 약혼녀인 사라 쿠란Sara Curran에게 작별을 고하러 그녀를 만나러 가는 도중 체포되고 나중에 교수형에 처해진다. 다음은 에메트가 법원에서 행한 최후의 진술인데, 이후 그는 민족의 영웅으로 급속히 부상한다. 에메트의 최후 진술은 「세이렌」의 마지막 부분에서 패러디 되어 있다.

> 어느 누구도 나의 묘비명을 쓰지 못하리라. 나의 동기를 알지 못하는 사람은 감히 진실을 입증하지 못하기 때문에, 어떤 편견이나 무지도 나의 진실한 동기를 훑뜬지 못하게 하리라. 나의 조국이 세계의 여러 국가들 사이에서 정당한 지위를 확보할 때 그때 가서야 나의 묘비명을 쓰게 하리라. 나는 완수했노라.281

술집의 토론은 이후 극형과 무적단의 교수형, 그리고 과격혁명으로 옮겨간다(U 12.479-81). "시민"은 블룸이 펼치는 논리적인 반박에 대해 위선적인 말투로 게일 연맹의 애국적 슬로건을 외칠 뿐이다.

---

280 Don Gifford & Robert J. Seidman, p. 333.
281 Ibid, p. 310.

"신 페인다!" . . . "신 페인당 만세!" 우리들이 사랑하는 친구들은 우리들 곁에 그리고 우리들이 미워하는 적들은 우리들 앞에. (U 12.523-24)

여기서 "신 페인당 만세"는 "우리들 자신, 우리들 자신만을"We Ourselves! ourselves alone이란 의미를 담고 있는 게일 연맹의 모토이자 애국적 건배의 구호이다. 이것은 원래 티모시 설리번Timothy Daniel Sullivan, 1827-1914이 노래한 "서부여 깨어나라"의 후렴 부분이었다.[282] "시민"이 외치는 구호는 "우리"와 "그들"로 구분하는 명확한 이분법적 대립과 본질화를 표방한 제국의 민족주의적 표현에 대한 모방이다. 이것은 절대적 차이를 구분 지우는 맹목적이고 극단적인 시각을 보여준다. 한편 뒤구절은 아일랜드 민족시인 무어Thomas Moore의 『아일랜드 민요』Irish Melodies에 나오는 감상적 노래 "노예는 어디에?"의 한 구절이다.[283] 그래서 "시민"의 외침은 이분법적 대립의 논리가 감상적 민족주의 이데올로기의 영향으로 이미 대중문화 담론 속에 얼마나 스며들어 있는지를 잘 보여준다.[284]

익명의 서술 화자의 설명에 따르면, "시민"과 블룸은 "먼저의 논점에 관한 논쟁을 끝마치고, 아버 언덕 꼭대기에서 저승으로 가버린 시어즈 형제 및 울프톤, 로버트 에메트, 그리고 너의 조국을 위해 죽다 라든지 사라 쿠란에 관한 토미 무어의 노래며 그녀는 조국과 멀리 떨어져 있네 등에 관하여"(U 12.498-501) 토론을 벌인다. 이와 같은 서술은 아일랜드 민족주의에 의한 신화 만들기의 본질이 무엇인지를 잘 보여준다. 즉, 민족의식의 형성과정과 그 원형을 투사하고 있다는 점에서 매우 시사적이다.[285] 시어즈 형제, 즉 헨리 시어즈Henry Sheares와 존 시어즈John Sheares는

---

[282] Don Gifford & Robert J. Seidman, p. 333.
[283] Ibid.
[284] Vincent Cheng, p. 201.
[285] Ibid.

아일랜드 애국지사로서 1798년의 반란에서 한 밀고자에 의해 발각된 뒤 체포되어 (어느 감상적 이야기에 의하면) "서로서로 손을 맞잡고" 처형장으로 나아갔다는 것이다.[286] 아일랜드 민족시인 무어Thomas Moore는 이 같은 일화를 자신의 시집 『아일랜드 민요』에서 "그녀는 조국과 멀리 떨어져 있네"라는 제목으로 감상적으로 노래하고 있다.[287]

결국 이들은 감상적인 민족주의 담론 속에서 전설적인 아일랜드의 영웅들에 관한 고귀한 민족 신화로 승화된다. 이들이 맞이하는 죽음은 장엄한 순교로 변형되면서 아일랜드 민족 담론 속에서 향수와 감상, 그리고 신화의 중심으로 자리 잡는다.

감상적인 에메트의 교수형 장면은 결과적으로 영국인과의 화려한 결혼으로 반전되는 과장된 축제로 변질됨을 풍자하는 가운데 배신과 찬탈로 얼룩진 아일랜드의 감상적 민족주의 담론이 지닌 허구성을 신랄하게 보여준다. 이를테면 패러디 속에서 에메트가 처형되는 순간 "얼굴을 붉히는 한 선발된 신부"(U 12.635)가 나타나 자신의 애인이 죽은 뒤에도 사랑을 고이 간직할 것을 맹세한다.

> 얼굴을 붉히고 있는 그 선발된 신부 아가씨가 방관자들의 빽빽하게 줄지은 대열을 뚫고 나아가 그녀를 위하여 장차 영원 속으로 던져질 그 사나이의 튼튼한 근육질 앞가슴에 그녀의 몸을 던졌을 때의 감격이야말로 최고조에 달했다. 영웅은 그녀의 버들 같은 가냘픈 몸을 애정 어린 포옹으로 감싸 안고, "쉴라, 내 사랑"하고 다정히 속삭였다. (U 12.635-40)

패러디 속에서 에메트는 "얼굴을 붉히고 있는 그 선발된 신부 아가씨"를 "쉴라, 내 사랑"이라 부른다. "쉴라, 내 사랑," 즉 "쉴라-니-가라"Sheila-ni-Gara는 아일랜드를

---

[286] Don Gifford & Robert J. Seidman, p. 332.
[287] Ibid, p. 333.

뜻하는 많은 상징적인 명칭 가운데 하나이기 때문에, 혁명당원 에메트는 곧 아일랜드와 약혼하는 셈이다.288 에메트가 "흡사 클로터크 공원의 하키시합에라도 가는 듯 두 입술 위에 한 가닥 노래를 머금고"(U 12.645), 감상적인 태도에서 영웅적인 죽음을 맞이하는 순간, "한 가지 가장 낭만적인 사건이 발생했으니, 즉 여성에 대한 기사도적인 행위 때문에 널리 알려진 한 젊은 옥스퍼드 대학 출신의 미남 청년이 앞으로 다가와서는 그의 명함과 저금통장, 그리고 족보를 내보이면서 날짜는 그녀더러 정하라고 요구한 다음 그 불우한 젊은 여인에게 청혼을 하자 즉석에서 그것이 수락되어졌다"(U 12.658-62)는 것이다. 이와 같이 교수형을 집행하는 순간 아무도 예상하지 못한 행복한 결혼으로 반전된 결과에 대한 보답으로 군중 속의 모든 귀부인들은 두개골과 대퇴골 모양을 한 브로치를 그날의 멋진 기념품으로 선사 받는다(U 12.662). 그래서 부조리한 통속극은 감상적 민족주의뿐만 아니라 아일랜드의 이중적인 배반에 대한 통렬한 풍자를 독자에게 제시한다.

결국, 패러디는 에메트가 처형되는 순간 옥스퍼드 출신의 미남 청년의 청혼을 수락하는 아일랜드 여성의 배반 행위에 대한 신랄한 풍자이기도 하지만, 동시에 영국에 대한 아일랜드 자체의 배신의 역사에 대한 풍자가 되고 있다.289 실제 에메트의 애인 사라 쿠란은 에메트가 죽은 지 3년 후인 1806년에 아메리카와 아일랜드에 대해 우호적 성향을 지녔던 영국의 정치가이자 수상이었던 로킹검Rockingham 경(1730-83)의 조카인 영국 왕실 근위대의 헨리 스터전Henry Sturgeon 대위(1781-1814)와 결혼했으며, 스터전은 실제 옥스퍼드가 아니라 왕실 사관학교를 졸업했다.290 에메트의 패러디는 아일랜드 민족독립운동의 배신과 찬탈의 역사에 대한 하나의

---

288 Don Gifford & Robert J. Seidman, p. 336.
289 Vincent Cheng, p. 203.
290 Don Gifford & Robert J. Seidman, pp. 336-337.

우화로 제시되고 있는 것이다. 왜냐하면 에메트뿐만 아니라, 아일랜드 민족주의자들 모두가 밀고자와 변절자들에 의해 배신을 당했기 때문이다.[291] 자신의 통장과 족보를 보여주면서 청혼하는 옥스퍼드 출신의 미남 청년은 「텔레마코스」의 하인즈를 환기시킨다. 결국 옥스퍼드 출신의 미남 청년이 연상하는 아놀드적인 자유주의 휴머니즘은 아일랜드 민족주의가 갖는 한계를 은연중에 드러내면서, 경제적인 성공과 문화적, 사회적인 높은 신분 계급이라는 이중의 매력을 가지고 식민지 원주민의 배반과 분열과 찬탈의 식민 근성을 유혹하는 영국적 헤게모니를 환기시키고 있다.[292]

조이스는 에메트의 패러디를 통해 무고하고 무의미한 죽음을 성스런 민족 순교의 상징으로 구축하는 민족주의의 감상적 신화 만들기를 비판하는 한편으로 식민지에 가해지는 제국의 폭력을 동시에 서사의 표면에 병치한다. 이를테면 1857년에 인도의 식민지에서 발생한 인도 병사들의 유혈 폭동 사건에서 영국군이 자행했던 "조금도 주저함이 없이 포구에 엄청난 수의 인도병사들을 묶어 날려 보낸 만행"(U 12.671-2)에 대해서는 모르는 체하면서도 에메트에 대해서는 매우 감상적인 태도를 보이는 민족주의자들의 이중적 태도를 날카롭게 대비하고 있다. 조이스는 민족주의자의 감상적인 신화 만들기뿐만 아니라 영국군이 자행한 그와 같은 "비난받아야 할 역사"에 대해서도 통렬한 풍자를 가하고 있는 것이다. 피 흘림은 비극적인 것이지만 결코 고결하다거나 영웅적인 신화 만들기의 대상이 아닌 제국주의 폭력의 결과이기 때문이다. 블룸은 "술이 아일랜드의 저수"(U 12.684)라고 믿고, 술에 볼모로 잡혀 있는 아일랜드에서 좀 더 많은 절제가 필요하다고 주장하지만, "시민"은 그 대신에 자신들의 언어인 게일 어를 말할 수 없는 "자칭 신사"에 대해 말하면서 게

---

[291] Vincent Cheng, p. 203.
[292] Ibid, p. 202.

일 어의 문제를 제기한다(U 12.679-81). 결국 언어는 종종 국가라는 공동체의 구성원들이 운명적으로 공유하는 것으로서, 특히 모국어는 민족과 민족의 정체성을 상상할 때 중심적 역할을 한다는 점에서, 문학과 대중문화 속에 살아있는 아일랜드 민족 언어인 게일 어의 부활과 중흥은 명백히 게일 부흥의 문화 공간에서 영국의 식민통치에 대항하는 저항의 불씨로서 중심적인 항목인 것이다.[293]

민족주의와 스포츠

「키클롭스」가 다루는 또 하나의 민족주의 문화담론은 언어나 문학이 아니라 스포츠에 관한 것이다. 단일 민족 혹은 민족 고유의 문화와 문학에 대한 논쟁은 아일랜드 고유어와 아일랜드 문예 부흥의 영역에만 머물지 않는다. 「키클롭스」는 민족 고유의 순수성의 지표를 새기는 가장 극단적인 이분법적 대립의 문화 영역은 다름 아닌 스포츠임을 적나라하게 보여준다. 켈트 민족주의를 기반으로 한 민족 단결과 대영 투쟁에 있어서 스포츠 민족주의는 매우 중요한 요소로 작용하기 때문이다.

에피소드에서 "시민"으로 등장하고 있는 쿠잭은 실제로 게일 체육협회의 설립자이자 우두머리였다. 쿠잭은 아일랜드 식 민속하키인 헐링, 게일 민속 축구, 그리고 핸드볼 등과 같은 아일랜드 전통 스포츠의 부활에 전념했을 뿐만 아니라 축구, 럭비, 필드하키, 폴로와 같은 영국식 스포츠의 참가와 관전을 금하는 일에도 매우 적극적이었다.[294]

당시 체육활동에서는 아일랜드 민속 운동과 영국의 운동 사이에는 극단적인 대

---

[293] Benedict Anderson, p. 154.
[294] Don Gifford & Robert J. Seidman, p. 316.

립이 형성되어 있었다. 그러나 「네스토르」 에피소드에서 스티븐의 의식을 통해 살펴볼 수 있는 것처럼, 식민 문화적 헤게모니의 형성 기관인 당시 아일랜드 학교에서는 크리켓과 필드하키와 같은 영국식 스포츠가 주도적으로 행해지고 있었다는 사실을 간과할 수 없다. 제국의 전통과 이데올로기는 학교와 같은 식민 문화적 헤게모니의 기관을 통해 적극적으로 식민주체들에게 보급되기 때문이다.

> 다시: 골인. 나는 그들 사이에, 잡동사니, 인생의 마상 창 시합에서 싸우는 몸뚱이들 틈에 끼여 있는 것이다. 그래 저 안짱다리 어머니의 자식 말인가. 약간 위장병에 걸린 것 같은? 마상 창 시합. 적시의 반격, 진격 그리고 진격. 마상 창 시합, 전쟁의 아우성과 소동, 교살된 자의 얼어붙은 피의 구토, 인간의 피 어린 창자를 미끼로 삼는 창끝의 부르짖음. (U 2.314-18)

스티븐은 달키의 학교 운동장에서 공격적이고 투쟁적인 제국의 스포츠인 하키 게임을 열심히 하고 있는 학생들을 바라보면서 식민 헤게모니의 문화적 실행 기관으로서 학교가 제국주의 이데올로기의 기반을 어떻게 다지고 있는지를 치열하게 인식하고 있다.

이러한 상황에서 아일랜드 고유의 전통 운동을 한다는 것은 민족주의 단결과 투쟁에 있어서 핵심 사안이었다. 그래서 1904년 6월 16일에 더블린 경찰이 피닉스 공원에서 영국 스포츠인 폴로 경기는 허락하면서도 아일랜드 전통 경기에 대해서는 금지 조치를 내린 것에 대해 아일랜드 대중연맹Sluagh na h-Eireann은 나네티를 통해 영국 의회에 정식 항의했던 것이다(U 12.850-59).[295]

스포츠에 관한 영국과 아일랜드 사이의 극단적인 갈등과 대립의 예는 『젊은 예

---

[295] Don Gifford & Robert J. Seidman, p. 341.

술가의 초상』에서도 쉽게 찾아볼 수 있다. 스티븐은 그의 친구 대빈Davin이 자신이 아일랜드 민족주의자라고 말할 때, 그에게 대단히 냉소적인 태도에서 "네가 헐리 채를 가지고 다음 반란을 일으킬 때, 그리고 필요 불가결한 밀고자가 필요할 때, 내게 말해 줘. 이 대학에서 몇 사람 구할 수 있을 것 같으니"(P 202)하고 말하면서 아일랜드 고유 스포츠의 부흥에 대해 비판적인 태도를 보인다. 그 이유는 아일랜드 민족주의자들이 펼치는 켈트 인종의 순수성에 관한 여러 주장들이 사실은 유럽 민족주의에 담긴 수직적인 인종간의 위계질서의 체제와 그에 따른 인종차별적인 억압 요소를 그대로 반영한 것이기 때문이다.

스포츠는 개별적인 문화 차이와 특성이 삭제되고 민족의 공통된 동질성을 확보하는 견고한 본질화의 표지인 동시에 민족 내의 일관된 통제와 질서 체제를 유지할 수 있는 확실한 수단이다. 이러한 이유에서 민족주의 이데올로기는 운동 경기에서도 그대로 수용되고 적용된다. 즉, 개별 운동 경기를 아일랜드 고유의 운동 혹은 민속경기라고 규정한 후에 아일랜드 고유의 민속 경기가 아니거나 혹은 그 반대로 영국의 운동경기일 경우 금기시하는 차별은 그 대표적인 경우이다.

블룸은 이와 같은 극단적인 규정과 평가를 거부한다. 민족주의적 잣대에 따라 개별 운동의 차별은 극단적이고 편협한 시각에 다름 아니기 때문이다. 블룸은 오히려 "만일 배의 노 젓는 사람과 같은 약한 심장을 가진 사람에게는 과격한 운동은 몸에 해롭다"(U 12.892-93)라고 말하면서 개별 운동의 객관적이고 과학적인 효용 가치를 주장한다. 바니 키어난 주점의 사람들이 복싱에 대해 토론을 벌일 때에도 블룸은 과격한 남성 스포츠인 복싱 대신에 테니스를 옹호한다. 블룸은 테니스와 혈액 순환에 관한 얘기로 말참견을 하면서, "내가 테니스에 대해 말하고 싶은 것은, 예를 들면, 동작의 민첩함과 눈의 훈련이란 말이야"하고 말하면서 남성적인 과격함과 폭력적인 복수가 의미하는 야수성에 반대한다(U 12.940-52).

블룸은 편협하고 맹목적으로 복싱에 열광하는 사람들에 대하여 신체적인 고려 사항을 거론하며 맞서면서, 복싱이 폭력과 야만성을 더욱 부추기는 과격한 스포츠 라고 비판한다. 과격하고 공격적인 경쟁을 다투는 남성 스포츠로서 복싱은 제국의 피와 전쟁의 전통뿐만 아니라 이데올로기를 훈련시키고 주입하는 대표적인 매체이 기 때문이다. 이런 점에서 영국인 특무상사 베네트와 아일랜드인 키오 사이의 복싱 경기는 결과를 중시하는 합법화된 폭력과 전쟁의 우화가 되면서 영국 대 아일랜드 의 맹목적인 반목과 투쟁의 갈등을 상징한다.

> 그 웰터급의 특무상사는 전회의 혼전에서 상대방을 때려 선명한 코피를 흘리게 했 으니 키오는 그동안 라이트와 레프트의 얻어맞기 대장이었으며, 그리하여 포병이 총아의 콧등을 향해 빈틈없는 일격을 가하자, 마일러는 그로기 상태인 척하며 달 려들었다. 병사가 한 대의 강력한 레프트 잽으로 다시 공격을 개시하자, 이에 대항 하여 아일랜드의 투사는 베네트의 턱 끝에 일격을 가함으로써 응수했다. 영국 군 인은 머리를 아래로 살짝 피했으나 더블린 인은 레프트 훅으로 그를 올려쳤는데, 그 보디 펀치는 정말 멋들어진 것이었다. 두 사람의 접근전이 시작됐다. . . . 둘은 마치 호랑이처럼 싸웠으며 흥분은 열광적이었다. (U 12.964–77)

베네트와 키오의 복싱시합은 제국의 증오와 폭력을 미화하는 남성주의적인 논리를 정확히 반영한다. 그러므로 제국의 논리와 헤게모니를 수용하고 모방하는 식민지 의 관점에서 볼 때, 이것은 캘리번과 같은 식민지 원주민의 분노와 증오 그리고 저 항을 비추고 있는 "깨진 하녀의 거울"(U 1.146)이라 말할 수 있다.

민족주의와 전도된 자기증오

바니 키어난 주점에서 "시민"을 비롯한 더블린 사람들은 모방 이데올로기인 민족주의의 제한된 시각을 가지고 있을 뿐이다. 그들은 흑인 대 백인, 영국인 대 아일랜드인, 심지어 야만인 원주민 대 문명화된 원주민이라는 엄격한 공식의 범주 속에서 키클롭스, 즉 애꾸눈 거인과 같은 편협한 관점을 지니고 있다. 이 경우에 아일랜드 민족 공동체 속에서 블룸이 저지른 최악의 범죄는 다름 아닌 그가 유태계 아일랜드 인이라는 타자성이다. 블룸이 아일랜드 민족주의적 규범과 범주, 즉 "신페인(우리들 자신)"의 규범과 범주에 포함되지 않기 때문에, 그가 아일랜드에 거주하고 있다는 점만으로도 그는 피의 동일성에 바탕을 둔 단일 민족 숭배의 환상에 도전하는 셈이다.[296]

이러한 이유 때문에 "시민"과 술집의 더블린 사람들은 블룸을 "반반얼치기," "생선도 고기도 아닌 녀석"(U 12.1055-57)이라고 비난하고 있는 것이다. 심지어 "시민"이 "자네 그따위를 사내라고 부르나?"라고 묻는 순간 사람들이 블룸을 "뒤섞인 중성들 가운데 한 놈"(U 12.1654-58)이라고 비난할 때, 아일랜드 민족 자치와 저항과 관련한 민족주의적 현실 정치 담론은 어느 순간 인종차별과 성의 담론으로 뒤바뀐 채 더욱 확대된다.

이에 따라 술집에서 벌이는 블룸과 "시민" 사이의 논쟁은 점차 베네트와 키오의 복싱 시합을 닮아간다. 시민은 "우리는 이제 국내에 이방인들을 필요로 하지 않아"라고 말하면서 블룸을 계속 자극한다(U 12.1150-51). "시민"의 비난은 다시 한 번 자국민 중심의 편협한 논리를 드러낸다. 그의 논리는 아일랜드인 대 이방인, 즉 "우리"와 "그들"의 극단적 이분법이다. 스티븐이 「스킬라와 카립디스」 에피소드에서

---

[296] Neil Davison, p. 216.

"이가 벌어진 캐슬린. 그녀의 네 개의 아름다운 들판. 그녀의 집에 있는 이방인"을 의식하고 있는 것처럼, "시민"이 언급하는 "이방인들"은 다름 아닌 영국인을 의미한다(U 9.36-37). 여기서 너무 나이가 들어 "이가 벌어진 캐슬린"은 다름 아닌 예이츠의 극시 『캐슬린 백작부인』Cathleen Ni Houlihan(1902)에 등장하는 "불쌍한 노파"로서 아일랜드를 상징한다. 극시의 배경인 1798년의 킬라라 근처는 그해 아일랜드 봉기가 발생할 당시 프랑스군의 원조 실패라는 역사적 사실을 안고 있는 곳으로서이 극시는 아일랜드 해방의 주제를 담고 있다. 한편 "그녀의 집에 있는 이방은"은 영국의 침략자를 암시하고, "네 개의 아름다운 푸른 들판"은 노르만 침공 이전의 아일랜드의 옛 지방인 얼스터Ulster, 코노트Connacht, 먼스터Munster, 그리고 라인스터Leinster를 가리킨다.[297]

"시민"이 보여주는 뒤바뀐 자기증오에서 비롯된 편협한 논리가 갖는 문제점은 자기 자신만 빼고는 누구든지 그 증오의 대상으로 삼는다는 점이다(U 12.1197, 1384, 1391).[298] 왜냐하면 "시민"과 같은 민족주의자들 자신이 사실은 한때 "국내의 이방인"이었던 적이 있는 켈트족, 데인족, 색슨족, 그리고 기타 여러 종족들의 후손이기 때문에 "시민"의 논리는 뒤바뀐 자기증오가 보여주는 모순을 가장 극명하게 보여준다.

> 그놈의 이방인들 같으니라고. 우리들 자신의 과오지. 우리가 그 녀석을 국내로 들여 보내준 거야. 그 간부와 그녀의 정부가 색슨 강도 놈들을 이곳으로 데려왔지 뭐야 . . . 한 사람의 부정한 아내 . . . 그것이 우리들의 모든 불행의 원인이란 말이야. (U 12.1156-65)

"시민"의 이와 같은 발언은 인종 차별, 외국인 혐오, 그리고 여성 혐오가 결합된 것

---

[297] Don Gifford & Robert J. Seidman, pp. 194-195.
[298] Neil Davison, p. 216.

이다. 그는 이전에 「네스토르」 에피소드에서 얼스터 출신 오렌지 당원인 디지 교장이 여성에 대해 했던 말과 동일한 논리를 보여준다. 인종, 외국인, 그리고 여성은 전형적인 전도된 자기증오의 희생양이다. 이들은 그와 같은 증오가 급진 켈트주의자인 쿠잭의 것이든 혹은 얼스터 출신의 디지 교장의 것이든 간에 제국에 대한 증오 표출의 대리 희생이라 말할 수 있다. 그래서 디지와 마찬가지로 "시민"이 제국에 대한 순종과 굴종을 여성적인 것으로 규정하는 가운데, 제국에 대한 저항의 차원에서 토착적이고 식민 이전의 남성성 회복을 지지하는 "시민"의 논리는 매우 이항 대립적인 편협함을 보여준다.

민족주의의 전도된 자기증오는 언어에 대해서도 예외는 아니다. 존 와이즈 놀란 John Wyse Nolan과 레너헌Lenehan이 술집으로 들어올 때, "시민"은 언어에 관한 또 다른 편협한 문제를 제기한다(U 12.1180-82). 그 문제는 시청에서 그날 오후 논의되었던 아일랜드어에 관한 것이다. "시민"이 드러내는 켈트주의적 인종차별은 그가 "경칠 놈의 짐승 같은 잉글랜드 놈들과 그들의 속어patois가 지옥으로 덜어져 버렸으며"하고 저주를 보낼 때 잘 드러난다(U 12.1190-1).

이에 반해 블룸과 J. J. 오몰로이O'Molloy는 언어 문제에 대하여 객관적이고 상대적인 측면을 바라보려고 애쓴다(U 12.1192-96). 이때 레너헌이 영국의 애스콧 경마장에서 거행된 골드 컵 경마대회의 결과를 사람들에게 말한다. 이날 경주에서 다크호스에 불과했던 드로우어웨이호Throwaway가 20대 1의 확률로 우승을 차지한 반면, 레너헌 자신을 포함해 많은 더블린 사람들이 우승을 기대하고 돈을 걸었던 셉터호 Sceptre는 진펀델호Zinfandel에 뒤이어 3위를 차지하는데 그친다.[299]

여기서 주목할 것은 경마와 하키와 같은 도박과 스포츠가 옥스퍼드와 캠브리지

---

[299] Don Gifford & Robert J. Seidman, p. 98, 349.

와 같은 제국의 교육기관과 그리고 트리니티대학과 같은 식민사회의 교육기관과 마찬가지로 제국주의적 가부장적 주권sceptre의 헤게모니를 적극적으로 형성하는 문화 제도라는 점이다. 제국의 가치와 특권은 교육기관뿐만 아니라 문화 제도의 사회적 형성 체제와 그 과정을 통해 "감사히 억압당한" 더블린의 식민주체에게 적극적으로 주입되기 때문이다.300

이러한 맥락에서 술집에서 "시민"과 그의 친구들이 보여주는 과격한 남성 중심의 켈트주의 논리는 다름 아닌 셉터호가 상징하는 제국의 가치와 특권을 역설적으로 대표하는 인종차별의 편협성이다. 말하자면 "시민"의 전도된 자기혐오의 논리는 자신이 증오하는 영국 제국주의의 논리를 반사하는 "깨진 하녀의 거울"(U 1.146)이다. 그래서 블룸이 예수의 산상 수훈(「마태복음」 7:3)을 인용하면서 "다른 사람의 눈 속에 들어 있는 조그마한 티끌은 볼 수 있어도 그들 자신의 눈 속의 들보는 볼 수 없는" 아일랜드 민족주의가 가진 한계와 모순을 지적하고 있음에도 불구하고(U 12.1237-38), "시민"은 아일랜드의 비길 데 없는 위대한 과거에 대한 과장된 찬사를 계속할 뿐이다(U 12.1240-58).

전도된 자기증오의 가장 극단적인 경우는 인종과 여성에 대해 가해지는 테러이다. 미국 남부에서 발생한 끔찍한 만행 사건을 보도한 신문 기사는 그 대표적인 경우이다.

> 또 다른 사진: "조지아 주, 오마하에서 화형된 검은 짐승." 앞창이 축늘어진 모자들을 쓴 한 무리의 데드우드 디크. 그런데 놈들은 한 흑인을 혀를 잡아 빼게 하고 그 발아래 모닥불을 피워놓고 나무에다 붙들어 매어 총질을 하고 있는 것이다. 젠

---

300 James Joyce, *Dubliners: Text, Criticism, & Notes.* Eds. Robert Scholes & A. Walton Litz. New York: Viking, 1969. 이하 D라 약칭함.

장, 전기 사형을 해서 바다 속에다 빠뜨려야 하는데도 자기들이 한 짓을 확인하려
고 십자가에서 처형하다니. (U 12.1324-28)

이 사건은 실제 1919년 9월 28일 미국 네브래스카 주 오마하에서 실제 일어났
던 일을 기사화 한 것이다.[301] 만행을 당하는 흑인의 이미지는 남성 중심의 제국
주의, 야만성, 인종차별, 그리고 정의의 복수와 같은 일련의 맹목적인 이항 대립의
체제를 그대로 되받아 보여준다. 이 사건은 인종차별적인 흑백의 역학관계에 있는
그대로 반영하지만, 은연중에 제국의 폭력에 희생되는 식민주체의 고통을 흑인의
육체로 전이한다. 즉, 흑인의 육체는 대리희생의 이미지인 동시에 유색인종에게 가
해진 식민 폭력의 이미지를 대표한다.

게다가 "시민"은 영국 해군의 소년 수병에 대한 매질을 영국제국의 일반적인 관
행으로 이해한다. 그는 매질을 아일랜드에 가해진 영국 제국의 폭력으로 동일시한
다. 총의 개머리판에 묶여 매질을 당하는 수병은 대포에 묶인 인도의 용병들의 극
단적인 폭력 상황을 떠올린다. 실제로 당시 아일랜드의 세무청장이었던 존 베리스
포드John Beresford는 자신이 리피강 하류에 세운 세관 건물 근처에 승마 훈련원을
건립하였는데, 식민통치의 충실한 지지자였던 그는 1797년 대규모 반란이 발생하
였을 때, 이 건물을 아일랜드의 애국자들과 시민들을 매질하고 고문하는 장소로 사
용하였다.[302] "시민"은 제국의 폭력아래 놓인 아일랜드의 식민 상황을 인종차별적
만행을 당한 흑인뿐만 아니라 개머리판에 묶인 수병과 대포 주둥이에 묶인 인도인
용병의 상황에 대비하고 있는 것이다. 이것은 비백인 식민 주체들이 겪는 제국주의
폭력을 동일시하는 가운데, 궁극적으로 유색인 식민타자들의 인종적 정체성을 통

---

[301] Don Gifford & Robert J. Seidman, p. 357.
[302] Ibid.

합하고 일반화하는 결과를 낳는다.

그런데 17세기 후반과 18세기 초 유럽의 글쓰기에 나타난 자민족중심주의를 데리다가 유럽의식의 일반적인 위기를 나타내는 징후라고 불렀던 것처럼, 식민주체의 구축과 타자의 동일화는 제국이 식민지에 대해 가하는 대표적인 인식론적 폭력이다.[303] 그러므로 "시민"이 인종 정체성을 일반화하는 것은 이와 같은 제국주의 주체의 구축 과정을 그대로 답습하는 것이다.

> 그게 바로 지구를 지배하는, 영광스런 대영제국의 해군이라는 거야, 하고 "시민"이 말한다. . . . 그게 바로 그들이 노예적 천업자들과 회초리에 맞는 농노들을 자랑하고 있는 대제국이란거지. . . . 그런데 비극은 그들이 그리 믿고 있다는 점이야. 불행한 야후들이나 그걸 믿지. (U 12.1346-53)

다시 말해서, 시민은 남의 눈의 티끌에 관한 블룸의 지적을 은연중에 증명하고 있는 셈이다. 그는 영국이 저지른 잘못을 간파하지만, 다른 사람들이 그를 보듯이 자기 자신을 볼 수 없다. 그들이 그를 아일랜드의 캘리번이라고 본질화하곤 했던 인종차별의 논리를 그대로 거울에 비추듯이 차용하여, 이번에는 자기 자신이 그들을 "야후"라고 이름 짓고 있는 것이다.

레오폴드 블룸의 탈식민주의 정체성

「키클롭스」 에피소드에서 주의 깊게 읽어야 할 부분은 다름 아니라 주인공 레오폴드 블룸은 거울 반사와 같은 뒤바뀐 자기증오의 폭력성을 배태胚胎할 수 있는

---

[303] Gayatri Spivak, "Can the Subaltern Speak?" pp. 294-295.

민족주의의 한계를 간파하고 있는가 하는 점이다. 그러므로 블룸이 뒤바뀐 자기증오는 이항대립의 거울 반사의 논리임을 인식하면서 "시민"에게 "그러나 . . . 훈련은 어디서나 마찬가지가 아닌가. 말하자면 만일 힘과 힘이 대결한다면 여기에서도 매한가지가 아니겠는가?"(U 12.1361-62)라고 되묻는 대목을 주의 깊게 읽을 필요가 있다.

> 우리는 힘에는 힘으로 대결할 것이다. . . . 우린 저쪽 바다 너머 보다 큰 아일랜드를 가지고 있어. . . . 『타임즈』지는 기쁨으로 손바닥을 비벼대면서 겁 많은 색슨놈들에게 마치 미국 북부 적색토인들redskins처럼 아일랜드에는 아일랜드인의 수가 줄어들 것이라고 말했단 말이야. . . . 정말, 놈들은 우리 농부들을 양떼 몰 듯 내쫓았어. 그 중 2만 명이나 되는 농부들이 관과 같은 낡은 배속에서 죽었단 말이야. 그러나 자유의 나라로 건너간 그들은 구속의 나라를 기억하고 있지. 그래서 그들은 다시 되돌아올 것이니 복수심을 품고, 비겁자가 아닌, 그라뉴에일의 아들들, 캐슬린 백작부인의 투사들이 말이야. (U 12.1365-75)

"시민"의 이 같은 언술은 맹목적이고 복수에 찬 민족주의적 의식을 반영하고 있을 뿐이다. 그러므로 "시민"의 전도된 자기증오는 맹목적인 민족주의 의식에서 비롯된 것이다. 그러나 "시민"이 블룸과 같은 유태인을 경멸하면서도, 아일랜드인을 속박의 땅을 기억하는 이스라엘인과 그리고 백인들에게 핍박당하는 아메리카 대륙의 인디언들redskins로 대비할 때 그 모순은 더욱 분명하게 드러난다. 역설적이게도, 제국의 인종차별적 식민주의에 의해 기인된 아일랜드가 겪는 착취와 종속의 역사적 마비 상황은 완고하고 분파적인 아일랜드 민족주의에 의해 오히려 광범위한 억압적인 침묵을 강요당한다.

블룸은 "시민"의 악의에 찬 반유태주의적 폭언에 분노하여 아일랜드의 민족주의

뿐만 유태인의 침묵과 핍박에 대해 자신의 입장을 밝힌다. 블룸은 "세계의 모든 역사는 박해로 가득 차 있다"고 말하면서 박해가 "민족 간의 민족적 증오"를 영속시키고 있다고 주장한다(U 12.1417-8). 켈트의 순수성을 표방하는 아일랜드 민족주의자들의 입장에서 볼 때 자신은 이방인 유태인에 불과하다는 점을 인식하고 있는 블룸은 "민족이란 같은 지역 안에 살고 있는 같은 백성이지 . . . 혹은 다른 지역 안에 살고 있어도"(U 12.1422-3)라고 주장할 수 있을 뿐이다. 이것은 블룸이 생각하는 민족의 본질이다.

블룸의 이와 같은 민족의식은 자신이 유태인이자 아일랜드 사람이라는 이중적인 정체성에서 비롯된 것이다. 민족이란 비순응적이고 이질적인 타자들을 동질화하여 일원화된 가치 중심의 위계질서를 중시하는 민족적 본질과 개성, 그리고 정체성을 지닌 상상된 공동체라는 기존의 개념에 반하는 블룸의 주장은 사실은 민족주의자들을 조롱하기 위한 것이지만, 그럼에도 불구하고 그의 대답은 매우 중요한 탈식민주의적인 의미를 담고 있다. 블룸은 민족을 단순히 일반적인 지리적 경계 내의 일원으로 정의하면서 궁극적으로 본질화된 공동체를 상상하거나 계층화하기를 거부한다. 그의 주장은 오히려 공동체 내의 위상과 계급에 대한 어떠한 위계질서와 개인적, 인종적 차이를 개방한다. 결국 블룸은 민족이란 하나의 이데올로기적 개념임을 보여 주고 있다.[304] 그래서 그는 "시민"이 "당신의 국적이 어디냐"고 물었을 때, "아일랜드"라고 말할 수 있는 것이다(U 12.1430-1).

블룸은 식민주의에 의해 심화되는 개인과 근대 민족 국가의 심각한 정신적 위기와 위기극복의 가능성을 보여준다. "시민"의 게일 민족운동은 식민 억압으로 기인된 아일랜드 역사의 주체성과 정체성 부재를 극복하려는 대항 이데올로기이다. 그

---

[304] Neil Davison, p. 217.

러나 아일랜드 민족주의는 궁극적으로 아일랜드인의 정체성을 구축함에 있어 본질주의와 엘리트주의에 바탕을 둔 제국의 민족주의 논리를 모방하고 있다. 이로 말미암아 제국의 본질주의적 민족주의에 근거한 아일랜드인의 정체성 구축과 그에 따른 민족주의 서사는 그 자체로 허구적이고 억압적인 이데올로기임을 드러낼 뿐만 아니라 결과적으로 제국에 대한 그 자체의 하위계층성을 보여줌으로써 필연적으로 와해와 실패의 가능성을 내포할 수밖에 없다.

블룸은 아일랜드인 만이 박해받는 유일한 민족이 아님을 지적하면서 식민 억압의 논의를 인종과 인종차별의 담론으로 바꾸고 있다.

> ─그런데 나도 역시 한 종족에 속해요, 하고 블룸이 말한다. 미움을 받고 박해를 당하고 있는. 지금도 역시. 지금 바로 이 순간에도. 바로 이 시각에도 . . . 지금 바로 이 순간에도, 하고 그는, 주먹을 치켜 올리면서 말한다. 노예나 가축들처럼 모로코에서 경매로 팔리고 있단 말이오.
> ─당신은 새로운 예루살렘에 관해서 얘기하고 있는 거요? 하고 "시민"이 말한다.
> ─나는 불의에 관해서 얘기하고 있소, 하고 블룸이 말한다. (U 12.1467-74)

에피소드의 배경이 되고 있는 1904년과 조이스가 에피소드를 집필하고 있던 1918년 사이의 기간 동안에 아일랜드와 영국에서는 반유태주의가 부활하고 있었다.[305] 그래서 블룸이 바니 키어난 주점에서 시민과 그의 일행에게 인종차별적인 경멸과 고초를 당하고 있는 상황을 반영이라도 하듯이 "미움을 받고 박해를 당하고 있는 나도 역시 한 종족에 속한다"라고 말하는 점은 매우 시사적이다. 뿐만 아니라 블룸은 당시 유태인들이 모로코에서 무슬림의 노예로서 이른바 "강제 노역"에 시달리고 있다는 사실을 여기서 지적한다. 실제 모로코의 노예제도는 1907년

---

[305] Enda Duffy, p. 127.

까지 계속되고 있었다.306

블룸은 감상적 민족주의의 기치 아래 폭력과 피에 집중된 "시민"의 노골적인 자극을 교묘히 피하면서 비폭력적인 사랑을 주장한다(U 12.1476-85). 그래서 블룸이 마틴 커닝햄을 찾아 달아날 때, "시민"은 달아나는 블룸에게 "이교도들에 대한 새로운 사도군 그래 . . . 범 인류애야"라고 조롱한다(U 12.1489-91).

블룸이 커닝햄을 찾으러 밖에 나가 있는 동안, 술집의 사람들은 그가 「드로우어웨이」 호에서 몇 푼 땄기 때문에 그 돈을 긁어모으러 갔다고" 생각하면서 "백안의 이단자," "다크호스"와 같은 인종차별적인 경멸의 표현을 사용하면서 그를 계속 헐뜯는다(U 12.1550-58). 존 놀란은 "블룸이 그리피스에게 신 페인 당에게 아이디어를 제공함으로써 배심원들을 포섭하는 일이라든지, 정부의 세금을 횡령하는 일이라든지 영사를 임명하여 전 세계를 걸어 다니면서 아일랜드의 공업제품을 파는 일 등 별의별 속임수들을 다 그의 신문에다 실었다"는 사실을 말하면서 블룸을 옹호한다 (U 12.1574-77). 나중에 더블린 정청에 근무하는 마틴 커닝햄이 술집에 들어와 블룸에 관해 "헝가리의 어떤 지방 출신이라서 모든 계획을 헝가리 방식에 따라 세우는 녀석이 바로 그야. 정청에 가면 그걸 알 수 있지"하고 말한다(U 12.1635-37). 이들은 블룸이 헝가리에서 더블린으로 이민을 온 유태인이라는 배경 때문에 이와 같은 사실을 믿고 있다.307 실제로 그리피스Arthur Griffith의 신 페인 운동은 19세기 후반 오스트리아의 통치를 받고 있던 헝가리 인들의 성공적인 독립투쟁에서 부분적인 영향을 받았으며, 당시 그리피스 주변에는 유태인 자문가 겸 대필가가 있다는 소문이 있었다.308

---

306 Don Gifford & Robert J. Seidman, p. 364.
307 A. Nicholas Fargnoli & Michael P. Gillespie, pp. 18-20.
308 Don Gifford & Robert J. Seidman, p. 366.

유태인 출신의 블룸이 그리피스가 주도하는 민족주의 운동을 지원하는 것이 언뜻 보아서는 앞뒤가 맞지 않는 것처럼 보이더라도, 블룸은 이따금씩 신 페인 당을 지원하기 위해 상호 협력적이고 비폭력적인 계획을 드러나지 않게 준비했다.309 게다가 블룸은 아일랜드를 위해 일하는 국민의 한사람으로서 젊은 시절 반영국적인 활동에 연루되기도 한다. 예를 들어 「레스트리고니언즈」 에피소드에서 그는 "[피닉스] 공원에서 오렌지 껍질을 먹고 있는 애국자의 향연"(U 8.516-17)을 생각한다. 당시 민족주의자들은 피닉스 공원에서 모여 오렌지를 먹는 시위를 벌이곤 했는데 이것은 장래 통일된 독립 아일랜드에서 친영 오렌지 당원들을 오렌지 먹듯이 삼켜버리겠다는 암시로서 그들을 자극하기 위한 것이다.310

블룸은 1899년 12월 18일에 트리니티 대학에서 명예 학위를 받으러 더블린을 방문한 조셉 챔벌레인에 대한 시위에 연루되어 행렬에서 말을 탄 경찰들에게 구타당할 뻔한 순간을 회상한다.

> 조 챔벌레인이 트리니티에서 학위를 받던 날 그 기마순경은 자기 보수에 합당한 온갖 애를 썼었다. 정말 그랬어! 그의 말굽 소리가 애비가를 덜걱거리며 우리를 뒤따라오는 것이다. 그때 매닝 상점에 뛰어들 마음의 침착성을 가졌던 게 다행한 일이었지. 그렇지 않았더라면 나도 곤경에 빠졌을 거야. (U 8.423-26)

챔벌레인은 당시 아일랜드 자치에 부정적인 태도를 취했을 뿐만 아니라 보어Boer 전쟁(1899-1902)을 야기한 일련의 영국의 정치에 관여하고 있었기 때문에, 당연히 그는 아일랜드 민족주의자가 지목하는 호전적 제국주의자로서 최대의 적이자 증오의 대상 가운데 한사람이었다. 그날 블룸이 회상하고 있는 것처럼, 오리어리O'Leary

---

309 Neil Davison, p. 217.
310 Don Gifford & Robert J. Seidman, pp. 172-173.

와 모드 곤Maud Gonne을 포함해서 많은 아일랜드 급진 민족주의자들은 트리니티 대학 건너편에 있는 베리스포드 광장Beresford Place에 모여 보어 인들을 지지하는 항의 집회를 가졌다. 이 날 시위 집회는 경찰과 심한 충돌을 빚었다. 보어 전쟁은 식민지 민족이 영국 제국에 대해 벌이는 항거의 본보기로 여겨졌기 때문에 당시 아일랜드 민족주의자들은 영국에 저항해서 싸우는 보어 인들을 돕기 위해 직접 보어 전쟁에 참전하기도 했다.311

그러나 블룸이 영국에 항거하는 시위 집회에 참가하는 등의 민족주의적인 활동을 펼치지만 정작 자기 자신은 유태계 아일랜드 인이라는 모호한 정체성을 받아들이지 못하는 민족주의자들의 인식의 폭력에 희생될 뿐이다. 그 이유는 비록 블룸이 민족주의자들의 활동을 지지한다고 하더라도 자신이 유태인 출신이라는 이유만으로 그들에게 신뢰할 수 없는 존재로 남기 때문이다.

인종과 피의 절대적 차이의 순수성을 지향하는 자민족 중심의 인식체계는 블룸이 아무리 아일랜드의 애국자라 하더라도 "유태인 블룸"은 받아들일 수 없는 엄연한 인종의 정체성이다. 그래서 "시민"은 "그게 아일랜드의 새로운 메시아라니! . . . 성인들과 현인들의 아일랜드 말이야"(U 12.1642)라고 말하면서 인종차별적인 반유태주의 담론을 표출하는 가운데 "성파트릭이 벨리킨라에 다시 상륙하여 우리들을 개종시키고 싶어 할 거야 . . . 그따위 녀석들이 우리들의 해안을 짓밟도록 내버려 두다니"(U 12.1671-72)라고 블룸을 비난한다.

블룸이 드디어 커닝햄을 찾으러 돌아올 때, "시민"은 더욱 신랄하게 욕을 퍼붓는다. 그래서 블룸은 더 이상 참을 수가 없다. 커닝햄과 파워가 블룸을 "시민"의 폭력에서 끌어낼 때 구경꾼들은 다시 "만일, 달 속에 있는 저 사나이가 유대인, 유대인, 유대인이라면"(U 12.1801)하고 노래를 부르면서, 그에게 검둥이 흑인이라는 인종차별

---

311 Ibid, pp. 168-169.

적 경멸의 이미지를 은연중에 전가한다. 이것은 당시 유행하던 "만일, 달 속의 저 사나이가 검둥이, 검둥이, 검둥이라면"으로 시작되는 미국 대중가요의 패러디이다.[312]

블룸은 더블린 군중들에 의해 "검은 유태인"으로 인종차별적 모욕을 당하지만, 이것은 역설적으로 아일랜드인 자신들의 흑인 이미지를 드러내는 것일 뿐만 아니라 더욱이 그와 같은 이미지의 유사성을 더욱 굳건히 한다. 왜냐하면 흑인에 대한 "검둥이"의 인종차별적 이미지의 생성과 유포는 백인에 의해 이루어졌기 때문에, 블룸을 검둥이로 조롱하는 것은 결국 제국의 식민 전략을 되받아 모방한 식민 모호성의 산물임을 드러내기 때문이다. 오히려 블룸은 "멘델스존도 유태인이었고 칼 마르크스도 메르카단테도 스피노자도 유태인이었어. 그리고 구세주도 유태인이었고 그의 부친도 유태인이었어. . . . 자네의 하느님도 유태인이었어. 예수도 나처럼 유태인이었단 말이야"(U 12.1805)라고 대꾸하면서 자신이 유태인 혈통을 이어받았음을 자랑스럽게 내세운다.

블룸의 말이 비교적 정확하고 공감적인 내용을 담고 있긴 하여도 정작 "시민"의 화난 감정을 더욱 자극할 뿐이다. 이 순간 "시민"이 무의식중에 내뱉는 말은 블룸의 말을 역설적으로 입증한다. 왜냐하면 "시민"이 "젠장By Jesus, 성스런 이름을 더럽힌 저 경칠 유태인 놈의 대가리를 부숴 버릴 테다. 빌어먹을By Jesus 저놈을 내가 십자가에 못 박아 줄 테다 기필코"(U 12.1801~12)라고 말할 때, 그는 순간적으로 신 Jesus을 모욕하면서 자신의 분노를 표출하는 가운데 자신이 그렇게도 신성시 여기는 예수에 대해 유태인들이 저질렀던 잘못된 행동을 똑같이 반복하기 때문이다. "시민"은 십자가에 못 박는 일을 정확히 블룸에게 하겠노라고 예수에게 맹세하면서

---

[312] Ibid, p. 378.

예수의 신성한 이름을 "욕으로" 더럽힌다. "시민"의 이와 같은 언어 구사는 극단적으로 "애꾸눈"의 단견을 보여주는 부분이다.[313]

따라서 이 순간은 블룸이 유태인이라는 점에 대해 부정적 편견을 갖고 있는 "시민"이 제국주의의 식민 전략을 전유하고 모방한 식민 모호성의 산물임을 결정적으로 보여준다. "시민"은 유럽 제국의 식민주의를 반영한 그와 같은 인종적 차이와 모호성을 전략적으로 이용한다. 그는 선진 문화와 식민지 문화와 같은 이항 대립의 논리에 따라 민족 공간을 규정하는 제국의 체계와 수단을 모방한다. 이러한 차이 지움과 분열은 식민자와 피식민자를 구별하고 모호성을 유지하려는 식민 담론에 의해 끊임없이 실행되어진 것들이다. 그래서 "시민"의 자민족 중심의 민족주의는 유럽 제국주의의 문화적 우월성과 식민 모호성을 통해 조작된 오리엔탈리즘의 유산이다. "시민"이 견지하는 민족주의는 원래 타민족 문화를 개화하고 식민 계획을 추진하기 위한 민족 계몽의 이론적 바탕에서 수립된 제국의 이데올로기이기 때문이다.

아일랜드인 블룸이 "오염된" 유태인 뿌리를 두고 있는 것에 비해 "시민"은 단일 민족의 동질성을 바탕으로 아일랜드인 고유의 정체성 또는 공동체의 정체성을 표방한다. 그의 입장은 세계를 떠도는 불순한 유랑 민족인 유태인에 의해 오염되지 않은 순수 단일 민족 국가의 주체로서 진정한 아일랜드인의 정체성을 유지하고 변호하는 것이다. 결과적으로, "시민"은 아일랜드인의 전체적 조직적 포괄적인 입장에서 게일 민족 국가로 개념화한다. 이것은 역사와 사회의 현실성이 결여된 편협한 "키클롭스"의 비전이다.

편협하고 헤게모니적인 민족주의는 문화의 역사와 민족 정체성의 시간이 식민화에 의해 송두리째 뿌리 뽑힌 식민 문화에서 문제시된다. 식민 문화는 스피박이 말

---

[313] Vincent Cheng, p. 214.

하는 이른바 제국의 "인식론적 폭력"에 의해 절대적 식민 타자로 본질화된다. "시민"은 단일 인종이 갖는 동질성의 공간 내에서 국가의 개념을 규정하는 동시에 그것의 독립 공간으로 추구한다. 그러나 "시민"의 아일랜드 역사(적 사실)에 대한 재구성과 아일랜드의 정체성에 대한 재구성은 필연적으로 제국의 역사를 무시할 수 없다. 이러한 맥락에서 아일랜드 인종에 대한 글쓰기는 단절과 침묵, 그리고 그에 따른 모호성에 의해 방해받을 수밖에 없다. 왜냐하면 식민 역사의 순간은 이미 스피박이 말하는 "인식론적 폭력"의 순간이기 때문이다. 결국 탈식민 문화에서 민족 국가에 대한 계속적인 쟁점은 모호성을 지닐 수밖에 없다. 앤더슨Benedict Anderson에 의하면, "민족은 . . . 상상된 정치적 공동체이고, 본래 범위가 한정되고, 주권을 소유하고 있는 것으로 상상"되기 때문에 민족과 민족주의는 문화적 인공물이라 말할 수 있지만, 그럼에도 불구하고 주권 민족은 고대의 문화유산과 단일 민족과 같은 한정적이고 수정주의적 역사를 부여받을 때, 스스로를 응집력 있는 공동체로 구축한다.[314] 민족 개념은 끊임없이 역사를 거슬러 (또는 역사를 앞질러) 움직이는 견고한 공동체이기 때문이다.[315]

그래서 패러디 속에서 "아일랜드의 새로운 메시아"(U 12.1642)로서, "이방인의 사도"(U 12.1489)로서 레오폴드 블룸은 엘리야처럼 천국으로 올라가지만(U 12.1910-18), 나중에 「키르케」의 모더니즘 서사에서 "새로운 블룸즈살렘"의 메시아로서, 미래의 "노바 하이버니아," 즉 아일랜드의 새로운 공동체로 돌아온다. 궁극적으로 식민주의적 차별과 배타성을 극복할 수 있는 탈식민주의 주체로서 레오폴드 블룸이 꿈꾸고 상상하는 "새로운 블룸즈살렘"은 다름 아니라 이질적인 모든 인종과 문화를 포용하는 개방된 공간인 혼성적 공동체인 것이다(U 15.1686-99).

---

[314] Benedict Anderson, pp. 5-6.
[315] Ibid, p. 26.

8.

상품문화와 식민주의 담론: 「로터스 이터즈」

머리말

조이스가 『율리시즈』에서 묘사했던 20세기 초의 더블린은 제국주의와 민족주의, 그리고 종교와 관련된 다양한 이미지의 상품이 유통되기 시작한 시기이다. 조이스는 다양한 상품 이미지를 통해 인종과 근대성 그리고 식민주의와 같은 제국의 문화담론과 정치학이 더블린의 상품 문화 속에서 다층적으로 스며들어 있음을 잘 보여준다. 『율리시즈』에서 아일랜드 농민들의 이상화된 이미지라든지 차의 포장지에 그려진 아시아의 이미지 혹은 극장의 흑인 분장 배우의 광고, 혹은 그림엽서에 나오는 반라의 인디언 여성과 같은 것들은 그 전형적인 경우이다. 특히 조이스는 인종과 종교의 이미지를 재조명하는 가운데 결과적으로 민족주의자들에 의해 이상화된 아일랜드 정신과 제국의 물질주의 사이의 경계를 여지없이 무너뜨리면서 이른바 아일랜드 정신에 내재된 모순을 텍스트의 표면에 드러낸다.

조이스의 입장은 아일랜드 민족주의자들이 주장하는 켈트 인종의 순수성이 추상적으로 그들의 의식 속에 살아있다 하더라도, 그와 같은 아일랜드 인종의 순수성과 그 유산은 오히려 제국 경제와 문화에 의해 상품화되어 시장경제의 상품과 서비스로 다시 되돌아온다는 것이다. 민족주의자들이 이론적으로는 외국의 상업적 물질주의에 적대적이었지만, 아일랜드 고유의 사회 문화적 실제와 행위는 끊임없이 서구의 상품 문화와 그 상품화의 과정에 종속될 수밖에 없는 처지에 놓여 있었기 때문이다.

그 중에서 가장 두드러진 서구적 상품화의 본보기는 민족 알레고리화된 아일랜드 가톨릭교회와 출판 자본주의의 결합이다. 출판 자본주의를 바탕으로 대량 생산된 인쇄물은 민족의 동질성과 동시성의 의식을 확대 고양하여 아일랜드의 민족의식을 고취시켜 민족적으로 상상된 공동체 의식을 형성하는 계기를 마련한 것이다. 특히 이때는 출판 자본과 결합된 가톨릭교회의 설교와 설교서가 상업적인 상품으로서 대량 생산된 시기였다.316 그래서 이 시기는 「이타카」 에피소드에서 블룸이 사제로 가장하여 풍자하고 있는 것처럼 더블린의 소비 상품 문화와 맞물려 종교 생활이 일종의 "대중 상품"(U 17.369)으로서 대량 생산되던 때였다.

이 점을 감안하여 본 장에서는 민족주의와 가톨릭교회의 상품화뿐만 아니라 아시아인, 아프리카인, 그리고 아메리카 원주민들과 같은 식민지 유색 인종의 이미지를 반영한 제국에서 생산된 상품의 주된 소비 공간으로서 20세기 초의 더블린의

---

316 Cheryl Herr, *Joyce's Anatomy of Culture*. Urbana & Chicago: U of Illinois p, 1986, pp. 222-255.

소비 상품 문화에 초점을 맞추어 조이스의 소설에 반영된 상품문화와 식민주의를 살펴보고자 한다. 아일랜드가 제국에서 생산된 상품의 주된 소비 시장의 기능을 하게 된 계기는 물론 아일랜드가 영국의 식민지였기 때문이다. 이와 같은 이중의 상대적인 주변성뿐만 아니라 대중 상품 문화에 대한 소비적 근접성은 식민지 유색 인종의 상품 이미지들과 결합하면서 모호하고도 혼성적인 인종 이미지를 상품 문화 속에 형성하게 된 것이다. 민족주의자들이 자민족 중심의 인종차별의 맥락에서 기본적으로 "우리" 아일랜드 인은 "그들" 식민지 유색 인종과는 근본적으로 다르다는 본질주의적인 논리를 펴는 가장 큰 이유는 바로 이와 같은 차이를 전제로 한 다양한 유색 인종의 이질적인 상품 이미지들이 유통되는 상황 때문이라 할 수 있을 것이다.

담론의 상품화: 차이와 모호성

조이스가 자신의 텍스트 속에서 한편으로는 민족주의를 또 한편으로는 상품 문화를 응시하고 있다는 사실은 부분적으로 조이스 자신이 식민지 대도시라는 더블린의 정치 경제적 관계에서 제국의 권력에 의해 형성된 종속적 소비 계층이라는 모호한 정체적 위치에서 비롯된 것임을 잊어서는 안 될 것이다. 그 이유는 식민주의와 아일랜드 민족주의 그리고 아일랜드 가톨릭교회 모두가 아일랜드 인을 식민 주체로 각인 구속하는 주요 이데올로기 담론으로서 대도시 소비 상품 문화와 공간의 형성과 소비 주체의 구성, 그리고 그 사회적 효과에 있어서 매우 주도적인 영향을 행사하기 때문이다. 조이스가 이미『더블린 사람들』에서 매우 자연주의적으로 더블린과 더블린 사람들을 묘사하고 있는 것처럼 이들 세 가지 담론은 세기말의 더블린 사람들을 마비 상태로 억압하고 구속한 이중적인 강제 명령이라고 말할 수 있을 것이다. 그 중에서 가톨릭교회는 영국의 식민 착취에 필적하는 종교적 억압과 구속 이라는 아일랜드적 마비 상황을 초래한 가장 큰 원인이다. 이 점에 대해 셰릴 허 Cheryl Herr는 다음과 같이 지적하고 있다.

> 조이스의 텍스트는 교회가 억압 사회를 형성함에 있어서 비록 의도하지는 않았다 하더라도 검열과 권력 경쟁 그리고 궁극적인 음모에서 다른 기관들과 동일한 행정 을 걸었다고 일관되게 묘사했다. . . . 조이스가 묘사하고 있는 것처럼, 교회는 순 수한 교회 단체들과는 다른 방식에서 국민의 정치 경제적 삶에 개입하는 사회단체 이다.[317] (222)

「텔레마코스」 에피소드에서 옥스퍼드 출신의 영국인 하인즈가 스티븐에게 "자네 는 자네 자신을 해방시킬 수 있는 사람이라고 나는 생각하네. 자네는 자네 자신의 주인인 것 같군"하고 말했을 때, 스티븐은 "나는 두 주인을 섬기는 종놈이야 . . . 영국인과 이탈리아인 말이야 . . . 그리고 세 번째로는 . . . 나에게 엉뚱한 짓을 요구하는 놈이 있어"(U 1.636-41)라고 말하면서, 아일랜드 문화의 억압과 예속을 제 시하고 있다. 스티븐은 여기서 아일랜드의 두 식민 세력인 영국 제국주의와 로마 가톨릭교회, 그리고 모방 이데올로기로서 아일랜드 민족주의가 지닌 착취와 억압 성이 아일랜드 문화에 내포된 식민 억압과 예속의 주된 원인임을 말하고 있는 것 이다.

여기서 조이스가 영국의 제국주의와 가톨릭교회 사이를 비교한 것은 매우 적절 하다. 에릭 홉스봄Eric Hobsbawm의 지적대로 대략 1875년에서 1914년까지의 기간

---

[317] Cheryl Herr, p. 222.

은 "대대적인 선교의 시대"라고 말할 수 있기 때문이다.318 『젊은 예술가의 초상』에서 묘사하고 있는 것처럼, 예수회 수도사들은 이 기간 동안에 "동방의 여러 나라를, 아프리카에서 인도로, 인도에서 일본으로 사람들에게 세례를 주기 위해 다녔다"(P 107). "하느님의 위대한 병사"(P 108)이자 "모든 영혼의 위대한 낚시꾼"(P 108)으로서 가톨릭 선교가 유럽의 제국주의적 팽창과 권력 행사의 직접적인 무기는 아니었다. 그러나 "식민주의적 정복과 건설 사업이 효과적인 선교 활동의 길을 열었다는 것은 아무도 부인할 수 없는 사실이었다."319 특히 선교 활동은 식민 통치의 특징인 유럽인과 원주민 사이의 비대칭과 인종적 차이를 각인하고 또 확대 재생산하는데 큰 역할을 수행했다. 설령 기독교가 인종간의 영혼의 평등을 주장하면서도, 여전히 그들 사이의 육체적 불평등을 강조하였으며, 그래서 식민지에서 토착 기독교 신자가 배로 증가할 때에도 사목을 담당하는 성직자들의 절반은 여전히 백인들의 몫이었다.320

홈스봄의 이와 같은 설명을 20세기 초 아일랜드의 상황에 비춰볼 경우 다음 두 가지 이중적인 모호성을 지적할 수 있다. 즉, 아일랜드 인은 아시아와 아프리카의 식민주체와는 달리 유럽의 백인인 동시에 식민지 원주민의 위치에 있었다는 점과, 자신들은 아일랜드 가톨릭 신자로서 비서구 세계에서 제국주의자의 선교 활동을 후원하면서도 정작 그들 자신 또한 제국주의 선교의 대상이었다는 점이다. 다시 말해서 아일랜드 인은 선교의 명목상 대리인으로서 유색 인종의 구원을 돕는 조력자인 동시에 그들 자신이 구원의 대상이라는 이중적 모호성이 바로 그것이다. 이와 같은 점은 『젊은 예술가의 초상』에서 스티븐을 통해 잘 나타나 있다. 피정을 마치

---

318 Eric Hobsbawm, *The Age of Empire: 1875-1914.* New York: Pantheon, 1987, p. 71.
319 Ibid.
320 Ibid.

고 돌아온 스티븐이 식사를 끝마치고 난 후에 느끼는 감정은 마치 "짐승의 상태"(P 111)로 전락한 듯한 자신에 대한 모호한 의식이다. 이러한 "짐승의 상태"의 모호성은 바로 아일랜드가 처한 식민 상황을 가장 정확하게 묘사한 것이라 볼 수 있다. 많은 이방인 영혼들의 구원자인 쟈비에르xavier와 같은 삶을 따르는 성직을 거부한 후에, 스티븐은 자신의 형제자매들의 작은 영혼들이 직면하고 있는 삶을 떠올리면서 자신과 대비하고 있다. 스티븐은 어느 날 저녁 집으로 돌아와서 "남동생과 누이 동생들이 식탁 주위에 몰려 앉아" 겨우 허기만을 때우고 있는 것을 본다.

> 차는 거의 바닥이 나고 재탕한 차의 마지막 찌꺼기가 찻잔 대신 사용하는 작은 유리병과 잼 병 밑바닥에 남아있을 뿐이었다. 설탕 바른 빵 덩어리와 버려진 빵 껍질들이 엎지른 홍차 때문에 갈색으로 물든 채 식탁에 흩어져 있었다. (P 163)

스티븐은 그의 부모가 집을 보러 다니고 있음을 알게 된다. 지금 살고 있는 집의 주인이 집을 비워달라고 요구하고 있기 때문이다. 아이들은 토마스 무어의 「가끔 고요한 밤에」를 부르기 시작하고, "그러한 모든 메아리 속에서 피곤함과 고통의 거듭되는 음조의 메아리"를 반향 한다. "인생의 여로에 들어가기도 전에 지친" "끝없는 세대의" 가난한 아이들의 목소리는 "끝없는 반향 속으로" 증가되자 아이들은 다양한 제국주의 선교의 대상인 흑인종, 황인종, 그리고 갈색인종의 대역이 된다.

> 스티븐은 동생들의 가냘프고 깨끗하고 천진한 목소리 뒤에 숨은 피로의 음조를 쓰린 가슴으로 귀담아 듣고 있었다. 인생의 여로를 미처 떠나기도 전에 그들은 이미 여로에 지쳐 있는 듯 느껴졌다. 그는 부엌의 합창 소리가 메아리치며 끝없는 세대의 아이들이 부르는 합창의 끝없는 반향 속으로 거듭되어 감을 들었으며 그러한 모든 메아리 속에서 피곤함과 고통의 거듭되는 음조의 메아리도 들렸다. 모두들

인생에 들어가기도 전에 그것에 지친 듯했다. (P 164)

이러한 잃어버린 영혼들의 노래에서 스티븐이 감지하고 있는 "피곤함과 고통의 음조"는 부분적으로 아일랜드 가톨릭교회의 모순에서 비롯된 것이다. 그래서 영국의 식민주의와 민족주의, 그리고 가톨릭교회는 아일랜드인의 인종적 정체성과 같은 본질주의적 개념뿐만 아니라 "짐승의 상태"와 같은 야만적 아일랜드 인이 갖는 모호성의 특성을 강제한 이데올로기적인 문화 담론이라고 말할 수 있는 것들이다.

인종과 상품 문화

조이스가 「로터스 이터즈」에서 아일랜드인의 인종 정체성과 같이 인위적으로 각인된 범주를 어떻게 해체하고 있는가를 살피기 위해서는 더블린 상품 문화에서 소비되는 유색 인종의 이미지를 담은 상품과 그러한 상품의 유통과정에서 이들 모순이 어떻게 재현되고 있는가를 살펴보는 것이 매우 중요하다.

그러나 그 이전에 다음 두 가지 사항을 지적할 필요가 있다. 즉 조이스가 인종에 관한 민족주의와 상품문화 사이에 설정된 재현의 경계를 무너뜨리고 있는 점과, 다음으로 세기말의 더블린에서 아일랜드 국민에 대한 교회의 개념이 다른 많은 경쟁적 대안들 가운데서 유일한 것임을 암시하는 가운데 상품문화와 가톨릭교 사이에 놓인 재현의 경계를 해체하고 있다는 점이 바로 그것이다. 이 점에 대해 셰릴 허가 『조이스의 문화 해부』*Joyce's Anatomy of Culture*에서 보여주고 있는 분석은 많은 설득력을 지니고 있다. 셰릴 허는 아일랜드 가톨릭교회가 많은 상업적인 대중오락 상품들과 경쟁하기 위해 상업화의 길을 걷게 된 과정과 방식을 분석하는 가운데, 그러한 종교적 상업화의 일환에서 중산층의 피정 프로그램과 표준화된 설교문집의 대량 생산이 이루어졌으며 이를 통해 종교의 대중화와 상업화가 동시에 진행되었다고 주장한다.[321]

조이스는 아일랜드 가톨릭종교의 상품화의 과정뿐만 아니라 아일랜드의 인종적 정체성의 언표에 함축된 사회적 상황을 그리고 있다. 특히 「로터스 이터즈」 에피소드에서 조이스는 교회가 인종 차별화된 상품들로 가득 찬 대중문화와 대단히 유사한 전형임을 보여준 것은 주목할 만한 사실이다.[322]

기존의 여러 비평가들도 「로터스 이터즈」에서 지나칠 정도로 과잉 언급되고 있는 (마)약과 상품을 지적해온 것은 사실이다. 그러나 식민 상업주의 문화의 맥락과 관점에서 볼 때 "대중의 아편"으로서 (마)약과 상품이 지니고 있는 특이성은 그다지 비평가들의 주목을 끌지 못했다. 다시 말해서 에피소드에서 인종차별적 상품과 수많은 (마)약들이 수없이 언급되고 있는 점은 소홀히 다루어진 반면, "신화적 상징과 같은 작가의 상상적 구축에 의한 재현의 대치라든지 언어적 애매성, 그리고 도시 세계의 고립된 자아" 혹은 『오디세이』와의 원형적 대칭 등과 같이 통상 모더니즘의 공통된 주요 특성이라고 간주되고 있는 비평 모티프들이 이 에피소드에서 주로 분석되었을 뿐이다.[323]

---

[321] 이러한 아일랜드 가톨릭종교의 상업화에 대한 보다 자세한 분석은 Cheryl Herr, *Joyce's Anatomy of Culture*, pp. 222-55 참조.

[322] Cheryl Herr, p. 222.

[323] Marjorie Perloff, "Modernist Studies" in Stephen Greenblatt & Giles Gunn (eds.), *Redrawing the Boundaries: The Transformation of English & American Literary Studies*. New York: MLA, 1992, p. 158 참조. 보다 자세한 연구는 다음을 참조할 것. Zack Bowen, "Lotus Eaters" in Zack Bowen and James Carens (eds.), *A Companion to Joyce Studies*, pp. 452-56. Paul Van Caspel, "Lotus Eaters," *Bloomers on the Liffey*, pp. 75-87. Daniel Schwarz, "Lotus Eaters," *Reading Joyce's Ulysses*, pp. 107-10. Michael Seidel, "Lotus Eaters," *Epic Geography,* pp. 153-6.

이러한 맥락에서 로빈 룸Robin Room이 (마)약이 제국의 접착제이자 용해제라고 주장한 점은 의미하는 바가 있다.[324] 왜냐하면 「로터스 이터즈」에서 조이스는 1904년의 더블린 상품문화 속의 (마)약 혹은 상품이 지니는 매우 접착적인 효과들을 묘사하고 있기 때문이다. 인종과 상품의 연계는 유럽제국의 급속한 팽창과 더불어 이루어진 것이다. 세기말 식민경제의 소비문화에서 제국과 식민의 구별은 상품을 통해 더욱 차별화되는 가운데 급속히 식민지 경제 속으로 파고든다.

그러므로 세기말 유럽 식민지들 가운데 최대의 메트로폴리탄 도시였던 더블린의 소비문화에서 뚜렷한 인종 차별적 상품들의 광대한 전시 및 광고와 오락의 유통을 조이스의 텍스트에서 읽어내는 것은 매우 필요한 과정의 하나이다. 예를 들어 아시아인, 흑인, 그리고 아메리카 인디언과 같은 유색인종들의 이미지는 담배, 차, 커피, 럼주, 코코아, 캔디, 비누, 치약, 그리고 과일을 포함하는 다양한 상품의 포장의 재료이다. 이와 비슷한 심상에 의존하는 오락물에는 이른바 "황야의 서부" 쇼, 서커스, 흑인 분장 악극, 그리고 싸구려 대중 모험 잡지와 성인 잡지들이 있다.

조이스가 볼 때 유색인종 이미지의 상품화와 소비 유통은 식민지 아일랜드의 상황에서 종종 모순된 인종차별을 야기하면서 민족주의적 정체성의 모델을 왜곡시키는 것이다. 왜냐하면 단일 민족을 표방하는 민족주의의 인종 개념과는 대조적으로 이와 같은 유색 인종 이미지를 담은 상품의 유통은 아일랜드가 아직 극복하지 못한 식민 의존의 한계로 인해 차별화된 인종의 전형을 더욱 확산하는 문제점을 지니고 있기 때문이다. 즉 그러한 인종 이미지가 각인된 상품은 필연적으로 식민주의적 의존에 이를 수밖에 없는 상황과 조건을 내포하는 가운데, 인종 차별적 심상을 담은 다양한 일상의 구조를 구축한다.

---

[324] Robin Room, "Drinking, Popular Protest & Government Regulation in Colonial Empires." *Drinking & Drug Practices Surveyor* 23 (1990), p. 5.

이러한 까닭에서 조이스는 자신의 소설 속에서 식민 지배와 상품문화가 동시에 이질적인 다양한 유색 인종들의 본질적 동일화를 구속하는 제국의 시도와 그 과정을 객관적으로 재현한다. 다시 말해서 조이스는 런던과 파리와 같은 제국의 대도시를 그리는 대신 그와 대조적으로 식민 대도시 더블린의 상품문화를 재현함으로써 제국과 식민지 사이에 놓인 인종적 차이를 더욱 확산시키는 상품의 중심적인 역할을 가시화 한다. 조이스는 아일랜드 인을 포함한 비서구인의 인종적 상품화 혹은 식민 상품화에 있어서 상품과 인종 사이의 연계에 끊임없이 의문을 제기하는 가운데 인종적 순수성과 같은 제국주의적 개념을 해체한다.

이러한 상품 담론화의 과정은 인종의 순수/타락, 그리고 자율/타율의 이항 대립적인 문제와 결부되어 식민의 필연적 당위성을 도출하기 위한 것이다. 이것은 보호받을 대상으로서의 비서구인의 이미지를 상품 속에 나타냄으로써 식민지와 제국 사이의 관계를 상품의 유통과정을 통해 사회 속에 더욱 고착시킨다.

특히 술과 (마)약과 같은 상품에 대한 지나친 타율적 의존과 집착을 비서구인의 전형적이 인종적 특징이자 사회적 병리 현상으로 규정짓는 것은 상품에 대한 타율적인 의존과 집착이 일종의 인종적 물신임을 보여주기 위한 것이다. 그래서 조이스의 소설 속에서 상품 문화 담론은 인종적 차이의 전형적인 환유가 되고 있다. 이러한 과정에서 조이스는 인종적 본질들을 뒤바꾸고, 그 대신에 인종차별화된 상품들의 종속적 소비 구조와 같은 보다 큰 사회적 관계에 초점을 맞춘다. 이를테면, 조이스는 상품으로서 (마)약과 (마)약으로서의 상품을 역설적으로 텍스트 속에 묘사하면서, 대부분의 세기말 더블린의 상황을 특징짓고 있는 상품화를 통한 문화적 인종 차이의 구별을 없애고자 한다. 조이스는 더블린에서 인종 차별적인 유색인 이미지의 상품화와 유통이 자연적으로 귀결된 식민 의존의 상태가 아니라 제국에 의한 역사적 인위적 의미화의 과정임을 보여주고 있는 것이다.

결국 이런 관점에서 볼 때 『율리시즈』는 제국이 쓴 인종 차별적인 상품 문화 담론을 되받아 다시 쓰고 있는 것으로 볼 수 있다. 조이스가 더블린 상품 문화 담론에 대해 아일랜드 민족주의자들이 취한 비판적 태도를 경계한 이유는 그와 같은 민족주의적 비판 자체에 필연적으로 인종적 본질주의가 내포되어 있기 때문이다. 그래서 조이스는 자신이 제국에 의해 주도되는 문화적 헤게모니의 일원에 불과하다는 인식에서 민족주의 모델은 "나른한 행복감"(U 5.32)의 일종이자 인위적인 낙원에 불과한 것으로 생각한다. 즉, 상품문화 속에 내재된 민족주의적 모델은 (마)약과 같은 상품화된 인위적 흥분제라는 것이다. 왜냐하면 아일랜드 민족주의자들이 영국에서 파생된 인종차별적이 민족주의 모델을 차용한 것은 (마)약과 같은 의존에 다름 아니기 때문이다. 조이스의 이와 같은 생각은 인종적 정체성이 제국주의적 시각에 의해 구축된 하나의 인공물에 불과하다는 한계적 인식에서 비롯된 것이다.

사실 조이스는 아일랜드의 식민 상황에서 상품문화는 아일랜드 인의 정체성을 침해하고 있다는 점에서 민족주의자들과 인식을 같이한다. 그러나 조이스는 특별히 인종 차별화된 상품의 식민 경제가 어떻게 다층적이고 상호 적대적인 그러한 인종의 유형과 이미지를 확산시키고 있는지를 정확하게 직시하고 있다. 앞에서도 언급했듯이 실제로 그러한 상품의 수용과 유통은 비서구 유색 인종들 사이의 다각적인 타자적 동일화를 가능하게 만든다.

이를테면 유럽 제국에 대해서 아시아인, 아프리카인, 아메리카 인디언 모두가 식민적, 여성적, 혹은 주변적 타자라는 공통된 이미지로 고착된다. 더군다나 그러한 모순된 유형의 이미지를 상품화하는 과정에는 필연적으로 제국과 식민지 사이에 내재된 식민 관계의 비대칭성이 설정되어 있다. 그래서 조이스는 아일랜드 민족주의에 대해서 비판적 태도를 견지하는 가운데, 일관되게 자신의 텍스트 속에서 제국주의뿐만 아니라 식민지 민족주의가 표방하는 순수 인종의 신화를 해체한다. 왜냐하면 유럽 주도의 전지구적 상품 문화의 확산은 결국 유럽 자신의 제국주의 팽창과 더불어 다양한 인종의 혼성적 동일화, 즉 인종적 타자화와 그 맥을 같이하고 있음을 조이스는 인식하고 있기 때문이다.

▎「로터스 이터즈」에 나타난 제국의 환유

「로터스 이터즈」 에피소드는 더블린에서 유통되고 있던 소비 상품들 가운데 (마)약에 대한 사실적이고 비유적인 언급은 그 숫자에 있어서 진짜 약전을 방불케 한다. 그래서 담배와 시가, 맥주, 차, 천연두, 백신, 아편, 독약 등 당시 더블린에서 실제 유통되고 있던 모든 (마)약들이 에피소드에 기록되어 있다 해도 과언이 아닐 정도이다(U 5.6, 225, 272.9, 303-7, 17-19, 187-8, 327, 262, 483). 예를 들어 에피소드가 끝날 즈음에, 블룸은 몰리의 약을 짓기 위해 약국에 들러 "클로로포름. 아편제의 적량 초과. 수면제. 최음제. 개자니의 진정제"(U 5.481-3)와 같은 다양한 약품들을 의식에 떠올린다. 그리고 카운터에서 기다리고 있는 동안, 블룸은 "약품의 지독한 냄새"(U 5.487)를 들이킨다.

조이스는 마치 나른한 아편의 엷은 연기 속에서 움직이는 것처럼 보이는 등장인물들을 그리면서 마취와 몽환의 상태에 빠진 듯한 상태의 더블린을 묘사한다. 서사는 마치 영화의 카메라처럼 거리를 배회하는 블룸의 의식에 투영된 더블린을 비추면서 나른하고 권태로운 식민지 더블린의 풍경을 전해주고 있다. 에피소드는 어린 소녀가 맥이 풀린 채 있을 때 주변에서 씹는 담배꽁초를 피우면서 축 늘어진 채 빈둥거리는 거리의 소년에 대한 묘사로 시작하고 있다(U 5.5-7). 뒤이어서 블룸은 지금 노곤한 시간이 틀림없다고 생각한다(U 5.9). 나중에 블룸은 영국군 모병 포스터를 바라보면서 영국 제국은 "반쯤 취한 제국"이라고 묘사한다. 그리고 제국의 군인들로서 그들이 "반쯤 설구어진 . . . 최면술에 걸린 것처럼" 보인다고 결론을 내린다(U 5.72-3). 블룸은 더블린 시민의 의식을 마비시키는 또 다른 (마)약 같은 풍경, 그 중에서도 극장, 경마장 트랙, 크리켓 경기 그리고 교회 미사를 언급하고 있다(U 5.194-206, 532-48, 558-60, 318-449). 여기서 교회 미사는 매우 중요한 인유가 되고 있다. 왜냐하면 블룸이 "예수회의 성 피터 클래버와 그의 아프리카 전도에 관한 예수회 수도원장 존 콘미 존사의 설교의 광고가 붙어 있는"(U 5.322) 만성 성당의 뒷문을 통해 들어가서 보게 되는 교회 미사는 아편과 같은 기능을 한다고 생각하기 때문이다. 블룸은 "라틴어는 참 멋진 생각이야. 우선 그들을 마비시키는 거다. 죽어가는 자들을 위한 접대소"(U 5.350)라고 생각하면서 교회 미사는 아일랜드 가톨릭 신자들 사이에 공통된 집단 정체성을 형성하게 한다고 의식한다. 블룸은 특히 미사에서 봉헌하는 영성체가 마약과 같다고 생각한다.

> 그런데 그것은 틀림없이 그들에게 행복감을 느끼게 할 거야. 바로 그거야. 그래, 천사의 빵이라 불리는 거다. 그 뒤에는 커다란 생각이, 일종의 하느님의 왕국이 자신의 몸 안에 있는 것 같은 느낌이 들지. 최초로 성체를 받은 사람들. 성체 한 덩어리에 1페니씩. 그래서 모두들 단란한 한 가족의 무리처럼, 마치 똑같은 극장 속에, 똑같은 기분에 잠겨있는 듯한 느낌이 들지. 저 여인들은 그런 느낌을 갖는 거다. 저는 그걸 확신해요. 그렇게 외롭지 않아요. 우리들의 교단에서. 그런 다음 약간 흥이 나서 밖으로 나오지. 우울한 기분을 토해 버리게 하는 거다. 문제는 그걸 정말 믿느냐 안 믿느냐에 달려 있지. 루르드의 기적, 망각의 강 . . . 맹신이야. 오라 왕국의 품안에 편안히 안겨. 온갖 고통을 진정시키는 거다. 내년 이때쯤에 잠에서 깨어나리. (U 5.359-69)

라틴어가 미치는 "망각의" 마비 효과는 성체hokypoky의 "온갖 고통을 진정시키는"

진통 효과와 결합되어, 개인의 참례자들인 아일랜드의 가톨릭 신자들을 "단란한 한 가족의 무리"로 결합하는 접착 기능을 한다.

또한 대량 생산되는 더블린의 소비 상품들도 가톨릭 미사와 마찬가지로 중요한 인유로 제시되고 있다. 블룸은 웨스트랜드 가도에서 배회하면서 "벨파스트 앤드 오리엔탈 차류 판매 회사"의 창문 앞에 멈춰 서서 은종이 포장을 한 짐짝에 붙은 "특선 혼합 차, 최고품, 가정용 차"(U 5.17-9)와 같은 광고와 "플럼트리표 통조림 고기"(U 5.144-7)와 같은 광고 문구를 읽는다. 그리고 뒤이어 "캔트럴 앤드 코크레인 상점의 진저에일. 클러리 백화점의 여름 대매출"(U 5.193-4) 등의 광고가 제시된다. 블룸은 당시 아일랜드의 유일한 수출 품목 가운데 하나였던 기네스 맥주 회사와 아이리쉬 흑맥주의 수익성 높은 사업에 대해 잠시 생각한다(U 5.304-17). 그런데 술에 대한 그의 의식은 "아일랜드 은행에서 1백만 파운드의 수표를 현금으로 찾는 아이브아 경"을 투영하는 가운데 "엄청난 뿌연 맥주의 홍수가 새어 나와 . . . 평평한 땅을 온통 개펄을 이루며 굽이쳐 흐르는" 더블린의 마비적 병리 상황을 내포하고 있다. 이와 같은 의식의 순간에 그는 만성 성당의 열린 뒷문에 다다르게 된다. 결국 조이스는 여기서 술과 종교가 동일한 식민주의적 마비를 함축한 인유임을 보여 주고 있다.

에피소드 끝 부분에서, 블룸은 "검은 손톱을 한 누런 손가락으로 신문지를 펼치는" 지저분한 아일랜드인의 전형으로서 밴텀 라이언즈Bantam Lyons를 만나게 된다. 그는 지독한 경마광이다.[325] 라이언즈는 블룸을 보자 그가 갖고 있던 신문을 빌려 보는 가운데 "오늘 달리는 그 프랑스 말"에게 지대한 관심을 보이는 "감사히 억압 당한"(D 42) 식민 도시 더블린 사람의 전형이다 블룸은 그를 보는 순간 당시 유명

---

[325] 김종건, 『율리시즈 주석본』 범우사, 1988, 104쪽.

한 영국산 피어즈 비누 광고문구 가운데 하나인 "안녕하십니까, 당신은 피어즈 비누를 쓰셨어요?"를 의식에 투영한다(U 5.524-5). 거리에서 지독한 경마광인 밴텀 라이온즈와의 우연의 만남을 매개로 블룸의 의식에 투영된 이러한 광고의 문구는 식민 더블린의 전형과 상품 광고 이면에 자리 잡은 제국 사이의 인종적 대비를 매우 날카롭게 보여주고 있다. 왜냐하면 피어즈 비누의 또 다른 그래픽 광고가 보여주고 있는 것처럼 비누는 다름 아니라 야만과 문명 사이의 접촉을 매개하는 경계적 상품으로서, 비누 광고 문구가 은연중에 식민지의 소비주체에게 주입하는 것은 비누의 소비가 바로 문명의 척도라는 것이다.[326]

한편 말은 제국주의적 정복의 대표적인 수단이자 식민 헤게모니의 상징으로서 제국의 실체이자 본질을 나타내는 전형적인 상징이다. 그 중에서 백마는 영국제국의 왕권을 대표한다.[327] 게다가 백마는 영국이 아일랜드와 벌인 보인Boyne 전투(1690)에서 승리를 거둬 아일랜드를 정복한 후 가톨릭 신자들을 제압하고 아일랜드를 이른바 유형지로 삼은 킹 빌리King Billy의 개인적 상징이기도 하다.[328]

「배회하는 바위들」에피소드의 마지막 부분에서 킹 빌리가 탄 말의 동상은 이러한 "역사의 악몽"을 극명히 드러낸다. 트리니티 대학 길 건너편에 서있는 "킹 빌리가 탄 백마의 치켜 든 앞발"(U 10.1231-2) 아래 지나가는 총독 행렬에 대해 더블린 사람들이 보이는 몽매하고 무관심한 태도는 제국의 식민 정복 이후 계속되고 있는 식민 담론과 극명하게 대비된다.

담론이란 푸코에 따르면 "사물에 대해 가하는 폭력"이자 "확산되고 은닉된 권력의 총체"이기 때문에, 제국의 지식과 원리, 그리고 가치를 식민지에 강요하는 식민

---

[326] Thomas Richards, *The Commodity Culture of Victorian England: Advertising & Spectacle, 1851-1914*, Stanford: Stanford UP, 1990. p. 122. Thomas Richards, p. 122.

[327] Vincent Cheng, p. 256.

[328] Don Gifford & Robert J. Seidman, pp. 285-286.

담론은 결국 "제국주의적 사업의 위계적 권력구조를 생산하고 보편화하고, 식민적, 신식민적 문화의 관계 속에서 이러한 권력구조를 가동시키는 기호체계"인 것이다.[329] 영국이 아일랜드를 정복한 기념비로서 백마가 보여주는 백색은 바로 이와 같은 점에서 제국의 알레고리가 되고 있다. 왜냐하면 이것은 정복 이후 식민의 시공간을 가로지르는 식민담론으로 작용하기 때문이다. 그래서 백마의 백색은 정복과 계몽, 그리고 제국의 현존을 대표한다. 즉, 백색은 정복지의 어둠과 무지, 그리고 야만성과 극명히 대조되는 가운데, 제국의 정복과 식민의 당위성을 후기 식민주체들의 의식에 주입 각인하는 알레고리가 되고 있는 것이다.

킹 빌리의 동상이 제국의 담론화를 상징하고 있는 것처럼, 제국을 대표하는 스포츠와 소비 상품인 경마와 비누는 이러한 제국의 계몽과 현존에 대한 환유적인 리얼리티를 나타낸다. 식민화의 결과로서 시행되는 식민 헤게모니 담론을 통해 "감사히 억압당한"(D 42) 더블린 사람들은 경마와 비누와 같은 상품 문화의 후기 식민 공간에 적극적으로 호명된다. 동상으로 상징되는 제국의 기념비와 마찬가지로 이것은 스피박이 타자화라고 부르는 재현의 체계를 일컫는다. 다시 말해 이것은 "제국의 체계적 양식을 타자의 영역에 투사하는 과정"으로서, 이를 통해 식민타자는 초월적인 제국 주체의 "결핍"이나 "부정"으로 이해되는 것이다.[330] 그래서 밴텀 라이언즈가 또 다른 제국의 환유를 상징하는 "오늘 달리는 그 프랑스 말"에 대해 관심을 보일 때, 블룸이 피어즈 비누의 광고를 머리에 떠올리며 꿰뚫어 보고 있는 것은 다름 아니라 경마, 크리켓, 자전거 경주 등과 같은 제국의 스포츠가 대표하는 제국주의적 알레고리의 행위에 적극적으로 호명된 비서구 식민주체들 사이의 공통된 인종

---

[329] Stephen Slemon, "Monuments of Empire: Allegory / Counter-Discourse / Post-Colonial Writing," *Kunapipi* 9.3 (1987), p. 6.
[330] Ibid, p. 7.

적 타자성이다.

조이스는 더 나아가 (마)약과 같은 소비 상품들을 인종적 차이의 형태와 관련짓고 있다. 왜냐하면 비서구적 인종의 이미지를 수반한 소비 상품은 식민 상품 문화의 효과를 가장 극적으로 담고 있기 때문이다. 예를 들어, 차의 포장지에 인쇄된 광고 문구는 블룸의 상상을 통해 나른하고 활기 없는, 즉 "나른한 행복감"(U 5.32)의 장소가 된다. 그래서 이것은 "혼수상태"의 아시아, 엄밀히 말해 유럽 제국에 의해 아시아적인 것으로 각인된 타자성에 대한 환유이다.

> 그의 오른쪽 손이 그의 이마와 머리카락 위로 다시 한 번 천천히 움직였다. 그런
> 다음 그는 안도의 한숨을 쉬고, 다시 모자를 썼다. 그리고 다시 읽었다. 세일론 산
> 최고급품으로 만든, 정선된 혼합 차라. 극동. 거긴 틀림없이 아름다운 곳이야. 세
> 계의 낙원, 사방에 떠 있는 크고 처진 잎사귀들, 선인장, 꽃으로 가득 찬 목장들,
> 사람들은 그들을 뱀 같은 덩굴식물이라고 부르지. 정말 그처럼 생겼는지 몰라. 햇
> 빛 속을 느릿느릿 거니는 세일론 사람들. 나른한 행복감에 젖어, 종일토록 손도 까
> 딱하지 않고. 열두 달 가운데 여섯 달은 잠자는 거다. 너무 더워서 다투지도 못하
> 고. 기후의 영향이지. 혼수상태. 축 늘어진 꽃들. (U 5.28-34)

"세일론 사람들"은 지금의 스리랑카인 세일론Ceylon의 종족을 일컫는다. "동양 차"의 포장을 통해 볼 수 있는 인종차별화된 상품의 유통은 인종적 정체성을 왜곡시킨다. 심지어 블룸은 잠정적으로 그의 상상의 진실에 의문을 품으면서, 제국에 의해 각인된 식민 타자의 전형을 되묻는다.

이것은 다름 아니라 아일랜드뿐만 아니라 제국이 지배를 받은 거의 모든 민족들에 대해 역사적으로 적용된 게으름의 전형이다. 블룸이 생각하고 있는 것처럼 제국에 의해 형성된 인종 이미지는 식민 대도시 소비문화 속에서 끊임없이 확대 재생산

된다. 즉, 제국에 의해 일방적으로 설정된 진실과 정의의 경계 내에서 제국과 식민지 사이에서 식민주의적 노동 착취의 관계를 거부하는 민족은, 제국의 시각에서, 게으르고 태만하고 무능한 민족으로 일방적으로 인식되고 낙인찍힌다. 그런데 이보다 더욱 놀라운 것은 아일랜드 민족이 제국의 시각에서 인종적으로 주변적인 존재로 낙인찍혀 있음에도 불구하고 그와 같은 전형에 새로운 삶을 부여해야 한다는 것이다. 블룸이 보여주는 아시아적 환상은 그와 같은 식민 민족과 관련된 나태의 전형으로부터 일정한 거리를 두고 있다. 그러나 "세계의 낙원"에 대한 갈망을 아시아에 투사하고 있는 블룸의 의식은 기존의 제국주의적 시각을 반영한 것이다.

사실 에피소드 전반에 걸쳐 블룸은 자신이 상상하고 있는 아시아인들만큼이나 나른하고 몽환적으로 보인다. 에피소드에서 그가 하는 행동이란 오직 패디 디그넘Paddy Dignam의 장례식에 참석하기 바로 직전의 여유 시간을 보내는 일 뿐이다. 이 시간 동안 블룸은 마사Martha로부터 온 편지를 읽고, 부유한 여인의 발목을 훔쳐보려고 애쓰기도 하고, 그냥 재미로 성당의 미사를 살피기도 하며, 터키탕 식 목욕을 생각하기도 한다. 그가 유일하게 하는 구체적인 행동은 아내 몰리의 화장수 처방을 받으러 약국에 가는 일 뿐이다.

따라서 나태한 상황의 식민 도시 더블린을 그리고 있는 에피소드 전반에 걸쳐 조이스는 영국인 대 아일랜드인, 그리고 색슨족 대 게일 족과 같은 편협한 이항대립 대신에 식민주의에서 비롯된 마비적 침체의 상품 문화에 내재된 혼성적이고 모순된 인종의 이미지에 그 초점을 맞추고 있다. 앞에서 언급한 영국산 피어즈 비누 광고에 대한 블룸의 짧은 의식은 그와 같은 이미지를 대단히 미묘하게 담고 있다. 이를테면 "영국식 정복의 법칙"과 같은 표제가 달린 피어즈 비누 광고의 그림 속에는 영국의 식민지인 북아프리카 수단의 한 바위 위에 "피어즈 비누가 최고"와 같은 슬로건이 새겨져 있다. 광고가 새겨진 바위 앞에서 아프리카 원주민들 무리가 난처함과 경이의 미묘한 감정이 뒤섞인 채 광고 문구를 바라보고 있는 아프리카 원주민들의 무리가 있다. 원주민들 무리 가운데 한 사람은 마치 그 광고가 신의 표지인 것처럼 바위 앞에서 무릎을 꿇고 절을 한다. 바위에 새겨진 광고에 대해 절을 올리는 아프리카인의 원시적 경배는 그 장면의 메시지가 이미 차별화하고 타자적으로 각인하고 있는 "그들"과 그리고 그들보다 더욱 "근대적인 문명의 소비자" 사이의 거리를 내포하고 있다. 그래서 "근대적인 문명인 소비자"의 상품인 피어즈 비누 광고는 비누의 소비가 곧 원시 사회를 탈피하는 "문명의 시작"임을 알리는 메시지를 담고 있는 가운데 이른바 원시와 문명의 통과 의례적 상품임을 함축한다.[331]

그러나 무엇보다 더욱 중요한 것은 아프리카 흑인들은 광고주들이 제품에 대해 "그들처럼" 유사한 숭배적 위치에서 매혹되기를 바라는 소비자의 대역이라는 점이다. 이 점은 이 광고의 출발점, 즉 "영국식 정복의 법칙"을 고려할 때 매우 타당한 것이다. 아프리카 원주민들이 광고 문구가 새겨진 바위를 쳐다볼 때 소비자는 아프리카 인들을 바라보기 때문에 소비자는 광고 문구에 대한 그들의 시각을 동시에 공유하는 셈이다. 그래서 이 광고는 전 지구적 상품문화가 담고 있는 역설적인 "근대적 원시주의"를 극명하게 보여 준다. 이것은 마르크스가 말하는 상품 물신주의의 역설이다. 인종에 대한 19세기의 낭만이론들이 야만인에서 문명인으로 이어지는 발전적 목적론에 의존하고 있다면, 피어즈 비누와 같은 상품의 포장은 근대성이 원시를 대체하는 것이 아니라 오히려 그것을 상품 문화 속으로 통합하고 있음을 암시한다.

이 점을 아일랜드 맥락에 적용해 본다면, 소비 상품으로서 비누가 "영국식 정복의 법칙"임을 이미 지시하고 있기 때문에 피어즈 비누 광고는 제국의 민족주의 이

---

[331] Ibid, p. 141.

론의 기반일 수 있다. 리차즈Thomas Richards는 "그 광고가 지닌 실제 중요성은 광고를 통해 영국적 권력과 영향이 식민 세계에서 더욱 확대될 수 있도록 상품을 마술적 매체로서 재현하기 위해 광고가 1890년대의 영국 제국주의자들에 의해 사용되었다는 사실에 있다"고 말한다.332 아일랜드 민족주의 입자에서 볼 때 이것은 아일랜드와 아프리카인 양쪽 모두 영국의 상품광고에서 공통된 인종 이미지로 각인되고 있음을 의미하는 것이다. 소비문화 담론에서 인종적 전형화의 과정은 아일랜드 인종에만 국한된 것이 아니라 모든 타민족으로 확대된다는 점에서 식민 지배와 제국주의 팽창의 일환으로 볼 수 있다.

이와 같은 점 때문에 피지배 민족들 사이의 인종적 유사성을 일반화하는 과정은 민족주의 담론의 주변에서는 매우 불안한 하나의 가능성으로 남는다. 왜냐하면 이것이 광고를 통한 고정되고 불변적인 본질의 투사이기 때문이다. 광고는 유럽의 피지배 민족이 과거에 고정된 변화하지 않는 원시적 인종이라는 이미지를 유포하고 고착시킨다. 이것은 시간에 따라서 스스로 변화할 수 있다는 통시성이 무시되고 동양의 부동성, 불변적 영원성이 자리 잡게 된다는 "공시적 본질주의"에 다름 아니다.333 따라서 제국의 소비 상품 광고 속에서 아일랜드 혹은 동양은 언제나 근대성과는 거리가 먼 원시적 이미지로 고정된 채, 감상적이고 반문명적인 이미지로 자리 잡게 된 것이다.

아일랜드인의 아프리카 가톨릭 선교에 관한 블룸의 의식은 이러한 가능성을 보여준다. 호머의 『오디세이』와의 대비에서 (마)약, 인종 그리고 상품문화와 같은 주제들의 연계는 블룸의 의식을 아프리카로 연결한다. 『오디세이』에서 로터스 꽃을 먹고사는 사람들, 즉 "로토파고이"의 땅은 북아프리카에 있다.334 블룸은 "예수

---

332 Ibid, pp. 122-123.
333 에드워드 사이드, 『오리엔탈리즘』, 386쪽.

회의 성피터 클래버와 그의 아프리카 선교에 관한 예수회의 수도원장 존 콘미 신부의 설교"(U 5.322-3)의 광고를 보면서, 만성 성당의 열린 뒷문을 통해 성당 안으로 들어간다. 피터 클래버는 44년간 남미의 콜롬비아 등지에서 아프리카 노예들에게 선교 활동을 벌였다. 그는 흑인 민족 선교의 수호성인으로 시성된 스페인 예수회 수도사였다.335 콘미 신부는 『젊은 예술가의 초상』에서 스티븐이 재학하고 있던 클롱고우즈 우드 칼리지의 실제 교장이다. 그는 1904년 6월 16일에 더블린의 성 프란시스 자비어 성당의 존사였다. 그는 1905년에는 아일랜드 예수회의 지역 관구장을 역임했다.336

클래버처럼, 자비에르도 또한 가톨릭 선교사로서 "인도 제국의 사도"(P 107)였다. 그는 심지어 세일런에서도 활동했다. 이점은 블룸에게 아시아적 이미지를 담은 차의 포장이 불러일으키는 세일런의 삶의 환상을 연상시킨다. 차의 포장이 블룸의 의식의 명사을 통해 제국에 의해 각인된 인종의 상품화를 의미하고 있는 것처럼, 콘미 신부의 설교 광고는 신앙생활의 상품화를 보여준다. 즉 교구민들에게 가톨릭 선교를 위한 성금을 기부해서 예수를 위해 수많은 이방인 영혼들을 구매하도록 설득하는 일종의 구매 권유인 것이다.

교회 안으로 들어간 블룸은 피어즈 비누에 가해진 인종적 상품화의 또 다른 변형을 상상한다.

그는 흑인들을 세례 시키기 위하여 땀을 줄줄 흘리면서 푸른 안경을 걸치고 밖을 나돌아다니는 게 아닌가? 안경이 번쩍번쩍 빛나는 것이 흑인들의 마음에 들 테지.

---

334 Michael Seidel, *Epic Geography: James Joyce's* Ulysses. Princeton: Princeton UP, 1976. p. 152.
335 Don Gifford & Robert J. Seidman, p. 91.
336 Ibid.

두툼한 입술을 하고, 동그랗게 앉아 넋을 잃은 채 귀를 기울이고 있는, 그들이 볼 만하지. 고요한 생활. (U 5.333-36)

블룸은 비누 광고뿐만 아니라 사제의 "번쩍번쩍 빛나는 푸른 안경," 즉 선글래스와 같은 서구 상품에 의해서, 혹은 성경이 나타내는 서구 텍스트에 대해 "넋을 잃은" 일단의 아프리카인들을 상상한다. 마지막 구절 "고요한 생활"은 블룸이 기계적인 확대 재생산의 시대에서 본질이나 종교적 분위기가 아니라 상품화된 이미지로서 인종을 직관하고 있다는 것을 암시한다. 더욱이 블룸이 아프리카적인 "고요한 생활" 은 아일랜드의 가톨릭 신자들에 대해 그가 취하는 이방인의 관점을 닮아 있다. 아프리카 인들처럼, 성체 배령을 하는 신자들은 넋이 빠져있거나 혹은 블룸이 상상하고 있는 것처럼 "마비"되어 있는 것처럼 보인다. 블룸은 성체가 사제의 "번쩍이는" 선글라스처럼 원주민들에게 최면을 거는 일종의 마술적 속임수라고 생각한다. 그래서 블룸은 "최초로 성체를 받은 사람들. 성체 한 덩어리에 1페니씩"(U 5.361-2)과 같이 의식한다. 이것은 당시 유행하던 동요 가운데 하나337를 인용한 것이지만, 가톨릭 미사 기도문인 "이것은 나의 몸이니라"hoc est corpus에 대한 반가톨릭적이고 반종교적인 타락을 언급하고 있다.338 사제의 성체 의식이 일종의 속임수라는 것이다. 성체의 이와 같은 두 가지 의미는 아프리카 인들처럼 아일랜드 가톨릭신자들도 식민 소비문화 속에서 물신숭배적임을 암시한다.

블룸은 "그들은 성체를 씹지 않는 것 같아: 그냥 삼켜 버리는 거지. 괴상한 생각

---

337 "Hokeypokey five a plate" 혹은 "Hokeypokey/Penny a lump. /That's the stuff /To make you jump" 혹은 "Hokeypokey, Whisky, thum." Don Gifford & Robert J. Seidman, p. 93 참조.

338 이러한 속어적 표현에 관련된 전통적인 반가톨릭적 표현은 John Tillotson(1630-94)의 저서 Works의 volume 1, sermon 26에 나온다. "a corruption of hoc est corpus (this is [my] body) by way of ridiculous imitation of the priests of the Church of Rome in their trick of transubstantiation." Don Gifford & Robert J. Seidman, p. 93 참조.

이군: 시체의 조각을 먹다니. 그 때문에 식인종들이 그걸 좋아하지"라고 생각하면서, 성체 배령을 일종의 제의화된 카니발리즘, 즉 식인주의와 비교한다(U 5.50-2). 블룸은 "그들의 검은 가면을 쓴 얼굴들이 차례로, 통로를 내려와 본래의 자리를 찾고 있는 것을 바라보면서"(U 5.353) 성체 배령자들을 원시적 마스크를 쓰고 있는 "야만인"으로 직관한다.

조이스는 아프리카인과 아일랜드인 사이를 비교하는 가운데 아일랜드 가톨릭신자들의 사회 속의 모순된 호명을 보다 심도 있게 재현하고 있는 것이다. 이런 관점에서 볼 때 블룸이 우체국에서 주시하는 "신병 모집 포스터"(U 5.57)의 "최면에 걸린"(U 5.72) 영국 병사는 다름 아닌 아일랜드 주체를 반영한다.[339] 즉, 그들은 제국의 공간 속에서 호전적인 "임무"를 승인 수행하는 적극적인 피식민 주체이다.

가톨릭 선교의 열성은 급진 아일랜드 민족주의자의 견해에서 그 자연스런 결론을 도출할 수 있다. 예를 들어 문화 민족주의자인 더글러스 하이드Douglas Hyde는 아일랜드 인들이 포용력이 큰 민족이라고 주장한다. 하이드는 자신의 글 "아일랜드의 탈영국화의 필요성"에서, 영국을 위해 싸우다 전사한 아일랜드 인들의 "영광된" 죽음을 찬양하는 음악회에서 아일랜드 인들이 어떻게 감동의 박수를 칠 수 있는지를 되묻는다. 하이드는 그와 같은 감정이 잘못된 것이라고 못 박는다. 즉, 그와 같은 행위는 아일랜드 민족이 물려받은 제국주의적 용맹성을 잘못 표현하는 것이라고 주장한다.

아일랜드 민족의식의 배후에 반쯤 잠재되어 있는 것은 한때 유럽의 절반 이상을 차지하였으며, 그리스에서 자주 독립 국가를 세우고 신생 로마를 불태웠던 민족이

---

[339] 이 점에 대해서는 다음을 참고할 것. Mark A. Wollaeger. "Posters, Modernism, Cosmopolitanism: *Ulysses*, and World War I Recruiting Posters in Ireland." *The Yale Journal of Criticism* 6.2(1993): 87-131.

지금은—거의 절멸되고 도처에서 흡수된 채—아일랜드 섬에서 독립을 쟁취하고 자 최후의 저항을 펼치고 있다는 사실이다. 그래서 어떤 일이 일어날 수 있다 하더라도 오늘날 아일랜드 민족은 자신들의 과거의 영광을 완전히 빼앗길 수는 없다.[340]

한편, "아일랜드 민속에 대한 소고"에서 하이드가 말하는 이와 같은 아일랜드의 "영광된 과거"는 동시대 영국의 제국주의의 논리와 매우 유사한 특징을 지니고 있다. 하이드는 아일랜드의 아리안족 조상이 원래 동쪽에서 서쪽으로 이주해서 유럽을 정복하고 식민화했다고 주장한다.[341] 이와 같은 하이드의 주장과 유사한 견해를 지닌 인물은 『키클롭스』에 나오는 "시민"이다. "시민"은 실제 하이드의 친구이자 동지인 마이클 쿠잭(1847–1907)이 그 모델이다. 쿠잭은 아일랜드 민속 운동의 부활과 그 활성화를 위해 헌신했다. 쿠잭은 이와 같은 목적을 위해 1884년에 게일 체육 연합회를 설립했다.[342] 하이드와 마찬가지로 쿠잭은 전통 스포츠와 오락을 대중화시킴으로써 그가 "외래의 강제된 관습과 풍습의 횡포"라고 부르던 것에 맞서 싸웠다.

그러한 오락을 고의적으로 무시하는 것은 민족의 부패와 도래한 민족 소멸의 확실한 징후이다. . . . 오랫동안 도시와 지역의 오락 기반을 파괴해온 부패의 영향은 우리의 농촌인구로 빠르게 확산하고 있다. 외국의 적대 세력과 증오의 유해 세력들, 그리고 현 지배 민족은 아일랜드 인들을 그들의 십자로와 아일랜드 식 하키 경기 운동장의 회합장소에서부터 불과 몇 년 전에 기아와 열병이 극에 달하던 오두막으로 다시 내몰았다.[343]

---

[340] Douglas Hyde, *Language, Lore, & Lyrics*. Ed. Breandan O. Caonaire. Dublin: Irish Academic Press, 1986. p. 156.

[341] Ibid, pp. 126-127.

[342] A. Nicholas Fargnoli & Michael P. Gillespie, p. 47.

「키클롭스」에서 "시민"은 아일랜드의 오락에 관해서 쿠잭과 유사한 주장을 편다. "시민"은 대단히 급진적이고 과장된 용어를 사용해 가면서 아일랜드의 "영광된" 과거를 추켜세운다. 그는 영국 상품이 아일랜드에서 홍수를 이루기 전에, 고대에서는 아일랜드 상품이 사실상 세계 시장을 지배하고 있었다고 주장할 정도이다(U 12.1241-54). 사실 이와 같은 맹목적인 민족주의가 갖는 문제점은 그것이 제국에 대한 모방 이데올로기라는데 있다. 조이스는 치밀한 서사적 배치와 패러디를 통해 맹목적 민족주의를 통렬히 비판한다. 이를테면 더블린 시의 리틀 브리튼 가에 있는 바니 키어난 주점에서 "시민"의 민족주의적인 맹렬한 외침은 패러디 기법을 통해 신랄하게 풍자된다. 뒤이어 그 술집을 축복하기 위해 도착한 화려한 성자들의 행렬에 관한 장황하고 희극적인 묘사가 이어지는 점은 그 대표적 경우이다.

「로터스 이터즈」의 만성 성당의 미사에서 블룸은 잠시 콜롬비아의 흑인 노예들의 예수회 선교 신부인 피터 클래버Peter Claver를 "무적단"의 일원인 제임스 캐리 James Carey와 혼동하고 있다. 캐리는 1882년 5월 6일 새로 부임한 아일랜드 총독인 프레드릭 캐번디쉬Frederick Cavendish 경을 더블린의 피닉스 공원에서 암살한 인물이다.[344] 그러나 블룸의 이러한 혼동은 가톨릭교와 민족주의, 그리고 영국 제국주의의 "사명" 사이의 유사성을 반어적으로 제시한다.

> 무적 혁명단을 밀고한 저 사나이. 캐리가 그의 이름이었지, 매일 아침 성찬을 배령하는 게 습관이었어. 바로 이 성당이야. 피터 캐리, 그래. 아냐, 피터 클래버를 나는 생각하고 있군. (U 5.378-80)

---

[343] Richard Ellmann, *James Joyce*. Oxford: Oxford UP, 1982, p. 61n.

[344] 이 사건으로 17명의 무적단원이 체포되었다. 그해 7월 조 브래디(Joe Brady), 다니엘 컬리(Daniel Curley), 팀 켈리(Tim Kelley), 마이클 페이건(Michael Fagan) 그리고 토마스 카프리(Thomas Caffrey)가 처형되었고, 캐리는 나중에 또 다른 무적단원인 패트릭 도넬(Patrick Donnell)의 손에 살해되었다. A. Nicholas Fargnoli & Michael P. Gillespie, p. 108 참조.

캐리는 법정에서 그의 동료들에 대해 불리하게 증언한 "무적단"의 리더이다.[345] 이 사건에 대해 아일랜드 지도자였던 찰스 파넬Charles Parnell은 주동자들에게 커다란 비난을 가했을 뿐만 아니라, 이후 그는 그의 정치적 입지를 더욱 강화하여 테러의 원인 가운데 하나였던 토지 문제에 대해 영국정부와 정치적 화해를 하게 된다.[346]

아무튼 이러한 인물이 블룸의 잘못된 기억 속으로 스쳐 지나갈 때 이것은 아일랜드에서 실행된 세 가지 인종차별적 제국주의 담론의 한 단면을 반증한다. 즉 캐리는 아일랜드의 민족주의자이자 훌륭한 가톨릭 신자이지만 그와 동시에 빅토리아 여왕의 종복이기도 하다는 점이 바로 그것이다. 캐리는 아일랜드가 안고 있는 전형적인 식민 상황의 특성을 전형적으로 보여준다. 아일랜드의 식민 상황이 다름 아닌 가톨릭교와 민족주의 그리고 제국주의 사이의 복합적인 연계와 그 실행에서 비롯된 결과이기 때문이다.

▌맺음말

「로터스 이터즈」에서 블룸이 시도하는 아프리카와 아일랜드의 병치는 제국주의 수사를 전유하고 있는 아일랜드 가톨릭교와 민족주의의 한계성을 드러낸다. 즉 아일랜드는 영국의 지배를 받고 있기 때문에 제국주의와 관련하여 어떤 방식과 위치에서든 아프리카와의 구조적 유사성을 강요받게 되며, 그것은 피할 수 없는 상황이라는 점이다.

「로터스 이터즈」에서 조이스는 상품문화에 있어서 인종과 가톨릭교, 그리고 상

---

[345] Don Gifford & Robert J. Seidman, p. 94.
[346] A. Nicholas Fargnoli & Michael P. Gillespie, p. 178.

품 사이의 담론 관계를 탐구하면서, 상품화된 인종적 차이의 대중적 이미지들이 마치 (마)약 상품처럼 식민지 더블린에 유통되고 있음을 보여준다. 즉, 인종 차별화된 상품들은 식민 의존의 상태에 의해 해체되고 산산조각 난 식민 주체의 의식과 감정의 습관적 구조의 방향을 정하게 한다. 더블린 사람들은 제국의 식민담론에 의해 비서구 민족들과 동일시되거나 혹은 그 반대로 동일시되기도 한다. 또한 아일랜드 민족을 포함한 비서구 민족들은 식민담론에 의해 열등한 인종이라는 하나의 보편화된 범주로 전형화된다. 그래서 인종적 이미지리 혹은 전형에 대한 식민 주체들의 관계는 매우 다양한 식민 모호성을 함축하면서, 식민사회의 문화 담론에서 인종과 성의 물신적인 하위 계층성을 형성한다.

이것은 특히 「키르케」에서 잘 알 수 있다. 「키르케」는 더블린의 "밤의 도시"를 배경으로 식민사회의 소비 담론에 나타난 인종과 여성의 물신적 모호성을 가장 극명하게 드러내고 있다. 다음 장에서는 「키르케」를 중심으로 인종과 여성의 상품화와 물신화의 본질과 그 특징을 살피면서 궁극적으로 식민 문화의 대표적인 물신화의 대상인 하위 계층 여성의 탈식민화를 논의할 것이다.

9.

상품문화와 물신주의:
「키르케」

머리말: 리얼리즘과 모더니즘의 물신주의적 변증법

「키르케」는 식민 대도시 더블린을 무대로 제국의 폭력과 아일랜드 민족주의에 관련된 저항의 폭력을 주된 배경으로 하는 가운데, 에피소드 자체는 표면상 제국의 폭력과 이에 대항하는 저항의 폭력에 관련된 일련의 사건을 재현한다. 그 대표적인 경우가 스티븐이 영국인 병사 2명과 싸우는 장면이다. 이 같은 장면은 소극笑劇적인 측면이 없진 않지만, 대체로 리얼리즘적인 바탕에서 재현되고 있다.

그는 주먹을 뻗은 채, 스티븐을 향해 돌진한다. 그리고 얼굴을 갈긴다. 스티븐이 비틀거린다, 쓰러진다, 넘어진다, 기절한 채. 얼굴을 하늘로 향한 채, 엎어진다, 그의 모자가 벽 쪽으로 굴러간다. 블룸이 뒤쫓아 가서 그것을 주워 올린다. (U 15.4747-50)

「키르케」는 리얼리즘 단계에서 남성적 로맨스를 일부 보여주지만, 서사의 전반적인 진행 과정은 점차 블룸의 "밤의 도시"에 대한 환상적이고 초현실적인 모더니즘 서사의 흐름으로 바뀌는 과정에서 서사의 초점은 주로 여성 인물과 인종의 상품 이미지에 집중된다. 이 과정에서 여성과 인종의 상품 이미지는 파편화에 가까울 만큼 소비문화의 담론을 바탕으로 대단히 모호하게 그려지고 있으면서도, 이것이 인종차별화의 담론 측면을 토대로 하고 있는 것이 두드러진 특징이다. 바로 이러한 이유 때문에 「키르케」의 독해는 아일랜드의 역사와 식민주의, 그리고 모더니즘적 맥락과 관점을 바탕으로 한 인종과 계급, 성과 여성과 같은 복합적인 이슈와 연계한 접근을 요구한다.

「키르케」를 초현실주의적 모더니즘 텍스트로 특징지을 수 있는 요소인 전복, 다의성, 그리고 복잡성은 탈식민주의 문화를 대표하는 침묵과 저항뿐만 아니라 이와 같은 모호성의 복잡한 역할에 기인한다. 탈식민주의 담론이 지닌 모호성은 제국의 식민주의자가 식민지 원주민에 대해 실행하고 추정하는 이중의 역할과 의무에 의해 발생한다. 그 첫 단계에서 제국의 식민주의자는 원주민 주체의 문화와 정치 집단을 종속시키고 통제한다. 그 다음에 원주민 주체를 계몽하고 개선하기 위해 착수하는 식민주의의 개화의 임무를 납득시킨다. 제국의 식민주의자가 부과하는 이러한 이중의 임무는 「텔레마코스」에서 조이스가 패러디를 통해 철저히 조롱하는 다름 아닌 식민 모방이다. 호미 바바가 말하고 있듯이 식민 모방이란 "야만적 원시상태"에서 개선되어서 제국의 주체와 "거의 똑같지만, 그다지 완전치 못한" 피지배자의 욕망과 그 피지배자가 "백인이 아니기" 때문에 결코 백인 지배자와 평등할 수 없는 것으로 각인되는 이중적인 표현으로서의 모호성이다.[347] 제국의 식민세력은 모호성을 통해 서로 서로에 반대하여 이러한 문제들을 해결하고 식민주의자의 영역 하에 세력 구조들을 집중하기 위해 사회적 교차를 사용한다. 그래서 식민담론은 특히 깊은 문화적 모호성을 통해 식민타자를 구축하고 구성한다.

「키르케」의 초현실적인 모더니즘 서사는 식민 더블린의 상품문화에 내재된 인종차별적인 식민 폭력의 이미지들을 재현한다. 이 경우에 여성은 개인 주체가 아니라 매춘 상품으로서 존재한다. 상대적으로 블룸을 포함한 더블린의 남성하위주체들은 인종차별화된 이미지로 철저히 함몰된 모습을 보여주게 된다. 이때 하위계층의 창녀 주변을 에워싸고 있는 제국의 소비 상품들은 작은 폭력 사건들을 배경으로 제국의 화신인 벨라/벨로Bella/Bello로 소생한다. 가장 전형적인 경우는 "밤의 도시"의 여자 포주 벨라가 벨로로 남성화하여 여성화한 블룸을 걸터타고 블룸을 경매에 부칠 때이다.

다음에 이들 리얼리즘 서사와 모더니즘 서사는 서로 변증법적으로 상충하면서 독자에게 텍스트의 의미를 찾도록 요구한다. 이것은 리얼리즘 서사에서 재현되는 인종차별화된 상품 물신주의가 지닌 이중적인 폭력의 전략과 그 효과를 밝혀내기 위한 것이다. 바바는 식민담론의 이질성을 물신주의의 수사어법으로 설명한다. 바바는 물신주의란 "부재와 차이를 감추는 대치로서의 은유와, 주변의 지각된 결핍을 끊임없이 기록하는 환유 사이의 동시적 유희"라고 말한다. 이것은 "라캉의 상상계에 적용 가능한 자기애적이고 공격적인 동일화의 형태"이다.[348] 호미 바바는 성적 차이와 인종 차이를 다루지만, 인종의 억압과 성의 억압 사이의 차이를 구별 짓고

---

[347] Homi Bhabha, *The Location of Culture*. London: Routledge, 1993, p. 86.
[348] Ibid, p. 27, 29.

이론화하는 것을 허용하지 않는다. 예를 들어 식민 담론에서 물신주의를 분석할 때 그는 인종적 억압과 성적 차이를 다음과 같이 언급한다.

> 물신주의의 장면은 유사하게 어머니의 남근의 대용으로서 물신주의의 대상이라는 관점에서 차이와 불안을 정상화하는 기능뿐만 아니라 원초적인 환상이라는 재료 —거세 불안과 성적 차이—를 다시 활성화하는 기능을 동시에 수행한다. 식민세력 조직 하에서, 성별과 인종에 대한 담론들은 기능적 결단의 과정과 관련이 있다.[349]

바바는 식민 담론에서 물신주의의 기능에 대한 인종적 성적 차이에 대한 암시를 하는 가운데 계급화에 대해서는 어떤 설명도 제시하지 않고 있다. 피식민자의 담론에서조차 인종과 성의 사회적 위치에 따른 불균형은 고려할 문제가 아니라는 것이다. 바바는 "피부는 . . . 문화적, 정치적, 역사적 담론들의 범주에서 공통된 지식으로 인식되는 가장 가시적인 물신이며, 식민사회에서 매일 상영되는 인종의 드라마에서 공공연히 전시된다"라고 말하면서 물신주의의 가시성을 언급할 때, 그는 식민사회의 문화 담론을 통제하는 인종과 성, 그리고 성별이 가장 중요한 물신이라고 주장한다.[350]

　남성적 리얼리즘 하에서 이루어진 여성 주체의 억압과 부재뿐만 아니라 상품화된 하위계층 여성의 모더니즘적 물신화를 통해 야기된 주체성의 부재 이후에, 모더니즘이 지니는 중요성은 여성의 잠재적 주체성을 회복할 수 있는 어떤 수단을 제시할 수 있다는 점이다. 모더니즘의 진정한 의미는 여성 하위 주체가 자신의 언어를 통해 잠재적 주체성을 회복할 수 있다고 상상해 볼 수 있는 탈근대의 영역이다.

---

[349] Ibid, p. 26.
[350] Ibid, p. 28.

「키르케」가 남성적 리얼리티를 반영한 기존의 에피소드들과 다른 점은 리얼리즘 서사에서 벗어나서 이탈과 분열을 보여주는 초현실적 모더니즘 텍스트이기 때문이다. 특히 아일랜드가 영국으로부터 정치적 독립을 위해 한창 치열한 투쟁을 벌이던 시기에 이 에피소드가 쓰였다는 점에서 이러한 이탈성은 매우 중요한 것이다.

이탈과 분열에 바탕을 둔 초현실주의적 특성의 모더니즘은 「키르케」가 보여주는 한계인 동시에 가능성이라고 할 수 있다. 「키르케」는 리얼리즘을 통한 폭력의 재현과 탈식민 주체 사이의 갈등과 모순을 그린다.

하지만 그와 같은 해체적 폭력을 재현함과 동시에 잠재된 탈식민화의 낙관적이 미래를 제시할 수 있어야 한다는 점은 모더니스트로서 조이스가 봉착했던 문제들 가운데 하나이다. 특히 같은 모더니스트 예술가인 카프카의 『유형지에서』와 피카소의 『새』와 『게르니카』에서 찾아볼 수 있는 것처럼, 『율리시즈』가 파괴의 테러리즘적 성격뿐만 아니라 소외 양식의 재현과 시각을 보여주고 있다는 점은 이 작품이 하위계층의 잠재적 저항과 침묵의 음성을 담은 텍스트임을 보여주는 대표적인 예이다.

테러리즘은 그 기원에서부터 하위계층적이고 타자적인 전략이다. 하위계층의 관점에서 볼 때 모더니즘 텍스트에서 재현되는 폭력 행위는 저항과 관련된 것이기 때문이다. 인종과 여성은 저항적 폭력의 대표적인 잠재 세력이기 때문에 모더니즘 텍스트는 그러한 저항의 역사에 대한 알레고리로서 인종과 여성을 선택하기 마련이다. 즉, 인종과 여성의 영역은 모더니즘 예술에 당연히 수반되는 타자의 알레고리적 세계인 것이다.

특히 여성은 20세기 초 세계 대전과 같은 급박한 정치적 위기상황과 연계되어 전쟁의 희생양이자 전쟁의 주인공으로 전형화된다. 이 경우에 여성 하위 주체가 보여주는 희생양의 이미지 혹은 알레고리는 매우 중심적이다. 남성의 전유물인 전쟁의 행위에서 여성은 모국 혹은 조국을 상징하기 때문이다. 뿐만 아니라 19세기에 접어들면서 저속한 대중 문학의 매체를 통해 확산되기 시작한 민족주의적인 기사도 정신 하에서 여성은 제국 혹은 제국을 모방한 식민지 민족 군대가 지향하는 (해방) 투쟁의 목적을 상징하게 된다. 이를테면 영국의 브리타니아, 프랑스의 마리안느, 그리고 아일랜드의 하이버니아와 같은 이미지가 바로 그러한 대표적인 것들이다. 따라서 전쟁 공포의 기호인 동시에 상징이 된 여성은 메트로폴리탄 모더니즘의 재현에서 매우 핵심적이다.

하위계층 담론의 모호성은 인종과 여성의 이미지에 대한 것이다. 특히, 여성은 제국의 폭력에 대한 희생자인 동시에 적극적 주체이다. 「키르케」의 여성 하위 주체는 바로 이와 같은 맥락에서 재현된다. 「키르케」에서 재현되는 여성 하위 주체는 식민 대도시 더블린에 가해진 폭력의 희생물이다. 「키르케」의 여성은 밤의 도시의 창녀들로서 주로 희생의 산물로 묘사된다. 이들은 더블린 소비문화와 제국문화의 한 요소로서 상품 유입에 대한 하위계층 주체의 두려움을 재현한다. 여성의 몸은 식민과 제국의 권력을 반영하는 가장 전형화 된 소비적 상품화의 공간이다. 여성 억압은 제국이 가하는 폭력의 행위를 암시하기 때문에, 여성의 몸은 저항의 테러리즘을 정당화하는 공간이 된다.

여성 하위 주체가 이와 같이 제국의 전형인 동시에 희생이라는 의미 틀을 벗어나기 위해서는 모더니즘 재현의 한 방법으로서 브레히트적인 "소외 효과"의 장치가 필요한 것이다. 왜냐하면 리얼리즘 서사는 충격적인 현실 장면들을 실증적으로 재현할 수 있기 때문이다. 이 경우 모더니즘 서사의 한 특징인 파편화의 기법으로 텍스트에 재현된 이국적이고 비천한 여성 하위 주체들의 알레고리 가능성은 단지 암시적일 뿐이다. 그래서 『율리시즈』는 기존의 리얼리즘을 개방하는 텍스트로 구축되어 있다고 말할 수 있는 것이다. 다만 『율리시즈』는 모더니즘적 소외의 주제를 다루고 있음에도 불구하고, 이 경우에 알레고리 가능성은, 아도르노적인 개념으로 말하자면, 함축된 것이 아니라 자명한 것임을 어느 정도 감안해야 한다.

모더니즘 텍스트가 이와 같은 리얼리즘 서사를 필요로 하는 이유는 텍스트가 두 가지 양상의 재현 가능성 사이에 놓인 모순을 연출하면서, 즉 어떤 상상된 실제가 아니라 상투적이고 진부한 기존의 리얼리즘을 모방하면서도 독자에게 텍스트의 여백을 드러내 보여주기 때문이다. 따라서 아도르노의 다음과 같은 주장은 설득력이 있다.

> 혐오감을 주는 낯선 무엇은 사실은 가장 친근한 것이며 . . . 미메시스적 행동방식이 튀어나오지 못하도록 막고 있는 금기를 분쇄하고 싶은 은밀한 소망은, 금지된 것의 모방이 자신의 정체감을 찾으면서 또한 자아를 없애버리려는 목적을 위한 것이라는 사실의 의심의 여지가 없을 때에만 실현될 수 있는 것이다.[351]

「키르케」는 이런 맥락에서 리얼리즘 요소를 철저히 파편화한 모더니즘 텍스트라고 말할 수 있다. 「키르케」는 인종 담론과 민족주의 담론의 리얼리즘적 재현이 적합하지 않음을 보여주는 가운데, 제국의 억압자이자 동시에 비천한 식민지 하위계층 원주민으로서의 이중적 이미지를 지닌 아일랜드 여성 하위 주체를 재현해 보임으로써 리얼리즘 단계에서는 재현 불가능한 하위계층 문화에서의 제국주의 폭력을 초현실적으로 나타내는 효과를 갖는다. 조이스는 이와 같이 리얼리즘과 모더니즘의 기법을 모두 활용함으로써 제국주의 폭력에 관한 재현의 한계를 극복하고 있다고 본다. 바꿔 말하자면, 이것은 서사의 틀에 있어서 리얼리즘과 모더니즘의 텍스트를 함께 병치시킴으로써 텍스트의 서술적 효과를 가능케 하는 것이다.

---

[351] 하르트무트 샤이블레, 『아도르노』, 김유동 역, 한길사, 1997, 169-170쪽.

인종의 상품화와 물신주의

「키르케」에피소드의 시작 부분부터 남성 리얼리즘의 서술은 철저하게 침식된다. 더블린 거리에 난무하는 폭력의 일상은 민족성을 지향하는 남성 리얼리즘의 세계에서 시도되는 "영웅 만들기"이다. 이것은 민족 주체성이란 식민과 제국의 주체에 의해 제공된 단순하고 소극적 모방에 지나지 않는다는 사실을 일깨운다. 결국 민족의 영웅 만들기는 저속한 전형화임을 보여줄 뿐이다. 더욱이 스티븐이 술에 만취된 상태에서 영국인 병사에게 폭행을 당해 쓰러졌을 때, 블룸이 쓰러진 스티븐의 얼굴에서 죽은 아들 루디를 떠올리는 감상적인 장면은 마치 예수의 시체를 무릎에 안고 슬퍼하는 마리아 조각상인 피에타Pieta를 패러디한 것으로 볼 수 있다. 이것은 제국의 식민 폭력에 의해 폭행당한 채 철저하게 자신들의 정체성을 상실하고 인종차별화를 겪는 아일랜드 식민 상황의 이미지를 부각시키기 위한 것으로서, 남성적 동질 사회의 이상향을 꿈꾸는 아일랜드 민족주의의 실패를 비추고 있다.

이러한 상황은 이미 「키클롭스」에서 찾아볼 수 있는 것이다. 앞서 「키클롭스」를 다룬 제 6장에서 제국주의 폭력에 대해 수차례 언급한 바 있지만, 「키클롭스」에 나타난 리얼리즘 서사는 가장 전형화된 인종차별의 이미지로서 "흑인"의 몸에 지향된 충격적인 폭력의 장면들을 자민족 중심주의의 관점에서 잘 보여주고 있다. 하지만 이것은 제국에 유린당한 아일랜드의 또 다른 모습일 뿐이다. 왜냐하면 인종차별화된 폭력의 이미지는 다름 아닌 또 다른 인종 차별화의 거울 이미지이기 때문이다. 아일랜드 애국자에 대해 가해지는 제국주의적 폭력(교수형)의 순간은, 아일랜드의 민족주의적 시각에서 본다면, 감상주의적 순교로 미화될 수 있는 것이다. 조이스는 이것을 매우 풍자적으로 패러디하고 있는 가운데, "시민"의 입을 통해서 교수형의 장면을 "인도인 용병을 대포의 주둥이에다 가죽 끈으로 묶고는 대포를 쏘

아버린" 영국인의 만행과 병치하면서, 그것이 결코 감상적 순교의 장면으로 미화될 수 없는 충격적인 폭력임을 시사한다(U 12.669-73).

조이스는 또한 미국 남부에서 흑인에게 자행된 잔혹한 만행도 언급하고 있다. 바니 키어난 술집의 손님들 가운데 두 사람이 신문을 뒤적이다가 "조지아주, 오마하에서 화형된 검은 짐승. 앞창이 축 늘어진 모자들을 쓴 한 무리의 데드우드 디크"라는 제목의 기사를 발견한다(U 12.1324-8). 여기서 인종차별의 만행에 관한 머리기사와 사진은 「키르케」의 첫 부분에서 블룸이 "검은 야수 오셀로"를 말할 때, 그리고 "풀을 빳빳하게 먹인 넥타이"를 착용한 보히 형제에 대해 수반되는 장면에서 또 한 번 인유되고 있다. 블룸이 더블린의 홍등가 지역인 "밤의 도시"를 마치 죄진 것처럼 배회할 때, 과거 그의 애인이었던 조시 브린을 우연히 만난다. 조시 브린이 블룸을 꾸짖는 가운데 몰리에게 그가 이곳에 있다는 것을 알리겠다고 위협한다. 블룸은 조시 브린에게 그가 지금 몰리에게 흑인 애인을 찾아주기 위해 "밤의 도시"에 있다고 변명한다. 그 순간 흑인 분장 악극 단원인 보히 형제가 블룸을 대신해서 잠정적으로 조명을 받을 때, 블룸의 환상 시나리오에서 일련의 흑인의 전형들이 완전히 그의 자리를 대체하고 있다. 흑인 분장 악극 단원들은 동일한 이미지를 지닌 블룸의 대역을 맡으면서 블룸과 보히 형제가 유사하다는 것을 암시한다(U 15.407-26).

에피소드의 여러 군데에서 블룸은 다양한 흑인의 이미지를 반영하고 있다. 복음주의 교회 목사인 알렉산더 J. 도위Alexander J. Dowie는 블룸을 캘리번이라고 부르고 있고(U 15.1760), 한 폭도가 "저놈을 사형하라. 화형에 처하라! 파넬에 못지않은 악인이야"(U 15.1762)라고 외치고 있다. 블룸은 또한 감상적 민족주의를 패러디하는 장면에서, "불사조의 불꽃 속에 꼿꼿하게 서서," "까만 옷을 입은 에린의 딸들이 무릎을 꿇고 기도하는 가운데," 그리고 "조지프 그린의 오르간 반주로 헨델의 〈메시아〉 코러스 '할렐루야 전능하신 하느님께서 지배하시니'를 합창하는 가운데" "탄화"한다(U 15.1935-56).

　게다가 블룸이 창녀 조위Zoe에게 흡연의 위험성을 경고한 후에 그녀가 "얼굴이 시커멓게 될 때까지 계속 얘기해줘요"(U 15.1958)라고 말할 때, 조위의 말은 블룸의 흑인 이미지를 반영하고 있다. 또한 벨라/벨로는 "옛날 뉴비아의 노예처럼 퉁소곡이 연주되는 동안에 (야만스럽게) 코걸이며, 집게, 태형, 교수용 고리, 매 등을 너로 하여금 맛보게 해주겠노라"(U 15.2891-4)고 블룸에게 다짐한다. 뉴비아Nubia는 14세기에서 20세기 초까지 아랍의 노예매매의 중심지였다. "뉴비아의 노예"는 절대적인 노예 상태를 암시한다.[352] 나중에 블룸은 요정에게 자신이 그 동안 흑인 노예로서 16년간이나 노동의 착취를 당해왔다고 말한다(U 15.3475-6). 이후 블룸은 스티븐과 함께 거울을 들여다보게 된다. 그런데 거울 속의 자신의 얼굴은 뿔 달니, 다시 말해 "오쟁이진" 셰익스피어의 얼굴을 반영한다. 거울 속에 비친 셰익스피어는 "검은 수탉의 웃음소리로 끄룩끄룩 짓는 오델로"이다(U 15.3830-9). 심지어 창녀 조위가 블룸의 왼쪽 주머니에서 발견하는 "까만 감자"는 흑인 남근을 암시한다. 조위는 블룸의 주머니에 접근하여 그의 돈과 그의 생식기 두 가지를 더듬어 찾지만, 그 대신에 "딱딱하고 까만 쪼글쪼글한 한 개의 감자"만을 찾을 뿐이다(U 15.1309-10). 감자는 다름 아니라 1945-1946년 사이에 감자 마름병의 출현으로 불어 닥친 극심한 대기근으로 인해 심각한 경제 공황과 대기아 사태에 빠진 식민지 아일랜드의 차별적 상징이다.

　더욱이 이 작품 전반에 걸쳐 블룸은 단지 유태인이라는 이유 때문에 흑인의 특질과 관련성을 맺고 있다. 존 헨리 멘턴John Henry Menton은 블룸을 두고서 흑인을 일컫는 저속한 비속어인 "검둥이"coon(U 6.705-6)라고 부른다. 그리고 조 하인즈Joe

---

[352] Don Gifford & Robert J. Seidman, p. 502.

Hynes는 "더블린 경마에서 돈을 딴 자는 그 녀석뿐"이라고 말하면서, 그를 "다크호스"라고 부르고 있다(U 12.1558).

「키클롭스」에서 "시민은 『유나이티드 아이리쉬맨』에 실린 인종 차별적인 풍자문을 읽으면서 블룸이 그 풍자문이 희화하고 있는 "줄루족의 추장"을 닮았다고 말한다(U 12.1509–33). 더욱이 "시민"은 블룸을 "백안의 이단자"라고 부른다(U 12.1552). 이것은 그 당시 영국과 아일랜드에서 인기가 있었던 흑인 분장의 연기자였던 조지 셔그윈George H. Shirgwin의 무대 이름이기도 하다.[353] 그래서 블룸은 흑인 분장 악극 배우인 보히 형제의 "카피르 족의 허연 눈"을 연상케 한다.

> . . . 카피르족의 허연 눈과 이빨을 번쩍이며 모양 없는 나막신을 신고, 징글징글 울리면서, 노래를 하며, 등과 등, 발가락과 발꿈치, 발꿈치와 발가락을, 서로 맞대고 까만 입술로 쭉쭉쭉쭉 소리를 내며 박자를 맞추면서, 흑인무를 춘다. (U 15.415–8)

결국에는 보히 형제가 다름 아닌 블룸의 인유로서 블룸의 인종적 타자성과 모호성을 간접적으로 함축하고 있음을 알 수 있다. 이것은 셰릴 허Cheryl Herr의 설명에서도 잘 드러나는 점이다.

> 사실 보히 형제는 원래 흑인 연기자로서, "흑인특유 빛깔의 손"과 "쭉쭉쭉쭉 소리를 내는 까만 입술"을 가지고 있으며, 흑인 분장 악극에서 매우 활기찬 "흑인무"를 연기했다. 한편 이들은 허연 카피르 족의 눈으로 분장을 했는데 이것은 (보히 형제가 지닌) 모호한 인종적 신분을 나타내는 지표였다.[354]

---

[353] Cheryl Herr, p. 158.
[354] Ibid, p. 157.

그러한 인종차별적 모욕으로부터 자신을 보호하려는 것처럼, 블룸은 자신이 백인임을 주장한다. 그는 경찰에게 보어전쟁 동안에 "저도 백인이 할 수 있는 일이라면 뭐든지 다했다고"라고 변명한다(U 15.797). 그는 전직 하녀인 메리 드리스콜Mary Driscoll에게 "나는 너를 참 훌륭하게(백인처럼) 대우해 주었지"I treated you white라고 항변한다(U 15.876). 블룸의 재판 변호사인 J. J. 오몰리O'Molloy는 인종적 측면에서 자신의 고객인 블룸이 "자신이 알고 있는 가장 결백한 (백인다운) 사람"임을 법원에게 변호하는 가운데 은연중에 백인 주체와 비백인 타자 사이의 인종의 차이를 부각하고 있다(U 15.980). 백인임을 항거하는 검은 피부의 블룸의 광경은 다양한 인물들이 블룸의 성격을 묘사하기 위해 흑인 분장 악극의 어휘를 전유하고 있는 이전의 장면들을 연상시킨다.

블룸이 왜 흑인의 얼굴을 하고 나타나는지를 이해하려면 20세기 초 아일랜드에서 빈번히 공연된 흑인 분장 악극의 역사적 맥락과 그 차별적 의미를 살필 필요가 있다. 원래 19세기 초 영국식 뮤지컬에다 흑인 요소를 결합시킨 데서부터 시작된 흑인 분장 악극은 1840년대와 50년대 들어 미국 전역에서 선풍적인 인기를 끌었으며, 그 여세를 몰아 영국을 포함한 유럽에도 진출하게 되었다.[355] 그러나 흑인 분장 악극은 아일랜드 민족주의자들이 비판적인 시각을 가졌던 오락 상품 가운데 하나였다. 왜냐하면 여전히 제국의 식민지배와 통치에 기인한 인종차별적인 상황에서 벗어나지 못한 상황에서 백인들이 흑인 분장을 한 채 흑인들의 말과 노래와 춤과 동작을 흉내 내는 흑인 분장 악극의 수용은 아일랜드인과 타민족 사이의 인종차별적 유사성을 더욱 가시화하는 결과를 초래하기 때문이다.

아일랜드 민족주의는 제국의 민족주의 모델을 기본 바탕으로 해서 타인종과의

---

[355] 태혜숙, 『미국 문화의 이해』, 중명, 1997, 312-16쪽.

차별화 개념을 구축하는 과정에서 흑인을 이상적인 절대적 타자라고 여긴다. 그러나 아일랜드 민족주의자들이 시도한 제국주의 백인과의 이러한 동일화 노력에도 불구하고 영국인들은 여전히 아일랜드 인을 "백인 검둥이"라고 부른다. 반아일랜드적 감정을 담은 이와 같은 표현은 아일랜드와 다른 비백인 식민 주체들 사이의 구조적 유사성을 나타냄으로써 인종 개념에 관한 민족주의자의 입장을 더욱 위축시킨다.

이와 같은 맥락에서 하이드를 비롯한 아일랜드 민족주의자들은 흑인 분장 악극과 같은 공연 오락을 반대했다. 이들의 입장에서 흑인 분장 악극은 아일랜드에 수입된 영국과 미국의 "타락된" 대중오락의 한 형태이기 때문이다. 영국의 지배는 "왕립 극장," "퀸즈 극장," "제국 극장"과 같은 흑인 악극을 공연하는 더블린의 극장 명칭에서 이미 상징적 의미를 지닌다. 악극에서 공연되던 팬터마임과 버라이어티 쇼가 종종 아일랜드 청중들의 구미에 맞춰 그 소재가 정해졌지만 영국적인 연출과 각색이 많이 가미되었다. 이러한 이유 때문에 민족주의자들이 볼 때 아일랜드의 극장은 제국의 문화 침략으로 인해 민족 문화가 심각하게 오염되는 공간이었다.

민족주의자들이 볼 때 아일랜드 민족의 순수함과 우수성을 견지하려고 노력하는 시점에서 백인 악극 배우가 흑인 분장을 한 채 흑인을 풍자하는 것은 아일랜드 인이 지닌 순수성의 침해를 위협하는 현대의 물질문화를 상징한다. 흑인 분장 악극은 기계적 대량 생산 시대의 인종 극이기 때문이다. 즉, 검은 얼굴의 이미지는 제국 주도의 상업적인 소비문화에서 명백히 모방적 구현의 한 형태이기 때문에 잠재적으로 제국의 통치와 통제를 벗어난 모방, 타락, 수치의 이미지를 상징하고 있는 것이다.

「키르케」의 초현실적 서사에서 블룸의 인종차별적 이미지를 재현하는 이름인 유진 스트래튼Eugene Stratton 혹은 "멋쟁이 검둥이"The Dandy-Coloured Coon는 "백인

들을 모방하는 흑인들을 흉내 내는 백인"의 모방 전통에서 활동한 대표적인 악극
배우였다.356 뉴욕 태생의 유진 스트래튼은 처음에는 한 흑인 분장 악극단의 일원
이었지만 나중에는 일인 연기자로 활동하는 동시에 주로 영국과 아일랜드에서 공
연 활동을 한다. 그의 인기 곡 "멋쟁이 검둥이"는 그의 별명이기도 했다.357 「키르
케」에서 그의 이름은 인종차별화의 담론에서 블룸을 각인하는 데 전유되고 있다.
「배회하는 바위들」 에피소드에서 볼 수 있듯이, 1904년 6월 16일의 더블린은 스
트래튼의 공연을 알리는 포스터들로 잔뜩 붙여져 있다. 광고 포스터는 스트래튼의
이미지를 확대 재생산하는 광고 체제를 극명하게 보여준다. 이러한 맥락에서 더블
린 상품문화 속의 광고는 "백인을 모방하는 흑인을 흉내 내는 백인"의 이미지를 확
대 재생산하는 캘리번적인 모방의 거울로서 그 기능을 수행한다.

　「키르케」의 시작 부분에 뚜렷하게 나타내 보이는 초현실적 모더니즘 서사에서
밴조를 연주하며 춤을 추고 노래하는 보히 형제(U 15.411)는 백인이면서 흑인 분장
배우인 스트래튼과는 달리 원래 흑인이다.358 조이스는 흑인의 정체성이 항상 상
품 형태를 통해서 중재되도록 인위적이고 극적인 방식으로 이들을 묘사한다. 역사
적으로 노예의 경험에서 비롯된 흑인 고유의 이미지는 백인에 의해 상대적으로 고
정된 것이다. 흑인 얼굴의 생산 양식에서 비롯된 흑인의 고정된 이미지는 흑인 분
장 악극을 통해 확산된다. 흑인 분장 악극 공연은 변화가 거의 없는 비교적 작은
제스처의 레파토리로 구성된 대단히 틀에 박힌 상투적인 연출이다. 청중의 요구에
따라 변형된 한 레파토리의 연기가 일단 성공을 거두면 그것은 곧 다른 배우들이
모방하므로 급기야 아일랜드 전역에서 계속 확대 재생산된다.

---

356 Don Gifford & Robert J. Seidman, p. 108.
357 Cheryl Herr, p. 156.
358 Ibid, p. 155.

두말할 것도 없이 흑인 분장 악극이 재현한 흑인의 이미지에 관한 내용은 종종 실제 흑인들의 역사에 관한 것보다도 시장 역학에 대해 더욱 관계가 깊다. 이런 점 때문에 『율리시즈』에 반영된 보히 형제와 유진 스트래튼의 광고 포스터는 그들의 상품화의 특성상 아일랜드의 식민 상황을 반영하는 인종차별화된 상품 물신을 표현한다고 볼 수 있다. 흑인의 얼굴과 흑인 이미지 사이의 연계는 아일랜드에서 행한 영국의 잔학한 행위, 즉 아일랜드 애국자에 대한 "린치"의 묘사에서 조이스가 말하고자 하는 제국의 폭력을 인유한다. 아울러 흑인 이미지와 폭력의 결합은 마침내 타자들을 (재)생산하고 축출함으로써 순수한 인종이라는 아일랜드 인종의 정체성 구축을 시도하는 민족주의자들의 전도된 인식론적 폭력을 암시하기도 하는 것이다.

이들 식민 폭력의 이미지는 적어도 세 가지 지시 대상물이 있다. 먼저, 비백인 민족들에 대해 가해진 이중적인 폭력이다. 직접적인 물리적 지배뿐만 아니라 재현의 보상적인 폭력의 형태에서, 즉 실체 흑인을 삭제하고 무시하고 생략한 후, 오직 흑인의 이미지만을 시장에서 상품화한다. 이중적인 흑인 이미지의 수용은 흑인들의 삶과 이미지에 대한 흑인 분장 악극의 본질을 말해 주는 것이다. 벨 훅스Bell Hooks는 인종 차별화된 상품에 각인된 이와 같은 이중적인 폭력을 명쾌하게 분석하고 있다.

> 최근에, 타자가 어떤 차이를 지니고 있든지 간에 그것은 탈문맥화의 과정을 통해 타자의 역사적 의미를 부정하고 타자를 전도하는 소비자 카니발리즘에 따른 상품 교환을 거쳐 삭제된다는 점에서 차이의 상품화는 소비 패러다임을 촉진한다. 할 포스터Hal Foster가 주장하듯이 "원시주의"가 부분적으로 유사성의 개념에 의해 원시성을 흡수하는 것처럼, 비록 비백인 타자의 특이한 목소리를 거부하거나 혹은 백인의 취향에 맞추어 그들 목소리를 수정할지라도, "크로스오버"의 현대적 개념

은 문화 생산의 한계를 확장하여 그들 비백인 타자의 목소리가 보다 많은 청중들에게 들릴 수 있게 한다.359

훅스의 분석을 요약하면 흑인 이미지를 백인의 맥락으로 옮기는 것은 추상화 혹은 탈문맥화의 과정을 의미하는 것이다. 그래서 백인 청중을 위해 흑인의 목소리를 상품화한다는 것은 그러한 흑인 목소리의 특징적 이미지를 백인 소비자의 취향에 맞게 전유하고 동시에 그것을 부정함을 의미한다.

다음으로, 폭력은 대단히 성적으로 표현되어 있음에 유의할 필요가 있다. 특히 아일랜드 민족주의자들은 남성의 관점에서 제국의 야만성을 묘사하는 가운데 가학성과 피학성의 이분법적인 구조화를 설정하고 있다. 「키클롭스」에서 바니 키어난 술집 묘사는 술집의 남자들 주변의 폭력 이미지들을 담은 매우 암시적인 단어들로 이루어져 있다. "시민"이 해군의 체벌에 대해 이끌어내고 있는 묘사는 일종의 성적 가학성을 암시한다. 여기서 해군 장교들과 삼각모를 쓰고 정렬해 있는 해군 소장들은 무장한 대장이 가다란 지팡이로 총개머리 판에 묶인 나이어린 소년 병사의 엉덩이를 매질할 때 말없이 지켜볼 뿐이다(U 12.1334-45).

이전에 술집의 남자들은 호전적인 아일랜드의 민족주의자들의 의연한 죽음에 대해 말하고 있다.

> 틀림없어, 하고 앨프가 말한다. 사람들이 킬메인엄에서 무적단, 조 브러디를 교수형에 처했을 때의 간수장한테서 나는 그 얘기를 들었어. 목을 졸라 밧줄을 풀어 내린 후에도 고놈은 마치 부지깽이처럼 그들 얼굴 정면에 빳빳하게 서 있었다고 그가 내게 일러주었지. (U 12.459-62)

---

359 Bell Hooks, *Black Looks: Race & Representation*, Boston: South End Press, 1992. p. 31.

이와 같은 대화는 「키르케」에서 교수형에 처해지는 "까까머리 소년"의 환상적 장면에서 다시 그려지고 있다. 그는 동일한 제목의 노래에서 묘사된 비극적인 운명을 맞이한 민족주의 영웅이다.

> 까까머리 소년
> 헤 허머니허이 한식을 위해 히도하지 핞았도다.
> (그는 숨을 거둔다. 교살된 시체의 급격한 발기가 시의를 통해 조약돌 위에다 정액 방울을 떨어뜨린다. 벨링엄 부인, 엘버튼 배리 부인 그리고 머빈 탈보이즈 각하 부인이 앞으로 달려 나가 손수건으로 그것을 적셔 훔친다.) (U 15.4546-52)

식민 폭력과 성의 연계는 특히 흑인의 몸에 대해 가해진 두드러진 현상이다. 예를 들어 J. J. 오몰리O'Molloy는 "녀석들은 부녀자들을 강간하고 그들이 할 수 있는 한 모든 생고무를 원주민으로부터 짜내려고 그들의 배를 회초리로 마구 후려갈기고 있다"(U 12.1546-7)고 말하면서 콩고에서 자행되는 백인들의 착취를 비판하고 있다. 「키클롭스」에서, 맹목적인 아일랜드 민족주의의 감상적 재현에서 비롯된 "앞창이 축 늘어진 모자들을 쓴 한 무리의 데드우드 디크 놈들이 한 흑인의 혀를 잡아 빼게 하고 그 발아래 모닥불을 피워놓고 나무에다 붙들어 매어 총질을 하는"(U 12.1325-6) 것과 같은 잔혹한 이미지는 이후 「키르케」의 초현실적인 모더니즘 서사를 통해 가학적 피학적인 성적 환상의 재료로서 파편화된 이미지로 반복된다. 블룸은 성적인 흑인 물신의 장황한 설명과 함께 "풀을 빳빳하게 먹인 샘보 흑인 넥타이"를 입고 있는 보히 형제들을 소개한다(U 15.408-11).

여기서 폭력 행위를 자행하는 제국의 남성들이 남근적 권위의 장식물들을 몸에 지니고 있음을 주목할 필요가 있다. 즉, "무장한 대장"이 "긴 지팡이"로 수부에게 매질할 때, "장교들과 삼각모를 쓰고 정렬해 있는 해군 소장들이" 말없이 지켜보는 장면은 "앞창이 축 늘어진 모자들을 쓴 한 무리의 데드우드 디크 놈들이" 매달려 있는 흑인에게 총을 쏘는 이전의 장면과 연결된다. 과격한 남성 권위에 대한 이러한 일련의 성적 묘사는 제국의 폭력을 말하고자 한 것이 아니라, 제국의 이데올로기를 모방한 아일랜드 민족주의가 표방하는 강인한 남성 정체성에 내포된 모순을 보여주고자 한 것이다.

19세기 후반에 영국의 식민주의자들은 그들 자신의 인종을 남성의 본질로, 그리고 그들의 식민지를 수동적인 여성의 본질로 분류하는 경향이 있었다. 이러한 분류의 경향은 전통적으로 "에린"Erin 혹은 "하이버니아"Hibernia와 같은 여성적 명칭으로 본질화된 아일랜드에 대해서도 마찬가지이다.360

그래서 식민 이전의 아일랜드가 견지한 전통적인 고유의 남성적 기질을 회복한다는 기치 아래 마이클 쿠잭과 같은 아일랜드 민족주의자들은 1884년에 게일 체육협을 설립했다. 이것은 제국에 의해 부과된 "여성적" 개념에 대항하여 아일랜드 고유의 호전적이고, 남성적인 신체 문화를 개발하기 위해서이다.

「키르케」에서 제국이 식민지를 어떻게 여성적 이미지로 각인하고 있는가를 살피기 전에, 인종 차별화된 흑인의 성욕을 제국이 어떻게 규정하고 있는가를 분석하는 것은 매우 중요하다. 왜냐하면 역사적으로 성욕에 관한 서구 담론의 틀에서 흑인 남성의 성욕은 매우 중요한 자리를 차지하고 있었기 때문이다. 푸코의 『성의 역사』 제 1권 『앎의 의지』에서 19세기의 성과 인종을 분리된 범주로서 구별하면서 "긴급한 생물학적 역사적 요청이라는 미명아래, (성의) 과학은 당시 임박하고 있던 국가적 차원의 인종차별을 정당화했다. 과학은 그것을 진리로 확립했다"고 말하면서 전자가 후자를 논리적으로 우선해서 고정적인 위치를 차지하고 있다고 분

---

360 L. P. Curtis, Jr., *Apes & Angels: The Irishman in Victorian Caricature*. Revised edition. Washington: Smithsonian Institution Press, 1997. pp. 155-157.

석하고 있다.361

위에서 언급되고 있는 성의 과학은 인종차별을 성 그 자체의 리얼리티에 바탕을 두고 있다. 푸코에 따르면, "건강, 자손, 종족, 그리고 인류라는 동물 종의 미래와 살아있는 사회 체제라는 주제를 통해서 권력은 성적 욕망을 향해 말한다"는 것이다.362 여기서 종족, 즉 인종은 단순히 성에 대한 커버에 불과하다. 즉, 권력이 인종을 매체로 해서 성의 담론을 생산한다. 이런 관점에서 푸코가 "성욕은 규준, 앎, 삶, 의미, 규율, 그리고 통제의 범주에 속한다"라고 말하고 있는 것은 그가 성과 인종 사이에서 보다 역동적인 관계의 가능성을 일부 간과하고 있음을 보여주는 대목이다.363 식민 아일랜드에서 성과 인종, 그리고 권력 사이의 관계를 살펴볼 수 있듯이, 실로 인간의 권력과 성을 통해서 인종(차별)의 계층화가 이루어진다고 하는 문제는 특히 탈식민주의 상품 문화에서 인종과 성의 정체성이 서로 얽혀 있음을 엿볼 수 있게 해준다. 조이스는 상품의 유통을 통해 인종 차별적 이미지가 더욱 확산된다는 점을 날카롭게 보여주고 있는 반면 푸코는 성이 인종에 대해 이차적인 것이며, 인종차별은 어떤 점에서 주변적이고 부수적인 범주로 파악하는 차이점이 있다.

『자기의 땅에서 유배당한 자들』에서 파농은 흑인 공포증과 반유태주의 사이를 비교하는 가운데 흑인 남성의 성적 이미지에 관한 서구의 고정 관념을 고발하고 있다. 파농에 의하면 유태인은 그 잠재적 취득 능력 때문에 유럽인에게 두려움의 대상이 되는 반면, 흑인은 그들이 갖고 있다고 추정되는 "출중한 성적 에너지"와 "완전한 성적 자유" 때문에 유럽인에게 두려움의 대상이 된다. 그래서 흑인은 더 이상 "니그로"로 인식되지 않는다. 그 대신 "니그로의 모습은 사라져 버리고" "성기 그

---

361 미셸 푸코, 『성의 역사 I: 앎의 의지』 이규현 역, 나남, 1990. 71쪽.
362 앞 책, 158쪽.
363 앞 책, 158쪽.

자체"로 기호화된다.[364] 파농은 흑인 남성에 대한 폭력에 문제를 제기하면서, 흑인에 대한 학대, 고문, 구타가 성적인 의미를 지니고 있다고 말하면서, 서양에 의해 인위적으로 만들어진 흑인 이미지에 강한 의문을 품는다.[365]

파농은 지나치게 강한 흑인 남성성의 전형이 백인의 질투와 증오와 결합된 채 대단히 모호한 것이라고 말한다. 그러한 모호성이 한편으로는 흑인에 대한 린치로 이어지거나, 또한 역설적으로 백인의 구미에 맞을 경우 제한된 찬양의 행위로 전유되기도 한다. 흑인은 오직 "백인의 마음에 들도록 만들어진 흑인의 경우에 한해서만" 사회의 필요한 존재로 인정받는다.[366] 흑인이 갖고 있다고 "추정되는" 성적인 힘은 광고와 영화 같은 상품 문화 속에서 더욱 백인들의 "마음에 들도록," 흰 이를 드러내고 안전하게 "싱긋 웃음"을 짓는 상품의 형태를 취한다.

> 많은 작가들은 흑인의 미소, 즉 "싱긋 웃음"에 많은 흥미를 느끼고 있는 듯하다. 버나드 울프Bernard Wolfe는 이점에 대해 다음과 같이 말하고 있다. "우리에게 흰 이를 드러내고 웃는 흑인을 묘사하는 일은 즐거운 일이다. 그리고 우리가 볼 때 흑인의 웃음은 항상 우리에게 주는 일종의 '선물'이다. . . . " 수많은 광고와 영화, 그리고 제품의 상표에서 싱긋 웃음을 짓고 있는 흑인의 모습 . . .[367]

그래서 흑인은 백인소비자들에게 언제나 안전한 상품의 형태로만 존재한다. 상품으로서 흑인은 흑인의 성기에서 남근으로 중재된다. 그래서 흑인은 생물학적 기관에서 모순된 표지 혹은 동시적 현존/부재를 위한 상징의 기표로 전환된다. 상품화

---

[364] 프란츠 파농, 『자기의 땅에서 유배당한 자들』 김남주 역. 청사, 1978, 161, 165, 171쪽.
[365] 앞 책, 163쪽.
[366] 앞 책, 176쪽.
[367] 부분적으로 우리말 번역본에 빠진 부분임. Frantz Fanon, *Black Skin, White Masks*. Trans. Charles Lam Markman. New York: Grove, 1967, p. 49n. 참조.

된 흑인의 남근은 성적 능력뿐만 아니라 동시에 거세를 상징한다. 이것은 실제의 흑인에서 흑인의 삭제 혹은 흑인의 부재를 의미한다. 다시 말해 흑인은 사라지고 오로지 흑인의 이미지만 남는다. 상품 문화에서 흑인은 존재하지 않는다. 오로지 물신화된 이미지만 존재할 뿐이다. 흑인 물신의 이미지는 다만 정서적 표지로서 작용한다.

이러한 맥락에서 거세된 혹은 사물화된 흑인의 남근으로서 블룸의 "검게 시든 감자"와 같은 인종 차별화된 상품은 깊은 모호성을 담고 있다. 그 이유는 메트로폴리탄 상품문화의 활발한 유통과정에서 제국의 문화적 헤게모니에 의해 종속되어 있기 때문이다. 예를 들어 흑인의 얼굴을 포함한 흑인 이미지의 상품화가 동시에 가학적 피학적인 환상을 지향하고 있다. 그래서 파농은 "우리들은 흑인의 '싱긋 웃음'을 싸 넣고 . . . 피학증으로 포장하여 대중문화의 시장에 대량 방출하는 것이다. . . . 흑인이 전형성을 문화적 곤봉으로 바꾸어 버릴 때, 자기의 가학증을 의식하지 못하는 것처럼 백인도 흑인의 상징이 된 '싱긋 웃음'이 담은 미묘한 의미에 기분 좋아할 때, 자기의 피학증을 의식하지 못한다"고 지적한다.[368]

파농이 주장하고 있는 것처럼, 흑인 얼굴의 즐거움은 백인 청중들에게 이중의 모호성을 지니고 있다. 먼저, 흑인 분장의 백인은 흑인에 대한 자기와의 관계를 부인하면서 동시에 그들에 대한 가학적 폭력의 행위들을 재현한다. 왜냐하면 가해자들은 표면상으로는 "흑인"이기 때문이다. 예를 들어 흑인 분장 악극에서 흑인 얼굴로 뒤바뀐 백인의 가학증은 남근으로 작용하는 흑인의 공격적인 이미지에서 명백하다. 그러나 공격자들이 "흑인"이고 청중들은 백인이기 때문에, 성적 폭력은 묵시적으로 백인을 향한다. 그래서 흑인 얼굴의 분장이 타락을 암시하는 한, 흑인 분장

---

[368] 앞 책, 176-177쪽.

악극은 또한 연기자와 청중 모두에 대해 백인 남성의 피학증의 형태가 된다.[369]

흑인 얼굴과 블룸의 관계는 이와 같이 이중적인 모호성을 대변한다. 「키클롭스」에서 블룸이 "시민"에게 자신의 민족과 인종의 정체성에 대해 말하는 가운데 "나도 역시 한 종족에 속해요. . . . 미움을 받고 박해를 당하고 있는 지금 바로 이 순간에도 . . . 강탈당하고 있지. 약탈을 당하고, 모욕을 당하고, 박해를 당한 채 . . . 바로 지금 이 순간에도 . . . 노예나 가축들처럼 모로코에서 경매로 팔리고 있단 말이오"(U 12.1467-72)라고 말하는 순간은 자신을 모로코 노예들과 동일시하는 일종의 피학적인 민족 리얼리즘 서사를 보여준다. 그러나 「키르케」의 초현실적 모더니즘 서사에서 블룸은 제국의 상품문화의 괴물인 벨로의 여성화된 "뉴비아의 노예"가 되는 환상으로 바뀌게 된다. 다시 말해 제국의 식민지는 이미 그 식민 상태에서 백인에 대한 흑인이자, 여성적 노예인 동시에 제국 상품의 종속적인 소비 시장으로 전락함을 조이스는 인유하고 있다.

같은 맥락에서 또한 보히 형제는 블룸의 피학증을 의미한다. 왜냐하면 이들은 블룸과 몰리에 대한 성적 대역이기 때문이다. 몰리의 흑인 애인에 대한 욕망과 그것에 관한 블룸의 언급들은 이러한 주장을 뒷받침하면서, "검은 야수"(U 15.409)에 사로잡힌 그의 아내를 보는 것과 같은 피학적 환상을 암시한다. 흑인 분장 악극 또한 몰리의 애인이자 광고 중개인인 보일란에 대해 연계되어 있는데, 그는 두드러지게 멋쟁이 같은 옷을 입고 있다. 더욱이 보히 형제가 "누군가가 집안에서 다이너와 함께 낡은 밴조를 켜고 있네"(U 15.420-3)라고 노래할 때, 이것은 보일란과 몰리 사이의 간통을 연상시킨다. 보히 형제와 보일란 사이의 이러한 연계가 보일란을 조롱하는 것일 때, 흑인의 이미지는 또한 몰리의 애인인 보일란을 향한 블룸의 가학증을

---

[369] Eric Lott, "Love & Theft: The Racial Unconscious of Blackface Minstrelsey." *Representations* 39 (1992), pp. 23-50.

뒷받침한다.

지금까지 「키르케」에서 인종과 성의 상품 문화는 남성적이고 감상적인 아일랜드 민족주의가 내포하고 있는 모순에 대한 하나의 인유로 읽어냈다. 예를 들어 흑인 남근으로서 인종 차별화된 상품은 현존과 부재, 성적 능력과 성적 불능을 재현하고 있다. 리얼리즘 서사의 아일랜드 민족주의가 영웅의 극단적인 남성성의 이상을 재현하는 가운데 저항의 폭력을 감상적 순교로 희화하고 있는데 비해, 모더니즘 서사는 이것을 거세된 인종 차별화의 상품으로 결합시키고 있다. 이와 마찬가지로, "아마사로 만든 하얀 양복차림에 샘보 흑인 넥타이" 차림의 보히 형제는 바로 블룸이 몰리를 위해 찾고 있는 "검은 야수 오셀로"이자, 아일랜드 애국자를 연상시킨다. 즉, 아일랜드 민족주의의 피학적 저항의 행동은 민족을 위해 기꺼이 희생을 아끼지 않는 민족의 십자가인 것이다.

여성의 상품화와 물신주의

더블린 상품 문화에서 인종과 민족주의에 대해 투영된 모호성은 여성에 대해서도 매우 민감하게 투사되고 있다. 리얼리즘의 서사의 궤도에서 투사되는 이성애적 욕망은 남성적 동료 의식과 서로 충돌하게 된다. 심지어 "모국"의 상징인 여성에 대한 민족주의적 묘사는 1845년에 발생한 아일랜드 감자 대기근(U 2.269)으로 말미암은 엄청난 죽음의 상징이자 모국을 상징하는 어머니의 성적 도착과 타락의 전형이다. 그래서 여성으로서 아일랜드는 "시든 감자의 사화를 가슴에 꽂고 독버섯 위에 앉아 있는 원추형의 모자를 쓴 이빨 빠진 늙은 할멈"370인 동시에, 『젊은 예술

---

370 또한 아일랜드 민요 "Druimin Donn Dilis"의 구절인 "비단같은 암소(silk of the kine)"(U 1.403)와

가의 초상』 제 5장에서 스티븐이 아일랜드를 비유해서 말했던 것처럼, "자신의 새
끼를 잡아먹는 늙은 암퇘지"로 풍자되고 있다(U 15.4578-83). 또한 매춘부로서의 여
성은 남성적 카니발에 있어서 이중적인 천민으로서 하위계층이다. 이를테면「키르
케」에 등장하는 여성은 "밤의 도시"의 창녀들이다. 이들은 부르주아 가정의 인위
적 대리 공간인 매춘 가에서 남성적 욕망의 희생자로 그려진다.

특히 창녀는 상품 소비자이자 소비 상품 그 자체로서 상품 물신이다. 상품 물신
으로서 창녀는 마르크스의 개념을 빌리면 "인간 자신들의 일정한 사회적 관계이자,
사물 사이의 환상적 형태로서," 하위 여성의 어떤 주체성도 부정되는 가운데 오직
상품 이미지로서만 존재한다.371 상품의 이와 같은 물신주의 성격은 "상품을 생산
하는 노동 특유의 사회적 성격에서 비롯되며, 사람과 사람의 물적 관계 및 물적 존
재와 물적 존재의 사회적 관계에서 나타난다."372 상품 물신주의는 사회의 물질
기반에서 사물화의 과정, 즉 인간과 인간 사이의 가치가 상품에 투사되는 결과이기
때문이다.373 이러한 점에서 창녀는 제국과 식민 상품 문화 사이에서 이중 고리의
역할만을 의미할 뿐이다.

소비 상품은「키르케」의 모더니즘 서사에서 매우 풍부하게 등장하면서 식민 더
블린의 소비문화를 반영한다. 상품은 계급과 국민, 그리고 명칭에 관한 리얼리즘
서사에서 남성적 정체성의 지표로서 보여 진다. 그러나 상품은 하위계층 여성 주체
와 더욱 깊은 관계를 맺고 있는 것처럼 보인다. 이를테면 모자를 둘러싼 희극적인
몰입의 장면을 들 수 있다.

그리고 아일랜드 민요 "Shan Van Vocht"의 "불쌍한 노파(poor of old woman)" 등도 아일랜드의 전
통적인 별명이다.
371 칼 마르크스,『자본 I-1』김영민 역. 이론과 실천, 1987, 91쪽.
372 앞 책, 91-92쪽.
373 Enda Duffy, p. 151.

모자는 남성과 여성 모두에게 계급과 정체성을 나타낸다. 모자는 신분에 관련되어 있을 뿐만 아니라 민족주의와 식민 소비문화 모두를 의미하는 상품 물신이다. 블룸은 경찰 심문을 당할 때, "붉은 색에 검은 술이 달려있는 터키모자를 쓴" 이집트 재무차관을 역임한 바 있는 폰 블룸 파샤를 가장한다. 그래서 자신을 부유하고 사치스런 동양화된 이미지로 물신화한다(U 15.728).

블룸은 경찰관의 계속된 심문에 자신이 문필업에 종사하는 작가라고 대답하면서, 자신은 영국과 아일랜드의 신문에 관계하고 있는 터라 신문사에 전화를 걸어 확인해 볼 것을 권한다. 이때 「아이올로스」 에피소드에서 광고를 팔러온 블룸에게 대단히 무례하게 군 적이 있는 『이브닝 텔레그라프』지의 편집장 마일즈 크로포드가 "깃펜을 이 사이에 끼운 채, 꿈틀꿈틀 밖으로 걸어 나온다. 이 순간 그의 진홍빛 매부리코가 해무리 같은 밀짚모자 속에서 번쩍인다. 그는 한 손에 한 묶음의 스페인 산 양파를 달랑달랑 들고 다른 한 손에는 전화 수화기를 귀에 대고 있다"(U 15.806-9). 또한 심문 경찰이 블룸을 시한폭탄을 갖고 있는 테러분자라고 몰아붙일 때 블룸은 패디 디그넘의 장례식에 갔었다는 사실을 입증해야 한다. 이때 디그넘의 장례를 주재했던 "두꺼비 배를 하고 목이 비뚤어진" 코피 신부가 "하얀 성의에 물들인 비단 침모를 쓰고," 그리스 신화에서 꿈의 신인 모르피우스의 상징인 "양귀비 꽃으로 꼬아서 만든 지팡이를 손에 쥐고 졸리는 듯" 나타난다(U 15.1237-9). 이후 블룸은 "노동자의 골덴 바지에 짜서 만든 까만 재킷을 걸치고 펄렁거리는 붉은 넥타이에 아파치족의 모자를 쓰고" 나타나서 담배를 청하는 창녀 조위에게 담배가 몸에 해롭다고 말한다. 블룸은 아메리카 식민 정복자 월터 롤리가 담배를 전래한 이후 모든 해악이 전파되었다고 말하면서, 은연중에 식민 지배를 담배와 같은 (마)약 담론에 연결하고 있다(U 15.1346-61).

식민지 소비 주체로서 여성의 몸은 상품 그 자체와 연계되는 가운데 상품 물신으로 작용한다. 이것은 에피소드 전반에 걸쳐 재현되고 있는 광범위한 의류뿐만 아니라 보석에 대해서도 마찬가지이다. 블룸이 에클레스 가에서 괴롭혔던 하녀이자, 블룸 부부가 라드민즈의 온타리오 테라스에 살던 때의 하녀인 메리 드리스콜에게, "난 너를 참 훌륭하게 대우해 주었지. 나는 네 신분에 넘칠 정도로 멋진, 에메랄드 색 양말 대님을, 기념품으로 선사했어"(U 15.876-7)라고 말할 때, 이것은 단지 시작에 불과하다. 예를 들어 몰리가 동양적인 요염한 여자로 나타날 때이다.

동전 한 닢이 그녀의 이마 위에 번쩍이고 있다. 그녀의 발에는 발가락마다 보석 가락지가 끼여 있다. 그녀의 양발목은 가느다란 족쇄로 연결되어있다. 그녀 곁에는 한 마리의 낙타가, 작은 포탑같은 터번을 쓰고, 기다린다. 무수한 단을 이룬 비단 사다리 한 개가 위아래로 흔들리는 그의 등의자까지 기어올라와 있다. 낙타는 볼기짝이 불편한 듯 근처를 느릿느릿 거닐고 있다. 그녀는 금줄이 달린 팔찌를 노한 듯 쟁그렁 쟁그렁 울리면서, 난폭하게 놈의 엉덩이를 찰싹 후려치며, 무어말로 꾸짖는다. (U 15.312-7)

한편 블룸의 성적 환상과 죄에 관련된 법정심리에서 증언하러 나올 때, 옐버톤 베리 부인의 차림은 "앞가슴이 깊이 파인 오팔 빛의 무도복 그리고 팔꿈치까지 올라오는 상아빛 장갑을 끼고, 흑표범털로 장식한 붉은 벽돌 빛의 솜털 넣은 터키 식 겉옷을 입고, 머리는 다이아몬드로 장식된 한 개의 빗과 백로 깃털"로 장식되어 있고, 벨링검 부인은 "테두리 없는 모자에 바다표범 가죽과 토끼 가죽으로 된 망토를 코 있는 데까지 당겨쓰고, 사륜마차에서 걸어 나와 커다란 주머니쥐의 털로 만든 토시 안쪽에서부터 거북 껍질 테의 외알안경을 꺼내어 그것을 통하여 사방을 훑어본다"(U 15.1014-35). 그러나 에피소드 전반에 걸쳐 가장 전형적인 여성 물신화의 극치는 벨라가 보여주고 있다.

문이 열린다. 매음옥의 덩치 큰 여포주, 벨라 코헨이 들어온다. 그녀는 옷자락에 술 장식의 섶을 단, 상아빛 드리쿼터 가운을 입고 있다. 그리고 "까르멘"의 미니 호크 처럼, 까만 뿔 부채를 펄럭거리며 몸을 식힌다. 왼손에는 결혼반지와 덧 반지를 끼고 있다. 그녀의 눈은 짙은 숯검정 칠을 하고 있다. 코밑수염이 솟아나 있다. 그녀의 올리브색 얼굴이 나른한 듯, 약간 땀에 젖어 있고 오렌지 빛을 띤 콧구멍을 한 코가 우뚝 솟아 있다. 그녀는 커다란 녹주석 귀걸이를 하고 있다. (U 15.2742-48)

이 같은 묘사는 과장되고 지나친 장식의 물신화로 침잠함으로써, 모더니즘의 소비 담론 속에서 어떠한 주체성도 부정되는 여성성, 즉 상품화의 식민 타자성을 투사하고 있다. 그래서 식민 소비 담론에서 상품 물신은 남성과 여성 사이의 관계에서 억압적인 기능을 발휘하는 것으로 밝혀진다. 이를테면 블룸이 창녀 조위에게 그녀의 스타킹 안에 감추어 두었던 "감자"를 돌려줄 것을 "상냥하게" 요구할 때이다.

이 장면은 전형적인 물신화의 한 장면이다. "감자"는 블룸의 대사에 의하면 물신화된 "죽은 어머니의 유물"이기 때문이다. 그래서 이것은 어머니의 상상된 남근으로서 전형적인 남성 물신이 되고 있다. 바꿔 말해 이것은 "모국"에 관한 민족주의 서사가 지닌 모순에 대한 하나의 인유이다. 그러나 파농적인 관점에서 봤을 때 "검은 감자"는 인종 차별화된 "흑인 남근"으로 축소된 블룸을 나타낸다. 따라서 이것은 인종차별화된 상품 문화에서 성적 불능에 대한 재현인 동시에 식민 상황의 환유로 볼 수 있다.

식민 상품 문화에서 식민 주체 사이를 억압적인 상품이 중재하는 가운데, 블룸과 벨라/벨로 사이는 벨라가 지니고 있는 물신화된 장식품인 "부채"에 의해 중재된다. 벨로는 블룸을 고문하지만 발화의 주체는 벨라 혹은 벨로가 아니라 "부채"이다. 다시 말해 부채는 제국의 상품과 소비 주체 사이에서 블룸을 중재하며 말한다. "(두들기며) 드디어 만났군. 당신은 내 것이오. 운명이야"(U 15.2775). 부채는 소비문화의 식민 주체와 상품 사이의 관계를 호명하는 것은 상품임을 암시한다.

이러한 식민 주체와 상품 사이에 설정된 호명관계를 가장 결정적으로 보여주는 예는 그 이전의 비누광고에서도 이미 제시되고 있다.

> (그는 남쪽을 가리킨다. 그리고 동쪽을. 깨끗한 새 레몬비누 한 개가 빛과 냄새를 퍼뜨리면서, 하늘로 솟는다.)
> 비누
> 우리는 의좋은 부부라네 블룸과 나.
> 그는 대지를 밝혀요. 나는 하늘을 닦고요. (U 15.335-9)

프랑코 모레티Franco Moretti는 이 광고가 전형적인 상품 물신화로서 「키르케」가 보여주고자 하는 근대성의 본질을 완벽하게 요약하고 있다고 말한다.[374] 다시 말해 피어즈 비누 광고는 제국의 소비 상품에 대해 식민지 소비 주체가 갖게 되는 물신화된 관계를 잘 보여준다.

광고는 자본주의 경제에서 중요한 역할을 수행하는 가운데 상품은 소비 주체로서 개인의 일상에 깊숙이 파고든다. 특히 20세기 초 유럽의 생산 과잉의 위기에서 비롯된 현대적 개념의 대중 광고는 "생산자와 소비자 사이의 경제적 거래에서 중재 기능을 수행했다."[375] 광고는 생산된 제품의 단순한 선전 기능만을 수행한 것이 아니라 상품의 유통을 활성화하고 상품의 구매를 소비의 형태로 바꾸는 역할을 담당한다. 다시 말해 소비는 상품의 단순한 구매와는 달리 상품뿐만 아니라 그에 수반

---

[374] Franco Moretti, *Signs Taken for Wonders: Essays in the Sociology of Literary Forms*. Trans. Susan Fischer, David Forgacs, & David Miller. London: Verso, 1983, p. 185.

[375] Mark Osteen, "Seeking Renewal: Bloom, Advertising, & the Domestic Economy." *JJQ* 30.4/31/1 (Summer 1993/Fall 1993), p. 717.

되는 메시지의 교환을 포함한다. 만약 상품이 항목+메시지라면, 이 경우 소비는 거래+메시지가 되는 것이다.[376]

이런 과정에서 광고의 유통과 순환은 "광고가 자극하는 상품과 화폐 사이의 교환을 모방할 뿐만 아니라," 상품과 개인 사이에서 이데올로기적인 호명 관계를 맺는다.[377] 예를 들어 극단적인 소비 지향의 여성으로서 「나우시카」의 거티는 철저히 상품의 광고 이미지와 자신을 동일화한다. 그러므로 광고 담론 내에 "철저히 한계 지어진" 소비주체이자, "갑자기 출현한 상품문화의 관습과 이데올로기의 집단적 압력의 산물"로서 거티는 철저히 상품화된 자신의 자아 이미지를 적극적으로 수용하는 가운데 상품과 개인 소비주체 사이에 놓인 물신주의 관계를 반영한다.[378]

상품과 화폐의 교환, 즉 상품의 소비는 슬라보예 지젝Slavoj Zizek에 따르면 이중적인 추상을 수반한다. 이것은 "상품의 구체적이고 경험적이고 감각적이고 특정한 특성으로부터의 추상과 교환 행위 과정에서 상품의 교환 가능한 특성으로부터의 추상"이 바로 그것이다.[379] 여기서 추상이란 소비문화 속의 수많은 구체적인 상품과 상품 사이의 속성과 관계를 공통된 본질적 특징과 현상으로 인식하는 계기를 말한다. 즉, 상품과 상품 사이에 교환 가능한 본질과 속성의 추상을 일컫는다. 상품 물신주의는 본질적 인식 개체로서 개별 사물의 일정한 특징이나 속성의 규명에서 비롯된 것이 아니라 바로 이러한 이중적인 추상이나 구조화된 네트워크 안에서 사물과 사물 사이의 관계에서 비롯된다.[380] 왜냐하면 광고를 예로 들어볼 때 그것은

---

[376] Ibid.

[377] Ibid.

[378] Thomas Richards, *The Commodity Culture of Victorian England: Advertising & Spectacle, 1851-1914.* Stanford: Stanford UP, 1990, p. 211, 234.

[379] Ellen Carol Jones, "Commodious Recirculation: Commodity & Dream in Joyce's *Ulysses.*" *JJQ* 30.4/31.1 (Summer 1993/Fall 1993), p. 741.

[380] Ibid.

이데올로기로서 사물의 실재적 상태를 감추는 환상일 따름이며, 상품은 물질적 대상이라기보다는 그러한 환상을 통한 물신화된 재현이기 때문이다.

「키르케」는 상품 소비 공간으로서 식민 도시와 동시에 물신화된 환상으로서의 상품에 그 초점을 맞추고 있다. 더구나 "대량생산된 상품의 등가물"로서 여성 인물에 초점을 맞춘 상품 물신주의는 「키르케」가 보여주고 있는 지배적 요소들 가운데 하나이다.[381] 조이스는 「키르케」에서 정치적 무의식내의 상품 카니발을 통해 식민지 주변부의 타자적 "무질서"를 재현함으로써 리얼리즘의 모방과 폭력의 모순을 조명하고자한다.

따라서 「키르케」를 상품 물신주의의 텍스트로 읽을 경우에 상품 자체가 주변부 식민지에서 어떻게 작용하고 있는지는 대단히 중요한 문제이다. 이 점에서 1851년의 박람회와 일차 세계 대전 사이의 대단히 짧은 시기 동안에 "상품이 대중문화의 한 주제이자 일상생활의 중심이 되고, 모든 재현의 초점이자 현대 세계의 중심이 되었다"는 사실은 주목해야 한다. 이 당시 식민지에서 유통되는 상품은 거의 대부분 제국에서 수입된 것들이기 때문이다.[382]

결과적으로 식민지는 제국에서 생산된 상품의 최종 소비지로 전락하여 그들의 식민 경제는 제국에 철저히 종속되어 있는 상황이었다. 여기서 아일랜드도 예외는 아니었다. 예를 들면 앞에서 언급한 피어즈 비누는 대중적으로 소비되는 최초의 영국 소비 제품들 가운데 하나였다. 원재료인 코카오일은 아프리카 식민지에서 수입되었지만 비누 제조는 영국의 리버풀 근교의 레버흄에서 이루어졌고, 최종 소비는 영국뿐만 아니라 아일랜드를 포함한 전세계 식민지에서 이루어졌다.[383] 피어즈 비

---

[381] Garry M. Leonard, "Women on the Market: Commodity Culture, 'Femininity,' & 'Those Lovely Seaside Girls' in Joyce's *Ulysses*" in Thomas F. Staley (ed.), *Joyce Studies Annual 1991*. Austin: U of Texas P, 1991. p. 28.

[382] Thomas Richards, p. 1.

누는 생산과 소비의 순환뿐만 아니라 광고 담론을 통해 제국과 식민의 주종 관계를 지닌 가장 전형적인 상품 물신 가운데 하나였다.

또 다른 예로서 「키르케」의 첫 번째 재판에서 설명하고 있는 것처럼 블룸은 이 상적인 시골 근교의 저택에 대해 갖고 있는 자신의 유토피아적 갈망을 묘사한다. 그와 같은 갈망은 오르간 음을 내는 멜로디언의 묘사와 더불어 영국제 악기 광고의 리얼리즘 서사 속으로 점점 사라진다.

> 한편으로 시골의 두덩길이나 파란 샛길에서는 처녀들이 그들의 애인과 함께 여지 껏 가장 값싸게 흥정하여 산, 특가품인, 네 개의 음정과 열 두 겹의 바람통을 가진 브리타니아 금속제의 오르간 음을 내는 멜로디언 손풍금의 곡조에 박자를 맞추어 거닐던 광경을 . . . (U 15.918–22)

바람직한 상품과 광고의 연계에서 "가장 값싼 흥정"이 묘사하고 있는 것처럼, 블룸의 기억에 스쳐 지나가는 "브리타니아 금속제"(U 15.920)의 멜로디언과 같은 제품은 생산 과잉으로 비롯된 경제 위기의 산물이자 동시에 제국의 위기에 대한 인유이다. 이들 상품은 제국의 생산과 식민지 소비의 보다 확고한 연계에서 소비주체의 욕망이 투사된 물신으로 작용한다.

블룸은 자신이 갈망하는 미래의 집을 통해 부르주아라면 반드시 갖추어야 될 부유함, 영구성, 그리고 부르주아적 체통과 같은 물신적 이미지를 의식 속에 투사한다. 왜냐하면 에릭 홉스봄이 말하고 있는 것처럼 가정이야말로 부르주아 세계의 핵심으로, 가정 내에서는 그 사회의 문제점과 모순을 망각할 수 있고 인위적으로 배제할 수 있을 뿐만 아니라 자신들이 조화롭고 상층계급이라는 환상을 지켜갈 수 있는

---

[383] Enda Duffy, p. 153.

공간이기 때문이다.384 이와 같은 목적을 위한 최선의 수단이 다름 아닌 상품이다.

> 물건이란 단지 실용품임에 그치는 것이 아니라 지위와 출세의 상징이기도 했다.
> 물건은 인격의 표현이자 부르주아 생활의 이념과 현실로서, 그리고 또 인간을 변
> 혁시키기까지 하는 것으로서 그 자체의 가치를 지니는 것이었다. 이 모든 것들이
> 가정 안에 표현되고 집약되었다. 그리하여 가정 내에 물건들의 축적이 이루어졌
> 다.385

블룸은 사회적 지위를 통해 자신의 주체적 자아를 형성해 가는 한편 소비주체로서
자신의 계급의 겉치레를 재통합한다. 가정의 모든 것은 하나 같이 지위의 표현이
아닌 것이 없기 때문이다.386 블룸이 갖는 부르주아를 향한 유토피아적 꿈은 「이
타카」 에피소드에서 구체적으로 언급되고 있다(U 17.1524-36). 블룸은 먼저 "문지
기의 집과 마찬가지로 딸린 남작 소유 저택을 둘러싸고 있는 이탄질 목축용지의 법정
토지 면적인 상당수의 정, 단, 보(가격 42파운드)의 광범한 사유지"를 거부한다.
그럼에도 불구하고 그는 "돌기둥 난간을 가진 발코니로부터, 지금은 집이 들어서
있지 않고 앞으로도 들어서서는 안 되는 목장을 사이에 둔 근사한 전망을 가진 언
덕 위에 세워질 것인, 즉 그 자신의 대지로 5내지 6에이커에다" 자신의 저택을 지
을 것을 꿈꾼다(U 17.1500-2, 1509-12). 그래서 부르주아 소비 주체로서 블룸은 광고
이데올로기를 통해서가 아니라 스스로 상품을 상정함으로써 자신의 실제를 확인한
다. 그러나 그는 소비를 통해서 욕망을 시도하지만, 그가 실제를 확인하는 것은 자
신이 아니라 바로 상품 그 자체이다.387

---

384 에릭 홉스봄, 『자본의 시대』 정도영 역. 한길사, 1996, 378쪽.
385 앞 책, 379쪽.
386 앞 책.
387 Ellen Carol Jones, "Commodious Recirculation: Commodity & Dream in Joyce's *Ulysses*,"

제국에서 생산된 상품은, 로자 룩셈부르크Rosa Luxemburg에 따르면 식민 리얼리티를 구성하는 관계에서 소외적이고 분열적인 힘으로서 작용한다.[388] 마르크스가 생산 시기의 끝 지점에서 상품 판매가 이루어지고 이익이 다시 생산을 확대할 때 잉여 가치가 실현된다고 주장한 반면, 룩셈부르크는 초과 잉여가 실현되는 유일한 길은 생산에 대한 확정된 자본주의적 관계 밖에서 소비자들을 찾는 것뿐이라고 주장한다. 룩셈부르크는 냉혹한 자본주의적 팽창정책은 주로 원자재나 노동확보를 위해서가 아니라 소비자와 시장 확보를 위한 것이라고 말한다. 그래서 자본주의의 핵심으로 식민지는 시장만큼이나 대단히 필수적인 것이다. 식민지는 잠재적 소비자의 비축 지역이기 때문이다.

따라서 주변 식민지의 잠재적 소비 시장을 개척하기 위해 자행한 자연 경제의 해체는 무력을 수반한 제국의 야만적 폭력 과정을 전제로 한다. 이 과정에서 제국의 상품 경제는 근대화의 미명아래 기존의 식민지 자연 경제를 필연적으로 파괴시킨다. 이것은 자원 확보에 성공하고 식민지 현지의 자연 경제에 속한 원주민 노동력을 "해방"시킨 후 제국의 상품 경제로 귀속시킬 뿐만 아니라, 궁극적으로 본국의 상품 경제를 식민지에 도입하기 위한 일환이다.[389]

앞서 언급한 자연경제의 해체와 노동력의 "해방"을 비롯한 제국의 식민 침탈은 아일랜드에서는 이미 영국에 의해 이백년 전에 자행된 바이지만, 식민지 아일랜드에서 근대적 의미의 소비 상품 경제가 준비된 것은 20세기 초반이다.[390] 1892년의 가톨릭교도 해방령으로 가톨릭교도들은 전에는 금지되었던 직업들도 갖고 의회에 참여할 수 있게 되었으며, 아일랜드 농민들에게 더 큰 보장을 해주기 위해 영국

James Joyce Quarterly 30.4/31.1 (Summer 1993/Fall 1993), pp. 742-743.

[388] Enda Duffy, p. 153 재인용.

[389] Ibid, pp. 153-154.

[390] Ibid, p. 154.

정부가 1870년부터 시작해서 1903년에 전환점을 이루었던 일련의 토지개혁은 마침내 그 막을 내리게 된다. 이후 1890년대부터 이른바 "소상인 계급"이라 불리는 새로운 소시민 계층이 점차 형성된다.[391]

지주제가 무너지고 제국에서 생산된 소비 상품의 충실한 매개체로서 출현한 소상인 계급과 더불어 근대적 의미의 대도시 상품 문화가 시작되었지만 그것은 어디까지나 제국에서 생산된 상품의 일방적인 수입과 소비 유통을 위한 시장 공간을 새롭게 마련하고 식민지 자원을 효과적으로 수탈하는 차원에 불과한 것이다. 때문에 식민지 근대화의 관점에서 볼 때 최초의 식민 대도시라고 말할 수 있는 더블린의 상품 문화의 형성과 그 속성은 제국과 식민지 사이의 생산 소비의 관점에서 정확히 투시될 수 있다.

이들 신흥 소상인 계급은 조이스의 소설 속에서도 그대로 반영되고 있다. 조이스는 이들 소상인 계급의 상품 문화와 대중문화에 대해 일관된 관심을 보인다. 이 점은 그의 일상 행동을 통해서도 잘 드러나는 부분이다. 파리 시절 그의 아파트 벽에는 아일랜드의 코크시 지도가 걸려 있었고,[392] 자신의 아파트를 방문한 더블린 출신 방문객들에게 그들이 잘 아는 더블린 상점의 이름을 일일이 캐물어 보곤 했다.[393] 특히 조이스는 동생 스테니슬라우스에게 보낸 편지에서 헨리 제임스Henry James의 『비밀』 Confidence 혹은 그레고리 여사Lady Gregory의 『킹코라』 Kincora와 같은 진지한 작품보다는 캡틴 매리어트Captain Marryat의 소년 모험 소설 『피터 심플』 Peter Simple을 더 좋아한다고 솔직히 고백한 점에서도 대중문화에 보인 그의 관심의 정도를 쉽게 짐작할 수 있다.[394]

---

[391] Don Gifford & Robert J. Seidman, p. 3.

[392] R. B. Kershner, "Genious, Degeneration, and the Panopticon" R. B. Kershner (ed.), *A Portrait of the Artist as a Young Man.* Boston: St. Martin's, 1993, p. 373.

[393] Enda Duffy, p. 155.

파리 시절 조이스는 가족, 친구들에게 자신이 갖고 있는 교양과 품위를 일부러 드러내지 않는 가식 없는 소박한 생일파티를 열기도 했다.

> 조이스의 생일 파티 손님들은 그들이 상류층이거나 혹은 조이스를 존경하기 때문에 초대받은 것이 아니라 (물론 그들 대부분이 조이스를 존경하고 있다는 사실을 내 자신이 의심해 본 적이 없지만) 그들이 조이스 가족의 친구들이기 때문에 초대받은 것이다.[395]

친구들의 회상에 따르면 조이스는 매우 소박한 취향의 사람이었다.[396] 조이스는 파티에 초대된 손님들 앞에서 매우 감상적이고 즐거운 아일랜드 민요와 미국의 카우보이 노래, 그리고 흑인 분장 악극의 노래를 부르거나 그와 같은 분위기를 즐겼다.[397]

그리고 조이스를 만난 적이 있는 아일랜드 인들은 더블린의 다양한 상점들의 세세한 이름과 위치를 그가 정확하게 기억하고 있다는 사실에 놀라워했다.[398] 이들 더블린의 상점과 상인들의 이름은 특히 「키르케」에서 "한다스에 1실링 9펜스짜리 도크렐제 벽지"(U 15.915), "건축사 더윈"(U 15.1547), "제이즈 용액을 담은 병"(U 15.1574), 그리고 "값진 헨리 클레이 시가"(U 15.1570) 등 셀 수 없을 정도로 그의 소설 속에 나열되어 있다. 파리 시절 조이스는 그의 숙모 조세핀과 계속 연락을 취하면서 그녀에게 아일랜드에 관련된 모든 출판물, 특히 신문뿐만 아니라 잡지와 책들

---

[394] James Joyce, *Selected Letters of James Joyce*, p. 58.

[395] E. H. Mikhail, ed. *James Joyce: Interviews & Recollections.* London: Macmillan, 1990, pp. 99-100.

[396] Ibid, p. 100, 172.

[397] Ibid, p. 95, 106, 151, 158 참조.

[398] Ibid, p. 159.

상품문화와 물신주의: 「키르케」 | **259**

을 보내줄 것을 부탁했다.[399] 실제로 그의 아파트는 아일랜드 신문들과 아일랜드에 관련된 자료들로 가득 차있었다.[400] 이러한 요구는 아일랜드 정치에 대한 조이스의 계속된 관심을 반영하고 있다. 그뿐만 아니라 그는 이들 잡지와 신문에 실려 있는 수많은 소비 상품 광고에도 시선을 집중했다. 블룸이 『프리맨즈 저널』에서 읽은 유명한 광고 "플럼트리표 항아리 통조림"이 그 대표적이다.

대중 소비 상품은 조이스 서설의 배경을 이루는 일부 소품으로 국한되는 것이 아니라 유색 인종과 여성과 같은 식민 하위 주체의 지표로 기능한다. 「나우시카」에서 볼 수 있는 것처럼 여성 지향의 상품과 광고 담론을 통해 그러한 소비 상품에 철저히 몰입되는 하위 여성 주체이자 소비주체로서 거티는 매우 전형적인 경우이다.

런던과 같은 제국 도시의 상품 문화에서처럼, 이들 식민 소비문화의 주체는 처음부터 여성이다. 「키르케」의 과도한 폭력 장면과 상품 카니발이 내재된 노동과 최종 상품 사이의 관계가 지닌 모호성은 결과적으로 식민 상품 문화 속에서 상품화와 물신화가 어떤 결과를 초래하게 되는지를 여실히 보여준다.

1904년에서 영국과 아일랜드 사이에 평화조약이 체결되어 드디어 자치 국가를 수립하게 된 1921년 사이의 아일랜드 상황은 이것을 잘 말해준다. 아일랜드에서 유통되는 소비 상품의 대부분이 영국에서 생산된 것이라는 점에서 심각한 생산 소비의 불균형을 초래하고 있던 당시 사회적 상황을 비추어 볼 때, 노동과 생산의 문제는 별다른 정치 경제적 문제를 유발하지는 않았다. 그러나 식민지 소비 상품이 제국에서 생산된 노동의 총합을 대표한다는 점에서 소비 주체와 상품 사이에 존재하는 실제 소외는 대단히 강렬한 것이다. 따라서 마지막 순간에 상품 물신주의가 중재하게 되는 관계는 정확히 원주민 소비자와 소외된 생산자 사이의 그것이라 말

---

[399] Richard Ellmann, *James Joyce*. Oxford: Oxford UP, 1982. p. 236.
[400] E. H. Mikhail, p. 159.

할 수 있다.401

「키르케」의 초현실주의 서사는 상품과 소비 주체 사이의 이와 같은 소외를 극명하게 보여준다. 제국에서 생산된 상품은 필연적으로 제국의 생산 주체의 특성을 담은 상품 물신으로서 작용한다. 상품은 다양한 상품 문화의 헤게모니를 장악하는 가운데 민족과 제국의 경계를 가로질러 주변부 식민지의 소비문화 공간에서 원주민을 종속적인 소비 주체로서 구속하기 때문이다. 즉, 영국에서 생산된 뒤 아일랜드에서 소비되는 상품과 소비 주체의 소비 성향은 다름 아닌 식민 지배의 지표이다.

결국 「키르케」의 벨라 코헨은 괴물과 같은 후기 자본주의적 "브리타니아," 즉 영국 제국의 환유이다.402 장식적인 물신주의의 총화로서 벨라는 보석으로 과잉 치장된 모습으로 등장하지만, 자신은 블룸에게 말을 걸지 않는다. 오히려 복종적인 블룸을 괴롭히는 것은 벨라의 상품 물신인 "부채"와 "발뒤꿈치"이다. 부채는 여성 벨라를 남성 벨로로, 그리고 이에 대응하여 블룸을 벨라/벨로의 노예로 전환되는 것을 중재한다. 부채는 "보아하니, 결혼하신 분이군요 . . . 당신 그런데 마님이 주인 구실을 하시는 군. 치마폭 정치 말씀이야"(U 15.2755–2760)라고 말하면서 블룸의 결혼에 대해 논평한다. 이와 같은 발언은 성별과 권위의 뒤바뀜을 수반한다. 그래서 블룸이 그것의 진실을 확인할 때, 부채는 "드디어 만났군. 당신은 내 것이오. 운명이야"(U 15.2775)라고 말하면서 블룸을 전유될 대상으로 다루면서 그를 계속 지배하게 된다. 이것은 전체적으로 블룸과 여성의 동일화를 촉진하고 있는 핵심적인 환상, 즉 총합의 환상에서 일어난다.403

---

401 Enda Duffy, p. 156.
402 Ibid, p. 156.
403 Joseph Valente, *James Joyce & the Problem of Justice*. Cambridge: Cambridge UP, 1995, p. 217.

부채

(접히며 그녀의 허리에다 팔꿈치를 편 채) 그전에 당신이 꿈에 보셨던 그 여자가 저 아니예요? 그러면 그녀는 그를 당신이나 우리들을 알게 되었던 이후였죠? 만일 그렇다면 저는 모든 여인이며 지금도 똑같은 제가 아니겠어요? (U 15.2768-9)

그래서 부채가 블룸을 가볍게 두들기며, "드디어 만났군. 당신은 내 것이오. 운명이오"(U 15.2775)라고 말하면서 억압적인 상품의 역할을 맡고 있는 동안, 블룸은 원주민 소비자로서, "원기 왕성한 여인이군. 나는 당신한테 지배당하는 것을 절실히 바라고 있어. 나는 지쳐있고 버림받은 채, 이제 젊지도 않아요"(U 15.2777-8)라고 소리 지른다. 스스로 주체의 위치를 포기한 채, 수동적이고 비관적인 태도를 취하면서 "속죄양의 구실을 하는"(U 15.775) 타자로 축소된 블룸의 주머니에는 "돌아가신 엄마께서 주신 만능 약"(U 15.202)인 "쪼글쪼글한 주름진 감자"(U 15.289)가 들어있다. 블룸은 "(마음을 정하지 못한 듯이) 내 부적을 주지 말아야 했을 걸" 하고 생각한다 (U 15.2794).

부적이란 다름 아닌 "쪼그라든 검은 감자"이다. 1845년과 1946년 두 해에 걸쳐 연속적으로 아일랜드를 강타했던 감자 대기근의 악몽을 거치면서 수반된 돌이킬 수 없는 고통 속에 파괴되고 해체될 찰나에 놓인 블룸의 "부적"을 모더니즘 서사 차원에서 어떻게 해석할 것인가 하는 문제는 결코 단순하지 않다.

그럼에도 불구하고 유념해야할 부분은 영국에 의해 자행된 가혹한 수탈과 착취 상황에서 그나마 아일랜드 가톨릭 소작농 대부분을 먹여 살린 구황救荒작물로서 아일랜드 인구 증가에도 기여한 감자는 극심한 대기근을 거치면서 헤게모니를 장악한 맬더스의 인구론에 따른 산아제한 이데올로기의 가장 큰 속죄양이라는 점이다. 다시 말해 한때나마 풍요의 상징이었던 감자는 대기근으로 인해 한 순간에 모순의

상징으로 돌변한 것이다.[404]

이와 동시에 감자는 아일랜드 식민 경제의 상징이자 그 황폐의 흔적인 동시에 인종 차별화의 지표로 전락하고 만다. 1690년의 보인 전투의 결정적이 패배 이후, 아일랜드 가톨릭 농민들은 1704년이 되자 전 국토의 1/10도 소유하지 못한 채 1840년대까지 영국계 아일랜드인 지주의 소작농으로 전락했기 때문이다. 농민 대부분은 최소한의 토지에서 감자 재배로 생계를 이어가면서, 나머지 토지에서는 영국인 지주에게 세금으로 바칠 여러 곡물을 재배했다.

그러나 1845년과 46년에 연속 불어 닥친 감자 흉작으로 많은 사람들이 굶어죽을 위기에 처했지만, 영국 정부는 즉각적으로 어떤 지원과 대책도 수립하지 않은 채 방관적인 태도를 취했다. 게다가 영국 의회는 자국 농부들의 이권 보호를 위해 곡물법을 통과시켜 아일랜드로 수입되는 밀에 세금이 부과되면서 식량 값은 항상 높은 값을 유지한 상태였다. 대기근으로 백만 명 이상의 사람들이 굶어죽었으며, 이보다 더 많은 사람들이 신대륙 등지로 이주했다. 마침내 1846년에 영국 정부는 곡물법을 폐지한 후 자유무역에 강한 집착을 보인 나머지 아일랜드 곡물시장에 개입하지 않기로 결정했지만 때는 이미 늦었다.

실제로 1800년에 오백만 명이었던 아일랜드 인구는 1841년에 팔백만 명으로 급격히 증가했지만 대기근이 시작된 1845년에서 1849년까지 불과 오 년 만에 백만 명이 굶어죽었으며, 1847년에서 1861년 사이에는 무려 이백만 명이 굶주림을 피해 신대륙으로 이주했다. 이 결과 1901년 아일랜드 인구는 사백오십만 명으로 줄어들었다. 영국은 아일랜드의 대규모 인구 감소를 1945-1946년 불어 닥친 감자마름병으로 인한 대기근의 탓으로 돌렸지만, 이것은 영국정부가 일차적으로 바라던

---

[404] Mary Lowe-Evans, *Crimes Against Fecundity.* Syracuse: Syracuse UP, 1989, p. 16.

바이기도 했다.[405] 대기근은 영국에게 아일랜드에서 인구통제의 편리한 수단을 제공했기 때문이다. 따라서 대기근의 가장 큰 특징은 그 인위성에 있다. 최소한의 생활을 유지하도록 할당된 토지에서 생계유지의 유일한 작물인 감자 농사는 망쳤지만, 나머지 토지는 감자만이 유일한 재배 작물은 아니기 때문이다. 즉 대기근은 감자 흉작이 주원인이라기보다는, 실제 아일랜드에서 수확되던 곡물 대부분이 영국인 지주의 세금으로 수탈되던 상황이 보다 큰 원인이라 할 수 있다. 풍요 속의 대기근이었기 때문이다.[406]

블룸이 벨라의 구두끈을 묶기 위해 무릎을 꿇을 때의 모습은 다름 아니라 위에서 언급한 제국과 식민지 사이에 구축된 가학·피학적인 상호 관계를 보여준다 할 수 있다. 그러므로 이러한 모습은 한편으로는 아일랜드가 대영제국의 통치하에 놓인 식민지 소비 시장이라는 상황에서 신분 상승의 욕망에 바탕을 둔 민족 부르주아 식민 주체에 의한 소비자 물신주의를 드러낸다.[407]

> (상냥하게 중얼거린다) 맨스필드 양화점의 점원이 되는 것이 내 사랑스런 젊은 날의 꿈이었어요. 클라이드 신작로의 귀부인들의, 결코 있을 법하지 않을 정도로 작은, 새틴 줄무늬 진 날씬한 키드 가죽신의 끈을 무릎까지 십자로 매어주는, 멋진 단추걸이의 무상의 기쁨이야말로 나는 심지어 레이몬드 상점의 당밀로 만든 모델까지도, 파리에서 유행했던, 그녀의 거미줄과 같은 양말과 장군풀 줄기 같은 발가락을 감탄하기 위해 매일같이 방문했었어요. (U 15.2811-8)

식민 소비 주체인 블룸의 등위에 올라탄 벨라는 남성 지배자이자 고문관인 벨로로 변하고, 이후 벨로가 블룸을 다시 지배할 때, 블룸은 지금 여성이 된다. 여포주 벨

---

[405] Ibid, pp. 15-16.
[406] Ibid, p. 16.
[407] Enda Duffy, p. 156.

라는 벨로로 변신하여 여성화된 물품을 경매에 부친다. 벨로가 보여주는 이미지와 말은 자본주의적 착취를 그대로 반영한다.

> (블룸의 위쪽으로 향한 얼굴을 향해 꿀꿀거리며, 여송연 연기를 훅 내뿜으며, 살찐 한쪽 다리를 쓰다듬으면서 웅크리고 앉는다) 글쎄 키팅 클레이가 리치먼드 정신병원의 부이사장에 선출됐대. 그런데 얘기가 났으니 말이지 기네스의 우선주가 16파운드 4분의 3이라잖아. 크레이그 앤드 가드너 사무실에서 내게 일러준 그 경품권을 사지 않았다니 난 정말 경치게도 바보였어. 정말이지 빌어먹을 팔자야, 젠장. 그리고 그 저주받을 놈의 인기 없던 말 "드로우어웨이"호가 20대 1이라니. (그는 골이 나서 블룸의 귀에다 여송연을 끈다) 경칠 놈의 저 재떨이는 어디로 갔어? (U 15.2931-7)

벨로는 영국 기업가의 억양을 흉내 내면서 담배를 피운다. 벨로는 소설의 서술 시간인 당일 6월 16일 목요일자 『이브닝 텔레그라프』지에 실린 기네스 맥주회사의 우선주 가격과 리치먼드 병원의 부이사장직, 그리고 경마 자금에 관련된 신문 기사를 언급한다.[408] 여포주 벨라는 다시 벨로로 변신하여 여성화된 블룸을 걸터타고 블룸을 경매에 부치게 된다. 이 대목에서 제국주의적 폭력을 상징하는 벨로는 상품 물신주의의 현시인 동시에, 벨라/벨로의 연속되는 장면은 제국주의 문화 논리를 바탕으로 한 식민 상품문화의 대단히 노골화된 폭력적인 제국의 담론을 담지한 시각적인 광고 스펙터클의 현시가 되고 있다.

보드리아르의 말을 빌리면, 광고란 넘치는 제국의 소비 상품의 "포화되고 함몰하는 세계"를 반영하는 "항상 예속 기능 이상이고, 정치적 경제와 상품의 세계를 비추는 거울"이다.[409] 광고는 "포화된 [상품의] 세계를 알리는 형태"이자 넘치는 상품

---

[408] Don Gifford & Robert J. Seidman, p. 502.

으로 인한 "포화의 후속 과정"으로서, 그리고 "사회의 마비 혹은 욕구불만의 표출 과정에 뒤이은 집단적인 반발의 후속 결과로서, 조각조각 균열된 [대상들의] 행태와 영역"을 보여주는 풍경이라 말할 수 있다.410 소비 담론의 공간에서 물신화된 상품과 인간관계의 사물화는 광고를 통해 더욱 가능하게 된다. 그 이유는 광고는 비가시적인 타자화의 폭력을 역설적으로 더욱 가시화하기 때문이다. 다시 말하자면, 보드리야르가 말하는 "사라짐의 미학"으로서 광고는 그 자체가 소비 상품에 내재된 제국주의적 폭력을 담지하고 있는 것이다.411 즉, 광고의 시각적 스펙터클은 이른바 제국 내 소비 상품의 유토피아에서 제국에서 만들어진 상품이 안전하고 우수하다는 점을 강조하고, 동시에 식민지인의 불안을 진정시키기 위해 제국 이외의 주변 세계는 불안정하다는 점을 드러내는 현시인 것이다.

하위주체는 말할 수 있는가?

「키르케」의 모더니즘 서사에서 초현실적인 상품 스펙터클이 반복적으로 나타났다 사라지는 동안, 남성적 폭력을 수반한 리얼리즘 서사가 한데 어우러진다. 이를테면 매춘가 밖에서 블룸이 욕설을 퍼붓는 장면과 까까머리 소년Croppy Boy이 처형되는 장면(U 15.4531-52), 더블린이 불타는 광경(U 15.4660-4697), 그리고 매춘가에서 스티븐이 아일랜드 자치의 상징인 "물푸레나무 지팡이를 높이 쳐들어" 샹들리에를 부수는 장면 등이 바로 그것이다(U 15.4241-5).

이 가운데 스티븐이 매춘가의 샹들리에를 부수는 장면은 매우 중요한 의미를 지

---

409 장 보드리야르, 『기호의 정치경제학 비판』, 이규현 역, 문학과 지성사, 1992, 163쪽.
410 앞 책, 160쪽.
411 앞 책.

닌다. 종교적 지배에 대한 반항, 죽은 그의 어머니의 의식에서 자신을 해방시키려는 상징적인 행위로 비쳐질 수 있기 때문이다. 스티븐이 "이제 난 섬기지 않겠어 . . . 아니야! 아니! 아니! 당신들 모두, 할 수만 있다면, 내 영혼을 깨뜨려보란 말이야! 난 당신들을 모두 날 뒤따르게 할 테야"(U 15.4228, 4235-6)라고 외칠 때, 그는 스스로 아일랜드의 굴레에서 벗어나려고 애쓴다.

스티븐의 이러한 모습은 아일랜드의 상징으로서 죽은 어머니의 환영뿐만 아니라 국가와 교회의 제국주의적 가부장의 억압 구조에 대한 자신의 공포와 증오를 해체하고자 하는 장면이라 볼 수 있다. 남성적인 제국의 가부장제의 억압에서 스티븐 자신은 가톨릭적인 남성의 염원을 해방시키기 위해 여성적 기표로서 "어머니"의 이미지를 사용한다. 여기서 죽은 그의 어머니는 부정적이고 쇠약한 마비적 아일랜드의 은유로 묘사되고 있다. 죽은 그의 어머니는 종교적 실행과 신앙을 의미하는 가운데 그의 의식을 끊임없이 괴롭히는 종교와 교회, 가족, 그리고 민족 등의 악몽적 식민의 마비 상황을 제시한다.[412] 어머니로서 여성의 종교적 기표는 죄의 근원이자 죽음과 양심의 가책을 상기시키는 주체로서, 그에게 끊임없이 회개를 간청하고 촉구하는 다름 아닌 가부장적 교회의 대리인이다. 다시 말해 하위 계층 여성주체는

---

[412] "마비"는 이미 『더블린 사람들』에서 시작되는 주제적 모티프 가운데 하나이다. "마비"의 관점에서 첫 단편인 "The Sisters"에 등장하는 플린 신부의 죽음은 『율리시즈』의 시작 에피소드에 등장하는 스티븐의 어머니의 죽음과 대비되는 가운데, 가부장적, 억압적인 아일랜드 가톨릭교회에 의한 치명적인 아일랜드의 마비 상황을 내포한다. 전통적으로 조이스 비평가들은 로마와 영국, 즉 가톨릭교와 제국주의에 대한 종교적, 정치적 속박 혹은 구속이 마비의 주된 원인이라는 입장을 견지한다. 이러한 입장은 심리적, 감성적, 사회적 침체의 일반화된 증후의 유기적 무능의 은유로서 마비를 보는 견해이다. 한편 고트프리드(Roy Gottfried)는 탈구조주의적 관점에서 "조이스가 말하는 마비는 가톨릭교회나 사회적인 관습 때문만이 아니라 언어의 무방비적인 수용이 한 원인이었다"라고 말하면서 마비를 담론적 정체(stasis)의 맥락에서 살피고 있다(154). 아울러 윌리암즈(Trevor Williams)는 식민주의와 가톨릭교회의 맥락에서, 마비는 다름 아닌 종교와 식민주의에서 파생된 것이라고 주장하면서, 언어와 신화의 찬탈의 형태는 마비에서 야기되었다는 의견을 제시한다(437-8).

제국주의적이고 남성적 가부장제에서 희생의 대리인이자, 종교적 회개와 구속을 촉구하는 죄의 대리인이다.

> 꿈속에, 소리 없이, 그녀는 그에게 나타났었다. 헐렁한 수의에 싸여진 그녀의 버림받은 육체가 밀랍과 자단의 냄새를 풍기면서, 들리지 않는 비밀의 말을 하려는 듯 그에게 덮쳐왔던 그녀의 숨결, 현기증 나게 하는 젖은 재의 냄새. (U 1.270-2)

어머니의 역할에서 여성성은 이러한 종교적 공포와 더불어 식민사회와 문화에 있어서 갈등과 부패와 깊이 연관되어 있다. 이것은 식민사회의 가난과 계급 갈등과 깊이 얽혀 있으면서, 식민 주체로서의 정체성을 깊이 인식한다. 스티븐의 어머니는 스티븐의 죄에 대해 속죄하고 그의 종교적 아버지에게 속죄를 빌도록 촉구하는 가운데 치명적인 악몽의 의식을 상기시키며 스티븐에게 접근한다.

> (얼굴을 가까이 한층 가까이 가져가면서, 재 냄새나는 숨결을 내뿜으며) 조심해라! (까맣게 된 시든 오른팔을 펼친 손가락과 함께 스티븐의 가슴을 향하여 천천히 치켜들며) 조심하라 하느님의 손을! (악의에 찬 충혈된 눈을 가진 초록빛의 게 한 마리가 그의 반짝이는 발톱을 스티븐의 심장 깊숙이 꽂는다.) (U 15.4217-21)

제국의 식민주의에서 비롯된 아일랜드의 억압적인 구조에 대해 스티븐이 보이는 반응은 자신의 물푸레나무 지팡이를 가지고 그러한 가부장적 양식에 도전하는 것이다.

그런데 스티븐과 마찬가지로 「키르케」에서 억압적인 제국의 가부장제에 도전하는 대표적인 전복적 기표는 다름 아닌 창녀와 같은 식민 대도시 상품문화의 하위계층 여성 주체라 할 수 있다. 창녀는 자본주의 초기의 모더니즘 사회에서 대단히 모호한 주체적 위치를 할당받은 계층이다. 이들은 18-9세기 초기 자본주의 시대 이후로 전형적인 여성의 물신화를 추구하는 여성 주체로서 인식된다.

이를테면 길만Sander L. Gilman은 19세기 후반의 흑인 여성(호텐토트)과 백인 여성(창녀)와 같은 두 범주 사이에 성의 관점에서 생성된 본질적 계급sexualized woman의 유사성을 포착하고 있다. 길만은 19세기 유럽에서 창녀의 명칭이 성과 관련된 다양한 하위 계층과 계급의 (백인)여성을 대표하고 있는 것처럼, 호텐토트족 흑인 여성(특히 하녀)은 모든 흑인(특히 흑인 여성)의 본질과 가치를 대표하고 있음을 분석한다.[413] 두 하위 계층 집단 사이의 성에 관련된 본질적인 유사성과 전형성은 유럽인의 인식에서 대단히 보편적인 것이다.

사실 하위계층 여성들의 이데올로기적 규정에 관한 의견 대립 속에서도 하위계층 여성들이 스스로 말할 수 있는 어떤 결정적인 입장은 어디에도 존재하지 않는다. 왜냐하면 스피박에 따르면 저항의 순간에서도 하위계층 여성은 "재현"되는 주체이지, "말할 수 있는 주체"는 아니기 때문이다.[414] 하위계층 여성, 특히 제 3세계 여성은 이른바 제국주의적 주체의 구축과 연계된 "인식론적 폭력"의 대상이다.[415] 여성의 재현은 "가부장제와 제국주의 사이, 주체-구성과 객체-형성 사이에서 원시 시대의 무가치한 존재로 삭제되는 것이 아니라, 전통과 현대화 사이의 틈새에서 '제 3세계 여성'과 같은 전도된 비유적 표현처럼 인식론적 폭력의 대상"으로 사라지기 때문이다.[416]

"제 3세계 여성"은 이른바 제 1세계, 즉 서구의 페미니즘 학자들과 "제 3세계"를

---

[413] Sander L. Gilman, "Black Bodies, White Bodies: Toward an Iconography of Female Sexuality in Late Nineteenth-Century Art, Medicine, & Literature." *Critical Inquiry* 12 (1985), p. 206.
[414] Gayatri Spivak, "Can the Subaltern Speak?" p. 307.
[415] Ibid, p. 295.
[416] Ibid, p. 306.

대표하는 여성학자 사이뿐만 아니라 "제 3세계" 여성학자들 사이에서도 그 용어의 사용 여부를 놓고 매우 치열한 논쟁을 벌이고 있지만, 현재 서구 페미니즘에서 폭넓게 수용되고 있는 용어라는 점은 부인할 수 없는 사실이다. 찬드라 모한티는 "제 3세계 여성"을 유색인 여성과 같은 의미로 본다.

> 유색인 여성 혹은 제 3세계 여성을 존속 가능한 저항의 결속을 구축하는 것은 피부색이나 인종적인 동일화라기보다는 오히려 투쟁의 공통된 맥락이다. 그래서 우리의 정치적 공통점은 성차별, 인종차별, 그리고 제국주의 구조에 대한 제 3세계 여성의 저항이라는 정치적 관계이다.[417]

모한티에 따르면 서구 페미니즘이 "제 3세계적 차이"의 생산을 통해 "제 3세계 여성"을 획일화된 단일 주체로 구축하는 것은 "담론의 식민화"를 위한 것이다.[418] 서구 페미니즘이 "제 3세계 여성"과 "제 3세계적 차이"와 같은 범주를 이용하는 것은 보다 크고 잠재적인 문화 경제 식민주의로 이들을 포섭하기 위해서이다. 이를 위해 "대부분의 제 3세계 여성들을 억압하는 고정되고 비역사적인 것들"로서 "제 3세계"는 서구 중심의 텍스트 생산과 확산이라는 헤게모니적 맥락과 인본주의적 과학적 담론의 합법화된 강제적 실행의 맥락에서 공정한 과학적 질의와 다원주의라는 보다 큰 문화적 경제적 실천이라는 이데올로기 아래 결속되는 것이다.[419]

모한티는 이것이 비서구 세계에 대해 은밀히 진행되고 있는 문화적 경제적 식민화의 뚜렷한 명시라고 주장한다.[420] 결국 "제 3세계 여성"은 서구 페미니즘에 의

---

[417] Chandra Mohanty, "Under Western Eyes: Feminist Scholarship and Colonial Discourses" in Chandra Mohanty, Ann Russo, Lourdes Torres (eds.), *Third World Women and the Politics of Feminism.* Bloomington: Indiana UP, 1990, p. 7.

[418] Ibid, p. 51.

[419] Ibid, pp. 53-54.

해 만들어진 "차이의 구분"에 지나지 않는다. 트린 민하에 따르면 "차이"란 본질적으로 다수의 이해를 위해 수반되는 "구분"이다. 그래서 "차이"는 자기 방어와 정복의 도구이다.[421] 트린 민하는 "제 3세계 여성"을 원주민 타자로 규정하는 서구의 인류학과 페미니즘에 많은 관심을 보이면서, "서구 페미니즘에서 제 3세계 여성의 고정된 이미지는 (신식민주의적) 인류학의 맥락에서 원주민의 그것과 통합된 것"이라고 주장한다.[422]

특히 "하위 주체가 말할 수 있을 만한 공간이 없다"는 스피박의 표현이 의미하는 것은 여성 주체는 제국주의와 가부장제 모두에서 옹호되는 가운데 그들의 시각에서 끊임없이 다시 쓰여 진다는 것이다.[423] 그래서 여성 주체는 제국과 식민 모두의 대리자로서, 즉 "전쟁과 남편 그리고 주권 국가를 위해서라면 기꺼이 자신을 희생한다는 도취적 이데올로기"의 대리자로서, 민족과 국가의 문화적 세력 구조, 즉 가부장 제도와 제국주의로의 변화의 주요 요인이지만, 그러나 이 경우에 결코 여성 자신만의 정체성과 주관성은 어디에도 존재하지 않는다.[424] 오직 상품 혹은 기호처럼 순환하는 교환 대상으로서만 존재한다. 주체의 위치를 부여받지 못하는 하위계층 여성은 가부장제와 제국주의의 객체로서 끊임없이 다시 쓰여 지는 기표로서만 존재할 뿐이다. 스피박의 말처럼 이들 하위계층 여성의 공간은 "사라짐의 장소"로서 어떤 이해와 지식도 허용되지 않는 난제인 것이다.[425]

스티븐의 어머니가 지니고 있는 상징적 의미에서 본다면, 제국과 가부장, 그리고

---

[420] Ibid, p. 74.

[421] Trinh Minh-ha, "Difference: A Special Third Word Woman Issue," *Discourse* 8(Fall-Winter 86-87), p. 14.

[422] Ibid, p. 17.

[423] Gayatri Spivak, "Can the Subaltern Speak?" p. 307.

[424] Ibid, p. 302.

[425] Ibid, p. 306.

종교의 대리자로서의 여성성은 이들의 측면에서 교환과 협상의 공간임을 알 수 있다. 예를 들어 늙은 노파로서의 아일랜드와 가톨릭의 상징으로서의 성모 마리아의 역할과 같은 경우이다. 즉, 이 작품에서 "모성"의 의미로서의 식민 공간은 종교적인 신앙과 결부되어서 식민 제국주의를 더욱 강화시키고 있다고 본다. 그러나 탈식민화를 지향하는 모성은 부성 혹은 가부장제를 표방하는 프로테스탄트 영국 제국주의와 아일랜드 가톨릭교회에 저항 투쟁하는 역할을 역시 지닌다는 의미에서 매우 이중적이다. 모성에 내재된 이와 같은 모호성은 이미 그 내부에 저항과 전복의 담론을 가지기 때문이다. 이를테면 스티븐이 샹들리에를 부수는 행위는 모성이 강화하는 제국주의적 식민화를 극복하기 위해 시도하는 해방의 테러리즘으로 읽을 수 있다. 따라서 모호성은 남성적, 가부장적, 제국주의적 식민화의 부권을 극복하게 되며, 동시에 아일랜드인의 부권을 회복하기 위해 모성을 희생 · 전유할 때 더욱 분명하게 드러난다.

모더니즘 서사에서 창녀는 이도 저도 아닌 양가적 모호성을 가장 많이 내재한 여성 하위계층이라 말할 수 있다. "동정녀/창녀"의 이분법적인 아일랜드의 여성 이미지에서 이미 드러나고 있는 것처럼, "동정녀 아일랜드"의 이미지가 남성적, 가부장적, 제국주의적 권력과 신앙의 묵종과 수용을 의미하고 있는 반면에, "창녀 아일랜드"는 주변, 이탈, 그리고 저항을 나타내기 때문이다. 따라서 창녀 이미지는 폭력과 저항의 모더니즘적 재현 양식에 있어서 모호성을 가장 많이 함축하는 기표이다.

모더니즘 서사에서 이와 같은 타락/천사의 이분법적인 대립의 모호성을 가장 많이 재현하고 있는 경우는 마네(1832-1883)의 그림 〈올림피아〉를 들 수 있다. 그림 속에서 하위 계층 주체로서 재현된 여성은 묵시적인 응시를 통해 "타락"의 대가를 치르고 구축되는 대표적인 묵종과 저항의 이분법적인 모호성의 기표라고 말할 수 있다. 그림 속에서 침대로 나체로 누운 올림피아는 누군가를 맞이할 준비가 되어 있는 듯이 보이는 백인 여성으로서, 근대 사회에서 상품으로 전도된 여성의 몸을 가장 극명하게 드러내고 있다.

한편, 그녀의 곁에서 시중을 들고 있는 더욱 "비천한" 흑인 하녀와 올림피아 사이에도 묵시적이고 불확실한 차이의 경계가 설정된다. 이들은 성과 계급 그리고 권력의 측면에서 지배 엘리트 계층에 속하지 않는 주변적 존재로서 동일한 하위 여성 주체라 말할 수 있지만, 그들 사이에서는 인종적 측면에서 넘을 수 없는 또 다른 계급 장벽이 존재한다. 어떤 수치심도 없이 적극적인 태도로 정면을 응시하고 있는 올림피아의 눈과 그녀를 바라보고 있는 흑인 하녀의 응시, 그리고 그림의 오른쪽 하단 침대 끝의 어둠 속에서 웅크리고 있는 에드가 알렌 포우의 단편을 떠올리게 하는 검은 고양이의 눈이 발산하는 감시와 불안의 응시는 모더니즘의 이러한 불확실한 모호성의 관계를 정확하게 재현하고 있다.

창녀와 같은 비천한 하위 계층 여성의 재현은 새롭게 부상한 주체성을 설정하고자 하는 소설의 재현 전략 가운데 하나일 수 있다. 이것은 모더니즘 상품 문화의 카니발에 대한 바흐친적인 전복과 저항의 패턴을 통해서이다. 모더니즘 상품 문화에서 제국과 식민 권력의 주변부에 있는 식민지 아일랜드 하위 계층 여성은 일종의 "전도된 비천함,"[426] 즉 속죄양의 대상으로서 희생된다.[427] 왜냐하면 사회의 하위 계층 집단은 그들의 수사적 · 실제적 권력의 지향에 있어서 자신들보다 더욱 비천

---

[426] "전도된 비천함"에 대한 보다 자세한 논의는 다음을 볼 것. Peter Stallybrass and Allon White, *The Politics and Poetics of Transgression.* Ithaca: Cornell UP, 1986, pp. 18-25; Allon White, "Pigs and Perriots: The Politics of Transgression in Modern Fiction." *Raritan* 2.1 (1982), pp. 51-70; Peter Stallybrass, "The World Turned Upside Down: Inversion, Gender, and the State" in Valerie Wayne (ed.), *The Matter of Difference: Materialist Feminist Criticism of Shakespeare.* Ithaca: Cornell UP, 1991, pp. 201-220.

[427] Peter Stallybrass and Allon White, *The Politics & Poetics of Transgression.* Ithaca: Cornell UP, 1986. p. 19, 53.

한 하위 집단에 집중하기 때문이다.

스탤리브레스는 "전도된 비천함"이란 하위 계층이 또 다른 하위 계층을 더욱 비천하게 하거나 악마화 하고 그들을 속죄양으로 삼음으로써 기존의 위계질서를 유지하고 자신들의 하위 계층을 유지, 보장받으려는 전략이라고 설명한다.[428] 계급의 전도는 성별의 뒤바뀜을 반영하고, 성별의 전도는 자연의 위계질서의 뒤바뀜을 반영한다. 이러한 전도의 카니발은 사회의 비천한 하위계층인 여성, 소수 인종, 그리고 특히 고양이와 같은 여성적 동물 이미지 혹은 비천한 사회 계급을 연상시키는 돼지와 같은 동물로 지향한다고 스탤리브래스는 설명한다. 이를테면 16세기 런던의 도제 견습공들이 일으킨 폭동은 자신들보다 하위 계층인 외국인들과 창녀들을 지향해서 일어났다는 것이다.

「키르케」는 전도된 비천한 하위계층으로서, 즉 모더니즘 상품 문화에서 상품으로 전락된 여성의 몸을 표현한다. 초현실주의적인 모더니즘 서사는 고도로 물신화된 남성 욕망의 장소로서 장식되고 보석으로 치장된 여성의 몸에 그 초점을 맞춘다. 벨라의 몸과 같은 공포의 괴물/지배자로서 물신화된 여성의 몸에 대해 충격적인 서술상의 재현의 교차를 보여준다. 왜냐하면 벨라의 몸과 같이 괴물/지배자로서 여성의 몸은 폭력적인 제국주의 권력의 형태에 대한 함축이자 동시에 제국에 의해 부과된 식민 상품 문화의 전형화이기 때문이다. 이것은 모더니즘 텍스트로서 제국주의적 중심에 의한 주변 식민지의 폭력 문제를 살펴볼 수 있을 뿐만 아니라, 탈식민주의 전략의 수단으로서 저항 폭력의 타당성을 동시에 보여준다.

「키르케」에서 하위 계층 여성으로서 창녀는 그 자체가 상품 가치로 추상화된 자

---

[428] Peter Stallybrass, "The World Turned Upside Down: Inversion, Gender, and the State" in Valerie Wayne (ed.), *The Matter of Difference: Materialist Feminist Criticism of Shakespeare.* Ithaca: Cornell UP, 1991, pp. 201-220.

신의 육체를 드러내 보인다. 이러한 재현의 과정에서 제국주의 권력에서 비롯된 폭력은 하위계층의 저항에 대한 억압을 의미한다. 그런데 무엇보다 중요한 것은 재현 과정 자체가 전복적이거나 자기 패배적이라는 것이다. 따라서 폭력의 존재는 어디까지나 여성들이 제국주의 권력에 종속된 비천한 계층임을 의미한다. 이런 점에서 벨라와 블룸의 모더니즘 서사는 제국에 의해 가해지는 성적 잔학성으로 읽을 수 있는 것이다.

그러나 「키르케」의 리얼리즘 서사에서 식민 제국주의와 민족주의에 대한 폭력은 둘 다 남성 주체의 영웅화를 철저히 부정한다. 이와 마찬가지로, 초현실주의 모더니즘 서사에서도 그러한 제국적 저항적 폭력의 주체로서 희생양(여성)에 대한 완전한 실현을 철저히 거부하고 있다. 이를테면 벨라와 블룸의 모더니즘 서사의 장면은 경찰이 블룸의 이름을 묻는 장면에서 리얼리즘 서사와 충돌하고 있다. 이러한 서사의 갈등으로 인해 모더니즘과 리얼리즘 서사 모두는 하위계층의 담론이 지속될 수 없는 분열의 지점으로 몰고 간다.

그래서 「키르케」에서 나타나는 하위계층 여성은 리얼리즘과 모더니즘 재현의 양상 모두에서 그 모호성을 더욱 드러낸다. 이것은 앞에서도 설명했던 것처럼, 제국주의적, 저항적 폭력의 대리 희생의 기표로서 작용하는 모방 관계를 구축하고 있기 때문이다. 이 경우에 창녀의 이미지는 망각될 뿐만 아니라 오히려 타자 영역의 기표로서 "밤의 도시" 그 자체가 더욱 중요하게 부각된다. 이런 관점에서 「키르케」의 여성이 지니는 여성 주체의 모호성은 "타락된" 창녀이자 "전도된 비천함"의 희생양으로서 가정되지만, 모호성 그 자체는 탈식민주의 공동체 내에서 여성이 자신의 위치를 차지할 수 있는, 즉 적극적인 개인으로서 "말할 수 있는" 주체임을 역설적으로 드러내는 요소이기도 한 것이다.

모호성의 경계: 하위계층 여성의 탈식민화

「키르케」는 서사의 시작부터 실내와 실외 사이의 구분과 경계가 철저히 해체되어 있다. 이와 같은 분열은 일상에 대한 거부와 불신을 반영하면서 기존의 아일랜드 식민 상황과 리얼리티에 대한 매우 급진적인 저항의 폭력을 함축한다. 이를테면 벨라가 블룸을 괴롭히는 장면은 실내, 즉 매춘가의 실내이다. 반면 스티븐과 병사들 사이의 싸움은 거리에서 발생한다. 이것과 다른 경우에서, 블룸이 "미래의 새 아일랜드의 블룸 성지"(U 15.1544-5)의 왕일 때의 배경과 상황은 어떤 정해진 이름이나 틀이 주어져 있지 않은 초현실주의적인 공간에서이다.

매춘가의 실외와 실내의 구분은 모든 곳에서 강조된다. 그래서 경계로서 사창가 입구, 즉 한계적 공간으로서 경계는 엄격한 질서의 헤게모니가 정해져 있는 도시의 다른 곳들과 구분되는 매우 특권화 된 지역이다. 상품 문화의 하위계층의 여성으로서 창녀들이 영업을 위해 상품으로서 자신의 육체를 광고하도록 서 있는 매춘가의 문 앞은 바로 이러한 모호성의 경계이다. 블룸은 창녀 조위에 의해 매춘가 속으로 유혹된다. 블룸은 나중에 그 문밖으로 쫓겨나게 되고, 곧 내부와 외부에 대한 상투적이고 일상적인 서사의 리얼리티의 경계는 사라지게 된다. 그리고 자동 피아노가 실내에서 연주되는 동안 축음기는 실외의 안개 속에서 윙윙거리고 있다. 이러한 상황은 식민 더블린의 억압과 폭력 상황의 배경에 대한 불확실성과 모호성을 나타낸다. 이러한 맥락에서 「키르케」의 밤의 도시는 더블린의 다른 헤게모니적 질서의 공간들과 확연히 구분되는 이 작품의 또 다른 타자적 경계의 공간이라고 말할 수 있다.

앞에서 설명했던 것처럼 「키르케」는 리얼리즘과 모더니즘 서사가 한데 어우러져 있는 서사의 이질성을 극명하게 보여준다. 에피소드의 배경은 정확히 리얼리즘 서사의 바탕에서 서술된다. 하지만 밤의 도시에 대한 서사적 설명은 엄정한 초현실주의 문제로 이루어진다.

> *밤의 도시 마보트가의 입구, 그 앞에 기간선로와 함께 자갈을 깔지 않은 전차의 대피선이 뻗어있다. 붉고 푸른 도깨비 불 그리고 위험 신호들. 문들이 아가리를 벌리고 있는 때 묻은 집들의 행렬, 어스름한 무지개 무늬를 두른 드문드문 매달려 있는 램프들 . . . (U 15.1-4)

이와 같이 타자화된 이국적 도시의 풍경은 식민 대도시의 물신화된 소비적 상품 문화의 풍경을 보여준다. 밤의 도시의 경계로서 타자적 공간은 푸코가 "헤테로토피아," 즉 혼재향이라고 이름 붙인 것의 전형적인 예라고 볼 수 있다.[429]

미셸 푸코의 사후 에세이 "Of Other Spaces"는 도시의 타자적 공간으로서 헤테로토피아를 다음 7가지로 분류하고 있다.[430] (1)군대와 기숙학교와 같이 "성"의 경험에 관련된 이유 때문에 도시 공간에서 시민을 격리하는 "위기의 헤테로토피아"Heterotopias of crisis, (2)정신병원과 감옥, 그리고 묘지와 같은 "이탈의 헤테로토피아"Heterotopias of deviance, (3)많은 장면과 유형들이 동일한 공간을 차지하는 극장과 가든과 같은 "병치의 헤테로토피아"Heterotopias of Juxtaposition), (4)갤러리, 박물과, 도서관과 같은 보존과 축적의 무한한 19세기적 지평으로서 "시간 축적의 헤테로토피아"Time accumulators, (5)시장, 카니발, 쇼, 그리고 박람회와 같은, 위에 언급한 것과 반대 개념에서의 "계기적 헤테로토피아"Momentary heterotopias, (6)카니발을 제도화하고 그것을 위한 영구적 공간을 만든 디즈니랜드와 같은 관광에 관련된 "지속의 헤테로토피아"Chronic heterotopias, (7)식민지와 매춘가와 같은 "상상의 헤테

---

[429] Enda Duffy, p. 160.

[430] Michel Foucault, "Of Other Spaces." Trans. Jay Miskowiec. *Diacritics* 16 (1986), pp. 22-27.

로토피아"Imaginative heterotopias 등이 바로 그것이다.

푸코는 특히 식민지와 매춘가가 "유동적인 공간의 영역"이라는 점에서 상상의 헤테로토피아를 배에 비유하여 강조하는 가운데, 서구문화에서 가장 극단적인 헤테로토피아의 두 가지로 식민지와 매춘가를 들고 있다. 이것은 「키르케」에서 매우 의미심장한 유추가 되고 있다. 「키르케」에서 장면은 말 그대로 "유동적인 공간의 영역"으로서 해체의 불안정한 공간이기 때문이다. 이와 같은 공간은 보드리야르 식으로 말하자면 "사라짐"의 공간이다. 리얼리즘 서술의 장면은 초현실적 무대 장치로 대치되고, 어느 누구에 의한 어떠한 통고나 암시도 없이 리얼리즘 서술 기법과 번갈아 교체된다. 서사 속의 등장인물들은 느닷없이 나타나고 사라진다. 어느 누구 퇴장하는 사람도 없고 리얼리즘 서사와 초현실주의적 모더니즘 서사 사이에 어떤 경계도 설정되어 있지 않다. 서사와 서사는 연결되지 않는 불연속의 연속체이자 불안과 두려움의 심리 과정을 담고 있다. 그래서 「키르케」의 서사는 독자에게 글쓰기에 있어서 거의 재현 불가능한 폭력에 대한 악몽과 같은 기억과 공포를 불시에 유발시킨다.

"나타남"과 "사라짐"의 익명성에서 볼 수 있는 식민 도시 풍경의 이러한 악몽의 거리에서 오직 창녀들만이 자신의 육체를 "요염한 여자"(U 15.1988)로 상품화하는 사물화의 주체들이다. 하위계층 여성 주체로서 이들 창녀는 자신들의 주체성을 모호하게 만들어 낼 수밖에 없는 거리의 고독한 군상들이다. 이들은 "식민지적 생산의 맥락에서 하위주체가 역사도 없고 말할 수도 없다면 여성 하위주체는 그보다 더욱 깊은 (이중의) 그림자 속에 있을 뿐이다."[431] 예를 들면 과부로서의 블룸은 죽은 남편을 위해 과부 순사의 장작더미에서 희생될 때, 에피소드는 리얼리즘적 주체의

---

[431] Gayatri Spivak, "Can the Subaltern Speak?" pp. 287-288.

죽음과 남성의 여성화를 동시에 재현하는 가운데, 식민주의적 자기희생이라는 이데올로기적 억압에 의해 "침묵"하고 제국주의적 "존재"에 대한 식민지적 "비존재"를 긍정하라는 제국주의가 정한 법을 충실히 따를 수밖에 없는 여성화된 식민지 하위 주체를 보여준다.

> 과부 순사의 장작더미로부터 고무 장뇌의 불꽃이 치솟는다. 향연이 시의처럼 막을 치며 사방으로 퍼진다. 참나무 사진을 밖으로 머리카락을 푼 한 요정이, 갈색 찻빛의 아트컬러 옷을 가볍게 걸치고, 그녀의 동굴로부터 내려와서 엇갈린 소방목 아래를 지나 블룸 저편에 선다. (U 15.3232-6)

이때 에클레스 가의 몰리와 블룸의 침대 주변에 있는 잡지 『팃빗』에 나오는 요정은 "갈색 찻빛의 아트 컬러 옷을 가볍게 걸쳐 입은 채," 블룸과의 대화에 나타난다. 요정은 광고 속의 전형적인 여성 이미지로서 잡지에서 자신에게 광고 이미지, 즉 전형적인 상품의 물신화를 유지하라고 강요한 회사에 대해 불평을 늘어놓는다.

> 당신은 저를 하이킥커 댄서, 거리의 도부꾼, 권투선수, 일반 서민, 살빛 속옷을 걸친 비도덕적인 무언극 배우 놈들, 그리고 금세기의 히트작인, 악극 「라 오로라와 카리니」의 멋들어진 시미춤 댄서와 같은 사악한 무리로 보셨어요. 석유냄새가 풍기는 값싼 핑크색 종이 속에 저는 숨어 있었죠. 저는 클럽 사내들의 음담패설이며, 철없는 젊은이들을 광란케하는 이야기, 투명 양화를 위한 광고, 농간 부리기 주사위 그리고 가슴받이, 전매특허위약 기구 그리고 헤로니아 환자들의 증언이 붙은 탈장대 사용 설명서에 둘러싸여 있었답니다. . . . 고무제품, 결코 찢어지지 않는 귀족 가문에서 사용되는 상표 남자용 코르셋 . . . 월드먼 교수의 놀라운 흉부 확장기에 대한 감사장. 저의 바스트가 3주일 동안에 4인치가 늘었어요, 하고 거스 러블린 부인이 사진을 첨부하여 보고하다. (U 15.3245-3259)

이어 요정은 블룸이 "어느 여름날 해거름에 (요정의) 몸의 네 군데에 키스를 했다"는 사실과 "연필을 가지고 (요정의) 눈과 앞가슴 그리고 치부에다 정성껏 까맣게 칠했다"(U 15.3264)는 사실을 블룸에게 상기시킨다.

그러나 물신으로서 여성의 몸에 대한 전체적인 비판과 여성을 물신화된 상품으로 생산하는 남성 담론의 "관음증"을 오히려 뒤바꾸고 있는 것은 바로 요정 자신이다. 요정은 눈을 돌려 블룸을 응시하면서, "(손으로 자신의 얼굴을 가린다) 제가 저 방 속에서 못 본 게 뭐 있었던가요? 무엇을 저의 눈은 위쪽에서 내려다보지 않으면 안 되었던가요?"(U 15.3285-6)라고 말한다. 이것은 여성 주체가 자신만의 전형적인 여성 주체성을 주장하는 대목으로 볼 수 있다. 요정은 상품화된 여성 이미지임에도 불구하고 그러한 물신화에 대해 자신의 주체적 신분을 역설하면서 여성 자신의 정체성을 회복하고자 시도한다.

이에 반해 영국 제국의 상품 문화를 대표하는 벨라는 식민 주체인 블룸을 억압하는 끔찍한 제국주의 폭력을 함축하는 남성 벨로가 됨으로써 자신의 주체성을 과시했을 뿐이다. 블룸이 격렬한 성욕을 여성에 대한 지나친 욕망의 탓으로 돌림으로써 벨로의 이러한 위협에 맞서지만, 창녀 조위와 벨라는 지금 그들 자신의 왜곡된 리얼리티를 바로잡기 위해 서사의 전면에 등장한다. 이들은 돈을 요구하면서 자신들의 노동에 대해 적극적으로 말한다.

블룸이 벨로에게 굴욕을 당하고 있는 동안, "주름살진, 회색 턱수염을 기른, 매음가의 요리사, 키오 부인이 번질번질한 앞치마에, 남자용 회색 및 녹색 양말과 생가죽 구두를 신고 밀가루 범벅인 채 벌거숭이 붉은 팔과 손에 가죽 반죽이 묻은 국수 방망이를 들고 문간에 나타난다"(U 15.2923-26). 키오 부인은 아일랜드의 노동 계층의 여성, 즉 더블린과 영국의 부르주아 가정에서 일하는 전형적인 아일랜드 출신 하녀이다. 아일랜드인의 민족성은 키오 부인이 등장함에 따라 하나의 논점으로 부상한다. 키오 부인은 다름 아닌 「텔레마코스」 에피소드에 등장하는 매우 감상적인 게일 부흥을 상징하는 우유 배달 노파와 같은 냉혹한 사회주의 리얼리스트의 화신이다.[432]

키오 부인을 통해 민족성의 문제가 하위 계층 여성 노동자의 주체성 문제로 연결되면서 서사에 표면화된다. 이전에 블룸이 창녀 조위에게 "나는 아주 까다로운 사람이야. 너는 필요악이지. 어디서 왔지? 런던?"이라고 물을 때, 조위는 "(유창하게) 돼지가 오르간을 연주하는 호그즈 노턴이지요. 저는 요크셔 출신입니다"라고 말하면서 자신이 영국인임을 분명하게 밝힌다(U 15.1980-4). 호그즈 노턴Hog's Norton 혹은 호크 노턴Hock Norton은 영국 중부의 레스터셔 주에 있는 마을 이름이다. 한때 이곳에서 연주하던 오르간 연주자는 "돼지"라고 불린 적이 있었다.[433] 나중에 조위가 자동 피아노의 동전 구멍에 2페니를 떨구자 여러 가지 색의 조명이 바뀌면서 자동 피아노는 대중 민요인 "나의 요크셔 소녀"를 연주한다(U 15.4052-3).

블룸과 스티븐에게 있어 민족성이 불확실한 문제로 남아있는 가운데 벨라는 "계산은 누가 하시는 거죠?"(U 15.3529)라고 묻는다. 스티븐은 "(지나치게 정중하게) 이 비단 지갑은 술집의 암퇘지의 귀를 가지고 내가 만든 거야. 마담 실례해요. 만일 허락하신다면"(U 15.3533-4)하고 말하면서, 자신이 돈을 지불해야 하는 상황에 경멸의 태도를 보이며 서둘러 돈을 더듬어 찾는다. 이때 블룸은 신중한 태도로 그들 사이에 끼어든다.

> (벨라와 플로리 사이 테이블 위에 살며시 반소브린을 놓는다) 이만큼. 미안하오. (그는 한 파운드 짜리 지폐를 집어 든다) 10실링의 세 배야. 이제 회계는 끝났어. (U 15.3582-3)

---

[432] Enda Duffy, p. 162.
[433] Don Gifford & Robert J. Seidman, p. 486.

한편 이 순간에 조위가 던지는 말은 창녀로서 하위 여성 주체가 더 이상 물신화된 소비 상품이 아니라 자신이 제공한 노동에 대한 임금을 지불 받는 정당한 노동자임을 말한 것이다.

> (속치마를 걷어올려 반소브린을 스타킹의 상단에다 접어 넣으면서) 등이 아프도록 애써 번거니까. (U 15.3565-6)

그러므로 여성은 담론화의 과정에서 상품 물신주의의 대상인 소외의 존재가 아니라, 생산의 주체이자 행위자로서 새로운 위상을 정립한다. 이러한 맥락에서 마르크스의 노동과 상품 사이의 물신주의 규정에 대해 스피박이 다음과 같이 말한 점은 매우 시사적이다.

> 물신 형성에 의해 수반되는 외부화 - 소외에 대한 마르크스의 변증법은 그가 생산과 노동에 대해 한 가지 근본적인 인간관계를 고려하지 않았기 때문에 적절한 것이 못된다.[434]

「키르케」에서 살펴보았던 것처럼 문화 담론 내에서, 이를테면 자신의 권익과 정체성에 관련하여 스스로를 대표할 수 있는가 관한 여성의 목소리는 대단히 복잡하고 불확실한 것이지만, 그럼에도 불구하고 "말할 수 있는" 하위계층 여성 주체의 모호성은 중요한 텍스트의 기표라고 할 수 있다. 식민주의와 탈식민주의의 정치적, 문화적 체계와 담론의 공간 속에서 여성의 정체성과 목소리는 성과 인종의 복잡성에 의해 영향을 받을 뿐만 아니라 완벽하게 삭제되고 지워지고 다시 쓰여지기 때문이

---

[434] Gayatri Spivak, "Feminism & Critical Theory" in Donna Landry & Gerald MacLean (eds.), *The Spivak Reader*. New York: Routledge, 1996, p. 57.

다. 다시 말해 여성은 항상 존재하지만 끊임없이 쓰여 지고 지워지는 "양피지"이자, 상품 문화에 있어서 물신화된 상품 이미지로 존재한다.

조이스는 「키르케」 에피소드를 통해 하위 계층 주체로서 여성의 목소리가 지니는 복수성과 모호성, 그리고 공명성을 인식하면서, 개방적이고 유희적인 여성의 언어와 의식의 다양성을 포착하고 있다. 궁극적으로 이러한 문학 예술적 시도는 여성의 목소리가 함축한 복수성과 모호성, 그리고 공명성을 통해 궁극적으로 개방적인 언어의 유희와 저항의 탈식민주의적 가능성을 추구한 것으로 볼 수 있다.

10.

상품문화와 인종주의 담론:
「에우마이오스」

머리말

「에우마이오스」 에피소드는 호머의 『오디세이』의 제 14권을 인유한 『율리시즈』의 16번째 에피소드이다. 에피소드에서 전개되는 서사시간은 새벽 한 시 무렵이다. 레오폴드 블룸은 이전 「키르케」 에피소드에서 술에 취해 군인에게 얻어맞아 정신을 차리지 못하고 비틀거리는(U 16.61) 스티븐을 부축해서 리피 강변의 세관 건물 앞 부두를 지나 버트Butt 철교 근처에 있는 이른바 역마차의 오두막cabman's shelter으로 데리고 간다. 이곳은 "산양껍데기"Skin-the-Goat라는 별명으로 유명한 전 아일랜드 무적단원 제임스 피츠해리스가 운영한다고 알려진 곳이다.435

「에우마이오스」 에피소드는 불명확한 서술시점과 묘사, 그리고 등장인물들의 불확실성으로 인해 『율리시즈』에서 가장 난해한 에피소드 가운데 하나로 꼽힌다. 에피소드는 과장되고, 장황하고, 상투적인 고어 풍 문체를 흉내 낸 패러디로 일관한다. 특히, 진부한 표현의 엇갈리고 모순된 접목을 통한 패러디는 오히려 새롭고 인공적인 의미 생성을 가능하게 하는 것이다.

무엇보다도, "문체를 비롯한 언어적 표현의 모호성"436뿐만 아니라 등장인물들의 신분과 주체성의 불확실성은 마치 시간의 무상이나 풍경의 흐린 효과를 다룬 인상주의 화풍을 연상시킨다.437 이 같은 점을 반영하듯 매우 고답적이고 진부하고 난삽한 어휘와 문장의 중첩으로 일관한 에피소드의 문체는 어느 하나 뚜렷하고 명확한 뜻을 지닌 문장을 찾아보기 어려울 뿐 더러 빤히 들여다보이는 과장되고 허구적이고 모순된 내용의 대화와 인물들이 보여주는 불확실한 정체성은 이 에피소드가 갖고 있는 큰 특징이다.

특히 조이스는 「에우마이오스」에서 언어적 해체의 자의식적 유희공간으로 부여하고 있다. 즉, 말이란 단순히 언어에 불과하고 구축된 본질에 지나지 않다는 말 자체의 본래적 불안정성을 드러내면서 리얼리티의 문제를 제고하고 있다. 리얼리티란 사물을 일컫는 이름과 말을 통해 인식될 수 있을 뿐이며 상정된 모든 사물의 정체성과 리얼리티는 개별 언어가 갖고 있는 궁극적인 담론 본성에 의해 표상되기 때문이다.438

---

435 그는 1882년 5월 6일에 일어난 피닉스 공원 테러 사건에 연루된 혐의로 종신형을 선고받았으나 1902년 풀려난 이후 더블린 시 당국에 고용되어 야경꾼으로 활동했다고 알려진 인물이다. 그러나 그가 실제로 이곳에서 일하고 있는지 아닌지는 확실하지 않다. Don Gifford & Robert J. Seidman, p. 538 참조.

436 Colleen Lamos, "The Double Life of 'Eumaeus'" in Kimberly J. Devlin and Marilyn Reizbaum (eds.), *Ulysses: En-gendered Perspectives.* U of South Carolina P, 1999, p. 242.

437 김종건, 『율리시즈 연구 II』 고려대출판부, 1995, p.332.

이런 점을 염두에 둘 때 한 가지 생각해 볼 수 있는 것은 에피소드 재현의 주 골격을 이루고 있는 매우 다양한 상품화된 인종의 이미지이다. 자정을 지난 시각의 음울하고 칙칙한 밤공기 속의 등장인물들을 그리면서 술과 (마)약에 취한 듯 몽환상태의 더블린의 한 일면은 나른하고 권태로운 식민 도시의 풍경을 말해주고 있기 때문이다.

더블린과 같은 식민지 대도시의 근대 소비문화에서 제국과 식민지의 구별은 상품의 포장과 전시 그리고 광고 매체를 통해 더욱 차별화 되면서 소비주체의 의식에 각인되고 또 급속히 식민 경제 속으로 파고든 것은 주지의 사실이다. 아시아인, 흑인, 그리고 아메리카 인디언과 같은 유색인종의 이미지는 세기말 유럽 최대의 식민 대도시 가운데 하나인 더블린의 소비문화에서 유통되는 담배, 차, 커피, 럼주, 코코아, 캔디, 비누, 치약, 그리고 과일과 같은 온갖 다양한 소비상품의 포장에 사용되는 이미지일 뿐만 아니라, 이른바 '황야의 서부' 쇼, 서커스, 흑인분장악극, 그리고 싸구려 대중모험잡지와 성인잡지에 단골로 등장하는 주요한 인종적 심상이다.

인종 이미지와 상품의 연계는 19세기 이후 유럽제국의 급속한 팽창과 더불어 이루어진 현상이지만, 인종에 관한 담론이 18세기 서구 과학의 산물이라는 것은 잘 알려진 사실이다.[439] 특히 인종과 상품의 연계는 셰익스피어의 『태풍』에서도 찾아볼 수 있을 만큼 오랜 것이긴 하지만(II, I, 32–33), 이것은 근대 유럽제국의 급속한 팽창과 더불어 본격적으로 이루어진 현상이다. 그러므로 젠더와 성적 욕망뿐만 아니라 인종은 상품 문화 속에서 타자성을 함축하는 대표적인 지표로서, 상품의 판매와 소비의 촉진은 이 같은 타자성의 착취를 통해 더욱 가속화하게 된 것이다.[440]

---

[438] Vincent Cheng, p. 236.

[439] Ania Loomba, *Colonialism/Postcolonialism*. London: Routledge, 1998, p. 62.

[440] Bell Hooks, p. 22, 28.

실제로 에피소드에는 수많은 인종 이미지들이 언급되어 있다. 이를테면 차 포장지에 그려진 아시아인들, 흑인 분장 배우의 극장광고, 인디언 우편엽서, 혹은 박물관 밀랍인형 전시장에 진열된 아스텍 사람들 등등 일일이 열거할 수 없을 정도이다. 그러므로 본 에피소드를 읽을 때 주목해야할 점은 에피소드에 등장하는 수많은 인종 이미지들은 단순한 이미지가 아니라 근대 더블린의 일면을 드러내면서 일상의 리얼리티를 다시 한 번 생각하게 하는 이른바 '구축된 문화담론'으로 읽을 필요가 있으며, 나아가 민족주의와 제국의 문화 담론이 더블린의 일상과 민중의 의식에 어떻게 각인되어 있는지 살펴볼 수 있게 하는 중요한 지표라 할 수 있을 것이다.

에피소드에 등장하는 다양한 소비 상품의 인종적 심상을 읽기 전에 이와 같은 소비 상품이 유통되던 공간으로서 식민도시 더블린의 역사적 · 상황적 성격을 몇 가지 살펴볼 필요가 있다. 먼저 20세기 초 아직 영국의 식민지로 남아있던 아일랜드의 상황에서 1870년대부터 아일랜드 농민들에게 "보다 큰 보장을 해주기 위해" 영국정부에 의해 장기간 단행된 일련의 토지 개혁 이후, 1890년대부터 본격 출현하기 시작한 이른바 소상인 계급의 형성은 더블린에 근대적인 상품문화의 창출을 알리는 계기가 되었다는 점이다.

그렇지만 이것은 어디까지나 제국의 관점에서 보았을 때 영국 본국에서 생산된 소비상품의 안정적 판매와 소비를 위한 시장공간을 새롭게 확보하기 위한 일환이었다. 이 점은 "본국의 국내 시장의 원활한 기능을 유지하기 위해서는 잉여 제품의 활로를 열어줄 새로운 해외 시장의 개척이 필수적"이라고 생각하던 1870년대 영국의 제국주의자들의 입장에서도 잘 알 수 있는 부분이다.[441] 물론 식민지 근대화의 관점에서도 더블린의 상품문화의 속성은 제국과 식민지 사이의 생산 · 소비의

---

[441] Thomas Richards, p. 123.

종속 관계에서 정확히 투사될 수 있는 것이다. 로자 룩셈부르크에 따르면, 자본주의의 맥락에서 식민지가 갖는 역할과 기능은 제국에서 생산되는 상품 원자재의 공급원이자 노동력 확보의 차원보다도 잠재적 상품 소비 시장의 차원이 보다 필수적인 것이다. 이런 점에서 식민지 자연 경제의 해체와 더불어 시작된 식민지 근대화는 제국에서 생산된 생산물의 초과 잉여를 실현하기 위한 잠재적 소비 시장의 원활한 확보를 위한 것으로 볼 수 있을 것이다.[442]

그 다음으로 생각해볼 수 있는 것은 아일랜드 인이 제국에서 생산된 상품의 주된 소비 주체이기 이전에 식민주체라는 점이다. 이런 맥락에서 아일랜드 인이 식민지 원주민의 이미지가 담긴 인종차별적 상품의 소비자라는 점은 여러 가지 문제점을 안고 있는 것으로 보일 수 있다. 아일랜드가 식민공간이자 소비 공간이라는 이중의 상대적 주변성과 상품문화에 대한 소비적 접근의 관점에서 바라보았을 때 아일랜드 인의 이미지는 식민지 유색인종의 이미지와 결합되면서 모호하고도 혼성적인 인종이미지를 상품 문화 속에 형성할 수 있기 때문이다.

또한 단일 민족을 표방하는 민족주의의 관점에서 볼 경우에도, 유색인종 이미지를 사용한 상품의 유통은 아일랜드가 아직 극복하지 못한 식민 의존의 한계로 인해 인종차별의 정형을 더욱 고착시키는 문제를 낳을 수 있다는 점도 주목해야 할 사항이다. 인종적 심상의 상품화와 소비는 아일랜드의 식민 상황에서 모순된 인종차별을 야기하면서 민족주의적 정체성을 왜곡할 우려가 있으며, 이것은 필연적으로 식민의존에 이를 수밖에 없는 상황과 그 당위성을 소비주체의 의식에 호소하는 가운데 인종차별의 심상을 담은 다양한 일상의 구조화를 더욱 굳건히 해주기 때문이다.

그렇지만 다양한 유색인종의 이질적인 상품 이미지가 유통되는 상황에서 기본적

---

[442] Enda Duffy, pp. 153-154.

으로 우리 아일랜드 인은 그들 식민지 유색인종과는 본질적으로 다르다는 자 민족 중심의 논리는 또 다른 인종차별을 불러일으킬 수 있다는 부정적인 측면을 넘어, 맹목적인 민족주의는 자신의 정체성을 하나의 유형이자 전형성, 즉 (식민)타자의 정체성을 더욱 고착시키는 국수주의적 아이러니를 보일 수 있다.

이런 점에서 조이스가 텍스트 속에서 민족주의와 상품문화를 동시에 조망하고 있는 것은 조이스 자신이 식민 대도시 더블린의 정치 · 경제적 관계에서 제국에 대해 종속적 소비계층에 속해 있다는 모호한 정체적 위상을 치열하게 의식하고 있다는 점을 반영한 결과라 하겠다. 조이스는 인종적 심상의 상품화와 소비를 통해 시도되는 다양하고 이질적인 유색인종들의 본질적 동일화를 재현함으로써, 제국과 식민지 사이에 놓인 인종적 차이를 확산시키는 상품의 중심적 역할을 드러내고 있기 때문이다.

이것은 결과적으로 민족주의자들에 의해 이상화된 아일랜드의 정신과 제국의 물질주의 사이의 경계를 여지없이 무너뜨리면서 이른바 아일랜드 정신에 내재된 모순을 텍스트 표면에 드러내기 위한 것이다. 궁극적으로 이것은 아일랜드 인을 포함한 비서구인의 인종 이미지를 이용한 상품화에 있어서 상품과 인종 사이의 연계에 끊임없는 의문을 제기하는 가운데 인종적 순수성과 같은 제국주의적 개념의 해체를 시도하고자 한 것이라 하겠다. 그러므로 에피소드에 재현된 이와 같은 유색 인종의 심상과 인종 담론에 드러난 문제점에 주목하여, 머피의 인디언 그림엽서와 아스텍인 밀랍인형 등을 비롯한 다양한 인종적 심상을 중심으로 조이스가 인종 상품의 인유를 통해 제국과 식민지 사이에 놓여 있는 정치 · 경제적 종속관계를 어떻게 가시화하고 있는지 살펴보도록 하겠다.

인디언 그림엽서와 아스텍인 밀랍인형: 인종의 연출과 전시

「에우마이오스」에피소드에서 무엇보다 독자들의 눈길을 끄는 것은 이국적인 인종과 관련된 다양한 물건들이다. 대표적인 경우가 오두막에 있는 사람들 한 명 가운데 자신을 'D. B. 머피'라고 소개한 수부가 바다 모험에 관한 경험담을 과장되게 늘어놓으면서 자신의 주장을 정당화하려는 일환에서 보여주는 우편엽서를 들 수 있다. '머피'는 담배를 씹고 술도 마셔가면서 자신의 경험담을 거창하게 늘어놓는 대목을 들어보자.

> 홍해에도 가봤지. 중국과 북아메리카 그리고 남아메리카에도 갔었소. . . . 그리고 나는 사람의 시체와 말의 간을 먹는 식인종을 페루에서 보았지. 여기를 보오. 여기 그들이 있어. 어떤 친구가 내게 보낸 거야. 그는 . . . 안 호주머니로부터 한 장의 그림엽서를 더듬어 꺼낸 뒤 그것을 테이블 가장자리에 내밀었다. 거기에는 이런 것이 적혀있었다: '인디언 마을. 베니 시, 볼리비아.' 모두들 전시된 광경에 주의를 집중했는데, 거기에는 줄무늬 실옷을 허리에 두른 한 무리의 야만적인 여인들이, 버드나무로 된 어떤 원시적인 오두막 바깥에 우글거리는 아이들에 둘러싸여, 웅크리고 앉은 채, 눈을 반짝이며, 젖을 물리고, 얼굴을 찌푸린 채, 졸고 있었다. . . . 하루 종일 코카를 씹지요. . . . 블룸씨는 놀라움을 나타내지 않은 채, 공손히 카드를 넘겨 부분적으로 지워진 주소와 엽서의 소인을 읽었다: '우편엽서, 칠레, 산티아고 시, 벡케가, A. 보우딘 귀하.' 그는 특히 주의를 기울여 살펴보았지만 분명히 거기에는 아무런 메시지도 적혀 있지 않았다. (U 16.459-90)

머피의 그림엽서에서 우선 다음 몇 가지 사항을 지적할 수 있다. 먼저, 머피는 페루의 식인종을 설명하면서 그 근거로 호주머니에서 그림엽서를 꺼내 보여주지만, 엽서에 쓰인 사진의 설명은 어이없게도 볼리비아의 한 인디언 마을에 관한 것이어서 그가 하는 말의 진위를 의심하지 않을 수 없다. 게다가 머피에 따르면 그림 엽서는 어떤 친구가 자신에게 보낸 것이라고 말하지만 실제 엽서에 적혀 있는 수신 인은 "세뇨르 A. 보우딘"으로 되어 있다. 엽서의 진짜 수신인이 누구인지 알 수 없 다는 점은 빅토리아 여왕 방문이후 퀸즈 타운으로 이름을 바꾼 코크(지금의 코브) 근처 캐리겔로우 출신의 수부라고 스스로 주장하는 머피의 실제 이름과 신분, 그리 고 그의 국적과 민족성 그 어느 것에 대해서도 에피소드를 읽는 독자가 신빙성을 갖지 못하게 한다.

다음으로 조이스 문학 특유의 중층 인유를 생각해볼 때, 인디언 그림엽서는 호머 의 돼지치기 에우마이오스, 아일랜드의 소농, 엽서를 보고 있는 오두막 안의 사람 들, 나아가 더블린의 '최하류 계층'을 차례로 중층 인유하는 자기 반영의 의미순환 경로를 밟고 있다고 볼 수 있다. 그러므로 오두막에서 머피가 보여주는 인디언 그 림엽서는 식민 소비문화 속에 유통되는 인종 차별화된 상품 유통의 축도가 되면서, 문화 민족주의자들이 주도했던 순수 민족의 구축 노력을 부분적으로 흐리는 본질화 된 유색인종의 전형적인 이미지가 되고 있다.

이것은 민족주의적 관점에서 아일랜드의 순수한 인종적 본질을 설명할 수 있는 민속의 장면은 제국의 관점에서 볼 때 "그들" 식민지를 고정된 불변의 원시적 과거 로 재현하는 "원시적 본질화"의 한 장면일 수 있다는 점을 역설적으로 말해주는 대 목이라 할 수 있다. 인디언 그림엽서는 왜곡된 이미지의 수집 가공 유포의 과정이 대상화된 인종과 민족의 이미지를 어떻게 오염시키는가를 보여주고 있다고 하겠는 데, 조이스는 제국이 주도한 비서구 인종의 이미지 왜곡과 차별뿐만 아니라 민족주 의자들이 주도하는 아일랜드 민족의 순수성의 기도가 사실은 민족 정체성을 정형 화하는 역설적 아이러니를 낳는다는 점을 극화하고 있는 것이다.443

블룸이 역마차의 오두막에 있는 사람들을 민속지적 기록과 묘사의 대상으로 보고 있는 대목을 주목해보자.

> 떠돌아다니는 노수부, 밤의 배회자들, 이와 같은 일련의 사건들은, 모두 오늘날 우
> 리들이 살고 있는 세계의 축소판 카메오를 형성하기 위한 역할을 하고 있는 것으
> 로 . . . 최하류 계층의 생활처럼, 이를테면 탄광부, 수부, 청소부 등등은 최근에
> 현미경하의 커다란 연구 대상이 되고 있는 것이다. 이와 같은 절호의 기회를 이용
> 하여 만일 기록해 둔다면 . . . 어떤 행운에 봉착할 수도 있지 않을까 하는 생각이
> 그에게 들었다. (U 16.1223-9)

이야기가 전개되고 있는 역마차의 오두막은 마차꾼들에게 음료와 빵을 제공하는
곳으로서 더블린 항만의 끝의 리피 강변에 위치해 있는데, 블룸이 직시하고 있는
것처럼 이곳은 전형적인 도시 하층민의 공간이다. 그래서 블룸이 수집 기록하려는
민족지적 기록의 대상으로서 더블린의 "최하류 계층의 생활"은 이를테면 켈트 문화
민족주의자들이 추구하는 아일랜드 서부 오지와 같은 순수하고 고립되고 이상화된
세계와 대비되면서 오히려 이것을 역설적으로 패러디하고 있다고 볼 수 있다.

　역마차의 오두막은 오두막의 연기 나는 이탄 불 화롯가나 위스키 증류기 주변과
같은 전형적인 아일랜드 소농의 이미지를 연상케 하면서 하나의 "차이"를 드러내는
민속학적인 한 장면이 된다.444 말하자면 문화민족주의자들이 민속을 통해 구축하
려고 노력해온 인종적 본질주의의 해체를 시도하고, 상품 문화의 인종 이미지가 아
일랜드 인의 정체성에 어떤 영향을 미치는지를 보여주는 장면이다.

---

443 이 점에서 기본스가 "민족주의적 선전주의자들이 아일랜드 문화의 보호를 위해 요구하는 많은 개념들
　은 사실은 그것의 거부라기보다는 식민주의의 한 연장으로서 아일랜드의 민족적 성격에 도입된 인종차
　별의 개념은 그 적절한 사례"라고 주장한 것은 매우 타당하다. Luke Gibbons, "Race Against Time:
　Racial Discourse and Irish History." OLR(1991), p.104.
444 James Clifford, "Travelling Cultures." *Cultural Studies*. Eds. Lawrence Grossberg, et al.
　London: Routledge, 1992. p.100.

머피의 우편엽서는 유럽인들이 인습적으로 식민지 원주민 또는 지역민에 투사한 여러 관습과 특성을 압축해서 보여주고 있다. 그가 들려주는 원주민의 생활상을 요약하자면 이들은 "사람의 시체와 말의 간을 먹고 . . . 앉은 채로 벌거숭이 엉덩이를 홀딱 드러내놓고 죽은 말의 간을 날 것 째로 먹는" 극단적인 카니발리즘을 행하는 후안무치의 식인종으로서, "아기를 낳을 수 없으면 젖꼭지를 잘라 버리는" 인간적 도의를 벗어난 원시적 성 의식을 갖고 있고 "원시적 오두막 바깥에는 아이들이 우글거릴" 정도로 아이를 많이 낳는다. 게다가 이들은 거울을 보면 깜짝 놀라 도망갈 정도로 무지몽매한 존재들인데, 유럽의 소비상품에 대해 그들이 보이는 경외감은 우상숭배의 수준이며, 물론 하루 종일 코카를 씹을 정도로 마약에 찌들어 있다는 것이다.

이 같은 머피의 장광설은 인종에 관한 식민 문화 담론에 대해 몇 가지 문제를 제기하게 한다. 즉, 인디언에 대한 머피의 묘사는 식민 폭력의 다양한 형태를 드러내고 있다고 볼 수 있기 때문이다. 그 첫 번째로 아메리카 인디언과 아일랜드인 모두가 뼈아픈 역사의 기억으로 갖고 있는 이들이 당한 대량학살과 이주와 같은 야만적인 식민주의의 역사를 들 수 있다. 인디언 그림엽서가 궁극적으로 극화하고 있는 것은 인디언 여성에게 가해진 엽기적인 신체 절단의 그로테스크한 장면에 인유된 식민주의의 폭력이다. 말하자면 아메리카 인디언과 아일랜드 인은 뼈아픈 식민주의 역사의 경험을 공유하고 있다는 점에서 그림엽서는 인디언과 아일랜드 인들이 겪은 대량 학살과 이주의 역사를 의미화 하면서 신대륙과 아일랜드에서 자행된 식민주의 폭력의 야만성을 인유하고 있다.

이 점은 이전의 다른 에피소드에서 흑인성에 관한 언급에서도 충분히 알 수 있다. 블룸은 단지 유태인이라는 이유만으로 백인이 흑인을 비하할 때 사용하는 "검둥이"coon(U 6.705-6) 혹은 "다크호스"(U 12.1558) 등으로 불리면서 인종의 관점에서 흑인과 동일한 언어적 상징 위상을 부여받는다. 일례로 「키르케」 에피소드의 초현실 서사에서 흑인의 얼굴을 하고 등장하는 블룸은 이른바 "검은 야수 오셀로"이다. 이것은 인종차별적 식민 상황의 현실에서 다양한 문화 매체를 통해 아일랜드인을 이를테면 "백인 검둥이", "유인원 켈드", "아이리쉬 프랑켄슈타인", "아이리쉬 캘리번" 등으로 본질화 한 빅토리아시대의 인종 담론화의 상황 맥락에서 이해할 필요가 있다. 실제로 16세기에 수집되고 기록된 다양한 여행기들이 비 유럽인을 획일적으로 묘사하지는 않고 있다 하더라고, 이들 기록에 부분적으로 바탕을 둔 셰익스피어 연극 『오셀로』에서 "늘고 검은 숫양"으로 불리는 오셀로의 "두꺼운 입술"과 "거무스름한 가슴"이 드러내는 동물적인 욕망은 유럽인과 구별되는 열등하고 외래적인 지표로 기능하는 것이다.[445]

다음으로 인종적 심상의 상품화 과정에서 인디언에게 가해진 인식론적 폭력의 문제를 생각해볼 수 있다. 이것은 이미지에 의한 본질 왜곡과 관련한 것이다. 신체 일부가 잘린 인디언의 스냅 사진은 인디언 자체의 이미지를 토착 원주민의 그것으로 고정시키는 이른바 "원시적 본질화"의 한 순간이 되기 때문이다. 에드워드 사이드는 이것을 "공시적 본질주의"라고 부르고 있는데,[446] 민족지학의 관점에서 제국은 이러한 본질화의 과정을 통해 식민지를 고정된 불변의 원시적 과거로 재현함으로써, 아메리카와 아일랜드와 같이 원시적 타자의 공간에 거주하는 원주민을 그 지역에만 독특한 타자의 존재로 한정지을 수 있는 것이다. 그러므로 인디언 그림엽서는 인종의 심상을 본질화 한 것으로서 인디언과 아일랜드 인에게 가해진 공시적 · 통시적 억압의 역사를 하나의 스냅 샷으로 압축한 셈이 된다.

특히 머피가 오두막에 있는 모든 사람에게 인디언의 이미지가 담긴 그림엽서를

---

[445] Ania Loomba, p. 59.
[446] 에드워드 사이드, 『오리엔탈리즘』, 386쪽.

보여주는 것은 궁극적으로 순수한 인종적 본질은 상품 문화를 통한 인종 이미지의 유통 · 확산으로 인해 전도될 수 있다는 점을 보여주는 것이다. 상품화되어 유통되고 있는 인디언의 인종 심상은 다름 아닌 아일랜드의 이미지일 수 있다는 것을 간접적으로 보여주고 있는 것이다. 그래서 인디언의 이미지는 흑인성의 경우와 마찬가지로 차별화와 동일화의 상반된 의미부여가 가능해진다. 즉, 머피의 그림엽서는 식민 타자로서 인디언의 이미지인 동시에 전도된 이미지로서 식민지 아일랜드의 인유일 수 있다.

이 같은 대비적 인식이 가능한 것은 아일랜드와 신대륙이 제국의 식민주의 팽창 정책에서 가장 먼저 그 영향을 받은 지역이라는 역사적인 사실에서 그 단초를 찾아볼 수 있다. 역사적으로 아일랜드는 버지니아 식민지 건설의 모델이었으며, 영국은 수 백년에 걸쳐 인디언과 아일랜드 인을 상호 비교해 오면서 두 집단을 유아적이고 미신적이며 폭력적인 집단이자 악에 찌든 부족 간 배타적인 갈등을 일삼는 원시사회의 모습으로 그려 왔는데, 양 지역 간의 동일한 식민주의 통치의 적용은 바로 이 같은 유사성의 인식을 바탕으로 한 것이다.[447]

실제로 역마차의 오두막에 유포되어 블룸의 손에 쥐어진 인디언 그림엽서는 블룸의 공상을 자극한다. 이를테면 몰리와 스티븐이 함께 주연으로 나서는 콘서트 투어, 혹은 블룸이 그 날 밤 겪은 더블린 홍등가의 경험담에 관한 집필 계획과 그 책의 성공적인 마케팅과 배포에 관한 생각을 하기도 한다. 인디언 그림엽서의 유포를 계기로 촉발된 블룸의 성적 공상으로 인해 몰리의 성적 이미지는 스티븐과 블룸 사이에서 교환되는데, 블룸은 머피를 흉내 내어 스티븐에게 수년 전에 찍은 "스페인 타입"의 몰리 사진을 건네준다. 말하자면 인디언 그림엽서 대신에 성적 심상을 드

---

[447] Luke Gibbons, "Race Against Time: Racial Discourse and Irish History." *OLR* (1991) pp.97-99.

러낸 몰리의 사진이 스티븐과 블룸 사이에서 교환되고 있는 것이다.

> ─그런데, 자네 생각지 않나, 하고 그는 퇴색한 한 장의 사진을 심각하게 골라, 그
> 것을 테이블 위에 놓으며 말했다, 이런걸 스페인 타이프라고? . . .
> ─미시즈 블룸이네, '프리마 돈나'인 내 처 마담 마리언 트위디 말일세, 하고 블룸
> 이 알려주었다. 수년 전에 찍은 거라네. 96년경, 당시엔 이와 꼭 닮았었어. (U
> 16.1425-39)

인디언의 그림을 담은 우편엽서의 유포가 백인에 의해 자행된 본질적 인종 이미지
의 결집과 상품화를 대표하는 것이라면, 젊은 시절 콘서트 가수였던 "스페인 타입"
의 몰리 사진은 소비 담론 속에서 거래되는 남성 욕망의 화신이자 상품화된 물신적
이미지이다. 즉, 불가사의한 신비로 인식된 여성미를 상품화한 것으로 볼 수 있는
몰리의 사진은 모호성과 매혹의 성적 신비를 담은 여성적 타자화를 드러내고 있다.
동양화 · 타자화된 여성의 욕망은 소비 담론 속에서 상품 이미지로 다시 태어나는
것이다. 여기서 몰리의 사진은 동양을 일종의 베일에 가린 무대로 압축하면서 시종
일관 불가사의한 여성적 신비의 공간으로 조망한 오리엔탈리즘 담론화의 한 인유
가 된다.

몰리의 사진을 스티븐에게 보여주는 블룸은 머피가 들려준 황당한 모험담과 우
편엽서에 반신반의하면서도 이번엔 자신이 과장되고 모순된 머피의 역할을 수행하
고 있는 것이다. 그가 스티븐에게 다음과 같은 말을 하면서 인디언 우편엽서를 당
시의 인종공연과 전시회의 맥락과 연결하고 있는 점에 주목해보자.

> 나는 그의 이야기가 모두 순수한 허구라고 말하는 것은 아니야 . . . 흔히 있는 일
> 은 아니지만, 그와 유사한 일들이 이따금씩 일어난단 말이야. 거인들은, 비록 좀처

럼 눈에 띄지 않을지 모르나, 간혹 한번쯤은 볼 수 있지. 꼬마 여왕 마셀라를 말이야. 헨리가의 그 밀랍인형의 진열장 속에 앙가발이인 양 앉아있는, 이른바, 아스텍 사람들을 내 눈으로 직접 보았는데, 그들은 만일 누가 그들에게 돈을 지불한다 해도 자신들의 다리를 똑바로 펼 수가 없으니 왜냐하면 이곳의 근육이 . . . 오른쪽 무릎 뒤에 붙은 근육이라나 뭐라나가 말일세 . . . 지나치게 오랫동안 그런 식으로 쪼그리고 앉아있었기 때문에, 전적으로 마비되어 버렸다네. 이것도 또한 순수한 영혼의 일례이지 뭐야. (U 16.849-56)

여기서 블룸이 말하고 있는 거인, 난쟁이 여왕 마셀라, 그리고 아스텍 사람들은 당시 더블린에서 전시 · 공연되던 서커스와 카니발 사이드 쇼, 그리고 전시회 등을 통해 이를테면 "자연의 진기한 구경거리"freaks of nature와 같은 타이틀을 내걸고 일반에게 전시된 유색인종을 일컫는다. 블룸은 당시 유럽 대륙에서 인기 있던 수많은 사이드 쇼와 프릭 쇼, 또는 인종 전람회를 관람한 것이다.

19세기 말과 20세기 초에 걸쳐 유행했던 비서구 유색인종의 수입 · 전시는 엄청난 수요와 이익을 창출하는 빅 비즈니스였다. 이들은 세계박람회와 놀이공원 등지에서 주로 전시되었다. 특히 블룸이 언급하고 있는 프릭 쇼는 1870-1900년 사이에 대부분의 싸구려 박물관에서 공연되던 가장 인기 있는 프로그램이었으며, 1920년대와 30년대를 거치면서 세계박람회의 중간 오락장에서 단골 전시 · 공연되던 주요 프로그램이었다.[448] 오세아니아, 아시아, 아프리카, 남아메리카, 북극 등 세계 각 지역에서 수입된 원주민들은 지역별 장르별로 분류되어 박물관, 서커스를 비롯하여 시장, 놀이공원, 카니발 등지에서 전시되거나 무대 위에 올려졌다.[449] 흥행업자들은 자신들이 전시한 원주민들을 세계의 여러 신비한 지역들, 이를테면 아프

---

[448] Robert Bogdan, *Freak Show: Presenting Human Oddities for Amusement and Profit.* Chicago: The U of Chicago P, 1988, p. 51.
[449] Ibid, p. 177.

리카 오지, 보르네오 정글, 터키의 할렘, 고대 아스텍 왕국 등지에서 직접 데리고 온 사람들이라고 소개했다. 이들은 여러 분야의 학자들을 동원하여 신문이나 팜플렛을 통해 자신들이 데려온 원주민들의 기원과 신빙성을 뒷받침하는 논평을 싣거나 행사명에 박물관이란 명칭을 붙여 자신들이 주관하는 행사와 전시회의 과학적 신빙성을 높이려는 시도를 아끼지 않았다.[450] 그렇지만 부작용도 만만치 않았다. 인종의 전시와 공연이 매우 큰 인기를 끈 나머지, 오하이오 태생의 난쟁이를 보르네오 출신 원주민으로 꾸민다든가, 원주민이 아닌 미국 태생의 흑인을 아프리카 줄루족이나 "야만인" 또는 기형인간으로 분장시켜 전시하거나 사이드 쇼를 공연하는 일이 비일비재했을 정도였다.[451]

이런 점에서 비 서구지역의 문화와 인종에 대한 왜곡된 묘사와 연출은 필연적인 결과였다. 1850년대 인종학의 등장과 더불어 인종 전시회의 전시물로서 비서구인은 비서구인의 인종적 열등함과 서구 문화의 우수성을 뒷받침하는 증거로 악용되게 된 것이다. 박람회 등지에서 원주민 마을의 전시는 비서구인의 세계를 야만적이고 유치한 이미지로 바라보는 백인의 시각에 나름대로 과학적인 기반과 논리를 제공하려는 의도가 들어 있었다.[452] 프릭 쇼에서 비서구인의 전시는 비서구인을 원시적 인간 또는 인간과 원시인 사이를 잇는 잃어버린 연결 고리 정도로 바라보는 시각과 의도가 담겨 있었던 것이다.[453]

---

[450] Robert Bogdan, "The Social Construction of Freaks" in Rosemarie Garland Thomson (ed.), *Freakery: Cultural Spectacles of the Extraordinary Body*, New York UP, 1996, p. 29.

[451] Robert Bogdan, *Freak Show: Presenting Human Oddities for Amusement and Profit*, p. 51, 176.

[452] Ibid, p. 50.

[453] Leonard Cassuto, "'What an object the would have made of me!': Tattooing and the Racial Freak in Melville's Type" in Rosemarie Garland Thomson (ed.), *Freakery: Cultural Spectacles of the Extraordinary Body*, p. 241.

거의 모든 인종 전시의 하이라이트는 항상 인종의 야만성과 기괴함에 그 연출의 초점이 맞추어져 있었다. 이국적인 이야기가 관객의 흥미를 극대화하기 위한 것으로서 제국주의적 식민 확장의 시기에 따른 "야만인 아프리카"가 주된 인종 전시의 모티프였다면, 식인주의, 인간사냥, 일부다처, 괴기 의상, 엽기적 음식문화 등은 인종 전시의 주 테마였다.[454]

블룸이 당시 헨리 가에서 있었던 박람회 기간 중 전시된 "아스텍 사람" 밀랍 인형을 기억하면서 비논리적이고 모순된 설명을 늘어놓는 장면에서 특히 유의해야할 대목은 블룸이 갖고 있는 본질적인 민족지학적 지식이 사실 그 전시회에 전시된 밀랍인형 관람을 통해 얻은 것이라는 점이다. 이것은 그가 본 밀랍 인형의 관람이라는 시각적 경험을 통해 "아스텍 사람"을 문명화된 백인의 응시 대상, 즉 타자적 정체성으로 고착하고 있는데서 알 수 있다: "어떤 아스텍 사람들은 내 눈으로 직접 보았는데 . . . 자신들의 다리를 똑바로 펼 수가 없으니 . . . 지나치게 오랫동안 그런 식으로 쪼그리고 앉아 있었기 때문에 전적으로 마비되어 버렸다네. 이것도 또한 순수한 영혼의 일례지 뭐야."

이 같은 "아스텍인"의 전시에서 가장 유명했던 경우는 쌍둥이 남매 "바르톨라"와 "막시모"였다. 유난히 키가 작고 기형인데다 저능아였던 이들은 원래 산살바도르 San Salvador 인근의 데코라Decora에 사는 한 원주민 농부가 낳은 쌍둥이 남매였으나, 특이하게 생긴 이들의 소문을 들은 한 스페인 무역업자 라몬 셀바Ramon Selva에 의해 미국으로 팔려가 "고대 아스텍인의 후예"란 이름으로 1850년대 보스턴을 시발로 일반에 공개 전시되었다. 이들은 1853년부터는 유럽의 여러 대도시에서도 학계와 일반 대중 모두에게 전시되었다.[455] 이들을 전시하여 큰돈을 벌어들인 흥

---

[454] Robert Bogdan, "The Social Construction of Freaks," pp. 28-29.
[455] Nigel Rothfels, "Aztecs, Aborigines, and Ape-People: Science and Freaks in Germany,

행업자들은 이후 머리가 극히 작고 정상인보다 지능이 매우 낮은 백인 아이들은 "아스텍인"이란 이름으로 프릭 쇼와 사이드 쇼에서 전시하기 시작했다. 심지어는 머리가 작고 가늘고 핀 모양으로 생긴 작은 아이들을 내세워 "pinhead"란 문구를 사용하여 홍보하기도 했다.456 흥행업자들은 원시 문명의 원주민들에 대한 호기심을 자극함으로써 "아스텍인"과 아메리카 인디언을 비롯한 비서구인들의 전시 공연뿐만 아니라 이들의 기념품 사진과 엽서와 같은 인종 상품의 제작 판매에 열을 올렸다.

그렇다면 이와 같은 인종의 전시는 언제부터 시작된 것일까? 셰익스피어의 『태풍』에는 트링큘로가 캘리번을 본국으로 데려가서 사람들에게 전시하면 큰돈을 벌수 있을 것이라고 궁리하는 대목이 나온다(II, i, 32-33). 또한 18세기 조나단 스위프트의 『걸리버 여행기』와 『통 이야기』*A Tale of a Tub*는 영국 대중문화의 심층에 자리 잡은 괴물의 상업적 전시의 일면을 엿볼 수 있는 소설이며, 정작 스위프트 자신은 왕정복고 시대 이후 영국 지식인을 매료시킨 기형 인간의 전시 관람은 즐긴 장본인이기도 하다.457 영국을 비롯한 근대 서구 사회에서 성행한 유색인종 또는 괴물의 전시는 그것이 상업적 목적이든 또는 교육적 목적이든 간에 그 역사가 매우 오래된 것으로서 사실상 신대륙과 아프리카에서 유럽인과 토착 원주민 사이의 접촉이 처음 이루어진 순간부터 시작된 것이나 다름없다.

실제로 콜럼버스는 1492년 첫 신대륙 항해 이후 스페인으로 귀항할 때 여러 명

1850-1900" in Rosemarie Garland Thomson (ed.), *Freakery: Cultural Spectacles of the Extraordinary Body*, p. 159.

456 Robert Bogdan, *Freak Show: Presenting Human Oddities for Amusement and Profit*, p. 132.

457 Paul Semonin, "Monsters in the Marketplace: The Exhibition of Human Oddities in Early Modern England" in Rosemarie Garland Thomson (ed.), *Freakery: Cultural Spectacles of the Extraordinary Body*, p. 69.

의 카브리해 연안의 아라와크 족Arawaks 원주민을 함께 데려왔으며 그 중 한 명은 2년 동안이나 일반에게 전시된 적이 있었다. 1501년 브리스톨에서 북극에서 데려온 에스키모 인이 전시되었으며 1603년에는 템즈강 근처에 신대륙의 버지니아에서 데려온 원주민을 전시하였다. 그리고 1550년대 루엥에서는 브라질 인디언 원주민 마을을 연출하여 전시한 적이 있을 정도로 근대 초기에 다양한 원주민의 인종 전시는 유럽의 각 지역에서 성행하였다.[458]

유색인종을 대중 앞에 전시하는 것은 이른바 "기상천외의 쇼"가 성행하던 19세기 유럽과 미국에서 그 절정에 달했다. 19세기 말엽에는 서구세계에서 인종과 관련된 쇼 비즈니스는 대중오락의 주요 테마로 자리 잡게 된다. 버팔로 빌 코디가 주도한 와일드 웨스트 쇼, 바넘 앤드 베일리 서커스Barnum and Bailey Circus의 이국적인 스펙터클과 사이드 쇼, 그리고 다양한 세계 박람회와 식민지 전시관은 이국적인 인종 심상과 관련한 다양한 볼거리를 제공했다.[459]

특히 미국에서 프릭 쇼를 비롯하여 버팔로 빌로 잘 알려진 윌리엄 코디William Cody가 시작한 "황야의 서부극"과 같은 인기 순회 쇼가 박람회에서 전시 공연되기도 하였는데, 유색 인종의 대중 공연과 전시는 당시 엄청난 수익을 보장하던 사업이었다.[460] 심지어 만국박람회장의 식민지 전시관 같은 곳은 식민지 세계의 문명을 무대 장치처럼 설치해 놓고 이에 어울리는 분위기를 내기 위해 몇몇 원주민을 데려다 놓고 유색인종의 몸을 전시하면서 원주민의 다양한 행사와 춤을 별도로 공연하기도 하였다.[461]

---

[458] Bernth Lindfors, "Ethnological Business: Footlighting the Dark Comtinent" in Rosemarie Garland Thomson (ed.), *Freakery: Cultural Spectacles of the Extraordinary Body*, p. 207.
[459] Ibid.
[460] Robert Bogdan, *Freak Show: Presenting Human Oddities for Amusement and Profit*, p. 50.
[461] 피터 부룩스, 『육체와 예술』, 이봉지 · 한애경 역, 문학과지성사, 2000, 308-309쪽.

다시 말해 문화적 타자로서 유색인종들은 앵글로 계 미국인들과 유럽의 청중들을 위해 자신들의 문화적 타자성을 공연한 것이다. 이것은 프릭 쇼의 대상으로서 기형인간을 비롯한 괴물과 유색인종은 그 존재가 사회의 지배접주와 인식의 틀, 이를테면 선악의 이항대립의 틀을 위협한다는 점에서 공포의 대상인 동시에 매혹의 대상이었음을 의미한다.462 이들이 인간의 기본인식과 자기규정의 양식을 지배하는 이항대립의 구조 바깥에 존재하는 인간들이란 점에서, 비서구인의 전시는 우월한 서구인과 원시적 비서구인과 같은 인종에 관한 잘못도니 편견과 믿음을 강화하는 결과를 낳게 된다. 아프리카 인들을 열등하고 동물적 존재로 연출하는 프릭 쇼에 전시된 인종의 타자성과 열등의 증거를 관람하는 관람객 자신의 인종적 우월감은 비서구 세계의 탐험과 진출에 대한 일종의 촉매로 작용함으로써, 결과적으로 유색인종에 대한 체계적이고 불평등하고 부당한 대우를 지지하는데 일조한 것이다.463

신체적 · 인종적 차이의 전시는 "비정상"을 강조함으로써 이국적 모티프를 연출하기 위한 것이다. 그렇지만 이들은 사실 신체적으로 어떤 잘못이나 오류가 있을 수 없다. 그럼에도 불구하고 이들은 흥행업자들의 돈벌이와 언론에 의해 프릭으로 규정되었으며 전시회 무대 위에서 비정상으로 낙인찍힌 것이다. 이들을 프릭으로 만든 것은 이들의 인종차별적 전시와 문화이다.

유럽에서 유색인종의 몸 전시의 가장 극단적이고 전형적인 경우는 남아프리카의 코지안 족 출신의 젊은 흑인 여성인 사라 바트만Sarah Bartmann 혹은 Saartjie Baarman을 들 수 있다. 바트만은 남아프리카의 한 보어인 농부와 영국 해군의 군의관에 의

---

462 Elizabeth Grosz, "Intolerable Ambiguity: Freaks as/at the Limit" in Rosemarie Garland Thomson (ed.), *Freakery: Cultural Spectacles of the Extraordinary Body*. New York UP, 1996, p. 57.

463 Robert Bogdan, *Freak Show: Presenting Human Oddities for Amusement and Profit*, p. 197.

해 1810년에 케이프타운에서 영국으로 건너오게 되었다. 바트만은 서양의 고전적 미의 기준에서 보았을 때 결코 비너스를 닮지 않았음에도 일명 "호텐토트 비너스"란 이름으로 런던의 피카딜리 서커스 근처의 한 홀에서 일반 대중에게 공개된 이후, 몇 년간 영국 전역에 걸쳐 각종 박람회와 축제, 그리고 홀 등지에서 전시되었다.[464] 이후 1814년부터는 파리에서 전시되어 일반 대중뿐만 아니라 큐비어 Georges Cuvier를 비롯한 당대 주요 학자들의 관심을 끌었다. 그녀는 5년 이상 대중 앞에 자신의 알몸, 특히 극단적인 자신의 둔부를 전시하여 대중적인 센세이션을 불러일으킨 후 1815년에 25세의 나이로 파리에서 사망했다. 그렇지만 바트만의 몸은 해부되어 그녀가 사망한 이후에도 계속 일반에 전시 되었다. 큐비어는 각종 신체 부위를 해부한 다음 밀랍 주조하여 계속 관찰하고 싶었던 것이다. 아마도 바트만은 이런 방식으로 해부되어 밀랍 · 전시된 최초의 코지안 족 출신 여성이다. 큐비어는 해부를 끝낸 바트만의 성기를 왕립 의학원에 전시해서 이른바 "원시의 성욕"으로서 "음순陰脣의 본질"을 관람하도록 했다.[465] 바트만 신체 가운데 일부는 1982년까지 박물관에 계속 전시되었다.[466]

큐비어를 비롯하여 당시 학자들이 내린 결론은 바트만의 성기가 드러내는 극단적인 원시성은 아프리카 흑인 여성들이 갖고 있는 "원시적 성욕"을 드러내는 증거이자, 나아가 아프리카의 후진성을 상징하고 있는 지표라는 것이다. 심지어 큐비어는 바트만을 원숭이와 오랑우탄에 비교하여 아프리카 종족의 유인원화를 과학적으로 입증하려고 함으로써 아프리카 인은 인간보다는 동물 또는 야만인에 가깝다는

---

[464] Bernth Lindfors, p. 208.
[465] Sander L. Gilman, "Black Bodies, White Bodies: Toward an Iconography of Female Sexuality in Late Nineteenth-Century Art, Medicine, & Literature." *Critical Inquiry* 12 (1985), pp. 213-216.
[466] Bernth Lindfors, p. 210.

유럽인의 믿음을 더욱 강화하는 우를 범하고 만다.[467]

특히, 죽은 후에도 오랫동안 일반에 전시된 바트만의 둔부와 성기는 흑인 여성의 "원시적 성욕"의 심상을 핵심적으로 본질화 한 것이자 흑인 여성이 본질적으로 갖고 있는 것으로 추정되는 이탈적 성욕을 상징하고 있는 것으로 볼 수 있다. 즉, 백인성과 분리된 성적 특화의 서사를 흑인 여성의 몸에 투사한 대표적인 예라고 할 수 있는 것인데, 바트만의 몸은 일반적인 흑인 성욕을 상징하는 지표가 된 것이다. 이런 점에서 바트만의 몸을 예로 들면서 문화 시장에서 재현되는 흑인 여성의 성욕에 관해 설명하고 있는 벨 훅스의 주장은 설득력을 갖는다.

> "문명화된" 유럽 문화의 심장부인 파리의 한 가장 무도회에서 한 흑인 여성은 관람객들에게 자신의 벌거벗은 몸을 보여줌으로써 자신의 타자성의 이미지를 전시한다. 관람객은 그 흑인 여성을 인간으로 바라보지 않는다. 그들의 관심은 오로지 신체의 한 일부에 집중될 뿐이다. 노예시장에서 경매에 부쳐진 흑인 여성에 대해 가해지는 방식과 유사하게 사물화 된 채, 자신의 벌거벗은 몸이 전시장에 진열된다는 점에서 흑인 여성의 존재하지 않고 오로지 볼거리만 존재할 뿐이다. 흑인 여성은 오로지 스펙터클로 축소될 뿐이다.[468]

살아있는 전시이든 혹은 신체 일부의 전시이든 간에 유색인종의 전시는 문화적 차이와 타자성이 시각적으로 토착인의 신체를 통해 관찰되었다는 사실을 증명한다. 다시 말해 문화적 타자로서 유색인종들은 백인 청중들을 위해 자신들의 "문화적 타자성"을 공연한 것이다. 인종 전시를 통한 이국 문화의 공연은 그 진위 여부를 떠나 관람객들에게 이국문화에 대한 환상을 심어주는 차원을 넘어, 이 같은 가짜 이

---

[467] Ibid, p. 211.
[468] Bell Hooks, p. 62.

국풍은 이국적인 것을 착취하고 상품화한 식민주의의 한 일환이다.[469] 결국 인종 전시는 비서구 유색인 문화를 통제와 문명 그리고 산업화가 필요한 것으로 규정하여 종종 서구의 식민 지배를 촉진하는데 도움을 준 셈이다.

맺음말

지금까지 유럽에서 행해지던 인종전시의 역사적 맥락을 염두에 두고 블룸이 스티븐에게 들려주는 인종 전시에 관한 이야기를 다시 읽어보면, 블룸이 인디언 우편엽서를 당시 유행하던 사이드 쇼의 인종전시와 연결하고 있는 것은 상품이 갖고 있는 최소한의 환원적 측면을 드러내 보여주고 있는 것이라 말할 수 있다. 이렇게 볼 때, "인디언 그림엽서"와 "아스텍인"의 상품화는 블룸이 (자기도 모르게) 결과적으로 문화적 차이의 역사적 특수성을 부인하거나 최소한 그것을 유형화하고 있다는 점을 입증한 셈이 된다. 어떤 면에서 보자면 이것은 원시적 타자에 대한 서구인의 뿌리 깊은 적대감의 발로이자, 타자의 다름에 대한 인식과 그것에 대한 정복욕에서 출발한 근대 원시주의의 일상적 발화를 잘 보여주고 있는 부분이라 말할 수 있다. 근대 원시주의는 유색인종에 대한 서구인의 정복욕을 합리화하는 실천과정이기 때문이다.

벨 훅스bell hooks의 개념으로 말하자면, 이것은 타자의 역사를 치환하는 동시에 부인하는 이른바 "소비자 카니발리즘"consumer cannibalism,"[470] 즉 소비적 식인주의를 행한 셈인데, 이런 맥락에서 머피도 소비자 카니발이라고 볼 수 있다. 왜냐하면,

---

[469] 피터 부룩스, 311쪽.
[470] Bell Hooks, p. 31.

그가 우편엽서에서 "페루의 식인종"이라고 제목을 달 때, 머피는 자기 자신을 인디언을 먹은 사람으로 설명을 달고 있는 셈이기 때문이다. 머피는 심지어 "피에 굶주린 듯이" 노래를 부른다: "버팔로 빌은 쏘아 죽이나니, 결코 빗맞지도 않았거니와 또한 그럴 리도 없으리라"(U 16.403-5). 여기서 버팔로 빌은 남북전쟁을 전후로 물소와 인디언 사냥으로 유명했던 윌리엄 코디William Cody를 일컫는데, 그는 남북전쟁 이후 대륙횡단 철도 근로자들에게 물소고기를 납품할 때 명사수로 이름을 떨쳤으며, 이후 자신의 트레이드마크였던 황야의 서부극에서 명사수로서의 자신의 진면목을 선보여 명성을 쌓았고 이에 자극 받아 쏟아져 나온 값싼 대중 소설의 인디언 전투 장면을 통해 국제적으로 널리 알려진 인물이었다.[471] 말하자면 그는 인디언의 이미지를 상품화한 주도적인 세일즈맨이었던 셈이다.

결론적으로 "인디언 우편엽서"와 "아스텍인"을 비롯한 인종 이미지를 통해 조이스는 아일랜드와 신대륙에서 자행된 식민 억압을 하나로 통합하고 있는데, 이것은 아일랜드의 인종적 순수성과 정체성을 영원히 고정시키려는 제국주의적 시도를 해체하고 나아가 중층의 인유를 통해 다각적인 의미해석이 가능한 혼성의 공간을 열어놓기 위한 것으로 볼 수 있다. 즉, 이와 같은 중층 인유를 통한 『율리시즈』의 글쓰기는 궁극적으로 아일랜드 인을 포함한 식민지인의 인종 이미지를 이용한 상품화에 있어서 상품과 인종 사이의 연계에 끊임없는 의문을 제기함으로써 인종적 순수성과 같은 편협한 제국주의적 개념의 해체를 시도하는 일종의 저항 담론의 일환임을 읽어낼 필요가 있다.

---

[471] Don Gifford & Robert J. Seidman, p. 539.

11.

상품문화와 탈식민주의 주체:
「페넬로페」

머리말

『율리시즈』의 마지막 에피소드 「페넬로페」는 크게 세 가지 점에서 기존의 에피소드와는 차이가 난다. 앞선 17개의 에피소드가 주로 남성 인물들의 의식에 투영된 삶의 리얼리티를 반영한다면, 「페넬로페」는 이들 에피소드와는 달리 철저하게 몰리 블룸의 의식에 투영된 임시적이고 불확실하며 포착하기 어려운 리얼리티를 반영한다. 다음으로, 기존 에피소드들에서 볼 수 있는 리얼리즘 서사가 유럽 제국의 텍스트를 모방하고 패러디하고 한편으로 그것을 극복하려 한 것에 비해, 「페넬로페」는 몰리의 상상을 통해 미래에 형성될 새로운 민족 공동체의 가능성을 모색한다. 마지막으로, 남성 중심의 리얼리즘이 식민주의의 권력 행사에 대한 비평적 패러디로 작용한 것에 비해, 「페넬로페」는 철저히 하위 여성 주체의 발화되지 않은 의식의 목소리만을 담아넘으로써 기존의 남성 공동체와는 다른 새로운 타자 공동체의 가능성을 실험한다. 특히 이른바 "제국의 기념비" 혹은 식민화의 기호론적 증후로 볼 수 있는 식민 대도시 모더니즘 상품문화에서 상품화 물신화되는 하위 여성 주체는 그 상징에 내재된 복종과 저항의 모호성으로 인해 역설적으로 탈식민화의 기표로 작용한다고 볼 수 있다. 이 점을 바탕으로 「페넬로페」에서 여성의 "침묵"에 내재된 모호성은 식민화의 긍정이 아니라, 오히려 제국의 가부장적 리얼리즘 서사의 남성 지배와 식민주의에 대한 대항 담론일 뿐만 아니라 궁극적으로 제국주의의 환유인 소비상품과 광고담론을 통한 여성의 상품화 · 물신화에 저항하는 탈식민화의 가능성을 보여주고 있음을 살피고자 한다.

▌ 몰리 블룸의 정체성

식민 대도시 사회의 여성은 다양한 헤게모니 권력 하에서 어떤 남성 주체들보다도 더욱 철저하게 하위 계층에 예속된 가장 전형화된 식민 주체이다. 심지어 푸코가 "여자, 죄수, 용병, 환자, 동성애자" 사이의 연대 가능성을 말했을 때조차도 이들 가운데 가장 동떨어진 사람들이 바로 하위프롤레타리아트 계층의 여성들이다.[472] 이들 여성은 부르주아 가부장에 예속된 아내, 소비자, 노동자 하위 계층의 소시민이다. 다시 말해 이들 여성은 아이를 낳고 돌보는 가부장제하의 아내이자 식민 소비문화에 종속된 소비 주체들이다. 이들은 남성 중심의 리얼리즘과 모더니즘

---

[472] Gayatri Spivak, "Can the Subaltern Speak?" p. 288 재인용.

서사에서, 특히 제국주의 이데올로기를 모방한 남성적 민족주의 리얼리즘 서사에서 집단적으로 철저하게 억압되고 파편화된 존재들이다. 따라서 하위계층 여성은 리얼리즘 서사에서 상투적 존재로 재현될 뿐이다.

조이스는 「페넬로페」에서 집단적인 하위계층 여성이 아닌 몰리라는 한 고독한 여인의 심리적 의식을 통해 새로운 타자의 공동체를 제시한다. 여기서 중요한 것은 리얼리즘 서사와는 달리 여성의 시각에서 비천한 상태의 여성을 제시하지 않는다는 점이다. 이 점은 시사하는 바가 매우 크다. 왜냐하면 조이스가 기존의 리얼리즘 서사처럼 새로운 공동체를 독자에게 일방적으로 제시하는 것이 아니라, 오히려 그와 같은 새로운 공동체가 어떻게 상상되어야 하는가의 문제를 전적으로 하위 여성 주체인 몰리의 의식을 통해 제시하고 있기 때문이다.

조이스는 『율리시즈』의 첫 에피소드에서 스티븐을 통해 아일랜드 정체성의 민족주의적 전형들을 조롱한 것처럼, 마지막 에피소드인 「페넬로페」에서는 아일랜드의 여성 주체로서 몰리 블룸을 통해 모방 이데올로기인 민족주의 전형들을 조롱하고 있다. 그래서 프레드릭 제임슨이 말하는 민족 알레고리로 이 작품을 읽을 경우, 몰리 블룸은 「네스토르」의 교장 선생인 디지의 거울 이미지로 볼 수 있다. 디지는 아일랜드의 대부분의 가톨릭 신자들과는 달리 영국과의 합병을 원했던 프로테스탄트 오렌지 당원이다. 이것은 독립 아일랜드를 희망한 가톨릭 민족주의자들과의 갈등을 상징하면서, 현대 아일랜드가 안고 있는 해결할 수 없는 차이의 딜레마를 함축하고 있다. 특히, 성별에 바탕을 둔 몰리의 차이는 아일랜드의 하위 계층 남성들에 의한 남성 권위적 억압에 의해서이다. 다시 말해 이와 같은 성적 억압은 몰리가 이른바 "전도된 비천함"의 대상 혹은 희생양이라는 점에서 비롯된 것이다.473 즉, 남성적 시각에 의한 성별적 위계화와 차이에 바탕을 둔 성적 억압은 주체와 객체, 남성과 여성, 지배와 노예화와 같은 또 다른 사회적 계층화를 위한 것

이다.[474]

몰리는 아일랜드 출신의 지브롤터 주둔 영국군 병사의 딸이다. 그녀의 어머니 루니타 라레도는 모로코와 관련이 있는 지방 유태인이다. 그래서 몰리는 식민지 출신 병사의 딸이자 제국의 문화와 식민지 원주민 문화 모두에 소속된 일원이다. 여기서 지브롤터는 조이스의 소설에서 설정할 수 있는 텍스트의 새로운 영역으로서 매우 중요한 의미를 지니고 있다고 말할 수 있다. 텍스트의 지평을 지브롤터로 확대함으로써 영국 제국주의를 제유적으로 재현할 수 있으며, 추방과 퇴거의 맥락에서 식민주의의 투사를 세계적 범위로 확장함과 동시에 여성 인물과 식민주의의 주제를 서로 연결시킬 수 있기 때문이다.[475]

게다가 몰리 블룸의 서사 공간을 지브롤터에 둠으로써 현대 여성의 식민 정체성을 반영하는 복잡한 초상을 보여준다. 몰리 블룸이 국적, 언어, 그리고 성별의 다양성에 기인된 인종과 종교의 복잡성을 함축한다는 점은 궁극적으로 현대의 새로운 공동체를 상상할 수 있게 하는 원동력이 된다. 이러한 맥락에서 몰리는 현대의 식민 정체성에 가장 설득력 있는 대표적 인물이다.[476]

몰리가 지닌 복잡한 출신 배경에 대해 블룸은 스티븐에게 "스페인 유형"(U 16.1426)이라고 말하면서 매우 자랑스러워한다. 사실, 블룸이 헝가리 유태인 출신의 아일랜드 인이라는 복잡한 정체성을 지니고 있는 것과 마찬가지로, 몰리의 정체성이 지니고 있는 모호성은 식민 지배자와 원주민 주체 사이에 놓인 경계를 허물고 식민지와

---

473 Peter Stallybrass & Allon White, *The Politics & Poetics of Transgression*. Ithaca: Cornell UP, 1986, p. 53.
474 Ibid, p. 56.
475 Susan Barzargan, "Mapping Gibralter: Colonialism, Time, & Narrative in 'Penelope'" in Richard Pearce (ed.) *Molly Bloom: A Polylogue on "Penelope" & Cultural Studies*. Madison: The U of Wisconsin P, 1994, p. 119.
476 Ibid, p. 200.

제국의 혼성적 동화를 재현 가능하게 하는 탈식민주의적 인물로 규정지을 수 있는 단서를 제공한다고 볼 수 있다. 지브롤터 출신의 식민 주체인 몰리가 식민지 지브롤터의 경계를 벗어나서 제국의 또 다른 식민 도시 가운데 하나인 더블린에 있다는 사실은 그녀가 식민지 원주민으로서 자신의 영역에 대해 지켜야 할 의무를 어기고 경계를 이탈한 범죄를 저지른 것이라 볼 수 있다. 다시 말하자면 식민지 원주민은 식민지와 제국 사이의 경계를 가로질러서는 안 된다는 제국의 금령을 위반한 것이다. 이러한 견지에서 몰리는 식민 핍박의 구속을 피한 "탈식민 주체"의 이상을 함축하고 있다.

「키클롭스」에서 블룸은 "나도 역시 한 종족에 속해요. . . . 미움을 받고 박해를 당하고 있는. 지금도 역시. 지금 바로 이 순간에도 바로 이 시각에도"(U 12.1467-8)라고 주장하면서, 서로서로 연대해야 한다는 핍박받는 민족들의 원칙을 상정한다. 이에 반해 몰리는 어떤 특별한 극단적 민족주의 이데올로기가 지니는 편협성보다도 토착 원주민의 억압의 원리를 의미하고 있는 점에서 대단히 상징적이다. 박해를 당하는 민족은 서로 단결해야 한다고 주장하는 블룸과는 달리 몰리는 박해를 자신의 주체성을 합법화하는 수단으로 삼지 않는다. 영국군에 복무한 아일랜드 출신의 군인 아버지와 유태계 스페인 출신의 어머니에 관련된 가족의 역사를 두고 볼 때, 몰리를 순수한 민족주의자로서 생각하기란 거의 불가능하다. 이전에 블룸은 정치적 의식을 가진 유태인이자 아일랜드 인으로서 민족주의를 강력하게 주장하기보다는 아일랜드 국가뿐만 아니라 유태 국가의 미래에 동시에 관심을 가지면서 모든 핍박 민족들의 독립 원리를 주장한다.

이에 비해 몰리는 식민지 아일랜드의 주체가 아니라 영국 식민지인 아일랜드와 지브롤터의 유산을 물려받은 하위계층 원주민이다. 그래서 몰리는 텍스트 속에서 식민 하위 여성 주체의 기표로 작용한다. 더욱이 성의 관점에서 몰리는 가부장적 체제 아래에 있는 하위 계층 여성으로서 식민 주체가 기존의 위계질서와 계층성을 유지하기 위해 시도하는 이른바 계급과 성별의 전도에 있어서 가장 전형적인 대상이다.

이 점에서 몰리는 에피소드에 등장하는 마지막 여성 인물임을 상기할 필요가 있다. 『율리시즈』에서는 몰리뿐만 아니라 다양한 하위계층 여성들이 등장한다. 「텔레마코스」에서 스티븐의 병든 어머니뿐만 아니라 오직 돈이 지불되는 것에만 관심이 있는 가난한 우유배달 노파는 감상적이고 무지한 희생자라기보다는 식민 모더니즘 사회의 비참한 경제 상황에 철저하게 종속된 더블린 소시민의 전형적인 한 단면이다.

이것은 『율리시즈』의 여러 군데에서 찾아볼 수 있다. 「아이올로스」 에피소드에서 스티븐이 말하는 "자두의 우화"에서 더블린의 전경을 바라보기 위해 "외팔의 간통자"(U 7.1019)인 넬슨 제독을 기념하는 오코넬 가의 기념탑 위에 올라가 난간 밑으로 자두씨를 뱉는 노동자 계층의 두 늙은 여인들인 앤 키언즈와 플로렌스 맥카베, "미치광이, 이젠 끝장이야"(U 8.258)라는 내용을 담은 우편엽서의 희생자인 데니스 브린의 유린당한 "우울한 아내" 브린 부인, 「세이렌」에서 오먼드 주점의 두 술집 접대부인 도우스 양과 케네디 양, 광고에 철저히 집착하며 몽상적이고 낭만적이지만 삶에 지치고 가난한 거티 맥도웰, 병원에서 아홉 번째 아이를 낳는 퓨어포이 부인, 「키르케」에서 매춘가 요리사인 키오 부인, 그리고 「세이렌」에서 블룸이 오먼드 부두 길을 따라가다 보았던 매춘부인 "약간 백치 같은 골목길 여인"(U 16.713) 등이 바로 그들이다. 특히 이 매춘부는 「에우아이오스」 에피소드에서 "검은 밀짚모자 아래로 . . . 돈벌이가 될만한 게 뭐 없나, 하고 직접 정찰 나온 듯 오두막의 문 주위를 비스듬히 휘둘러보는"(U 16.703-4) 전형적인 "밤의 도시"의 하위계층 여성이다. 실제 이 부분은 식민지의 감시화 통제 그리고 규율이 현지의 교육받은 민족 부르주아에 의해 이루어지고 있는 식민상황의 더블린의 통제와 감시체제를 철저히 패러디 하는 대목이기도 하다.

이중에서 「태양신의 황소들」 에피소드에서 사내아이를 출산하는 퓨어포이 부인 Mrs. Purefoy의 비참함은 가장 지독한 것이다. 이것은 조이스가 노리는 날카로운 아이러니 가운데 하나이다. 지독하리만치 비참한 하위계층 여성의 일상에 대한 묘사는 의도적으로 철저히 남성 중심의 "쾌활한" 리얼리즘 서사 장면에서 이루어지고 있기 때문이다. 남성 리얼리즘 서사에서 하위 계층 여성은 "말할 수 있는" 어떤 서사적 입장도 주어지지 않는다. 오직 부수적이고 주변적인 존재로서 깊은 "침묵" 속에 함몰되어 있을 뿐이다. 「페넬로페」의 서술화자인 몰리도 퓨어포이 부인과 마찬가지로 식민 가부장제 하의 아내이자 식민 대도시 상품 문화의 소비주체로서 이중으로 각인된 하위계층 여성이다. 그러나 몰리는 비록 침묵의 언어에 불과하지만 의식 속에 투영된 자신만의 독백을 통해 매우 자율적으로 말할 수 있는 것은 매우 시사적이다.

광고담론과 식민지 소비 주체

블룸이 식민 대도시 소비문화의 주체로서 낮에 하루 종일 거리를 산책하는 것에 비해, 몰리는 침대에 누워 미래에 블룸과 동일한 입장의 소비 주체로서 거리를 산책하겠노라고 생각할 수 있을 뿐이다. 몰리는 아침에 시장에 가볼 예정이지만 자신과 같은 여자는 남성들과는 달리 이야기라도 함께 나눌 친구가 없다는 점을 의식한다(U 18.1456-7). 이 점은 몰리 자신이 남성 소비 주체인 블룸보다 더욱 고독해하는 이유가 된다. 왜냐하면 여성은 남성과 마찬가지로 상품의 생산자인 동시에 소비자이지만 남성과는 달리 스스로 상품인 동시에 그 상품의 상징이라는 점에서, 일상생활의 주체인 동시에 희생자란 점에서 상품문화 속에서 여성은 남성보다 더욱 소외적인 소비주체이기 때문이다. 이와 같은 여서의 모호성은 일상성과 현대성의 한 특징적인 부분이라 말할 수 있다.[477]

몰리는 제국의 관점에서 볼 때 매우 이상적인 식민 여성 주체라고 말할 수 있다. 이를테면 몰리는 더블린에서 벌어지는 제국적인 볼거리에 쉽게 감동을 받는다.

> . . . 그리고 15 에이커에서의 모의작전 킬트식 스커트 차림의 블랙워치 연대가 장단에 맞춰 황태자 전하가 거느리는 경기병 또는 창기병은 멋있어요. 그리고 투겔라에서 승리한 더블린 근위병들 . . . (U 18.401-3)

게다가 몰리는 식민 더블린 상품 문화에 대해 대단히 열성적이고 적극적인 원주민 소비 주체라는 점이다. 몰리가 애인 보일란과 함께 자신의 침실에서 "포트왕인과 플럼트리 통조림"을 먹을 때(U 18.131-2)처럼, 소비 주체로서 수행하는 적극적이고 충실한 역할은 식민지 소비문화의 인종 차별화된 광고 담론을 통해 더욱 적극적이고, 강제적이고, 마비적으로 상품 문화와 소비 주체 사이로 중재된다.

롤랑 바르트가 『신화론』에서 말하고 있는 것처럼 광고는 물질이 지닌 신화적인 모든 적극적이 가치를 능란하게 보존하면서 어떤 행복한 신념을 소비주체에게 강요한다.[478] 광고와 같은 현대의 "신화"는 무엇인가를 의미하는 동시에 그것을 강제적으로 명시하며, 소비자에게 무엇인가를 이해하도록 하는 동시에 그 무엇을 강요한다는 것이다.[479] 이를테면 「로터스 이터즈」에서 블룸이 읽는 『프리맨즈 저

---

[477] 앙리 르페브르, 『현대세계의 일상성』, 박정자 역, 세계일보사, 1990, 119쪽.
[478] 롤랑 바르트, 『신화론』, 정현 역, 현대미학사, 1995, 179쪽.
[479] 앞 책, 29쪽.

널』에서 패디 디그넘의 사망 소식 기사 밑에 실린 "플럼트리 통조림 고기"의 광고
는 매우 위협적이고 암시적이다.

> 플럼트리표 통조림 고기
> 그것이 없는 가정은 어떠할까요?
> 완전하다고는 할 수 없지요.
> 그것과 함께 축복받은 가정이 (U 5.144-7)

이 광고는 제국과 식민지의 인종 차별화된 소비문화의 상징이 되고 있다. 나중에
블룸은 데이비 번 음식점에 들어가 음식을 주문할 때 플럼트리표 통조림 고기의 광
고에 대해 생각하게 된다. 여기서 그의 의식은 매우 풍자적이고 신랄하다.

> 플럼트리표의 항아리 통조림 고기가 없어서야 가정이라 하겠어요? 불완전하지요.
> 얼마나 멍청한 광고냐 말이야! 사망 광고 기사 밑에다 갖다 붙여 놓았으니. 자두나
> 무도 볼장 다 본거지. 디그넘의 항아리 통조림 고기란 말이지. 식인종이라면 라이
> 스에 레몬을 곁들여 먹을 거야. 백인 전도사의 고기는 너무 짜. (U 8.742-6)

『율리시즈』에서 네 군데 등장하는 "플럼트리표 통조림 고기"는 광고의 소비 담론
을 통해 중재된다. 몰리는 그녀의 애인인 광고업자이자 흥행주인 보일란과 최초의
혼의 정사480를 벌일 때 이 통조림을 먹는다. 이 점은 「아이올로스」에서 스티븐이
말하고 있는 "자두의 우화"와 연결된다. 광고업자이자 흥행업주인 보일란은 넬슨
과 대비된다. 둘 다 식민 소비 사회의 대리인이자 간통자이기 때문이다. 보일란이
식민 소비 사회의 대리인이라면 제국의 기념비의 주인공 넬슨은 제국주의 권력의

---

480 몰리의 최초 정사에 대한 자세한 논의는 다음을 볼 것. 김종건, 『율리시즈 연구 II』, 559-60쪽.

대리인이다. 이 우화에서 아일랜드의 두 노파는 더블린 시의 전경을 보기 위해 "외팔의 간통자"[481]인 아일랜드 출신의 넬슨 기념탑 위에 올라간다. 넬슨의 기념탑 위에 올라간 두 노파는 흔들리고 아찔해져서 자기도 모르게 치마를 걷어 올린다. 두 노파는 입에서 뚝뚝 떨어져 나오는 자두의 즙을 손수건으로 훔치면서 자두 씨를 난간 사이로 뱉는다(U 7.1012-27). 이와 같은 내용의 "자두의 우화"는 영국에 의해 겁탈 당한 아일랜드의 정절과 독립, 즉 아일랜드의 무능과 마비적 식민 상황을 꼬집고 있다. 두 노파의 자두 씨 뱉기는 (즉 식민화의 상징으로서) 넬슨과 같은 식민자의 제국주의 나성 권력을 모방 흉내 내는 아일랜드 식민 부르주아의 찬탈 행위의 직접적인 인유가 되면서 민족적, 정치적 맹목의 자기애에 빠진 아일랜드의 상황을 우화적으로 보여준다. 두 노파의 행위는 가부장적 이중의 질곡인 국가의 식민 상태와 교회에 의해 무능해지고 침묵을 강요당하고 마비된 아일랜드를 상징하고 있는 것이다.[482]

이와 마찬가지로 "플럼트리표 통조림"을 먹은 뒤 벌이는 몰리의 혼외정사는 또 다른 식민 소비문화의 마비 상황을 의미한다.[483] 제국의 소비 담론에 철저하게 종속되고 질의된 식민지 하위 계층 소비 주체의 상황을 나타내기 때문이다. 소비 주체로서 몰리는 광고에 철저히 몰입한다. 이 점은 몰리가 자신의 몸매를 가꾸기 위

---

[481] 아일랜드 출신의 영국의 제독 넬슨은 세인트 빈센트 해전에서 오른팔을 잃었으며, 1798년 나폴리 주재 영국 공사인 해밀턴 경의 아내인 에마 해밀턴(Emma Hamilton)과 간통을 범해 기소되었다. 김종건, 『율리시즈 주석본』, 범우사, 1988, 172쪽.

[482] "Parable of the Plums"에 대한 최근의 다른 시각에 관해서는 다음 논문들을 참조할 것. Eyal Amiran, "Proofs of Origin: Stephen's Intertextual Art in Ulysses." *James Joyce Quarterly* 29(1992), pp. 775-89; Shari Benstock, "The Dynamics of Narrative Performance: Stephen Dedalus as Storyteller." *ELH* 49(1982), pp. 724-39.

[483] 실제 "to pot one's meat"은 동물적인 "교미"를 의미하는 속어이다. Don Gifford & Robert J. Seidman, p. 87 참조.

해 『젠틀우먼』 지에 헐값으로 광고된 새 코르셋을 갖고 싶어 하고, 고급 속바지와 음식, 은제 식기, 반지, 속옷, 그리고 심지어 살 빠지는 약 등을 갖고 싶어 블룸이 돈 주기를 바라는 장면에서 잘 알 수 있다(U 18.438-70). 몰리가 광고를 봄으로써 드러내는 소비의 욕망은 그녀가 순종적이고 열성적인 원주민 하위 소비 주체임을 보여주는 전형적인 장면이다. 광고는 사회와 개인의 리얼리티를 재형성하고 반영하는 힘을 지닌 동시에 정치적, 경제적, 성별적 메시지를 담고 있기 때문이다. 몰리의 주체성은 그녀가 속해 있는 식민 소비문화의 물질적 기반에 의해 철저하게 규정되고 논의된다. 몰리는 "요사이 세상에서는 스타일 없이는 살아갈 수 없어 겨우 얻어먹고 집세만으로 살아가다니 . . ."(U 18.466-7)라고 말할 때, 블룸만큼이나 중산층 상품 문화의 쾌락에 의해 속박되어 있음을 보여준다. 몰리의 언어는 그러한 중산층의 소비문화를 반영한 것이다. 몰리의 의식이 삐걱거리는 낡은 침대, 골동품, 그리고 광고된 의류 등에 관해 생각하고 있는 것은 몰리 자신이 블룸만큼이나 광고에 대해 깊은 관심을 가지고 있음을 보여준다. 이것은 몰리의 목소리가 광고의 물신화된 이미지를 직접적으로 반영하는 이상적인 식민 소비문화의 주체임을 암시한다. 그래서 광고와 소비 상품은 물신화의 대상이 된다.

　『율리시즈』 전반에 걸쳐 나타나 있는 식민 더블린의 광고는 몰리뿐만 아니라 모든 더블린의 식민 주체들의 일상생활에서 이들의 언어, 상징적 내용, 그리고 장소의 측면에서 고려해 본다면, 매우 중요한 현대 문화의 일면을 엿볼 수 있다. 이와 같이 소비 사회를 반영하는 사회적 텍스트로서 광고는 바르트가 말하는 "극화된 담론"이다.[484] 조이스는 극화된 담론의 형태, 즉 광고 담론의 서사적 가능성을 전

---

[484] Michael Moriaty, *Roland Barthes*. Stanford: Stanford UP, 1991, p. 178; Joseph Heininger, "Moly Bloom's Ad Language & Goods Behavior: Advertising as Social Communication in *Ulysses*" in Richard Pearce (ed.) *Molly Bloom: A Polylogue on "Penelope" & Cultural Studies*. Madison: The U of Wisconsin P, 1994, p. 156.

유하는 가운데, 등장인물들의 의식과 행동에 영향을 끼치는 광고의 효과와 유통의 형태를 재현하면서, 그들 의식에 투영된 심리적 차원의 현대성을 실험하고 극화한다. 이를테면, 광고의 전문 종사자인 블룸과 블레이지즈 보일란은 그대 사회에서 새로 형성된 문화산업의 일원으로서 광고가 지닌 강력한 의사소통 기술과 유럽 사회의 전통적인 관계에 대해 광고가 지닌 파괴적 효과를 보여주고 있는 것이다.[485]

상품미학과 대중매체에 의해 생산되는 광고의 주된 기능은 제국의 자본주의 체제에서 사용가치와 교환가치의 모순에서 비롯된 잉여 상품의 소비를 극대화하기 위한 것이다. 광고는 상품 소비에 관한 새로운 형태의 사용 가치의 신화와 소비 이데올로기를 창출한다. 광고는 잉여 생산된 상품의 사회적 정치적 개념을 새롭게 한다. 이 점에서 보드리야르가 소비에 관해 다음과 같이 한 말은 중요한 맥락을 담고 있다.

> 마치 소비가 개인적인 욕구의 충족에 의거하여 모든 사람들에게 적절한 보편적인 가치 체계라고 말하는 것은 터무니없는 일이다. 소비는 제도 겸 도덕이며, 이러한 이유로, 도래했거나 앞으로 생겨날 모든 사회에서 권력의 전략을 구성하는 한 요소이다. . . . 사회학은 . . . 소비 이데올로기를 소비 자체로 착각 한다. . . . (상품과) 소비가 사회적 등급의 위에서건 아래에서건 똑같은 의미를 갖는다고 믿는 체하면서, 생활수준이라는 보편적 신화를 믿게 한다.[486]

소비 욕구를 촉진하는 사회적 의사소통 매체로서 광고는 판매하고자하는 상품의 내재적 속성뿐만 아니라 그것을 통한 정치적 담론을 생산하는 것이다. 광고는 상품

---

[485] Joseph Heininger, "Moly Bloom's Ad Language & Goods Behavior: Advertising as Social Communication in *Ulysses*" in Richard Pearce (ed.), *Molly Bloom: A Polylogue on "Penelope" & Cultural Studies*, Madison: The U of Wisconsin P, 1994, p. 156.

[486] 장 보드리야르, 『기호의 정치경제학 비판』 이규현 역, 문학과 지성사, 1992, 56쪽.

매체를 통한 사회적 상품을 상징화하기 때문이다.

광고가 상품의 교환가치를 상승시키고 동시에 소비를 촉진하는 이데올로기라는 맥락에서, 조이스가 광고와 저널리즘의 동시대적인 담론을 채택하여 개별 인물들의 복잡한 의식의 움직임들을 추적하고 있는 점은 매우 중요한 의미를 지닌다. 예술, 성, 식민주의, 그리고 민족주의와 같은 동시대 이념을 반영하는 문화 담론을 『율리시즈』에서 재현하고 있기 때문이다. 조이스는 광고와 같은 소비 담론과 상품 속에 함축된 상징과 인유를 통해 영국의 식민주의와 아일랜드의 낭만적, 감상적 문화 민족주의에 대해 비판을 가한다. 당시 식민주의의 현존과 아일랜드 문예부흥 모두에 대해 회의적이고 비판적인 거리를 두고 있던 조이스는 상품 문화의 광고 이데올로기가 지닌 설득의 힘이 주도면밀하게 선택된 상징의 호소에 구축되어 있음을 인식하고 있었다.[487] 조이스가 광고와 같은 소비 담론을 재현하는 이유는 1904년 동시대 아일랜드에서 영국과 아일랜드의 정치적 사회적 관계 속에서 가부장적 제국주의적 통제의 식민 이데올로기가 대중 상품 문화의 소비 담론을 통해 어떻게 재생산되는지를 매우 효과적으로 보여줄 수 있기 때문이다.

이것은 몰리의 광고 언어와 상품에 대한 의식과 행동의 재현에서 매우 분명하게 표현된다. 몰리의 의식을 통해 투영되는 주요 소비 담론은 런던의 주간 패션잡지인 『젠틀우먼』에 실린 영국제 코르셋, 살 빠지는 약, 그리고 욕실의 꽃무늬 벽지의 광고 등이다. 몰리의 의식을 통해 투영된 상품 문화 담론과 몰리의 반응은 전형적인 식민 하위계층 소비 주체의 반영한 것이다. 디포우Daniel Defoe의 『몰플란더즈』가 소비 담론에 철저히 몰입된 도시의 비천한 하층 소비 주체 여성을 묘사하고 있다면, 조이스는 20세기의 또 다른 몰Moll에 해당하는 『율리시즈』의 몰리Molly를 통해

---

[487] Joseph Heininger, p. 156.

식민 대도시 상품 광고에 투영된 여성 소비 주체의 정체성을 보여준다. 몰리는 몰을 의식하는 가운데 역설적으로 자기 자신을 다음과 같이 차별화한다.

> . . . 나는 몰리라는 이름이 나오는 책은 질색이야. 그이가 내게 가져다 준 플랑드르 출신의 어떤 매음녀에 관해 쓴 책 같은 것 말이야 옷감이나 모직물을 몇 야드씩이나 들치기하는 따위의 여자이지 . . . (U 18.657-9)

몰리가 몰을 의식하는 것처럼, 몰리는 식민 상품 문화와 광고 담론에 대한 수용과 저항이라는 모호성을 보여준다. 즉, 타민족의 이미지를 담은 상품과 광고의 극화된 담론은 제국주의 영국의 지배 문화를 수용 모방한 식민지 더블린의 인종적 상품 문화와 광고 담론의 가치 체계에 대한 몰리의 수용과 저항의 맥락을 동시에 반영한다. 한밤중에 몰리가 "중국에서는 지금쯤 방금 자리에서 모두 일어나 하루의 화장을 위해 그들의 길게 늘어뜨린 변발을 빗고 있겠지"(U 18.1540-41)라고 생각할 때, 이것은 제국의 식민주의에 의한 반복적인 재현을 통해 형성된 타민족의 이미지가 사실은 철저하게 대중문화에 의해 확대 재생산된 헤게모니 담론임을 보여준다.

「나우시카」에피소드의 거티 맥도웰도 이 점을 잘 보여준다. 대중문화의 이미지를 있는 그대로 받아들이는 그녀는 소비문화를 통제하는 다양한 헤게모니적 힘에 예속된 전형적인 하위계층 여성주체이다.[488] 거티가 유행을 의식해서 "짙은 갈색의 차양 넓은 밀짚모자"(U 13.156)를 쓰거나 혹은 "도깨비 인형 같은 고수머리를 한 말괄량이 처녀 시시"(U 13.270)를 주목할 때 이것은 뿌리 깊은 문화적 인종차별적 담론을 예증하는 것임에 다름 아니다. "도깨비 인형"이 보여주는 그로테스크한 특징과 보풀 같은 머리의 흑인 인형에 대한 거티의 언어에 반영된 타 인종에 대한 의

---

[488] Enda Duffy, p. 170.

식은 거티 자신만의 것이 아니다. 이것은 다름 아닌 문화적 헤게모니의 차원에서 합의된 것으로서 식민지 더블린 사회 전체에 널리 유포된 사회적 공유의식을 반영한 것이다. 영국이 지배하고 있는 식민지 아일랜드의 정치적 현실 아래에서 거티와 같은 여성 소비 주체는 광고가 제시하는 문화적 헤게모니의 극화된 담론을 통해 미개하고 열등한 제국의 변방 혹은 지방의 식민 주체로 투사될 수밖에 없다. 그래서 미개하고 열등한 식민지 원주민으로 투사된 더블린 사람들은 식민 대도시 소비 체계에서 세련된 제국의 패션과 취향을 따라 그들의 지배자인 영국적 모델을 모방하려고 애쓴다.[489]

타인종의 열등한 이미지를 담은 문화 담론은 광고와 상품, 그리고 소비와 같은 문화적 헤게모니의 체제에 의해 개인적 사회적 의식 속에 잠재적으로 승인되고 계승된다. 그리고 이것은 인종적 문화적 전형을 흡수하고 확산된다. 몰리는 "마치 더벅머리를 가진 검둥이 같은 머리"를 한 퓨어포이 부인의 아이들 가운데 하나를 생각하면서 "정말로 그 애는 깜둥이"(U 18.163)라는 당시 더블린의 유행어를 머리에 떠올린다.[490] 이것은 몰리의 의식이 문화적 타자성과 차이에 관한 전형적인 담론의 산물임을 보여준다. 사이드에 따르면 "모든 유럽인은 동양에 대하여 말할 수 있는 것에 관하여 필연적으로 인종 차별주의자이고, 제국주의자이며, 거의 전면적으로 민족주의자였다고 해도 무방하다"는 것이다.[491] 이러한 제국의 인종차별의 담론, 즉 오리엔탈리즘은 개인적인 의식이 아니라 사이드가 말하는 전체 서구문화의 공유된 환상, 즉 "동양에 대한 유럽의 집단적 백일몽"을 형성한 동양의 사치스런 환상이라는 사실이다.[492]

---

[489] Joseph Heininger, p. 160.
[490] Don Gifford & Robert J. Seidman, p. 611.
[491] 에드워드 사이드, 『오리엔탈리즘』, 333쪽.
[492] 앞 책, 96쪽.

몰리와 거티가 행하는 상품의 욕망과 소비는 결국 아일랜드의 식민 종속과 영국의 지배라는 정치적 현실을 반영한다. 즉, 몰리 블룸과 거티의 상품 소비 행위는 소비 담론의 이데올로기적 위계질서에 통합 호명된 하위 여성 주체로서 이루어지는 것이다. 그 이유는 상품의 대량 생산과 소비 체제가 제국의 권력 구조와 상징에 대해 유추 혹은 반영의 관계에 있기 때문이다. 이를테면 제국의 수도인 런던과 파리는 대량 생산과 소비 체제에서 주변부 식민지에 대해 제국 문화의 중심이자 식민지 소비주체들에 있어서 패션 의식의 근원이다. 광고를 통해 제국의 수도는 제국문화의 흐름을 식민지 소비 주체들에게 유포한다.

특히 20세기 초에 영국과 아일랜드의 소비 상품 문화에서 여왕의 이미지는 광고업자들이 가장 선호한 이미지일 뿐만 아니라 매우 영향력 있는 광고 캐릭터였다.[493] 빅토리아 여왕은 자신의 즉위 50년제와 60년제 때에는 거의 모든 영국 제품의 상표에 여왕의 이미지가 인쇄될 정도였다. 이후 여왕의 이미지는 가장 영국적이고 애국적인 캐릭터로 인식되는 가운데 대부분의 여성 소비자들이 선호하는 최고의 선망 대상으로 자리 잡는다.[494] 그러나 에드워드 VII세의 통치 시기에는 당당한 남성적 체형을 지닌 빅토리아 여왕의 캐릭터보다는 세련된 미모를 지닌 알렉산드리아 여왕의 캐릭터가 많이 사용된다. 일례로 젊은 시절 용모를 담은 여왕의 캐릭터는 거티가 사용하는 "고급 연고"(U 13.90)의 포장지에도 인쇄되어 있다.[495]

여기서 주목할 점은 거티와 몰리와 같은 여성 소비 주체와 소비 상품 사이를 중재하는 이른바 유행의 생산과 확산이다. 이를테면 거티가 "빛나는 속눈썹과 표정 어린 까만 눈썹"의 장식을 하기 위해 "눈썹 그리는 먹을 시험해 보도록 맨 처음 충

---

[493] Thomas Richards, *The Commodity Culture of Victorian England: Advertising & Spectacle, 1851-1914*. Stanford: Stanford UP, 1990, pp. 74-75, 110-111 참조.

[494] Ibid, pp. 102-103.

[495] Ibid, p. 226.

고해 준 사람은 『프린세스 노벨레트』의 여성 미용관 담당자였던 베라 베러티 부인이었다"(U 13.109-11)는 것이다. 그리고 거티가 "(청동색의) 단조로운 옷을 입고 있었지만 귀부인 차림의 애호가로서의 본능적 취미를 가지고 택한 것은 『레이디즈 픽토리얼』지에 청동색이 유행하리라고 예고되었기 때문이다"(U 13.148-51). 그리고 몰리가 가지고 싶어 하는 코르셋이 헐값임을 광고한 잡지는 바로 『젠틀우먼』지이다 (U 18.447).

『프린세스 노벨레트』와 『레이디즈 픽토리얼』, 그리고 『젠틀우먼』과 같은 영국의 여성잡지는 매주 런던에서 발행되었지만, 각기 다른 계층의 구독자를 주요 목표로 삼았다. 『프린세스 노벨레트』와 『레이디즈 픽토리얼』은 겉으로는 상류계층의 패션 분위기를 조장하지만 실제로는 거티와 같은 중하층 여성 독자를 대상으로 스타일과 패션에 알맞은 광고를 실은 반면, 일급 패션을 표방한 『젠틀우먼』지는 중산층 상류계층을 주된 독자층으로 삼았다.[496]

여성 패션의 열렬한 탐닉자인 거티는 식민 상품 문화의 충실한 주체로서 자신이 열망하는 대상을 성취하고 소비한다. 거티는 소비 과정에서 획득한 이미지를 통해 소비 담론의 주체로 자신의 정체성을 형성한다. 리차즈Thomas Richards가 거티를 블룸과 같은 남성적 응시의 산물로서 규정하고 있는 것처럼, 여성 소비주체로서 거티의 소비는 다름 아닌 남성적 욕망의 응시를 보다 완전하게 충족시키기 위한 하나의 과정이다.[497] 반면, 몰리는 식민 메트로폴리탄 도시인 더블린에 유통되는 소비상

---

[496] 실제 이 잡지 표지에 실려 있는 광고는 다음과 같다. "'The Gentlewoman' is undoubtedly the Leading Illustrated Journal 'de Luxe' of refined Society to be found almost universally in the homes of English Gentlewomen." Joseph Heininger, p. 162 참조. 또한 *Who's Who in Great Britain and Ireland*에 실린 이 잡지의 홍보는 다음과 같다. "'The Gentlewoman' is replete in every department with matter interesting to ladies. Its Fashions, English and French, are far in advance of its contemporaries both in artistic merit and reliability." Don Gifford & Robert J. Seidman, p. 615 참조.

품에 대해 보다 자율적이다. 몰리는 제국 문화의 이미지와 상품을 일단 받아들이지만 나중에 그것을 거부함으로써 자신만의 저항 문화를 만들어내기 때문이다.[498] 몰리는 대중 소비문화와 담론 속의 상품 이미지로 자신의 자아가 규정되는 것을 거부하면서 스스로 "말할 수 있는" 주체임을 인식한다. 몰리는 이와 같은 인식을 통해 성적 상품의 대상으로 전형화 물신화되는 것에 저항하고 있는 것이다.

▍"야산의 꽃": 차이와 모호성의 긍정

▍몰리의 의식에 투영되는 가장 전형적이고 물신화된 여성 상품화의 이미지는 다름 아닌 꽃이다. 몰리는 런던과 더블린 소비사회에서 유행하는 옷과 코르셋, 그리고 살 빼는 약을 생각하면서 중산층 여성의 몸을 꽃과 같은 시각적인 대중의 소유물로 상정한다. 이러한 관점에서만 본다면 몰리의 "예스"를 남성적 욕망에 동조하는 것일 뿐만 아니라, 순종적이고 복종적인 여성 이미지를 더욱 강화하는 것으로 볼 수 있을 것이다. 이것은 몰리의 "예스"가 인형 혹은 앵무새로서 여성의 육체에 대한 긍정 혹은 인정을 재현하고 있다고 보는 시각이다. 사실 이러한 시각이 가능한 것은 「페넬로페」가 몰리의 내면 독백으로만 이루어져 있고, 침묵 속에 잠겨 있는 몰리의 의식의 흐름만이 유일하게 존재하기 때문이다. 게다가 「페넬로페」 에피소드 상에서 여성 주체로서 몰리의 목소리가 몰리적 음성으로 결코 발화된 적이 없기 때문에, 몰리의 "예스"가 순종의 미덕과 엄격한 성별적 규율의 틀에 대한 긍정이자 저항의 불가능 혹은 복종의 긍정으로서 식민의 고착을 함축하고 있는 것으로

---

[497] Thomas Richards, p. 247.
[498] Joseph Heininger, p. 161.

볼 수도 있을 것이다.

그러나 최근에 많은 비평가들은 몰리의 "예스"를 여성의 정체성을 회복하고 재정립하기 위한 해체적이고 파괴적인 긍정으로 파악한다. 이를테면 헹케Suzette Henke는 몰리가 "고결한 에마"Emma에서부터 신비한 여신 혹은 관능적인 여성에 이르는 다양한 여성 역할의 패러다임으로 파악한다. 헹케는 몰리를 루소적인 낭만적 순수의 시각에서 "야산의 꽃"(U 18.1576)으로 보는 가운데 몰리의 마지막 "예스"를 긍정적으로 파악한다.

> 에덴동산의 아담과 이브처럼, 레오폴드와 몰리는 루소적인 낭만적 순수의 꿈속에서 통합된다. 야산의 꽃으로서 몰리는 승화된 성적 충동에서부터 성적 열락의 환희를 찬양하는 절정에 다다른 서정시의 메아리를 형성 한다 . . . 지브롤터와 호우드의 꽃으로서 몰리는 레오폴드에게 "예스"를 말하고 그녀 자신은 또 하나의 블룸이 된다.499

또한 스코트Bonnie Kime Scott는 조이스의 언어 기법이 버지니아 울프의 언어와 유사하게 여성 담론을 위한 긍정적 전복성을 지니고 있다고 주장한다. 스코트는 조이스가 가부장적 남성의 상징적 질서와 지배를 넘어선 여성적 생성 원리에 바탕을 두는 것이라고 말한다.500 이와 비슷한 관점에서 바타글리아Rosemarie Battaglia도 "『율리시즈』를 몰리의 독백으로 끝내는 것은 소설의 형태에서 결말을 해체하는 것뿐만 아니라, 현존 추구의 불안에서 벗어난 언어를 보여주는 것"이라고 말한다. 바타글리아는 동시에 조이스의 마지막 진술에서 진정한 여성의 힘을 보여준다고 주장한다. 바타글리아는 『율리시즈』의 결말을 보다 더 큰 신화적 차원에서 보기 있다.

---

499 Suzette Henke, *James Joyce & the Politics of Desire*. New York: Routledge, 1990. p. 160.
500 Bonnie Kime Scott, *James Joyce*. New York: Humanities press, 1987. p. 109.

그녀는 몰리를 "블룸의 아내로서 뿐만 아니라 대지의 어머니"로 본다. 즉, 몰리의 "예스"는 "모성 복귀의 패러다임을 대표 한다"는 것이다.[501] 이와 같은 비평 관점이 보여주는 것은 여성의 해체적이고 강력한 활동을 구축하려는 시도이기도 하지만, 보다 긍정적이고 탈식민적인 맥락에서 여성의 역할을 강조하기 위한 것으로 볼 수 있다.

「페넬로페」 이전의 에피소드에서 볼 수 있는 맹목적이고 감상적인 아일랜드 민족주의 담론과 같은 획일적인 리얼리즘 서사와는 달리 「페넬로페」의 다성적인 서사에 나타난 여성의 정체성은 인종, 성, 계급, 성별에 의해 끊임없이 전도되고 겹치는 정치 문화적 체계에 기인한 모호성과 복잡성을 지닌다. 예를 들어 몰리는 자기 자신과 자신의 몸을 완전히 자연적인 동시에 인공적 이미지들과 연계시킨다. 몰리는 자신을 욕망의 대상인 꽃의 이미지로 보고 있다. 그러나 그것은 특별히 자유로운 호우드 언덕에 있는 "야산의 꽃"(U 18.1576)이다. 몰리가 인정하고 있듯이 가부장적 남성 중심사회에서 여성의 몸에 대한 사회적 이미지가 꽃이기 때문에 필경 꽃의 이미지는 남성 중심적 시각을 반영하므로 인공적이고 인위적일 수밖에 없다.

> . . . 우리들이 호우드 언덕의 만병초 꽃 숲 속에 누워 있었을 때 그이가 내게 말했지 그이는 회색 스코치 나사 복에 밀짚모자를 쓰고 있어 그날 나는 그이로 하여금 내게 구혼하도록 해주었지 그렇지 먼저 나는 입에 넣고 있던 씨앗과자 나머지를 그의 입에 밀어 넣어 줬지. . . . 그래요 그이는 나를 야산의 꽃이라 했어 그렇지 우리들은 꽃이예요 여자의 몸은 어디나 할 것 없이 맞았어요. 그것이 그이가 평생동안 말한 것 중 단 한 가지 참된 것이었어. . . . (U 18.1572-7)

---

[501] Rosemarie A. Battaglia, "Stages of Desire in Joyce" in Bonnie Kime Scott (ed.), *New Alliances in Joyce Studies*. Newark: U of Delaware P, 1988. p. 46.

꽃은 원래 이탈리아 시인들이 즐겨 쓰던 수사적인 비유이다. 그러나 영국 르네상스 시인들이 이를 받아들여 노래한 이후 후기 빅토리아 시대와 에드워드 시대 대중문화에서 시각적인 이미지로 철저하게 상업화된다. 이런 맥락에서 꽃의 이미지인 여성은 시적 비유의 대상이든 혹은 대중적 장식의 모티프이든 간에 당연히 사회적 구축물일 수밖에 없다.[502] 몰리의 의식은 소비 욕망에서 벗어나 대중 상품의 영역에서 이와 같은 꽃의 이미지를 전유한다. 몰리는 꽃의 이미지를 적극적인 개인적 감정의 상징으로, 즉 유동적이고 끊임없이 변화하는 여성적 흐름으로 변형시키고 있다.

이와 같은 여성의 전복성은 이미 『더블린 사람들』의 마지막 단편인 「죽은 사람들」에서 가부장적 성향의 가브리엘 콘로이에 대한 그레타의 여성적 목소리에서 찾아볼 수 있는 점이다. 이를테면 정복의 "욕망과 분노의 열기"로 "속이 타서 몸이 부들부들 떨리는"(D 217) 가브리엘에게 그레타가 가벼운 키스와 함께 "당신은 참 관대한generous 사람이군요, 가브리엘"(D 217)하고 말하는 순간은 부르주아 식민 주체로서 가브리엘이 모방하는 제국주의의 남성적, 가부장적 권력에 대한 해체 전복적인 시도라고 볼 수 있다. 이것은 궁극적으로 가부장적 권력에서 비롯된 위계질서의 해체를 지향하는 급진적인 글쓰기의 일환일 수 있다.[503]

그러나 「페넬로페」 이전의 17개의 남성적 담론의 에피소드에 등장하는 블룸과 보일란 그리고 다른 남성인물들의 서사공간에서 몰리는 철저히 성적, 음악적 상품으로서 재현되고 있을 뿐이다. 즉 몰리는 가수이자 블룸의 아내, 그리고 (소문에

---

[502] Joseph Heininger, p. 161.

[503] 한편 조이스가 사용하는 "관용"(generosity)과 "관대한 사상"(generous idea)과 같은 어휘는 사회주의적 경향을 의미하는 것일 수도 있다. 조이스는 예술과 정치가 아방가르드적인 운동을 통해 대중을 해방시킨다는 공통된 혁명적 목표를 가지고 있는 것으로 이해했다는 것이다. Dominic Manganiello, pp. 68-9 참조.

의하면) 보일란의 정부로서 언급되고 있다. 다시 말해 몰리는 남성적 서사의 층에서는 더블린 남성의 성적 교환에서 거래 가능한 상품으로서만 존재한다.[504] 라운드타운의 매트 딜런 가에서 몰리와 춤춘 적이 있는 존 헨리 맨턴은 「하데스」 에피소드에서 네드 램버트와 대화를 나눌 때 몰리에 관해 다음과 같이 회상한다.

> 한참 동안 그녀를 못 보았는데. 참 잘생긴 여자였지. 내가 그녀와 함께 춤을 춘 적이 있어요. 가만있자, 15년인가 17년 전의 황금시절에, 라운드타운의 매트 딜런가에서였어. 그런데 그때 그녀는 가슴에 한아름이었지. (U 6.695-8)

그리고 「키클롭스」에서 삽입 서사의 층에서 일인칭 서술화자는 몰리의 정부 보일란에 대해서 "그 녀석은 개구쟁이가 돼서 그녀를 감쪽같이 가로챌 거야, 내 말이 틀림없다니까"(U 12.1002)라고 말하는 가운데, 몰리는 "칼프의 바위산의 자랑, 트위디의 갈가마귀 빛 머리카락을 한 딸. 비파나무와 아몬드 열매의 향기가 풍기는 그곳의 뛰어난 미인"이자 "리오폴드의 정숙한 아내"이고, 결국에는 "풍만한 젖가슴의 마리언"으로 특징적으로 이미지화하고 있다(U 12.1003-7). 그래서 몰리는 루카치의 사물화의 관점에서 말하자면 여성 주체에서 욕망의 대상으로 공표되고 상품화된 대표적인 경우이다.[505]

몰리의 이미지는 「에우마이오스」 에피소드의 역마차의 오두막에서 블룸이 스티븐에게 보여주는 젊은 시절 콘서트 가수였던 몰리의 사진에서 결정적으로 드러나고 있다. 여기서 몰리의 사진은 소비 담론 속에서 거래되는 남성 욕망의 화신이자 상품화된 물신적 이미지이다.

---

[504] Joseph Heininger, p. 163.
[505] Ibid.

그런데, 자네 생각지 않나, 하고 그는 퇴색한 한 장의 사진을 심각하게 골라, 그것을 테이블 위에 놓으며 말했다, 이런 걸 스페인 타이프라고? . . . 미시즈 블룸이네, "프리마 돈나"인 내 처 마담 마리언 트위디 말일세, 하고 블룸이 알려 주었다. 수년 전에 찍은 거라네. 96년경, 당시엔 이와 꼭 닮았었어. (U 16.1425-39)

그래서 콘서트 가수로서 몰리의 사진은 하나의 상표 이상은 아니다. 이점에서 몰리는 음악 상품의 기표이다. 즉, 몰리의 사진에서 볼 수 있는 것처럼, 여성의 육체는 인종, 성, 그리고 성별의 문제에서 욕망의 대상이자 소비문화에서 유통되는 상품으로서 철저하게 인식된다. 블룸이 말하는 "수년 전에 찍은 프리마돈나"로서 몰리의 사진은 불가사의한 신비로서 인식된 여성미의 상품화에 다름 아니다. 즉, 이것은 모호성과 매혹의 복잡한 성적 차이를 함축하는 여성적 타자화의 일환이다.

몰리의 사진은 오리엔탈리즘의 담론화의 인유라고 말할 수 있다. 사이드에 따르면, 오리엔탈리즘 담론은 동양을 일종의 폐쇄된 무대로 조망하는 가운데 시종일관 여성의 불가사의한 신비로 가린다. 식민 대상으로서 동양이 여성의 이미지를 떠올리는 이유는 "식민지가 성적인 기대, 싫증나지 않는 관능성, 질리지 않는 욕망을 도발하는 장소"이기 때문이다.[506] 이후 서양과 동양의 식민 접촉은 그러한 "동양의 신부에 드리워진 베일"을 벗기고 동양의 이국정서와 불가사의함을 간과하는 식민주의자의 맹세인 "성적 약속"과 극치에 대한 기대로 가득 찬 상징적이고 은유적인 수사 혹은 담론으로 충만하게 된다.

> 오리엔탈리스트는 언제나 동양의 외부에 서있었고, 동양은 그것이 얼마나 명료한 것이었든 간에 어디까지나 서양 속에 계속 머물러 있었다. 이러한 문화적, 시간적, 지리적인 거리감은, 심오함이라든가 신비성, 성적인 기대감이라고 하는 비유에 의

---

[506] 강상중, 89쪽.

해 표현되었다. "동양의 신부가 쓰는 베일"이라든가 "신비한 동양"과 같은 표현이 일상회화 속에서도 사용되었다.[507]

동양화 타자화된 여성의 욕망은 소비담론 속에서 철저히 상품화의 이미지로 구축된다. 몰리는 소비 담론을 통해서 자신의 개성과 육체뿐만 아니라 소비 상품에 대한 자신의 의식과 태도를 결정한다는 점은 매우 중요하다. 중산층 "젠틀우먼"으로서 몰리는 생산자라기보다는 소비자로서 자신이 속해 있는 상품과 소비문화에 의해 경계적으로 규정된다.[508] 이 점은 1902년 런던에서 발행된 여성 잡지 『젠틀우먼』의 광고에서도 잘 알 수 있다. 이 잡지의 전면에 실린 모토가 "영국의 상류층 가정이면 거의 누구나 구독하는 세련된 사회의 아름다움을 전하는 첨단 패션 잡지"라는 점은 그 시대 여성 소비자의 위치와 의식, 그리고 실존을 잘 말해준다.[509]

그래서 몰리 블룸이 자신의 성별에 의해 소비자 정신에 합치되고 있는 한, 「페넬로페」는 특히 고급품질과 가격의 의상들과 속옷류와 같은 상품과 소비에 대한 많은 언급들을 전유하고 있다. 몰리는 자신이 바라는 대상들, 즉 실크 스타킹, 속바지, 코르셋을 거명하면서 광고의 소비 담론의 과정인 마술적인 개인적 변형의 약속에 참여한다. 이것은 자신의 몸을 장식된 욕망의 대상, 즉 물신화의 대상으로 만드는 과정에 다름 아니다. 특히 몰리가 의식하고 있는 것처럼, 장갑 단추뿐만 아니라 속바지는 남성의 욕망을 자극하는 여성적 상품 물신화의 전형적인 대상이다. 몰리는 보일란과 함께 있을 때 속바지를 입고 있다.

그이는 아무튼 나의 속옷을 한 조각만 잘라 달라고 졸라댔으니까 그것은 케닐워드

---

[507] 에드워드 사이드, 『오리엔탈리즘』, 359-360쪽.
[508] Joseph Heininger, p. 163.
[509] Ibid.

광장에서 되돌아오던 해거름 때였지 그이는 내 장갑 단추에다 키스했어요 그래서 나는 장갑을 벗지 않으면 안 되었어 . . . 그래서 나는 잊어버리기나 한 듯 그에게 장갑을 쥐버렸지 나를 두고두고 생각하도록 말야 . . . (U 18.284-7)

몰리는 자신의 육체를 보여주기 위해 새로운 속바지를 입을 계획을 세우기도 한다 (U 18.438-9). 몰리는 더 나아가 미국인 엘리자베스 스미스 밀러Elizabeth Smith Miller 가 디자인하고 미국인 개혁가 블루머Amelia Jenks Bloomer의 이름을 딴,510 대담한 여성 옷 패션인 "새로운 여성 블루머즈"(U 18.839)가 틀림없이 블룸의 이름을 따서 붙여졌을지 모른다는 다소 농담 섞인 상상을 한다. 왜냐하면 그는 "스커트를 그들 의 배꼽까지 말아 올린 채 자전거를 타고 있는 저 말괄량이 계집애들을 언제나 슬 금슬금 쳐다보기" 때문이다(U 18.290-1, 838-9). 자전거는 「나우시카」에서 트리니티 대학 사이클 선수인 레기 와일리를 선망하는 거티의 경우에서 볼 수 있는 것처럼 하위계층 여성들이 꿈꾸는 신분 상승과 부를 상징하는 대리지표이다. 그래서 자전 거는 물신화된 여성과 마찬가지로 남성의 욕망을 자극하는 물신으로 작용한다.511 몰리는 자신의 육체의 독특함과 고유성 그리고 자율성을 유지하기보다는 상품에 의해 제공된 여성의 이미지와 자신을 동질화하면서 "상품의 마술"에 따른 자신의 변화에 힘쓴다.512 몰리는 다시 "멋진 몸매를 만들고 지나친 살을 빼기 위해," "살 빼는 약"을 복용해야겠다고 생각한다(U 18.448-50, 155-56). 특히 이상적이 다이어트 제품이라는 문구와 함께 대대적으로 선전된 이 약은 19세기 말에 신문과 잡지에서

---

[510] Don Gifford & Robert J. Seidman, p. 623 참조.

[511] 이에 대한 보다 자세한 논의는 다음을 볼 것. Bonnie Kime Scott, "Riding the "vicociclometer": Women & Cycles of History in Joyce." *James Joyce Quarterly* 28.4(Summer 1991), pp. 827-40. Mark Osteen, "Seeking Renewal: Bloom, Advertising, & the Domestic Economy." *James Joyce Quarterly* 30.4/31.1(summer 1993/Fall 1993), pp. 717-38.

[512] Joseph Heininger, p. 159.

가장 자주 등장하는 상품 가운데 하나였다.513 이 광고는 중요한 의미를 담고 있
다. 몰리는 몸매를 가꾸어야겠다는 욕망 때문에 자신도 모르는 사이에 파농이 제국
주의의 지배 욕망이라고 규정한 것을 실행한다.514 다시 말해 풍요와 안락의 유토
피아적 갈망을 위해 식민 근대의 일상은 소비주체의 욕망을 끊임없이 자극하면서
낭만을 추방하고 토착 원주민을 이산시키고 식민지 고유의 토착 문화와 역사를 말
살하고 불법화하는 것이다. 몰리의 의식에 반영된『젠틀우먼』에 실린 코르셋 광고
문안은 이 점을 의미심장하게 보여준다.

> . . . 그렇지 그런데 그 두 번째의 비단 스타킹은 하루 신으니까 구멍이 났지 뭐야
> 오늘 아침 루어 가게에 도로 갖다 주었으며 그리고 트집이라도 잡아서 다른 것과
> 바꿔 왔더라면 좋았을 것을 그런데 내가 너무 흥분하여 도중에 그이와 서로 부딪
> 치지 않았어야 했을 것을 만사를 망치고 말았으니 말이야 그리고 나는 젠틀우먼지
> 에 헐값으로 광고되어 있는 저 엉덩이 에 탄력성이 있는 삼각 천을 댄 어린이에게
> 어울리는 코르셋을 한 벌 가졌으면 해요 그이가 보관해 두었던 것이 하나 있긴 하
> 지만 그건 좋지 못해요 뭐라고 광고해 놓았더라 멋진 몸매를 만들어 주며 값은 11
> 실링 6펜스 허리 부분의 보기 흉하고 널찍한 모양을 제거하여 비만을 줄인다나 내
> 배는 약간 지나치게 살이 쪘어 점심 때 스타우트 흑맥주는 그만둬야겠어 그렇잖으
> 면 그걸 지나치게 좋아하게 되어 끊을 수 없게 될는지도 몰라 전 번에 오라크 상점
> 에서 보내 온 것은 아주 김빠진 것이었어. . . . (U 18.442–52)

여기서 몰리의 특징적인 담론 스타일은 광고 문안의 스타일 속으로 융합된다.515
몰리는 광고에 나온 코르셋을 상상 속으로 입어 보면서, 최신 유행의 대가로 치르

---

513 Don Gifford & Robert J. Seidman, p. 615.
514 Joseph Heininger, p. 165.
515 Joseph Heininger, p. 165.

게 되는 신체상의 불편과 고통을 기꺼이 감수할 준비가 된 것은 "그러한 소비 행위를 통해 실재의 자신을 완성하고 행동 속에서 자아를 실현"하기 위함이다.[516] 그러나 소비 행위의 이면에는 허구적 실재만이 있을 뿐이다.

> 물건의 소비와 기호 이미지 표상들의 소비사이에는 아무런 간격도 단절도 없다. 소비행위는 실제의 행동인 동시에 상상의 (따라서 허구의) 행위이다. 그것은 은유적 태도(한 입 베어 먹을 때마다, 그리고 물건이 침식되어 줄어들 때마다 행복을 느낌)와 환유적 태도(각각의 물건과 행위를 소비할 때 느끼는 행복)를 취한다. . . . 상상 속의 소비, 상상의 소비─광고 문안들─와 실제의 소비는 그것들의 한계를 긋는 경계선이 없다. . . . . 소비의 차원이나 일상성의 차원에서 노동계급은 자신이 예속되고 착취되고 있음을 쉽게 알아차리지 못한다.[517]

르페브르가 주장하고 있는 것처럼, 소비는 궁극적으로 제국과 식민지 사이의 위계구조에서 문화적 식민과 예속의 전형을 결정적으로 보여준다. 그러므로 몰리는 광고 속의 "멋진 몸매"의 유토피아적 약속에 설득되어 자신의 육체를 기꺼이 손상시키고 희생한다. 이것은 소비적 종속이 지닌 극단적인 소외의 전형이다.

몰리가 『젠틀우먼』의 코르셋을 착용하고 광고에 대해 동의와 순응의 표시를 보여주는 것은 자신의 몸을 문화적 초자아로서 영국 상품 문화의 광고 이데올로기에 의해 성적 정치적 상품으로 동일시하는 것을 의미한다. 즉 광고의 이데올로기적 거울에 투영되는 이상화된 이미지와 자기 자신을 동일시한다.[518] 이것은 궁극적으로 자신의 몸을 영국의 제국주의적 상품화의 광고 담론에 소비자로서 종속시킬 뿐만

---

[516] 앙리 르페브르, 『현대세계의 일상성』, 박정자 역, 세계일보사, 1990, 138쪽.

[517] 앞 책, 138-139쪽.

[518] Peggy Ochoa, "Joyce's 'Nausicaa': The Paradox of Advertising Narcissism." *JJQ* 30.4/31/1 (Summer 1993/Fall 1993), p. 785.

아니라 자신을 하위주체로서 식민화하는 것이다.519 이전에 「하데스」와 「키클롭스」에서 맨턴, 일인칭 서술화자, 그리고 보일란 등의 남성 서사에서 몰리의 이름을 교환 가능한 더블린 상품으로 변형시킨 것과 마찬가지로, 코르셋의 광고 담론은 영국 패션의 원칙과 같은 제국 문화의 헤게모니적 틀 안에서 몰리의 승인을 강요하고 여성의 몸을 식민 하위주체로 재형성하는 것이다.520

탈식민주의 문화 담론의 측면에서, 이러한 식민 하위 주체의 민족적·개인적 상황은 영국과 식민지 아일랜드 사이의 지배와 종속의 전형적인 유형을 결정적으로 담고 있는 것이다. 사실상 아일랜드가 1800년에 영국과 정치적 연합의 상태에 들어가게 된 이후, 1904년 당시 아일랜드는 영국의 식민지로서 정치, 문화, 경제의 모든 측면에서 철저한 종속되어 있었을 뿐만 아니라 아일랜드 고유 상품인 기네스 흑맥주를 제외하고는 거의 모든 품목의 영국 상품의 소비 시장으로 사실상 전락했다.521 그래서 영국과 아일랜드의 지배와 종속의 관계는 다름 아닌 생산과 소비와 유통의 관계에서 이미 결정되어 있었다.

몰리의 의식 독백이 무의식적으로 광고 구절을 있는 그대로 말하고 있는 점에서 알 수 있듯이, 아일랜드 경제의 식민 상황 속에서 몰리와 같은 식민지 하위계층 여성은 제국의 소비문화와 유형과 패션을 철저히 모방한다. 결과적으로 코르셋의 광고 담론은 몰리를 특징짓는 의식의 한 단면이다. 상품 광고에 의해 육체의 변화, 즉 문화적 초자아이자 절대적 주체로서 영국적인 "젠틀우먼"과 같은 상상된 환상의 이미지는 품위를 표방하는 광고의 어법을 통해 이미 부여되어 있다(U 18.448-50).

---

519 Joseph Heininger, p. 166.
520 Ibid, pp. 166-168.
521 Jennifer Wicke, "'Who' She When She's at Home?': Molly Bloom & the Work of Consumption" in Richard Pearce (ed.) *Molly Bloom: A Polylogue on "Penelope" & Cultural Studies.* Madison: The U of Wisconsin P, 1994. p. 180.

여기서 주목할 점은 몰리가 구사하는 "엉덩이"bottom란 속어 대신에 "허리 부분"lower back과 같은 "품위 있는" 광고 어휘이다. 몰리는 이전에 "온타리오 테라스"에 살고 있을 당시를 회상하면서 블룸을 유혹하려 했던 하녀 매리 드리스콜의 행동을 불평할 때 "엉덩이"bottom와 같은 일상 속어를 사용한다.

> . . . 저 개망나니 계집애 메리와의 경우처럼 저물도록 둘이서 내 코끝에서 들러붙어 있지 않게 하려면 정말이지 정신 차려 살펴봐 야겠어 그런데 바로 그 계집애는 우리들이 온타리오 테라스에 살고 있었을 때 그이를 유혹하려고 엉덩이에다 가짜 물건을 잔뜩 처넣어 불룩 나오게 하고 있었지. . . . (U 18.55-6)

이것은 다름 아닌 제국주의 시각에서 식민지에 투영될 수 있는 아일랜드 인이 지닌 본질이다. 다시 말해 광고가 소비주체들에게 암시하는 "젠틀우먼"으로 개선되어야 할 야만적인 식민 타자의 본질이다.

그러나 몰리는 광고 속의 코르셋이 아니라 스타우트 흑맥주와 같은 아일랜드 상품에 대한 보다 큰 관심과 자기비판을 통해 ("내 배는 약간 지나치게 살이 쪘어 점심때 스타우트 흑맥주는 그만 둬야겠어.") 광고에 내재된 잘못된 식민주의적 자기발전의 투사에서 벗어나 보다 자율적인 육체와 목소리를 추구한다. 사실 소비가 "고도의 복잡한 사회적 심리적인 노동의 양식"이라는 측면에서 몰리는 소비 주체로서 인지적이고 분석적인 노동을 수행하고 있다"고 볼 수 있다.[522] 그래서 몰리는 텍스트 속에서 평범한 등장인물이라기보다는 소비자로서 더욱 중재적인 위치에 있는 가운데, "광고 담론의 종속에서 탈피하여 자신만의 언어 패턴으로 돌아와서 자율적으로 말할 수 있는 것이다."[523] 몰리의 독백은 단순한 여성적 서사의 기록

---

[522] Ibid, p. 178, 180.

이 아니라 오히려 소비 주체로서 몰리의 "소비 노동의 기록"이자 "상품과 언어 그리고 상징적 자본의 소비에 내재된 다층적인 가능성의 기록"이 되고 있기 때문이다.[524]

코르셋의 광고와 주변의 소비 담론에 대해 식민적 하위 주체로서 몰리가 서 있는 민족적 개인적 상황은 「나우시카」의 거티의 상황과 대비된다. 몰리와는 달리 거티의 의식과 삶은 광고의 이데올로기적 힘에 종속되어 있다.[525] 거티는 끊임없이 자신을 광고의 문구로 표현한다. 절대적 주체로서 이상화된 광고의 이미지는 거티에게 이를테면 "해변의 소녀"와 같은 이상화된 이미지와의 동일화의 수단을 제공하면서, 절대적 주체의 이데올로기적 기대에 순응하도록 문화적 초자아를 강요한다.[526]

『프린세스 노벨레트』의 여성 미용란에 실린 아름다운 눈썹 선을 그리기 위해 "눈썹 그리는 먹"(U 13.111)을 써보라는 베라 베리티 부인의 권고에서부터 빅토리아 시대의 유명한 핸드크림 상표인 〈비담즈 라롤라〉의 타이틀 고아고 문구인 "고급 연고"(U 13.90)의 언급과 그녀의 의식 속에 존재하는 상상의 인물인 레기 와일리와의 환상적인 결혼을 알리는 신문의 사교란에 관한 백일몽(U 13.195-99)에 이르기까지, 거티의 개성은 거티 자신의 "귀부인 차림의 애호가로서의 본능적 취미에 의해"(U 13.148-9), 더블린 상품 문화의 소비 담론 속에 철저히 종속된다.

거티는 소비 이데올로기에 의해 정의된 여성다움의 목표가 결국 좌절된 아일랜드 소비자의 한 유형이라 할 수 있다. 즉, 거티와 같은 하위 여성 주체의 현실에는

---

[523] Joseph Heininger, p. 168.
[524] Jennifer Wicke, p. 192.
[525] Peggy Ochoa, "Joyce's 'Nausicaa': The Paradox of Advertising Narcissism," *JJQ* 30.4/31/1 (Summer 1993/Fall 1993), p. 786.
[526] Ibid, pp. 785-786.

어떠한 낭만적 결혼도 아름답게 꾸밀 가정도 존재하지 않는다. 하녀 신분의 거티는 제한된 사회적 활동을 할 수밖에 없는 계급의 장벽을 뛰어넘기 위해 결혼을 통한 신분 상승의 열망에 가득 차 있다. 거티는 상품 문화와 광고 이데올로기에 철저히 호명된 더블린 하위 여성 주체의 일원일 뿐이다. 리차즈Thomas Richards는 "노동으로서 여성의 소비는 남성의 생산과 소비의 내에서 괄호 쳐진 채 남아있다. 이때 여성은 남성과 남성의 특별한 욕망 사이를 중재하는 중재자가 된다. 소비의 성별화는 . . . 남성의 경계적 응시에 의해 규정된 자세로 여성을 동결시킨다. . . . 「나우시카」의 메두사의 응시는 거티의 것이 아니라 바로 블룸의 것"이라고 말하면서 이 점을 잘 설명해 준다.527

거티는 다름 아닌 제국주의적인 영국 상품 광고의 산물이다. 거티는 『더블린 사람들』의 이블린과 마찬가지로 식민 위계질서에서 자신이 할당받은 역할의 사회적 장소 혹은 정신에서 절대로 탈출할 수 없다. 거티는 상품의 마술을 통한 화려한 개인적 변신을 약속 받지 못하는 희생자에 불과하기 때문이다. 거티는 자기 파괴적인 심리 상태, 즉 식민근성을 포기할 수가 없다. 하위계층 식민주체는 강한 정복자에 의존하게 되고 그들을 흉내 낸다. 잡지 속의 베라 베리티 부인의 권고와 「프린세스 노벨레트」의 감상적 낭만소설의 제의에 따른 거티의 낭만적인 해변의 소녀 이미지에 대한 믿음은 바로 거티 자신의 "식민주의적 의존을 확인하는 지표"가 된다.528

광고가 만들어 놓은 낭만 이미지에 철저히 종속된 거티와 마찬가지로, 침대에 누운 몰리의 침묵 속에 흐르는 의식의 독백은 사실 하위 여성 주체의 육체적, 사회적 맥락에서 결코 발화되지 않고 주변화된 자신의 위치를 보여줄 뿐이다. 몰리는 거티

---

527 Thomas Richards, pp. 246-247.
528 Joseph Heininger, p. 169.

가 내면화해온 여성적 소심함과 수치심의 비문화적 태도를 거부한다. 몰리는 영국 상품 문화의 광고에 몰두하지만 거티처럼 광고에 의해 정의되거나 구속되지 않는다. 대신에 몰리는 자연 세계에 대한 상징적 관계를 설정한다. 몰리는 자신을 전통적인 시적 이미지인 야산의 꽃과 동일화하는 가운데 상품문화에 대한 저항의 수단으로 꽃과 같은 과거의 인습적인 상징을 선택한다.

시적 전통에서 볼 수 있는 꽃의 인습적인 이미지에도 불구하고 몰리가 보여주는 담론의 스타일과 힘은 종속적인 문화 소비의 패턴을 해체한다. 이 점에서 영국 상품문화와 몰리의 관계는 새로운 방법에서 정치화된다. 상품과 사회적 상품의 세계에서 몰리의 정신적 해방을 알리는 몇 가지 수사적 차원의 등장인물과 개인 차원의 감상적인 이미지의 대치와 더불어, 몰리는 다시 한 번 식민 이전의 자연의 아일랜드가 된다.

그래서 꽃은 여성성의 보편적 은유와 상징이 아니라 몰리의 삶을 재현하는 중재 기능의 이미지로 남게 된다. 앞에서도 언급한 바와 같이 꽃은 시인들이 궁정 엘리트 문화에서 여성과 연계시킨 이후에 대중 상품문화에서 물신화된 이미지이다. 상투적인 꽃의 이미지가 갖는 효과는 몰리의 경험을 평범한 것으로 만드는 것이다. 몰리의 육체적 자아와 꽃 사이의 시적 연계는 감상주의 혹은 낭만화의 일환에서 비롯된 것이 아니다. 오히려 이것은 몰리의 상상적 힘을 강화하기 위한 이른바 모호성의 상징이라 볼 수 있다. 그 이유는 야산의 꽃과 같은 몰리의 이미지는 상투적이고 시적인 그리고 대중적인 이미지를 통합하는 매우 다의적인 개인의 이미지가 되고 있기 때문이다. 다의적 이미지에서 비롯되는 모호성은 절대적 주체이자 문화적 초자아로서 상품과 광고 이데올로기가 강요하는 여성 육체의 상품화와 구속에 대한 저항 이미지로 작용한다. 몰리는 대중적 상품화의 이미지로 물신화된 여성성을 회복하고 상품 문화의 종속과 식민화에 저항하는 기표로 작용한다. 몰리는 꽃의 이미지로 전환되더라도 매우 함축적인 의미를 전달할 수 있는 것이다.

몰리는 대량 생산적인 광고의 이미지가 지닌 가치에 대해 개별적 혹은 개인적으로 만들어진 이미지의 가치를 주장한다. 몰리는 항상 정적이고 화려한 현재를 보여주기 위한 본질적이고 일차원적인 과거와 미래를 거부한다. 이 점은 화려하고 유토피아적인 현재와 미래를 말하기 위해 본질화된 과거의 영광을 전유하는 민족주의 이데올로기에 대해서도 마찬가지이다. 몰리가 문화시장의 물신화된 상품들로부터 꽃의 이미지를 전유할 때 그녀는 현재의 개인적인 역사와 그것의 연속성을 허락한다.

결론적으로 몰리는 과거와 역사의 기억과 경험에서부터 중요한 상징을 회복함으로써 광고가 함축하는 이분법적인 정치적 문화적 지배와 종속을 극복한다. 몰리는 소비에 대한 자신의 저항을 합법화하고 진정한 의미의 정신과 육체를 탈식민화한다고 볼 수 있다. 그래서 몰리는 상품문화의 담론에 있어서 식민주체로서 더 이상 유행의 의상에 종속되어 있지 않고 "말할 수 있는" 진정한 탈식민주의 주체로서 모든 것을 "긍정"할 수 있는 것이다.

참고문헌

강명구, 『소비대중문화와 포스트모더니즘』, 민음사, 1996.

강상중, 『오리엔탈리즘을 넘어서』, 이경덕, 임성모 역. 이산, 1997.

그레이, 피터. 『아일랜드 대기근』, 장동현 역. 시공사, 1998.

김용수, 『영화에서의 몽타주 이론』, 열화당, 1996.

김종건, 『율리시즈 연구 I, II』, 고려대학교 출판부, 1995.

김종건, 『율리시즈 주석본』, 범우사, 1988.

르페브르, 앙리, 『현대세계의 일상성』, 박정자 역, 세계일보사, 1990.

리차드슨, 로버트. 『영화와 문학』, 이형식 옮김, 동문선. 2000.

마르크스, 칼, 『자본 I-1』, 김영민 역, 이론과 실천, 1987.

바르트, 롤랑, 『신화론』, 정현 역, 현대미학사, 1995.

박찬부, 「상징질서, 이데올로기, 그리고 주체의 문제: 라캉과 알튀세르」, 『영어영문학』 제 47권 1호 (2001), 63-85쪽.

반겐넵, A., 『통과의례』, 전경수 역, 을유문화사, 1985.

보드리아르, 장, 『시뮬라시옹』, 하태환 역, 민음사, 1992.

보드리아르, 장, 『기호의 정치경제학 비판』, 이규현 역, 문학과 지성사, 1992.

부룩스, 피터, 『육체와 예술』, 이봉지, 한애경 역, 문학과지성사, 2000.

사이드, 에드워드, 『문화와 제국주의』, 김성곤, 정정호 공역, 창, 1995.

사이드, 에드워드, 『오리엔탈리즘』, 박홍규 역, 교보문고, 1991.

샤이블레, 하르트무트, 『아도르노』, 김유동 역, 한길사, 1997.

스포티스우드, 레이몬드, 『영화의 문법』, 김소동 옮김, 집문당, 2001.

알튀세, 루이, 『아미앵에서의 주장』, 김동수 역, 솔, 1991.

애쉬크로프트, 빌, 개레스 그리피스, 헬렌 티핀, 『포스트콜로니얼 문학이론』, 이석호 역, 민음사, 1996.

에이젠슈테인, 세르게이, 『몽타쥬 이론』, 예건사, 1990.

엘만, 리처드, 『제임스 조이스 1, 2』, 전은경 옮김, 책세상, 2002.

이석호 엮음, 『아프리카 탈식민주의 문화론과 근대성』, 동인, 2001.

조이스, 제임스, 『더블린 사람들』, 김종건 역, 범우사, 1988.

조이스, 제임스, 『젊은 예술가의 초상』, 김종건 역, 범우사, 1988.

조이스, 제임스, 『율리시즈』, 김종건 역, 범우사, 1988.

태혜숙, 『미국 문화의 이해』, 중명, 1997.

파농, 프란츠, 『자기의 땅에서 유배당한 자들』, 김남주 역, 청사, 1978.

파농, 프란츠, 『대지의 저주받은 자들』, 박종렬 역, 광민사, 1979.

푸코, 미셸, 『말과 사물』, 이광래 역, 민음사, 1994.

푸코, 미셸, 『성의 역사 I: 앎의 의지』, 이규현 역, 나남, 1990.

홉스봄, 에릭, 『자본의 시대』, 정도영 역, 한길사, 1996.

Ackerley, Chris, "'Tutto è sciolto': An Operatic Crux in the 'Sirens' Episode of James Joyce's *Ulysses*." *James Joyce Quarterly* 38.1 (2001), pp. 197-205.

Ahmad, Aijaz, "Jameson's Rhetoric of Otherness and the 'National Allegory'." *Social Text* 17 (1987), pp. 3-25.

Amiran, Eyal, "Proofs of Origin: Stephen's Intertextual Art in *Ulysses*." *James Joyce Quarterly* 29 (1992), pp. 775-89.

Anderson, Benedict, *Imagined Community: Reflections on the Origin & Spread of Nationalism*. Revised edition. London: Verso, 1991.

Barker, Francis, Peter Hulme, & Margaret Iversen, eds. *Colonial Discourse/ Postcolonial Theory*. Manchester: Manchester UP, 1994.

Barzargan, Susan, "Mapping Gibralter: Colonialism, Time, & Narrative in 'Penelope'" in Richard Pearce (ed.), *Molly Bloom: A Polylogue on "Penelope" & Cultural Studies*. Madison: The U of Wisconsin P, 1994. pp. 119-138.

Battaglia, Rosemarie, A., "Stages of Desire in Joyce" in Bonnie Kime Scott (ed.), *New Alliances in Joyce Studies*. Newark: U of Delaware P, 1988.

Benstock, Shari, "The Dynamics of Narrative Performance: Stephen Dedalus as Storyteller." *ELH* 49 (1982), pp. 724-39.

Berman, Marshall, *All That Is Solid Melts Into Air: The Experience of Modernity*. London: Verso, 1983.

Bhabha, Homi, *The Location of Culture*. London: Routledge, 1993.

----, "The Other Question." *Screen* 24.6 (1983), pp. 18-35.

Bogdan, Robert, *Freak Show: Presenting Human Oddities for Amusement and Profit*. Chicago: The U of Chicago P, 1988.

----, "The Social Construction of Freaks" in Rosemarie Garland Thomson (ed.), *Freakery: Cultural Spectacles of the Extraordinary Body*. New York UP, 1996. pp. 23-37.

Bowen, Zack, "The Bronzegold Sirensong: A Musical Analysis of the Sirens Episode in Joyce's *Ulysses*" in *Bloom's Old Sweet Song*. Gainsville: UP of Florida, 1995. pp. 25-76.

----, "Lotus Eaters" in Zack Bowen & James Carens (eds.), A *Companion to Joyce Studies*. Westport: Greenwood P, 1984. pp. 452-6.

----, "Music as Comedy in *Ulysses*" in *Picking Up Airs*. Ed. Ruth H Bauerle. U of Illinois P, 1993. pp. 31-52.

Burkdall, Thomas, *Joycean Frames: Film and Fiction of James Joyce*. New York: Routledge, 2001.

Caspel, Paul van, *Bloomers on the Liffey: Eisegetical Readings of James Joyce's Ulysses, Part II*. Baltimore: Johns Hopkins UP, 1986.

Cassuto, Leonard, "'What an object the would have made of me!': Tattoing and the Racial Freak in Melville's Type" in Rosemarie Garland Thomson (ed.), *Freakery: Cultural Spectacles of the Extraordinary Body*. New York UP,

1996. pp. 234-247.

Cheng, Vincent, *Joyce, Race, & Empire*. Cambridge: Cambridge UP, 1995.

Cheyette, Bryan, "'Jewgreek is greekjew': The Disturbing Ambivalence of Joyce's Semitic Discourse in *Ulysses*" in Thomas F. Staley (ed.), *Joyce Studies Annual 1992*. Austin: U of Texas P, 1992. pp. 32-56.

Clifford, James, "Traveling Cultures" in Lawrence Grossberg, Cary Nelson, & Paula Treichler (eds.), *Cultural Studies*. London: Routledge, 1992. pp. 96-116.

Conrad, Joseph, *Heart of Darkness*. Ed. Ross C. Murfin. Boston: Bedford, 1996.

Costanzo, William, "Joyce and Eisenstein: Literary Reflections on the Reel World." *Journal of Modern Literature* 11(1984), pp. 175-80.

Curtis Jr, L. P., *Anglo Saxons & Celts: A Study of Anti-Irish Prejudice in Victorian England*. Bridgeport, C.T.: U of Bridgeport P, 1968.

----, *Apes & Angels: The Irishman in Victorian Caricature*. Revised edition. Washington: Smithsonian Institution Press, 1997.

Davison, Neil, *James Joyce, Ulysses, & the Construction of Jewish Identity*. Cambridge: Cambridge UP, 1996.

Derrida, Jacques, "Two words for Joyce" in Derek Attridge & Daniel Ferrer (eds.), *Post-structuralist Joyce: Essays from the French*. Cambridge: Cambridge UP, 1984, pp. 145-159.

Desai, Gaurav, "Rethinking English: Postcolonial English Studies" in Henry Schwarz & Sangeeta Ray (eds.), *A Companion to Postcolonial Studies*. Oxford: Blackwell, 2000.

Donaldson, L. E., *Decolonizing Feminism: Race, Gender & Empire Building*. London: Routledge, 1992.

Duffy, Enda, *The Subaltern Ulysses*. Minneapolis: U of Minnesota P, 1994.

Ellmann, Richard, *The Consciousness of Joyce*. Toronto: Oxford UP, 1977.

----, *James Joyce*. Oxford: Oxford UP, 1982.

Fairhall, James, *James Joyce & the Question of History*. Cambridge: Cambridge UP, 1994.

Fanon, Frantz, *Black Skin, White Masks*. Trans. Charles Lam Markmann. New York: Grove, 1967.

----. *The Wretched of the Earth*. Trans. Constance Farrington. New York: Grove 1963.

Fargnoli, A. Nicholas & Michael P. Gillespie, *James Joyce A to Z: A Essential Reference to His Life & Writings*. New York: Oxford UP, 1995.

Foucault, Michel, *The History of Sexuality*. vol 1. Trans. Robert Hurley. New York: Vintage, 1980.

----. "Of Other Spaces." Trans. Jay Miskowiec. *Diacritics* 16 (1986), pp. 22-27.

Froula, Christine, *Modernism's Body: Sex, Culture, & Joyce*. New York: Columbia UP, 1996.

Gibbons, Luke, "Race Against Time: Racial Discourse & Irish History." *Oxford Literary Review* 13.1-2 (1991), pp. 95-117.

----, *Transformations in Irish Culture*. Notre Dame: University of Notre Dame Press, 1996.

Gifford, Don, & Robert J., Seidman. Ulysses *Annotated: Notes for James Joyce's* Ulysses. Revised edition. Berkeley: U of California P, 1988.

Gilman, Sander L., "Black Bodies, White Bodies: Toward an Iconography of Female Sexuality in Late Nineteenth-Century Art, Medicine, & Literature." *Critical Inquiry* 12 (1985), pp. 204-42.

Goodwin, James, "Eisenstein, Ecstasy, Joyce, and Hebraism." *Critical Inquiry* 26(Spring 2000): 529-57.

Gottfried, Roy, "'Scrupulous Meanness' Reconsidered: Dubliners as Stylistic Parody" in *Joyce in Context*. Eds. Vincent Cheng & Timothy Martin.

Cambridge: Cambridge UP, 1992.

Graham, Colin, "Liminal Spaces': Post-Colonial Theories and Irish Culture." *The Irish Review* 16 (Autumn/Winter 1994), pp. 29-43.

Gramsci, Antonio, *Selections from the Prison Notebooks.* Eds. G. Nowell Smith & Q. Hoare. New York: International Publications, 1971.

Grosz, Elizabeth, "Intolerable Ambiguity: Freaks as/at the Limit" in Rosemarie Garland Thomson (ed.), *Freakery: Cultural Spectacles of the Extraordinary Body.* New York UP, 1996, pp. 55-68.

Henke, Suzette, *James Joyce & the Politics of Desire.* New York: Routledge, 1990.

Herr, Cheryl, *Joyce's Anatomy of Culture.* Urbana & Chicago: U of Illinois p, 1986.

Heininger, Joseph, "Moly Bloom's Ad Language & Goods Behavior: Advertising as Social Communication in *Ulysses*" in Richard Pearce (ed.), *Molly Bloom: A Polylogue on "Penelope" & Cultural Studies.* Madison: The U of Wisconsin P, 1994. pp. 155-173.

Hobsbawm, Eric, *The Age of Empire: 1875-1914.* New York: Pantheon, 1987.

Hooks, Bell, *Black Looks: Race & Representation.* Boston: South End Press, 1992.

Humphrey, Robert, *Stream of Consciousness in the Modern Novel.* Berkeley: U of California P, 1955.

Hyde, Douglas, *Language, Lore, & Lyrics.* Ed. Breandan O. Caonaire. Dublin: Irish Academic Press, 1986.

Jameson, Frederic, "Third-World Literature in the Era of Multinational Capitalism." *Social Text* 15 (Fall 1986), pp. 65-88.

Johnson-Odim, Cheryl, "Common Themes, Different Contexts: Third World Women and Feminism" in Chandra Mohanty, Ann Russo, and Lourdes Torres (eds.), *Third World Women and the Politics of Feminism.*

Bloomington: Indiana UP, 1990.

Jones, Ellen Carol, "Commodious Recirculation: Commodity & Dream in Joyce's *Ulysses*." *James Joyce Quarterly* 30.4/31.1 (Summer 1993/Fall 1993), pp. 739-56.

Joyce, James, *Critical Writings of James Joyce*. Eds. Ellsworth Mason & Richard Ellmann. London: Faber & Faber, 1959.

----, *Selected Letters of James Joyce*. London: Faber & Faber, 1975.

----, *Dubliners: Text, Criticism, & Notes*. Eds. Robert Scholes & A. Walton Litz. New York: Viking, 1969.

----, *A Portrait of the Artist as a Young Man: Text, Criticism, & Notes*. Ed. Chester G. Anderson. New York: Viking, 1968.

----, *Ulysses*. Eds. Hans Walter Gabler et al. Harmonsworth: Penguin, 1986.

Kelly, Gail P. & Philip G. Altbach, "Introduction: The Four Faces of Colonialism" in Gail P. Kelly & Philip G. Altbach (eds.), *Education & the Colonial Experience*. Eds. New Brunswick: Transaction, 1984, pp. 1-5.

Kendiyoti, Deniz, "Identity and its Discontents: Women and the Nation" in Patrick Williams and Laura Chrisman (eds.), *Colonial Discourse and Post-Colonial Theory: A Reader*. New York: Columbia UP, 1994.

Kershner, R. B., "Genious, Degeneration, and the Panopticon" in R. B. Kershner (ed.), *A Portrait of the Artist as a Young Man*. Boston: St. Martin's, 1993, pp. 373-90.

----. *Joyce, Bakhtin, & Popular Literature: Chronicles of Disorder*. Chapel Hill: The U of North Carolina P, 1989.

Lamos, Colleen, "The Double Life of 'Eumaeus'" in Kimberly J. Devlin and Marilyn Reizbaum (eds.), *Ulysses: En-gendered Perspectives*. U of South Carolina P, 1999, pp. 242-53.

Law, Jules, "Political Sirens" in Kimberly J. Devlin and Marilyn Reizbaum (eds.),

Ulysses: En-gendered Perspectives. U of South Carolina P, 1999. pp. 150-166.

Levin, Harry, *James Joyce: A Critical Introduction*. New York: New Directions, 1960.

Lindfors, Bernth, "Ethnological Business: Footlighting the Dark Comtinent" in Rosemarie Garland Thomson (ed.), *Freakery: Cultural Spectacles of the Extraordinary Body*. New York UP, 1996, pp. 207-18.

Leonard, Garry M., "Women on the Market: Commodity Culture, 'Femininity,' & 'Those Lovely Seaside Girls' in Joyce's *Ulysses*" in Thomas F. Staley (ed.), *Joyce Studies Annual 1991*. Austin: U of Texas P, 1991, pp. 27-68.

Lloyd, David, *Anomalous States: Irish Writing & the Post-Colonial Moment*. Durham: Duke UP, 1993.

----, *Nationalism & Minor Literature: James Clarence Mangan & the Emergence of Irish Cultural Nationalism*. Berkeley: U of California P, 1987.

----, "Nationalisms Against the State: Towards a critique of the anti-nationalist prejudice" in T. P. Foley, L. Pilkington, S. Ryder, & E. Tilley (eds.), *Gender & Colonialism*. Galway: Galway UP, 1995.

----, "'*Dubliners*,' Masculinity, and Temperance Nationalism" in Derek Attridge and Marjorie Howes (eds.), *Semicolonial Joyce*. Cambridge: Cambridge UP, 2000. pp. 128-149.

Loomba, Ania, *Colonialism/Postcolonialism*. London: Routledge, 1998.

Lott, Eric, "Love & Theft: The Racial Unconscious of Blackface Minstrelsey." Representations 39 (1992), pp. 23-50.

Lowe, Lisa, *Critical Terrains: French & British Orientalism*. Ithaca: Cornell UP, 1991.

Lowe-Evans, Mary, *Crimes Against Fecundity*. Syracuse: Syracuse UP, 1989.

Lukacs, Georg, *Realism in Our Time*. New York: Harper, 1971.

Magliola, Robert, "Transformation Theory & Postcolonial Discourse: Jung by Lacan by Derrida (by Sinister Descent)." *Critical Studies* 5 (1996), pp. 239-60.

Manganiello, Dominic, *Joyce's Politics*. London: Routledge & Kegan Paul, 1980.

Mikhail, E. H., ed. *James Joyce: Interviews & Recollections*. London: Macmillan, 1990.

Mohanty, Chandra, Ann Russo, Lourdes Torres, eds. *Third World Women and the Politics of Feminism*. Bloomington: Indiana UP, 1990.

Mohanty, Chandra, "Under Western Eyes: Feminist Scholarship and Colonial Discourses" in Chandra Mohanty, Ann Russo, Lourdes Torres (eds.), *Third World Women and the Politics of Feminism*. Bloomington: Indiana UP, 1990, pp. 52-80.

Mohanty, S. P., "Us & Them: On the Philosophical Bases of Political Criticism." *Yale Journal of Criticism* 2.2 (1989), pp. 1-31.

Mongia, Padmini, ed. *Contemporary Postcolonial Theory: A Reader*. London: Arnold, 1996.

Moore-Gilbert, Bart, *Postcolonial Theory: Contexts, Practices, Politics*. London: Verso, 1997.

Moretti, Franco, *Signs Taken for Wonders: Essays in the Sociology of Literary Forms*. Trans. Susan Fischer, David Forgacs, & David Miller. London: Verso, 1983.

Moriaty, Michael, *Roland Barthes*. Stanford: Stanford UP, 1991.

Nadel, Ira, *Joyce & the Jews: Culture & Texts*. Iowa City: U of Iowa P, 1989.

Nairn, Tom, *The Break-up of Britain*. London: New Left Books, 1977.

Ngugi wa Thiong'o, *Decolonizing the mind: The Politics of Language in African Literature*. London: James Currey, 1981.

Nolan, Emer, *James Joyce & Nationalism*. London: Routledge, 1995.

Ochoa Peggy, "Joyce's 'Nausicaa': The Paradox of Advertising Narcissism." *James Joyce Quarterly* 30.4/31/1 (Summer 1993/Fall 1993), pp. 783-91.

Osteen, Mark, "Seeking Renewal: Bloom, Advertising, & the Domestic Economy." *James Joyce Quarterly* 30.4/31/1 (Summer 1993/Fall 1993), pp. 717-738.

Pearce, Richard, ed. *Molly Bloom: A Polylogue on "Penelope" & Cultural Studies.* Madison: The U of Wisconsin P, 1994.

Pennycook, Alastair, *English and the Discourse of Colonialism.* London: Routledge, 1998.

Perloff, Marjorie, "Modernist Studies" in Stephen Greenblatt & Giles Gunn (eds.), *Redrawing the Boundaries: The Transformation of English & American Literary Studies.* New York: MLA, 1992, pp. 154-78.

Platt, L. H., "The Buckeen & the Dogsbody: Aspects of History & Culture in 'Telemachus'." *James Joyce Quarterly* 27.1 (1989), pp. 77-86.

Pratt, Mary Louise, *Imperial Eyes: Travel Writing and Transculturation.* London: Routledge, 2008.

Perlmutter, Ruth, "Joyce and Cinema." *Boundary 2* 6(1978), pp. 481-502.

Richards, Thomas, *The Commodity Culture of Victorian England: Advertising & Spectacle, 1851-1914.* Stanford: Stanford UP, 1990.

Room, Robin, "Drinking, Popular Protest & Government Regulation in Colonial Empires." *Drinking & Drug Practices Surveyor* 23 (1990), pp. 3-6.

Rothfels, Nigel, "Aztecs, Aborigines, and Ape-People: Science and Freaks in Germany, 1850-1900" in Rosemarie Garland Thomson (ed.), *Freakery: Cultural Spectacles of the Extraordinary Body.* New York UP, 1996, pp. 158-172.

Roughly, Alan, *James Joyce & Critical Theory: An Introduction.* Ann Arbor: The U of Michigan P, 1991.

Sangari, Kumkum, "The politics of the Possible" in Abdul R. JanMohamed and

David Lloyd (eds), *The Nature and Context of Minor Discourse*. Oxford: Oxford UP, 1990. pp. 216-45.

Schwarz, Daniel, *Reading Joyce's* Ulysses. New York: St. Martin's, 1987.

Scott, Bonnie Kime, *James Joyce*. New York: Humanities press, 1987.

Seidel, Michael, *Epic Geography: James Joyce's* Ulysses. Princeton: Princeton UP, 1976.

Semonin, Paul, "Monsters in the Marketplace: The Exhibition of Human Oddities in Early Modern England" in Rosemarie Garland Thomson (ed.), *Freakery: Cultural Spectacles of the Extraordinary Body*. New York UP, 1996. pp. 69-81.

Shakespeare, William, *The Tempest*. Ed. Frank Kermode. London: Methuen, 1977.

Slemon, Stephen. "Modernism's Last Post." *Ariel* 20.4 (1989), pp. 3-17.

----, "Monuments of Empire: Allegory / Counter-Discourse / Post-Colonial Writing." *Kunapipi* 9.3 (1987), pp. 1-16.

Spivak, Gayatri, *In Other World: Essays in Cultural Politics*. London: Routledge, 1988.

----, "Can the Subaltern Speak?" in Cary Nelson & Lawrence Grossberg (eds.), *Marxism & the Interpretation of Culture*. Champaign: U of Illinois P, 1988, pp. 271-313.

----, "Feminism & Critical Theory" in Donna Landry & Gerald MacLean (eds.), *The Spivak Reader*. New York: Routledge, 1996, pp. 53-74.

----, *Outside In the Teaching Machine*. London: Routledge, 1993.

----, "Subaltern Studies: Deconstructing Historiography" in Ranajit Guha & Gayatri Spivak (eds.), *Selected Subaltern Studies*. Oxford: Oxford UP, 1988, pp. 3-32.

Spurr, David, "Colonial Spaces in Joyce's Dublin." *James Joyce Quarterly* 37

(2000), pp. 23-39.

Stallybrass, Peter, "The World Turned Upside Down: Inversion, Gender, & the State" in Valerie Wayne (ed.), *The Matter of Difference: Materialis Feminist Criticism of Shakespeare.* Ithaca: Cornell UP, 1991. pp. 201-220.

----. & Allon White, *The Politics & Poetics of Transgression.* Ithaca: Cornell UP, 1986.

Stam, Robert, *Film Theory: An Introduction.* Oxford: Blackwell, 2000.

Tall, Emil, "Eisenstein on Joyce: Sergei Eisenstein's Lecture on James Joyce at the State Institute of Cinematography, November 1, 1934." *James Joyce Quarterly* 24(1987), pp. 133-42.

Thomson, Rosemarie Garland, ed. *Freakery: Cultural Spectacles of the Extraordinary Body.* New York UP, 1996.

Trinh, Minh-ha, "Difference: A Special Third Word Woman Issue." *Discourse* 8(Fall-Winter 86-87), pp. 10-37.

Valente, Joseph, *James Joyce & the Problem of Justice.* Cambridge: Cambridge UP, 1995.

Wall, Richard, *An Anglo-Irish Dialect Glossary For Joyce's Works.* Syracuse: Syracuse UP, 1987.

Watson, G. J., "The Politics of *Ulysses*" in Robert D. Newman & Weldon Thornton (eds.), *Joyce's Ulysses: The Larger Perspectives.* Newark: U of Delaware P, 1987.

Weiss, Timothy, "The 'Black Beast' Headline: The Key to an Allusion in *Ulysses.*" *James Joyce Quarterly* 19.2 (1982), pp. 183-86.

Werner, Gösta, "James Joyce and Sergej Eisenstein." Trans. Erik Gunnemark. *James Joyce Quarterly* 27(1990), pp. 491-507.

White, Allon, "Pigs and Perriots: The Politics of Transgression in Modern Fiction." *Raritan* 2.2 (1982), pp. 51-70.

Wicke, Jennifer, "'Who' She When She's at Home?': Molly Bloom & the Work of Consumption" in Richard Pearce (ed.), *Molly Bloom: A Polylogue on "Penelope" & Cultural Studies*. Madison: The U of Wisconsin P, 1994, pp. 174-195.

Williams, Trevor L., "Resistance to Paralysis in Dubliners." *MFS* 35 (Autumn 1989), pp. 437-38.

Wills, Clair, "Joyce, Prostitution, and the Colonial City." *The South Atlantic Quarterly* 95.1 (Winter 1996), pp. 79-96.

Wollaeger, Mark, et al., eds. *Joyce & the Subject of History*. Ann Arbor: The U of Michigan P, 1996.

Wollaeger, Mark A., "Posters, Modernism, Cosmopolitanism: Ulysses, World War I Recruiting Posters in Ireland." *The Yale Journal of Criticism* 6.2(1993), pp. 87-131.

Young, Robert, *Colonial Desire: Hybridity in Theory, Culture & Race*. London: Routledge, 1995.

----, *White Mythologies: Writing History & the West*. London: Routledge, 1990.

지은이 변재길

계명대학교에서 영문학 박사학위를 받았고, 영국 이스트 앵글리아 대학교에서 영화학 박사학위를 받았다.
현재 영산대학교 교수로 재직하고 있으며, 지은 책으로는 『영상시대의 문화코드: 삶, 문학 그리고 영화』
등이 있다.

제임스 조이스, 모더니즘, 식민주의: 『율리시즈』와 탈식민주의 문화담론

초판 발행일 2013년 2월 28일

지은이 변재길
발행인 이성모
발행처 도서출판 동인
주 소 서울시 종로구 명륜2가 237 아남주상복합아파트 118호
등 록 제1-1599호
TEL   (02) 765-7145 / FAX (02) 765-7165
E-mail dongin60@chol.com / Homepage: donginbook.co.kr
I S B N 978-89-5506-527-5
정 가 18,000원